本书为山东省高等学校人文社会科学项目"卡罗尔的胡话文学与德勒兹《意义的逻辑》"（编号J12WE05）研究成果

《意义的逻辑》与卡罗尔的胡话文学

徐文丽 著

中国社会科学出版社

图书在版编目(CIP)数据

《意义的逻辑》与卡罗尔的胡话文学/徐文丽著. —北京：中国社会科学出版社，2018.10
ISBN 978-7-5203-2822-7

Ⅰ.①意⋯　Ⅱ.①徐⋯　Ⅲ.①英国文学—文学研究—近代　Ⅳ.①I561.064

中国版本图书馆 CIP 数据核字(2018)第 160978 号

出 版 人	赵剑英
责任编辑	安　芳
责任校对	张爱华
责任印制	李寡寡

出　　版	中国社会科学出版社
社　　址	北京鼓楼西大街甲 158 号
邮　　编	100720
网　　址	http://www.csspw.cn
发 行 部	010-84083685
门 市 部	010-84029450
经　　销	新华书店及其他书店
印　　刷	北京明恒达印务有限公司
装　　订	廊坊市广阳区广增装订厂
版　　次	2018 年 10 月第 1 版
印　　次	2018 年 10 月第 1 次印刷
开　　本	710×1000　1/16
印　　张	17
插　　页	2
字　　数	251 千字
定　　价	75.00 元

凡购买中国社会科学出版社图书，如有质量问题请与本社营销中心联系调换
电话：010-84083683
版权所有　侵权必究

献给 Victoria Wei

目　录

前言　当卡罗尔遭遇德勒兹 ………………………………（1）

第一章　卡罗尔的悖论与德勒兹的生成和事件 ……………（1）
　一　纯粹生成之悖论与身份问题 ……………………………（6）
　二　悖论与常识和理智 ………………………………………（15）
　三　生成、悖论与事件 ………………………………………（25）

第二章　卡罗尔的"胡话/无意义"与德勒兹的意义 ………（41）
　一　命题与意义 ………………………………………………（41）
　二　二元性与意义 ……………………………………………（56）
　三　系列与意义 ………………………………………………（61）
　四　悖论与意义 ………………………………………………（83）

第三章　卡罗尔的难解词与德勒兹的无意义 ………………（90）
　一　难解词、悖谬元素与无意义 ……………………………（90）
　二　表面与深处 ………………………………………………（102）
　三　卡罗尔与阿尔托 …………………………………………（118）

1

第四章　意义和语言的发生 …………………………………… （137）
　　一　意义的发生（静态发生） ………………………………… （137）
　　二　语言的发生（动态发生） ………………………………… （159）

第五章　卡罗尔与精神分析 …………………………………… （182）
　　一　德勒兹对《爱丽丝》和卡罗尔的精神分析 ……………… （182）
　　二　关于《爱丽丝》和卡罗尔的其他精神分析 ……………… （194）

结语　意义与无意义的共存 …………………………………… （237）

参考文献 ………………………………………………………… （254）

前言　当卡罗尔遭遇德勒兹

　　刘易斯·卡罗尔（1832—1898）是英国著名儿童文学作家和儿童摄影家，同时也是牛津基督教堂学院的数学教师和教堂执事。卡罗尔是他发表文学作品时使用的笔名，其真名是查尔斯·拉特维奇·道奇森，他用真名发表与其专业有关的数学和逻辑作品，这些作品虽然也有一定的历史地位，但作为文学家的卡罗尔显然更为著名、更有影响。他的主要文学作品包括：《爱丽丝梦游奇境》（1865年，后文简称《奇境》）和《爱丽丝镜中奇遇》（1872年，后文简称《镜中奇遇》）这两本儿童奇幻小说姊妹篇，讲述了小女孩爱丽丝在地下扑克牌王国和镜子后面的棋子王国的历险故事，充满了令人着迷的奇人怪事和各种幽默风趣的疯言乱语；《西尔维与布鲁诺》姊妹篇（1889年和1893年），与《爱丽丝》写作风格类似，其中两条故事线交织在一起，副线设置于当时的英国社会，主线设置于一个精灵王国，两个小仙子——姐姐西尔维和弟弟布鲁诺——的各种故事就发生在那里；长诗《蜗鲨之猎》（1876年），描述了九个职业名字以字母B开头的人和一只海狸（该词也以B开头）组成一个团队，坐船去一个遥远的地方猎捕一种叫作Snark的动物，结果其中的面包师遇到了这种动物中最凶险的一种，叫作Boojum，瞬间消失无踪。这些作品在英国文学史上被归为"胡话文学"（Nonsense）体裁，这个名称类似于现在有些人所称的"无厘头"文学，

《意义的逻辑》与卡罗尔的胡话文学

其中充斥着悖谬、怪诞、无理性的"胡说八道"。①

吉尔·德勒兹（1925—1995）是法国当代著名哲学家，一生著述广泛，作品论及哲学、文学、电影和艺术，对众多学科领域和后结构主义及后现代主义思潮产生了巨大的影响。他的著作基本分为两大类，一类是阐释和评论文学家、艺术家（普鲁斯特、卡夫卡、弗朗西斯·培根等）以及其他哲学家（斯宾诺莎、康德、尼采、柏格森、福柯等）的著作；另一类是围绕某个概念（差异、意义、事件、精神分裂、褶子、电影等）而作的专题论述。他的早期著作《意义的逻辑》（法语版1969年，英语版1990年）是这两种类型的结合：他试图通过借用卡罗尔的胡话文学作品和斯多葛派哲学家的"非物质"概念来建构他的"意义"理论，该书的序言"从刘易斯·卡罗尔到斯多葛派"清楚地表明了这一点。把斯多葛派与一个以儿童小说而出名的作家并置，这一点本身就很令人惊奇；而且德勒兹还颠倒了时间顺序，说"从卡罗尔到斯多葛派"而非相反，这其中无疑大有深意。卡罗尔的作品中有什么东西吸引了德勒兹，让他把卡罗尔置于斯多葛派之前呢？

德勒兹并非当代唯一对"无意义"感兴趣的哲学家，维特根斯坦、梅洛—庞蒂和伊波利特都关注无意义问题并试图把它与意义联系起来进行解释，但是德勒兹对无意义的阐述比他们更深刻、更全面。德勒兹也是少数对胡话文学感兴趣的哲学家之一，而且他对胡话文学的推崇和肯定使他更像一个文学评论家而非哲学家，因为对无意义和胡话文学的哲学研究方法和文学研究方法之间有一个基本的差异：对大多数哲学研究者来说，无意义是思维中一个重要的、具有潜在破坏性的错误，而对文学研究者来说，"无意义的"文学作品戏谑地表明了语言以多种方式制造意义的能力。例如，著名的胡话

---

① 作为普通名词，"nonsense"有"胡说八道""废话""无意义"这几个意思，而作为体裁名称的"Nonsense"在我国学界没有统一的译名，对这种文学也鲜有研究，偶有提及它的论者多把它译为"荒诞文学"。笔者认为这种译法不妥，因为西方文学界把"荒诞文学"（Literature of the Absurd）与"胡话文学"视为两种不同的文学类型，把诸如基诞派戏剧和卡夫卡小说那样的文学作品归为荒诞文学。也不宜把它译为"无意义文学"，因为如德勒兹所论，这种文学作品的"无意义"其实能够产生过多的意义，导致多种诠释。相比之下，借用粤语俗语"无厘头"来翻译似乎更为贴切，只是鉴于该词的地域性，不如依据"胡说八道"这一字面意义将其直译为"胡话"文学更明白，这种译名并无贬损之义，反而能够突出这种文学在语言和逻辑等方面的特点。

文学研究者提吉斯指出,"胡话文学是一种不能被忽视的现象,其本质在于它维持了意义和缺乏意义之间的一种完美张力"①。如果德勒兹在写《意义的逻辑》时看到这句话,无疑会表示赞同。卡罗尔的作品在《意义的逻辑》中居于中心地位正是由于这些作品表面的胡说和无意义其实是意义的源生之地。卡罗尔的作品实际上是德勒兹关于意义逻辑的思考的出发点:

> 刘易斯·卡罗尔的作品具有取悦现代读者所需的一切东西:儿童书,准确地说是写给小女孩的书;绝妙的怪异而神秘的词语;网格;符码和解码;图画和照片;一个深刻的精神分析内容;以及一种典范的逻辑和语言形式主义。然而,在即刻可得的乐趣之上有某种其他东西,一个意义和无意义的游戏,一个混沌宇宙。但是,既然语言和无意识的婚姻已经以那么多方式达成圆满、受到赞颂,所以有必要研究一下卡罗尔作品中这种结合的准确本质:这一结合与什么别的东西有联系?由于卡罗尔,这种结合赞颂了什么?
>
> 我们在此呈现了构成意义理论的一系列悖论。很容易解释为什么这个理论与悖论不可分离:意义是一个不存在的实体,并且实际上,它与无意义保持着非常特殊的关系。给予卡罗尔特权地位是由于他提供了关于意义之悖论的第一个伟大描述、第一场伟大的舞台演出——他有时候收集、有时候更新、有时候发明、有时候预备了这些悖论。给予斯多葛派特权地位是因为他们是摆脱了前苏格拉底派、苏格拉底哲学和柏拉图主义的哲学家新形象的创始人,这一新形象已经与意义理论的悖谬性构成紧密联系在一起了。(1990: xiii - xiv)②

德勒兹告诉我们,卡罗尔的书含有在"语言和无意识的婚姻"中达到

---

① Wim Tigges, *An Anatomy of Literary Nonsense*, Amsterdam: Rodopi, 1988, p. 4.
② 由于缺乏充分的法语知识,本书译文主要参照的是《意义的逻辑》英文版,因此与基于法语原作的译文难免有偏差之处,期待有识之士的斧正与批评。下文对该书的引用将只标明该版本的页码。

《意义的逻辑》与卡罗尔的胡话文学

圆满的"一个意义和无意义游戏",这就是《意义的逻辑》给予卡罗尔及其作品中心地位的原因。德勒兹借用了斯多葛派的"非物质实体""可表达物""绵延时间"等概念,而卡罗尔作品中的幽默和悖论把意义从其最普通的语境和含义中解放了出来;前者发明了悖论,而后者又一次实施了对悖论的操作。简而言之,斯多葛派为德勒兹提供了理论基础和术语,而卡罗尔为他的理论建树提供了绝佳的范例。德勒兹认为,多数哲学家所说的意义是以常识和理智(或曰良好判断)为基础的,但"基础永远不会与建立在它之上的东西相像"(1990:99);也就是说,意义的基础是否定常识和理智的悖论,是无意。其意义理论的核心是:意义是不存在的非物质实体,但内在于或存续于语言中;意义产生于语言固有的悖论,所以是悖谬的——它同时肯定过去和未来、两个意义、两个方向;它总是既在那里,又不在那里;它同时属于命题和事物(或者语言和世界),既是词也是物;它规避现在,永远不在当下;而使之具有这种特质的就是一个永久移动的悖谬元素,这个元素就是"无意义"。所以,意义和无意义之间不是排斥关系,不是真与假的关系,而是共存关系和一种原始的内在关系。无意义是意义的生产性元素。

除了对卡罗尔和各种哲学观念的利用之外,《意义的逻辑》还借用了当时的结构主义理论家列维—斯特劳斯、精神分析学家克莱因和拉康的术语和概念对意义的生成机制进行了解释,其中的精神分析部分与德勒兹以后的著作(尤其是和加塔里合作的著作)对精神分析的批判形成了较大的反差。按照法国哲学家让—雅克·勒塞克勒的看法,《意义的逻辑》之所以被长期忽视是因为人们把它视为德勒兹"声名卓越的哲学生涯中的一个偶然",因为它是德勒兹明显受精神分析和结构主义影响之时的作品——"与加塔里的相遇使他消除了这两个不幸的方面",在"其中找不到之前和之后的真正的德勒兹,那个生机论者德勒兹,柏格森'虚拟'的预告者,差异、生成和此性的预告者"。[①] 加之德勒兹后来抛弃了这部著作中的一些

[①] Jean-Jaques Lecercle in James Williams, *Gilles Deleuze's Logic of Sense: A Critical Introduction and Guide*, Edinburgh University Press, Preface, 2008, p. vii.

概念，比如四年之后他明确表示已不再关注"表面"和"深处"的对立，所以有论者认为这本书是其理论上的断裂。然而，通过对该著作的仔细研读和与其后的著作做简单比较我们就会发现，虽然在概念和方法方面确有变化，但是它与德勒兹之前和之后的事业并非脱节。多数论者把《意义的逻辑》视为德勒兹的语言哲学著作，视为他"对语言最广泛的讨论"[①]，但德勒兹自己在序言中将该著作称为写一部"逻辑和精神分析小说的一种尝试"（1990：xiv）。这说明他当时确实深受精神分析的影响，在努力尝试让精神分析为己所用；但这并不说明他对精神分析不加批判地接受。事实是，他明确指出了精神分析的一些错误做法，比如"坏的精神分析有两种欺骗自己的方式：相信自己发现了人们能够不可避免地在各处重新发现的相同材料，或者相信自己发现了造成虚假差异的类比形式。因此，诊疗的精神病学方面和文学的批评方面就同时被搞坏了"（1990：92）。对于精神分析学派对作家和作品的分析方法他也提出了批评，指出"作家，如果他们伟大的话，更像医生而非病人，我的意思是他们本身是令人吃惊的诊断专家或症状学家"（1990：237）。所以，《意义的逻辑》的精神分析部分不应该被研究者忽视，对这一方面进行探究有益于更好、更全面地理解德勒兹的理论生涯和思想体系发展。

在《意义的逻辑》的批评研究实践中，越来越多的研究者们认识到，要全面了解这位声名卓著的哲学家的理论生涯，就不能忽视该著作的重要性，因为它是德勒兹思想和哲学的一个重要组成部分，是他当时所了解的所有东西的最高表现。研究者对该著作的关注产生了引人注目的成果，陆续出版了一些具有影响的研究专著，比如詹姆斯·威廉姆斯（James Williams）的《意义的逻辑：批判性介绍和导读》、肖恩·鲍登（Sean Bowden）的《事件的优先性》、皮奥特莱克·斯维亚考斯基（Piotrek Swiatkowski）的《德勒兹与欲望》，等等。但是这些研究著作对于德勒兹对卡罗尔的解读提及甚少，或者换一种说法，它们对卡罗尔之于德勒兹意义理论

[①] Ronald Bogue, *Deleuze on Literature*, Routledge, 2003, p. 29.

| 《意义的逻辑》与卡罗尔的胡话文学

及其哲学事业的贡献提及甚少,就好像在《意义的逻辑》中星罗棋布的卡罗尔作品引用和分析并无多大价值,甚至不存在一样。以罗纳德·伯格(Ronald Bogue)的《德勒兹论文学》为例,该著作主要关注德勒兹对普鲁斯特和卡夫卡的文学作品的研究,卡罗尔的作品只被他视为德勒兹提及和论及的其他零散作品之一。他承认《意义的逻辑》"既是对卡罗尔的阅读,也是对斯多葛派哲学的研究",也正确地指出"德勒兹关于文学的论述……专注于与文本相遇而引申他发展出的哲学主题"[1],但是由于该著作聚焦于作家作为文化医生所起的"诊疗"作用,所以他只论述了卡罗尔作品的精神分裂维度。他解析或曰总结了德勒兹关于卡罗尔和法国作家、精神分裂症患者阿尔托的比较,认为这两位作家独特的诊断"揭露了相异的现实以及另类的生活样态"[2],但是对于卡罗尔作品在德勒兹著作中的独特地位以及它们缘何能够占据这样的地位并未进行全面的探究。总的来说,关于《意义的逻辑》的诸多研究中对于卡罗尔的无视或轻视现象令人困惑,也许是由于历史上儿童文学作家和作品在主流学术和批评中的边缘地位所致,更有可能是因为批评者并不像德勒兹那样对这位已经过时的维多利亚时代的作家十分感兴趣。在阅读了《意义的逻辑》之后,我们会惊讶地发现,德勒兹显然认真而全面地读过卡罗尔的作品,包括很多现代读者都不了解的逻辑数学作品和文学作品。相比较于英语国家的研究者,倒是法国的另一位当代哲学家让—雅克·勒塞克勒(Jean-Jacques Lecercle)和德勒兹一样重视卡罗尔:他在《无意义之哲学》中细致分析了卡罗尔作品中的语言无意义,在《德勒兹与语言》中分析了《意义的逻辑》如何借助卡罗尔的胡话作品来阐述意义的生成,而且他的书读起来比《意义的逻辑》好懂得多。本书的目的首先是尝试弥补卡罗尔在德勒兹研究中的空缺,以从不同角度解析《意义的逻辑》的已有研究为基础,结合卡罗尔作品中的具体片段(尤其是被德勒兹借用的那些片段)来解析德勒兹的哲学观点,分析探讨卡罗尔胡话文学的哲学意义和它们与德勒兹哲学思想(尤

---

[1] Ronald Bogue, *Deleuze on Literature*, Routledge, 2003, pp. 1, 2.
[2] Ibid., p. 3.

其是意义和无意义理论）的关系，这样我们既能充分欣赏卡罗尔作品的文学魅力，也能深入领会它们的哲学蕴涵。本书还将把德勒兹的卡罗尔研究与关于卡罗尔及其胡话文学的其他评论观点进行比较，也会在必要的地方提及其他哲学家和理论家对卡罗尔及其作品的阐释和借用，希望能够通过这种方式表明卡罗尔作品的文学价值与哲学价值的相互关联性，希望能够通过引用百多年来读者和论者对卡罗尔胡话作品的欣赏、解读和阐释来证明德勒兹意义和无意义的共生理论的正确性。

第一章 卡罗尔的悖论与德勒兹的生成和事件

作为数学家和逻辑学家，卡罗尔是使用悖论和制造悖论的行家，可谓驾轻就熟，信手拈来。他对符号逻辑和形式逻辑很感兴趣，也写过相关专著。他的文学作品、智慧谜题，乃至写给小朋友的日常信件都经常充满荒谬的悖论。按照定义来说，悖论是自相矛盾的命题，如果承认这个命题成立，就可推出它的否定命题成立；反之，如果承认它的否定命题成立，又可推出这个命题成立。根据一般的理解，悖论往往就是与常识、常理相违背的东西，它们貌似合理，实则荒谬或矛盾。这些悖论对儿童读者和一般的成人读者来说是作品的幽默和风趣之处，它们无疑也是卡罗尔的聪明才智和深刻洞见的展示，更是语言学家和哲学家很感兴趣并经常拿来探讨的话题。德勒兹在《意义的逻辑》的序言中明确表示，卡罗尔在探索和展示悖论方面做得很出色，他的一些悖论会让我们理解"意义"的重要作用："他提供了关于意义之悖论的第一个伟大描述、第一场伟大的舞台演出。"（1990：xiii）

美国精神病学医生伯纳德·派顿（Bernard M. Patten）在他关于逻辑和清晰思维教育的科普性著作之一《真理、知识还是胡扯》中说："如果这两本书除了娱乐小女孩外还有其他'海豚'[①]，那就应该是给予读者逻辑与

[①] 也就是"目的"。这两个词是谐音词，出现于《爱丽丝梦游奇境》第十章"龙虾四方舞"中，说的是海里小鱼如果没有海豚（目的）跟着哪里都不会去。

哲学上的乐趣。"他还指出，卡罗尔作品中的笑话和幽默"绝大多数都是逻辑规则的反转与扭曲，或者说语言歧义的展现"。① 卡罗尔文学作品中的悖论可以大致分为以下几类：逻辑悖论、语言悖论、时间悖论和数学悖论。我们可以从读者较为熟悉的两本《爱丽丝》中挑选一些与这几种悖论相关的典型范例，先来欣赏它们的幽默效果，品味它们对思维的挑战，然后再看德勒兹对它们的分析和利用。

逻辑悖论：因为喝了奇境里的饮料或者吃了那里的蛋糕、饼干乃至蘑菇，爱丽丝在奇境里经历了11次身体大小的变化，只有最后一次变化与食物无关。其中有一次（在第五章）她长出了长得不得了的脖子，远远地伸到了树梢之上，被一只正在孵蛋的母鸽子当成了偷吃鸟蛋的大蛇，遭到了鸽子的攻击和谴责。

"蛇！"鸽子尖叫起来。

"我不是蛇！"爱丽丝很生气，"别碰我！"

……

"我刚在树林里找到这棵最高的树，"鸽子提高了声音，像是在尖叫，"还以为终于摆脱它们了，可它们偏偏又从天上弯弯曲曲地下来了！呸！蛇！"

"我可不是蛇，我告诉你！"爱丽丝嚷道，"我是一个——我是一个——"

"那好，你是什么？"鸽子说，"我看得出来，你在编瞎话呢！"

"我——我是个小姑娘。"爱丽丝的口气不是太有把握。她想起来了，这一天里变来变去，变了那么多次。

"编得还蛮像！"鸽子用无比轻蔑的口气说。"我这辈子小姑娘见得多了，就没一个脖子这么长的！不，不！你就是一条蛇，赖也没

---

① 原著名为 *Truth, Knowledge or Plain Bull*，台湾黄煜文译本书名为《是逻辑，还是鬼扯》（2008年），本书的译文依据黄版译文第292页。下文对该著作的引用仍依据黄版译作，在个别地方会稍有改动。

用。大概你还会告诉我,说你从来没吃过蛋!"

"我当然吃过蛋,"爱丽丝是一个很诚实的孩子,"可你知道,小姑娘也经常吃蛋,就像蛇一样。"

"我不信,"鸽子说,"要是小姑娘也吃蛋,那我只能说小姑娘也是一种蛇。"①

此处所引用的对话中包含三个逻辑问题,派顿对此提供了明白易懂的解释。其一,鸽子根据长脖子来判定爱丽丝不是小姑娘,这显然是错误的,因为脖子的长短并不是判断她是不是小姑娘的标准,尽管她确实没见过脖子这么长的小女孩。其二,鸽子断定爱丽丝是蛇所用的三段论是错误的。她的推论简要来说是这样:蛇吃蛋;爱丽丝也吃蛋;所以爱丽丝就是蛇。这个推论中的大前提(蛇吃蛋)和小前提(爱丽丝也吃蛋)都是对的,但是为何结论是错误的呢?因为中词"吃蛋"没有至少周延②一次,也就是说,不只蛇吃蛋,其他动物也吃。因此,爱丽丝吃蛋并不排除她不是蛇的可能性。大前提说"蛇吃蛋",但没有说吃蛋的动物都是蛇。鸽子不承认她的推论错误,坚持认为"我只能说小女孩也是一种蛇"。这是第三个逻辑问题。为了使结论合理,她必须修改大前提。如果凡是吃蛋者皆为蛇,那么爱丽丝就是蛇。但即使她改变了大前提,其结论仍是错的,因为"凡吃蛋者皆为蛇"这个大前提是一种概括,只需一个例外就能证明它是错误的。③

语言悖论:利用人们习以为常的词语和语言惯例来制造悖论是卡罗尔很喜欢采用的一种写作技巧,这类悖论也是语言学家的关注对象。卡罗尔的书中这类悖论比比皆是,《镜中奇遇》中尤多尤妙。比如,爱丽丝遇到邋遢的

---

① 《爱丽丝梦游奇境;镜中世界》,何文安、李尚武译,译林出版社 2001 年版,第 45—46 页。本书引用的两本《爱丽丝》译文均依据此译本,有些地方会有改动,例如本段把原译文中的"长虫"改为"蛇"。下文的引用将只标注页码。

② 周延,逻辑学术语,指一个判断直接或间接地对其主项或谓项的全部外延作了断定。

③ 伯纳德·派顿:《是逻辑,还是鬼扯》,黄煜文译,(台北)商周出版社 2008 年版,第 304—305 页。

《意义的逻辑》与卡罗尔的胡话文学

白方王后，耐心地给她把头发梳理整齐，把乱七八糟的别针重新别好：

"你看，你不是显得神气多了吗？真的，你应该有一个侍女才对！"

"我非常高兴让你做我的侍女！"王后说，"两个便士一星期，外加隔天（every other day）吃一次果酱，怎么样？"

爱丽丝禁不住笑了起来。她说道："我并不愿意你雇用我——再说，我也并不喜欢吃果酱。"

"我的果酱可特别好吃！"王后说。

"就算是这样吧，至少我今天不想吃。"

"即使你想吃，你也吃不上，"王后说，"我的规矩是：明天有果酱，昨天有果酱——但是今天永远没有果酱。"

爱丽丝反对说，"总有'今天吃果酱'的时候吧？"

"不，不会的，"王后说，"我说了，是'隔天吃一次果酱'，而'今天'不可能是隔天（other day），你明白吗？"（2001：173）

白方王后这个著名的空头承诺显然是卡罗尔利用英语词组"every other day"玩的一个绝妙的文字游戏，如果爱丽丝当了她的女仆，她将永远都吃不到许诺给她的果酱。"every other day"按照字面来理解意思是"每一个其他的日子"，就此而言，"今天"就是今天，确实不是"其他的日子"。

爱丽丝后来见到了白方国王，他让她看看他派出去的信使是否在路上，爱丽丝回答说"我看路上没人"（I see nobody）。后来信使回来了，国王问信使：

"你在路上超过了谁？"国王继续说道。……

"没人。"信使回答说。

"很对，"国王说，"这位年轻的女士也看见他了。所以，没人比你走得慢。"

"我已经尽了最大努力了，"信使闷闷不乐地说道，"我肯定没人比我走得更快！"

"他不可能比你走得快，"国王说，"否则他就先到这儿了。……"（2001：201）

这几句话是不是既非常荒谬又非常逻辑呢？尽管"没人"这个词看起来像专名一样是某种存在物的名称，但实际上它根本不是名称。从另一个角度来说，"没人"和"有人"（somebody）语法功能很相似，诱惑人们把它当作"有人"的某种特定的、模糊的类型，但是如果把它用作人称来用就会破坏交流，白方国王显然就是把它视为一个实在的人了。镜中世界的人物经常爱从字面上理解并使用约定俗成的语句、隐喻或抽象的东西，结果造成背离语言惯用法的悖论，这是卡罗尔惯用的文字游戏之一，其幽默和荒诞效果非常突出，蕴含的哲学洞见也很深刻。

时间悖论：在镜子背后的那个世界中，会有同一个日子连续出现的情况，比如连续好几个星期二；也会一次有好几个白天和黑夜。这让爱丽丝很困惑，她说："我们那儿一次只有一天。"另一个例子是，就在关于"果酱"的谈话之后，白方王后接着说，爱丽丝之所以不明白为什么"今天"永远没有果酱，是因为她不会朝后过日子（live backwards）："这样过日子有一个很大的好处，那就是你的记忆可以朝两个方向起作用。"她还说，她记得最清楚的事情是"下下个周发生的事情。比如说现在吧，王国的信使在牢里接受惩罚，对他的审判下周三开始。当然了，他的罪行是最后才犯的"（2001：174）。同样让爱丽丝不解的是，王后先是疼得大叫，说手指被胸针刺破，但实际上过了一会儿手指才真的被刺破。对于这些片段，胡话文学研究者斯图尔特评论说："文学胡话直接违反了胡塞尔所说的'对时间的生活体验'的三个法则：不同的时间永远不能结合在一起；它们的关系是一种非同时性的关系；有过渡性，每一个时间都有属于它的一个早先和一个过后。"[1]

---

[1] Susan Stewart, *Nonsense: Aspects of Intertextuality in Folklore and Literature*, Johns Hopkins University, 1978：146.

数学悖论：在卡罗尔的小说里，此类悖论中最著名的是镜子世界里的矮胖蛋（Humpty Dumpty）利用数学给自己赚来的"非生日礼物"。因为一年当中只有一天能得到生日礼物，而有364天可以得到非生日礼物。这个例子与卡罗尔著名的"坏钟"悖论相似。该悖论说，有一只钟每天慢一分钟，还有一只坏了，根本不走，哪一只报时准？你选哪一只？他说他宁愿选择那只坏了的钟，因为它一天对两次，而第一只钟差不多每两年才对一次。这两个例子具有典型的似非而是性，在逻辑学上称为"真言悖论"或"佯谬"，也就是说，一种论断看起来好像肯定错了，但实际上却是对的。绵羊婆婆商店里的鸡蛋五便士一个，两便士两个，但是如果买了两个就必须把两个都吃掉才行。此类悖论最具荒谬趣味的例子还是出现在《镜中奇遇》里，红方王后告诉爱丽丝镜中世界多数时候是一下子连过两三个白天或黑夜，冬天为了暖和经常五个晚上连在一起过，因为那样比一个晚上"暖和五倍"。爱丽丝立即发现了这其中的悖谬："由于同样的原因，也应该冷五倍啊！"

一　纯粹生成之悖论与身份问题

卡罗尔的作品中还有很多各种各样的悖论实例。德勒兹无疑非常熟悉并擅长利用这些悖论。他首先用爱丽丝身体变化的悖谬过程来阐明他所称的"生成"（becoming）悖论，这个悖论并非卡罗尔作品中现成的悖论实例，而是德勒兹在其中领悟到的一个与其哲学概念有关的悖论：

> 《爱丽丝梦游奇境》和《爱丽丝镜中奇遇》涉及一个非常特殊的事物——事件，纯粹事件——之范畴。当我说"爱丽丝变大了"的时候，我的意思是说她比之前变大了。然而，同样类推，她比现在变小了。当然，她不是同时既更大了、又更小了。她现在更大；她之前更小。但是，一个人是在同一个时刻变得比之前大、比现在小。这就是一种生成的同时性，它的特点就是逃避现在。就此而言，生成不能容忍以前和以后或者过去和未来的区分，它的本质就是同时向两个方向

运动和拉伸：若不缩小，爱丽丝就不会变大，反之亦然。(1990：1)

这是《意义的逻辑》开篇第一段，表面看来这似乎不过就是关于爱丽丝变大变小的一种辩证说明，但在德勒兹这里，这一段指出两本《爱丽丝》涉及"事件"范畴，呈现了生成之悖论，奇境中爱丽丝身体的变化就是一种具有同时性的生成，也就是一个纯粹事件。要理解"事件"概念，就需要先看看德勒兹的"生成"概念是什么，它与什么东西有关。为了说明这个概念，德勒兹首先对柏拉图的二元论进行了评价（或曰批判）。他指出，柏拉图试图区分有限的固定事物和纯粹生成：

（柏拉图）请我们区分两个维度：（1）有限的、测定的事物之维度，固定的特质之维度，这些永久或暂时的特质的前提条件总是停顿和静止、对现在的固定和对主体的分配（例如，一个特定的主体在一个特定的时刻具有一种特定的大或小）；（2）一种无限度的纯粹生成，一种从不停歇的、名副其实的发疯。它同时朝两个方向运动，总是避开现在，导致未来和过去、更多和更少、太多和不够在一件叛逆性事情的同时性中同时发生。(1990：1—2)

但是这两者是无法分开的。这种二元论是摹本（copy）与仿像（simulacrum）之间的区分，无限的纯粹生成逃避观念之行动，同时对抗模型和摹本，所以它是仿像。简单地说，被我们理解为物质现实的东西其实是虚拟之物的仿像。纯粹生成隐含着身份意义：

这种纯粹生成之悖论具有逃避现在的能力，它是无限身份之悖论（同时有两个方向或意义——未来和过去、前天和后天、更多和更少、太多和不够、主动和被动、起因和后果——的无限身份）。固定限度（例如，过度开始发生的那个时刻）的是语言，超越限度、把限度恢复到一种无限生成的无穷等价的也是语言（"如果你握的时间太长的话，一根通红的拨火棍会把你烫伤；如果你拿刀子把手切得太深，通常手就会流血"）。因此，构成爱丽丝历险的是各种颠倒：变大和变小的颠倒——"变大了？还是变小了？"；前天和后天的颠倒，现在总是被避开了——"明天有果酱，昨天有果酱——但今天永远没有果酱"；更多和更少的颠倒：五个夜晚比一个夜晚热五倍，"但是由于同样的原因，它们也冷五倍"；主动和被动的颠倒："猫吃蝙蝠吗"几乎和"蝙蝠吃猫吗"一样；因与果的颠倒：在犯错之前就受到惩罚，在刺伤了自己之前就大叫，在把蛋糕分好之前就端给人吃。（1990：2—3）

我们不妨看看德勒兹列举的这几个例子在爱丽丝故事中的具体出处，这样也许能够更容易理解德勒兹引证它们的用意。在《奇境》第一章，爱丽丝在昏昏欲睡中看见一只穿着背心、从背心口袋里掏出一只怀表的兔子，它还说着"我要迟到了！"爱丽丝好奇心起，跟着这只兔子跳下了兔子洞。安全坠落在一个四周都是门的大厅之后，爱丽丝发现桌子上有一个小瓶，上面的标签上印着"喝我"。爱丽丝是一个有常识的聪明孩子，她说，"我得先瞧瞧，看看上面标没标'有毒'"（2001：10）。因为她以前看过一些故事书，其中的小孩有的被烫伤了，有的被野兽什么的给吃了，因为他们没有好好记着那些"简单的规则"，也就是德勒兹引用的关于拨火棍和小刀的规则。德勒兹巧妙地利用了这个几乎没有哪个读者会认真对待的小片段，用人尽皆知的小"常识"来例证他所说的生成和无限身份：烫伤和流血发生的那个"限度"在哪里？烧红的拨火棍握到多长时间会被烫伤？小刀割到多么深手指会流血？语言是狡猾而含混的，它用"太长"和"太深"来表达这种无法衡量的、处于生成过程的"度"，这个"度"在太长和不够长、太深和不够深之间游走，正是由于这种悖谬的特质，与其相关的各种反转现象才会发生。语言对生成的表达也是后文德勒兹关于意义和事件的阐述的一个重要部分。

这瓶饮料没标"有毒"，于是品尝之后爱丽丝就把它喝了，结果她的身体就像单筒望远镜被缩折起来那样变小了。我们且先不论天真的爱丽丝忽视了标签的欺骗性,没有标记"有毒"的东西未必肯定没有毒;我们只看她对经验或知识的过度推及。因为前一次喝的饮料使她身体变小,所以当她看到一块用葡萄干拼着"吃我"的小蛋糕时,她不仅毫不犹豫地吃了,还根据前一次的经验推断身体也会发生变化,就急不可待地自言自语道:"变大了?还是变小了?"她把一只手放在头顶上,想摸一摸自己的个头是变大了还是变小了。爱丽丝的做法明显是违反逻辑的,因为一个人不能通过把手放在头顶上来看自己在变大还是在变小,除非她的脖子在变长。德勒兹和维特根斯坦都引用过这个例子,维特根斯坦关注的是确立身份和相似性的标准,而德勒兹关注的是"变化"——他所称的"生成"——的同时性和悖谬性。"猫吃蝙蝠"和"蝙蝠吃猫"的疑问发生在爱丽丝从兔子洞往下坠落的缓慢过程中,她觉得迷糊犯困,想到了自己的小猫,就自言自语地问:"猫吃蝙蝠吗?"过了一会儿这个问题就成了"蝙蝠吃猫吗?"因为她并不知道这两个问题的答案究竟是什么,所以谁吃谁都不重要。前天和后天、更多和更少、因与果的颠倒中涉及的悖论都出现在《镜中奇遇》里。蛋糕没切开就分给别人吃,这个典故是这样的:爱丽丝一个劲儿地切着一个蛋糕,却发现切完后蛋糕总是自己又合到一起了。于是独角兽教她说:"你不懂怎么切镜子中的蛋糕。你应该先把它分给我们吃,然后再把它切开。"(2001:208)按照《镜中奇遇》的总体文本逻辑来说,镜子中的一切都是反的,所以其中的种种颠倒是合理的。

德勒兹特别指出,"当它们出现在无限身份中时,所有这些颠倒都有一个后果:对爱丽丝身份的质疑和她的专名的丧失。专名的丧失是爱丽丝的所有历险中一直重复的那个历险"(1990:3)。德勒兹说得太对了,身份是《爱丽丝》书中一个无处不在的关注,爱丽丝似乎总是面临着身份危机。她问自己"我是谁?"别人问她"你是谁?""你是干什么的?""这是谁?"这些问题在两本书中重复出现。这一点也是《爱丽丝》的文学评论者们所认同的,是卡罗尔学术研究中一个无处不在的关注,虽然他们和德勒兹对这个问题的理解和阐释角度不同。在故事中,爱丽丝曾被当作女仆、蛇、火山、快要凋谢的花、怪物等,她的身体变化使她自己都质疑自己的身份。在《奇境》第二章，当爱丽丝的身体经历了第二次变化，长到了三米高时，她不由得思考起了自己还是不是原来的自己这个问题："我还是像今天早晨醒来时那个样子吗？我怎么觉得有点不一样呢？可如果我和今天早上一样，那么下一个问题就是，'我到底是谁？'啊呀，这真是一个大难题！"于是，她开始想自己是不是变成了她认识的几个年龄相同的小孩之一。"我肯定不是爱达，因为她的头发一直是卷发，有那么长，我压根不是卷发；肯定也不是梅布尔，因为我什么事都知道，而她，哎呀，她知道的事就那么点！再说，她是她，我是我，噢——天哪，这事也太奇怪了！"为了检验自己还是不是原来那个什么都懂的爱丽丝，她开始试着回忆她之前应该都会的那些东西：先是背乘法表，结果显然都不对，"四乘五等于十二，四乘六是十三……"再试试地理："伦敦是巴黎的首都，巴黎是罗马的首都……"再试着背诵经典童诗《小蜜蜂多忙碌》，"这些词肯定不对，说到底，我肯定成了梅布尔了……要是成了梅布尔，我就在这底下①待着不走了。就算他们把脑袋伸下来，说什么'再上来吧，亲爱的！'那也没有用。我就把头一仰，说，'那么，我是谁呢？你们先告诉我，然后呢，要是我高兴当那个人，我就上来；不高兴的话，我就一直待在底下这儿，等我成了另一个什么人再说。'"（2001：15—16）爱丽丝一边想象着这种情景，一边自言自语，不由得泪如雨下，盼望能有人把脑袋伸下来，因为她自己一个人孤零零地在这里实在是待够了。

　　这段文字无疑也包含有趣的逻辑问题。爱丽丝认为，知道一个女孩是爱达就是知道她的长发有发卷；她认定自己不是爱达所用的推论形式是："如果我是爱达，我的头发就会有卷；我没有发卷；所以我不是爱达。"爱丽丝在这儿的推论做得不错。但在推定自己"肯定变成了梅布尔"时，爱丽丝犯了错误。这个新的论证过程是这样的：如果我是梅布尔，那么我知道的东西就很少；我知道得很少，所以我是梅布尔。这就好比说：如果用石头砸鸡蛋，那么鸡蛋就会碎；这个鸡蛋碎了，所以，它是被石头砸的。

---

① 之所以说"在底下"，是因为她跟着白兔跳下兔子洞，此时是在地下世界里。

但是，这个情节更为严肃的问题涉及身份的判定，它描述了爱丽丝本人对自己身份的质疑。而来自她自身之外的质疑则更为严肃，甚至残酷。白兔把她当成了自己的女仆玛丽·安，打发她去房间给他取手套和扇子。爱丽丝想象自己以这种新身份回到地面上会发生什么，想到自己的猫咪黛娜也会对自己发号施令，她也许会被指派替黛娜看守老鼠洞。白兔对爱丽丝身份的误认这个片段可能是幽默性多于严肃性，但是后来毛虫对爱丽丝身份的直接质问则值得深入思考。在《奇境》第五章，身高变成了大约三英寸（她的第五次身体变化）的爱丽丝看到一株和她差不多高的蘑菇，上面坐着一只正在抽水烟的毛虫。两个人眼对眼地互相看了一会儿，毛虫懒洋洋地开口问道"你是谁？"爱丽丝表示"我——几乎不知道——我只知道今天早上起床的时候我是谁。可是打那以后，我想我已经变了好几次了。"她解释不清楚自己是怎么回事，只好说"我现在不是我自己"（2001：38—39）。她还告诉毛虫，她觉得自己已经变了，是因为以前能记住的东西现在都记不起来了，她知道背出来的《小蜜蜂多忙碌》全都不对。于是毛虫建议她背一背《威廉老爹你老了》，结果背完后毛虫肯定地说，"从头到尾都错了"。更让爱丽丝感到挫败和无助的是，她本来希望从毛虫这里得到理解和共鸣，因为毛虫也是要经历变化的："唔，也许是你还没有那种感觉，但是当你不得不变成蛹的时候——你知道，总有一天你会变成蛹的——然后再变成蝴蝶，我想你总会觉得有点奇怪吧？"但毛虫却干脆地回答说："一点儿也不。"来自他人的第二次质疑出自同一章，即上文提到的鸽子。鸽子不相信长着巨长脖子的爱丽丝不是蛇，她质问爱丽丝，"那你是什么？"既然爱丽丝承认她确实吃过蛋，那么对鸽子来说爱丽丝和蛇确实没什么不同。仅仅通过"吃蛋"这一个行为就能定义一种生物，这其中有一种特别的逻辑，这种观点的新鲜性使爱丽丝哑口无言，也让读者看到了奇境世界所显露出来的逻辑潜台词，这种潜台词不断地对爱丽丝传统而稚嫩的推理提出挑战，其侵犯性严重威胁了爱丽丝对永恒身份的假定。

在镜中世界里，爱丽丝也被里面的人物当成不是她本人的别的东西。

刚进入镜子后面时，爱丽丝在壁炉的炉灰里发现了几只棋子，其中有红白两方的国王和王后，而她身后的桌子上有一只白方小卒倒在棋盘上哭喊起来，原来是白方王后的女儿。王后于是拼命地沿着壁炉围栏往上爬，急切地要去帮助自己的女儿。爱丽丝便拎起王后，将她放在她哭闹的小女儿身边。王后被突然且高速的空中飞行惊呆了，提醒灰堆里的国王当心火山，说正是火山把她吹上来的。鉴于棋子们似乎既看不见她，也听不到她的声音，对其身份的这一错误认识完全合理。在第二章里，当爱丽丝走到会说话的活花花园时，那里的花儿把她当作了一朵会走路的花，对她评头论足，说她的花瓣（应该是指她的头发）四处披散着，认为她已经开始凋谢了。爱丽丝虽然不喜欢它们的评论，但这一次误认也没有给她造成困扰。第七章，爱丽丝遇见了《狮子与独角兽》中的独角兽，"他碰巧看见了爱丽丝：立即转过身来，站着一动不动地看着她，眼中流露出一种最深切的厌恶。"然后问道，"这是——什么——东西？"（2001：205）国王的信使告诉他"这是一个小孩儿"，独角兽表示，他过去一直以为小孩是想象中的怪物，他还问爱丽丝是不是活的。听说她是活的，而且还会说话之后，他又用命令的语气说："说话，孩子。"狮子看见爱丽丝之后，也问"这是什么东西？""你是动物——植物——还是矿物？"独角兽抢先回答他说，"她是想象中的怪物！"（2001：206—207）这个片段的有趣之处通过爱丽丝对独角兽说的话表现出来了："你知道吗？我过去也一直以为独角兽是想象中的怪物！我从来也没见过一只活的独角兽！"于是，两人达成一致，"既然我们彼此看见了，那么，如果你愿意相信有我，我也愿意相信有你。可以成交吗？"（2001：206）当然，这个片段被某些读者和论者视为表现了成人和儿童（尤其是在卡罗尔时代）在彼此眼中的形象："怪物。"但是，她有几次遭遇的身份问题真的可以被称为是身份危机了，其中蕴含的哲学意义很深刻，是哲学家和文论家们都很感兴趣的关注点。

走出镜子背后的房子之后，爱丽丝发现镜中世界原来是一个巨大的棋盘，它的地面被小河和树篱分割成许多整齐的方格。红方王后允许爱丽丝以白方小卒的身份（代替那个白方王后哭闹的小女儿）参加棋赛。在爱丽

第一章　卡罗尔的悖论与德勒兹的生成和事件

丝走到第四格的时候（第三章），一只蚊蚋和她谈起了名字的用处，并且告诉她前面有个树林，里面的东西都没有名字。后来，爱丽丝果然看到一片阴暗的树林，心里还在想进去之后她的名字会不会出什么事，结果进去之后她真的连"树"这个名词都说不上来了，只能说"我走到了这个——这个——走到了这个下面……嘿，它肯定没有名字！"接着，她又自言自语道："这件怪事竟然真的发生了！现在想想，我是谁呢？我会记起来的，只要我能记起来！我一定要想起来！"（2001：151）但她绞尽脑汁，也只能想起自己的名字是 L 开头的。一只小鹿走过来，它也想不起自己的名字，爱丽丝搂着小鹿的脖子，两个"人"友好地一起穿过了树林。就在这时，小鹿从爱丽丝的怀抱里挣脱出来，"我是小鹿！天哪！你是人！一个小孩！"（2001：152）它突然显得很惊恐，立刻头也不回地跑开了。人类用语言给自然万物贴上名称标签，旨在区分并认识它们。但是，这种标签并不简单，它们携带着关于事物本质属性的信息。没有名字的小鹿呈现出生物的"纯洁"状态，即没有受到人类阐释和区分的状态。没有了名字的爱丽丝就不是通常意义上的"人"了，她与动物之间的界限不复存在；她丢了自己的名字，也就失去她作为"人类孩子"的身份。有了名字后，"鹿"这个标签表明它是温和、软弱、怕人的动物，而"人"这个标签则表明了鹿的异类、鹿的猎杀者等属性。

对爱丽丝身份，乃至存在的质疑或打击紧跟着出现在第四章，这时爱丽丝已经走入第四格。这里是长得一模一样的对对儿兄弟（Tweedledum and Tweedledee）的地盘。爱丽丝听到一阵巨大的声音，像是蒸汽机发出的排气声，她有点害怕，以为附近有狮子或老虎，对对儿弟说那不过是红方国王在打鼾，于是兄弟俩把她带到了国王睡觉的地方：

"他正在做梦呢，"对对儿弟说，"你认为他在梦见些什么？"

爱丽丝说："那是谁也猜不到的。"

"嘿，他正在梦到你呢！"对对儿弟得意地拍着手，叫喊起来，"如果他没有梦见你的话，你以为你会在哪儿？"

《意义的逻辑》与卡罗尔的胡话文学

"我当然就在现在这个地方啦。"爱丽丝说道。

"才不是呢!"对对儿弟轻蔑地反驳说,"你哪儿都不会在。哼,你只不过是他梦里的一个东西罢了!"

"要是躺在那里的国王醒来了,"对对儿哥补充说,"你就会——噗的一声——像蜡烛那样熄掉了!"

"我才不会呢!"爱丽丝气愤地大叫,"再说,如果我是他梦里的什么东西,那么我倒想知道,你们是什么东西?"

"一个样!"对对儿哥说。

"一个样!一个样!"对对儿弟叫道。

他叫得这么大声,爱丽丝忍不住说:"嘘!你这么大声,会把他吵醒的!"

"得了,你只不过是他梦里的一个东西,你来说会不会吵醒他有什么用?"对对儿哥说,"你知道得很清楚,你并不是真的。"

"我是真的!"爱丽丝叫道,忍不住哭了起来。

"你就是哭,也不能把自己变得更真一点,"对对儿弟评论说,"没什么值得哭的。"

"如果我不是真的,我就不可能哭呀……"爱丽丝说道,她带着眼泪笑起来,因为这一切显得那么荒谬可笑。

对对儿哥用极为蔑视的口吻打断她说:"我希望你不会认为那些眼泪是真的吧?"

"我知道他们在胡说八道,"爱丽丝心里想到,"为这种事情哭真是太傻了。"……(2001:164—5)

我们都知道,整个的镜中世界和爱丽丝在其中的经历其实都是爱丽丝梦中的东西,她醒来后和她的小黑猫说,她要认真思考一下到底是谁做了这场梦,"一定是我或者红方国王做的梦。当然,他是我梦中的一部分……但是,我也是他梦中的一部分"(2001:251—252)。这个经常被人引用的片段富含深意。首先,爱丽丝梦见正在梦见她的红方国王,这种类似于"鸡生蛋、蛋生鸡"的无限回溯就像两面对放的镜子，彼此映照。美国数学家和科普作家马丁·加德纳在一本关于逻辑和悖论的书中将其称为"爱丽丝与红方国王之悖论"。加德纳也是世界上最著名的《爱丽丝》注解者，他在该片段的注解中写道：

> 关于红方国王的梦的讨论把可怜的爱丽丝投入了严酷的形而上学之水中。对对儿兄弟为伯克利主教（Bishop Berkeley）的观点辩护：所有的物质对象，包括我们自己，都是上帝头脑中的"各种东西"。爱丽丝采取了塞缪尔·约翰逊（Samuel Johnson）常识性的立场，约翰逊认为他通过脚踢大石头而反驳了伯克利主教。当罗素在一次关于《爱丽丝》的广播讨论会上论及红方国王的梦时，他说："从哲学的角度来看，这是一个非常有益的讨论。但是，若不是因为它的表达很幽默，我们就会觉得它太痛苦了。"①

二 悖论与常识和理智

"悖论起初就是摧毁理智——即唯一方向——的东西，但它也是摧毁常识——即固定身份之分配——的东西。"（1990：3）德勒兹认为，爱丽丝的身份不确定是由其身体的生成和梦世界的种种悖论造成的。我们可以根据《意义的逻辑》第12系列（章）"悖论"中关于悖论与定见（doxa）的关系来具体分析和理解德勒兹的观点。德勒兹认为，定见有两个方面，即常识和理智。"理智（或曰良好判断 good sense）肯定的是在所有的事物中都有一个可以确定的意义或方向，但是悖论却是对两个意义或两个方向的同时肯定。"（1990：2）理智"将时间之箭的方向定位为从过去走向未来；它在这个定位中给现在分派了一个指引角色；从而使预见功能成为可能；它挑选了那种静止不动的分布类型"（1990：45）。"理智据说只有一个方向：它是独一无二的意义，表达了对秩序的要求，根据这种秩序，必

---

① Martin Gardner and Lewis Carroll, *The Annotated Alice: The Definitive Edition*, 2000, p.189.

须选择一个方向并保持这个方向。……其功能本质上是预见。"（1990：75）常识的功能是确认并识别，它将特定的多样化纳入自身，并将其与客体的特殊统一体联系在一起，也就是说，常识分配固定身份，使人们对事物有比较统一和稳定的认识。这是对德勒兹复杂而具体的表述的一种概括，相关的原文片段如下：

> 理智的系统性特点如下：它肯定一个单一方向；它决定这个方向从差异最大的东西走到差异最小的东西、从异常的东西到正常的东西、从卓越的东西到普通的东西；它根据这一决定将时间之箭的方向定位为从过去走向未来；它在这个定位中给现在分派了一个指引角色；从而使预见功能成为可能；它挑选了那种静止不动的分布类型，在这种分布中，前述的所有特点都被集合在一起。（1990：76）

> 常识被称为"共同的"（common），是因为它是一个器官，一种功能，一种确认机能，该机能使总体的多样化与大同之形式相关。常识确认并识别，一如理智之预见。从主观上说，常识将灵魂的各种机能或者身体的不同器官纳入自身，并把它们与一个能够说"我"的统一体联系起来。同一个自我感知、想象、记住、知道，等等；同一个自我呼吸、睡觉、走路、吃饭……没有这个用语言表达并展现自己、说出自己所作所为的主体，语言似乎是不可能的。从客观上说，常识将给定的多样化纳入自身，并将其与客体的一种特殊形式的统一体或者一个世界的一种个性化形式联系起来。我看到的、闻到的、尝到的或触碰到的是同一个客体；我感知的、想象的和记住的……是同一个客体；当我遵循关于一个确定体系的种种法则，从一个客体走到另一个客体时，我在其中呼吸、走路、醒着和睡着的是同一个世界。在这儿，又一次，语言在它所标示的这些身份之外似乎是不可能的。我们能清楚地看到理智和常识这两种力量的互补性。理智如果不能朝着一个能够将多样性与一个主体的身份形式，或者与一个客体或世界的永久形式联系起来的情形——你假定这种情形从头到尾都存在——而超

越自己，它就不能固定任何开始、结束或方向，就不能分布任何多样化。相反，如果常识内的这种身份形式不朝着一个能够借助一种特殊多样性来决定它的情形而超越自己的话，它就会是空无的，这种多样性会在这儿开始、在那儿结束，你会认为只要有必要确保其各个部分的平均化，它就会持续下去。必须立刻停止并测量、归属并确认特质。在理智和常识的这种互补中，自我、世界和上帝之间的联盟被密封起来——上帝是方向的最终结果，是身份的至高原则。因此，悖论是对理智和常识的同时颠倒：一方面，它在变疯和不可预见之事物的两个同时意义或方向的伪装下出现；另一方面，它显现为丢失的身份和不可识别的东西的无意义。爱丽丝是个总是同时朝两个方向走的人：奇境存在于一个总是被再分的双重方向中。爱丽丝也是丢失了身份的人，不论是她自己的身份还是事物和世界的身份。（1990：78）……爱丽丝屈从于（也失败于）所有关于常识的测试：对自我意识的测试是一个器官——毛虫问"你是谁？"；对客体的感知测试是识别测试——那片被剥去了所有识别的树林；对记忆的测试是背诵——"从头错到尾"；对梦的测试是世界之统———在其中，为了一个宇宙（在那儿你总是别人梦中的一个元素——"你只是他梦中的一个东西，你很清楚你不是真的"）的利益，每一个个体体系都被破坏了。既然爱丽丝不再有理智了，她如何还会有常识呢？无论如何，没有在其中表达或展现自己的主体，没有要指示的客体，没有分类、没有根据一个固定秩序来意指的特性，语言似乎是不可能的。（1990：79）

德勒兹的阐述切中要害。他所引用的这些例子上文已经介绍了。爱丽丝的身体变化没有方向，或者说它同时有两个方向，爱丽丝无法预见它。这种生成是一种悖论，它是对两个方向的同时肯定，它逃避现在，难以把握。爱丽丝在两个奇怪的梦世界里遇到的种种事件都是违反常识和理智的；很多问题没有答案，很多悖论无法解决。从小说中我们确实可以很清楚地看到，爱丽丝频繁地求助于她的常识和理智来解决她的身份困惑，也在多次的失败之后发现她的常识和理智根本无法用来理解梦世界的怪人怪事。爱丽丝依赖的常识和理智包括：自己的身体特点（比如头发是什么样子，身材有多高），熟悉的人（保姆、家庭教师等）和宠物，学业知识（数学、地理、教育性的儿歌等），生活经验，逻辑思维。只是作为一个七岁的小孩子，她有限的常识和理智压根敌不过奇境和镜中世界荒谬和强大的怪诞逻辑和语言暴力，她既无法做到识别和确认，也无法预见。抽着水烟的毛虫是洞悉变化、指点迷津的智者的化身，因为他自己就是变化的终极典范，他对自己终将羽化为蝶的过程并不感到困惑。因此，作为确认和识别的权威代表，他有资格以超然的、高高在上的姿态询问爱丽丝"你是谁"。是他告诉爱丽丝他身下那朵蘑菇的一边会让她变大，一边会让她变小，让爱丽丝找到了控制自己身体大小的方法。可是蘑菇是一个无法确定起点和终点、无法确定方向的圆，要在没有参照物的情况下分清它的"两边"是不可能的，"哪边是哪边呢？"爱丽丝只好伸长双臂，抱住蘑菇，两手各自掰下一小块蘑菇，然后冒险尝试两块蘑菇的功效：她啃了一口右手拿着的那块，结果"猛然感到自己的下巴一下子撞上了什么，原来是下巴颏砸在了脚上！……因为自己的身体正在迅速缩小，她立刻张口咬了另外一块。偏偏下巴紧紧压在脚背上，差点张不开嘴……"（2001：44）在镜中世界那片没有名字的树林中，各种存在物的本质区分随着专名和通名的全部丧失而荡然无存，爱丽丝无法认识任何的客体，也失去了主客体的划分。乘法表、说教性的诗歌等东西本来已经成为其知识的一部分了，但在奇境中，它们莫名其妙地变成了错得离谱的胡说八道，记忆完全背叛了爱丽丝。镜中世界的历险究竟是谁的梦？现实和梦境的分界线在哪里？常识告诉爱丽丝她是真人，但是对对儿兄弟的非常识告诉她，她只是别人梦中的一个虚构。终究，她认为她既是自己，也是别人的创造物，也就是说，她既是自我也是他者，这就是悖论。正如德勒兹所说，悖论就是对两种事物（两个命题、方向、意义）的同时肯定。

卡罗尔的替身们在理智之外表现了变疯的两个意义和两个方向。

第一章 卡罗尔的悖论与德勒兹的生成和事件

我们首先来看《爱丽丝》中的疯帽匠和三月兔这一对儿：他们每个人都住在一个方向中，但这两个方向是不可分的；每个方向都把自己再分成另一个方向，以至于在每个方向中都能发现这两个方向。要成为疯子，"两个"是必需的；一个人总是合伙（in tandem）发疯的。疯帽匠和三月兔在他们"谋杀了时间"的那一天——亦即毁掉了计量法、压制了把特质与某个固定的东西联系起来的暂停和静止的那一天——一起发了疯。他们俩杀死了不再幸存于他们之间（除了在受他们折磨的同伴睡鼠的睡眠形象中）的现在。但是，这个现在不再存续，除了在那个被无限再分为过去和未来的抽象时刻，即下午茶时间之外。结果就是他们现在无休止地换地方，总是迟到又早到，同时处于两个方向，但永远不准时。在镜子的另一边，三月兔和疯帽匠又以两个信使的身份被再次提及，在绵延时间（Aion）的两个同时方向的基础上，他们俩一个去，另一个来，一个寻找，另一个带回。在指向他们房子的岔道上，对儿兄弟证实了两个方向的不可识别性和每个方向中两个意义的无限再分。但是，就像替身使生成的任何限制、特质的任何固定以及因而理智的任何行使都成为不可能一样，矮胖蛋是高贵的简单性，是词语的主人，是意义的给予者。他破坏了常识的行使，因为他分布差异的方式是这样的：没有固定的特质、没有衡定的时间能够与一个可确认或可识别的对象联系起来。矮胖蛋（他的腰和脖子、领带和腰带无法区分）缺乏常识，就像他缺乏可区分的器官一样；他是由变换的、"令人不安的"特异性独特构成的。他不会认出爱丽丝来，因为在他看来，她的每一个特异性都同化在器官（眼睛、鼻子、嘴巴）的普通安排中，都属于一张太过平常的脸的平常之地，因为她的脸排列得跟别人一样。在悖论的奇异性中，什么都没开始或结束，一切都朝着既是过去又是未来的方向行进。就像矮胖蛋说的那样，协同防止我们长大总是有可能的，一个人不会变大，如果另一个人不缩小的话。悖论是无意识之力量，这个事实中没有什么令人吃惊的东西：与理智相反，它总是出现在意识之间的空间中，或者与常识相反，出现在意识的背

后。(1990：79—80)

德勒兹在这一段文字中进一步利用了来自《爱丽丝》的实例来阐述悖论的特点。我们不妨还是通过细读小说来解析德勒兹的阐述。疯帽匠和三月兔是地下奇境中的人物，他们出现在小说的第七章"疯茶会"中。在见到他们之前，爱丽丝曾向柴郡猫打听附近住了哪些人，猫一挥右爪，告诉她"在那个方向，住着一个帽匠"；它挥了挥左爪，说"在那个方向，住着一只三月兔。你愿意去哪边就去哪边；他们都是疯子"。[①] 爱丽丝很快就看见了三月兔的房子，心里还担忧它会不会疯得太厉害，觉得自己也许还不如到帽匠那里去，但是很快她就发现，说是他们俩住在两个方向，其实都在三月兔的房前树下喝下午茶。也就是说，他们在同一个地方，在同一个方向上，而且似乎要永远待在一起，因为帽匠在红桃王后的音乐会上唱《一闪一闪小蝙蝠》时"谋杀了时间"[②]，所以"时间"不再为他做任何事情，永远停在了六点钟。所以，他俩和总在睡觉的睡鼠（疯子三人组）就不得不没完没了地喝下午茶，没有时间洗茶具，就只好围着餐桌转圈挪位置，用完这套茶具接着用下一套。对于爱丽丝的疑问"回到起点的时候怎么办呢？"置之不理，立即转换话题。这里的悖论是：表面看来他们永远停留在现在，但这个现在不是暂停的、静止的；就喝茶这件事而言，"六点钟"是一个瞬间时间，一个抽象时间，它迅疾流淌而去，只把一个非物质的存在留存于"现在"中。他们不停地挪着座位，总是喝完了茶却又没开始喝；总是既迟到又早到，永远不准时，他们永远抓不到"现在"。在《镜中奇遇》里，三月兔和疯帽匠以白方国王的信使的身份再次出现，名字分别叫"海阿"（Haigha，hare 的谐音）和"海塔"（Hatta，hatter 的谐音）。按照国王的说法，他必须要两个信使，"一个来，一个

[①] 根据加德纳的注解，疯帽匠和三月兔来自卡罗尔时代的两个成语"疯得像帽匠一样"和"疯得像三月兔一样"。帽匠在制作帽子的时候经常接触水银，因而可能会出现水银中毒现象，发生肢体颤抖乃至出现幻觉。而三月兔发疯的来历是，根据民间说法，公兔在三月处于发情期，因而行为癫狂。

[②] "murdering the time"意思是唱错了歌曲的节奏。

去"，"一个送信，一个取信"（2001：199，200）。其实，送信的必定是先去送了再回来，取信的必定要先去取了再回来，所以他俩总是走在两个同时的方向上。

对对儿兄弟是英国传统儿歌里的两个人物，他们是双胞胎，出现在《镜中奇遇》的第四章。爱丽丝走出没有名字的树林之后，发现了一条路，每到分岔的地方，必定会有两个指向同一条路的路标，一个写着"通向对对儿哥的房子"，另一个写着"通向对对儿弟的房子"，显然这两个方向不具有可分辨性。爱丽丝终于明白过来了："我肯定他们俩住在同一所房子里！"（2001：153）矮胖蛋（Humpty Dumpty）也是一首儿歌（谜语儿歌）的人物，"矮胖蛋，坐墙头，／一个跟头摔下来，／国王的骑士，国王的马，／都无法把它再扶上墙"。谜底就是一只蛋。矮胖蛋出现在《镜中奇遇》的第六章，他是《爱丽丝》中最吸引哲学家和语言学家注意的人物，维特根斯坦、唐纳德·戴维森、迈克尔·达米特、勒塞克勒等哲学家都关注过这位镜中语言学家的观点和言论。除了关于悖论的这段文字之外，《意义的逻辑》在关于意义、词类、无器官的身体等概念的论述中也数次论及矮胖蛋，我们会在下文的相关部分再详细讨论矮胖蛋。小说中关于他的那一章几乎值得全文引用，但此时我们先看看德勒兹所谈到的这些细节的出处。第一部分"领带和腰带"与"合伙长大"：

"七岁零六个月！"矮胖蛋若有所思地重复道，"这种年龄太不舒服了。要是当初你来征求我的建议，我就会对你说'就停留在七岁吧'——但是现在已经太晚了"。

爱丽丝气愤地说："我从来不向人征求关于成长的建议。"

"是因为太骄傲吗？"矮胖蛋问道。

这种想法让爱丽丝更加气愤了。她说："我的意思是说，一个人没法不长大！"

"一个人，也许不能，"矮胖蛋说，"但是，两个人就可以。在适当的帮助下，你是可以停留在七岁的。"

《意义的逻辑》与卡罗尔的胡话文学

"你的腰带真漂亮!"爱丽丝突然这样评价起来。(爱丽丝想,他们已经对年龄这个话题谈得够多了。而且,如果他们真的轮流选择话题的话,那现在也该轮到她了。)转念一想,她急忙纠正自己说:"至少,我本来是想说,你的领带真漂亮!——不,是腰带,我是想说——噢,请你原谅!"爱丽丝沮丧地补充了一句,因为矮胖蛋看上去彻底让她给得罪了。她开始想,要是不选这么倒霉的话题就好了。她暗自想道:"我怎么知道哪儿是他的脖子,哪儿是他的腰!"

很明显,矮胖蛋气坏了,虽然他有一两分钟时间没说一句话。当他终于开始说话的时候,他发出的是深深的怒吼。

"这真是——岂有此理!"他终于说道,"居然有人连腰带和领带都分不清!"

"我知道,我实在是太无知了。"爱丽丝的语气是那么谦卑,矮胖蛋听了之后变得温和了一些。

"这是一条领带,孩子。你说得对,它是一条美丽的领带,是白方国王和王后送给我的礼物,现在你明白了吗?"(2001:189—190)

矮胖蛋是"两个方向"的悖谬运作的绝佳范例,他圆滚滚的形状决定了他的头和身子、腰和脖子无法区分,它们之间的分界线处于朝两个方向走的无限的不可确定中,所以常识在他身上无用武之地,因而对于他扎在身上的带子,爱丽丝确实不知道该说"领带"好,还是说"腰带"才对。而且,他的"反常识性"最为有力的证据是,他所认为的"大秘密"对爱丽丝和听过关于她的那首儿歌的所有人来说根本就是常识,他却毫不自知。爱丽丝见到他时,他像儿歌里说的一样坐在一堵又高又窄的墙上。出于好意,爱丽丝提醒他那堵墙实在太窄了,认为他待在地面上会安全得多。但是傲慢的矮胖蛋根本不领情,他说,"就算我万一摔下来,国王曾经向我保证过——对,亲口保证的——他会——他会——"显然,他不想把这个秘密告诉爱丽丝,但爱丽丝忍不住说,"派出他所有的骑士和所有的马"。结果矮胖蛋勃然大怒,指责爱丽丝"你一定偷听过我们的谈话……否则，你不可能知道！"（2001：187）当然了，因为他对他预先注定的命运的无知（对听过儿歌的人来说他的结局也是常识），他终将从高墙上摔落，碎得万劫不复。

关于"长大"的问题爱丽丝不愿谈下去，根据加德纳的说法，"这是《爱丽丝》书中最微妙、最严酷、最容易被遗漏的妙语。难怪迅速明白了其隐含之意的爱丽丝改变了话题①"。"停留在七岁"意味着在七岁死去，还有人认为矮胖蛋的"适当帮助"甚至隐含着谋杀的含义。精神分析学派的评论者会说，矮胖蛋实际上是在隐晦地表达恋童癖卡罗尔的愿望，他想让爱丽丝停留在七岁，停留在儿童期，而不想让她长大成为一个女人，因为他只喜欢小女孩。但是，德勒兹显然不是这个意思，他的意图仍然是比喻性地说明生成的辩证和悖论：如果现在的爱丽丝变大了，那么原来的那个她相对于此时的她就是缩小了。

第二部分"没有区分性的脸"，这个话题发生在爱丽丝和矮胖蛋道别之时：

"再见！希望有机会再见到你！"

"就算我们有机会再见，我也不会再认得你。"矮胖蛋用一种不满意的口气说，同时向爱丽丝伸出一根手指头，让她握。"你跟别人长得简直一模一样。"

"一般来说，是根据面孔来区别人。"爱丽丝沉思道。

"我抱怨的正是这件事，"矮胖蛋说。"你的脸跟所有人的脸一模一样——两只眼睛，长在这儿——"（他一边说，一边用拇指在空中表示眼睛的位置）"鼻子长在中间，嘴巴长在下面，总是一样的。要是你的两只眼睛长在鼻子的同一边，比如说——或者嘴巴长在上面——那还能有点用。"（2001：197）

---

① Martin Gardner and Lewis Carroll, *The Annotated Alice: The Definitive Edition*, 2000, p. 211.

《意义的逻辑》与卡罗尔的胡话文学

乍看之下,矮胖蛋的这句话颇有道理;如果深究,又是一个关于差异和同一的哲学和逻辑问题,是大有话可说的。矮胖蛋本人是典型的"无器官的身体",分明是他自己缺乏特异性,但他反而认为爱丽丝的脸缺乏特点。作为一个无任何分界的平滑的身体,他的特异性"令人不安",但他反而认为爱丽丝的特异性都同化在器官的普通安排中。卡罗尔隐含其中的幽默反讽不言而喻。很多读者从幽默、讽刺、批判等文学分析的角度来理解这些充满悖论和荒诞的片段,把它们视为卡罗尔高超的文学手法。这固然不错,但是如果将理智、常识、悖论三者的关系放在《爱丽丝》的整个语境中去看,那么这两本书的意义就不止于语言游戏和逻辑游戏所产生的含义了。爱丽丝以现实世界的理智和常识去理解梦世界的种种努力都以失败告终,她失去了对事物的认识和把握,也失去了常识,或者说对常识产生了深深的质疑;她不再有判断能力,甚至对自己的身份和存在也产生了困惑;她无法预见自己的历险会走向什么结局,因为那两个世界从人物到语言到事件都破坏了常识的运行。那里的一切似乎都是不确定、不可知、不可理喻的:疯帽匠让她猜的谜语"为什么渡鸦像写字台?"是根本没有谜底的;奇境的赛跑和槌球比赛是没有(真实世界的)规则的:前者是大家可以随时随地开跑,最后每个人都是获胜者,都可以拿到奖品;后者的球棒、球和球门到处乱跑(因为它们是分别由火烈鸟、蜷起来的刺猬和弯着腰的扑克牌士兵充当的);在镜中世界的某个地方要拼命快跑才能保持在原地;绵羊婆婆商店里的鸡蛋五便士一个,两便士两个,但是买了两个就必须把两个都吃掉。所以德勒兹说,梦世界里的爱丽丝既没有了理智,也没有了常识,他暗示奇境和镜中世界隐含着一种认识论和本体论恐惧,威胁着要毁灭爱丽丝的主体性。如果把《爱丽丝》上升到哲学角度,我们可以说它们展现了一种与正常现实的认识论和本体论的分裂,这种分裂最终迫使爱丽丝遭遇到了那种康德式的先验之恐怖:"一个有理智的人几乎被逼到精神错乱的边缘"[1] 的那种经历。雪上加霜的是,那些人都是有意

---

[1] Peter Heath, *Philosopher's Alice*, 1974, p. 6.

无意的语言霸权者，爱丽丝永远"说"不过他们，她在语言理解和表达方面永远是失败者，她安慰自己的唯一方法是"我知道他们在胡说八道"。这些内容不仅有好玩的意义，还有语言哲学和存在哲学的意义：理智和常识能够让我们理解世界和自己吗？语言和他人在我们的身份认同中起着什么作用？语言能够让我们达成与别人的交流吗？还是说语言和常识在我们认识世界、认识自身、认识别人方面压根就是无能为力的？人类世界本来就是荒诞的、存在本质上就是虚无的？多数时候，卡罗尔作品暗示的答案都是后者。

三　生成、悖论与事件

"事件"是德勒兹哲学体系中的一个重要概念。他曾在一次采访中说："在我所有的书中，我都试图发现事件的本质；它是一个哲学概念，是唯一能够取代动词'to be'和属性（attributes）的概念。"[①] 法国哲学家巴迪欧认为，"《意义的逻辑》是德勒兹阐明其事件概念的最大努力"[②]。在《意义的逻辑》中，德勒兹对事件的阐述开始于对斯多葛派的借用，发展于对命题、意义、无意义和语言的复杂探讨中。他说斯多葛派像柏拉图一样，也区分了两种事物：身体和身体的结果（effect）。身体本身是由混合物构成的。它们首先是元素（火、气、水、土）的混合，其次是身体本身的混合。斯多葛派把灵魂和灵魂的特质（比如知识、美德和恶习）也都视为身体。基本上，任何具有情感（affect）力量的东西都是身体，他们认为只有身体是存在的。存在的事物要么施为，要么被施为；没有身体，任何东西都无法施为或者被施为。以斯多葛派的这种身体概念为基础，德勒兹表述了他对"身体"的定义：

> 有张力、物理特性、行动和激情以及相应"事态"的身体，这些事态、行动和激情都是由身体的混合物所决定的。在限度之内，有一

---

① Deleuze, *Negotiations*, 1995, p.141.
② Alain Badiou, "The Event in Deleuze", *Parrhesia*, 2007, No.2, p.37.

个凭借原始之火而形成的所有身体的统一体，身体被吸收进其中，也根据各自的张力从中形成。身体和事态的唯一时间是现在，因为正在经历的现在是伴随行为、表达并测量施事者的行动和受事者的激情的时间延伸。……只有身体存在于空间中，只有现在存在于时间中。在身体之间没有因和果，相反，所有的身体都是起因——是与彼此有关、导致彼此的起因。（1990：4）

身体是起因，而身体的结果是"非身体的"或曰"非物质的"实体（incorporeal entity）。在斯多葛派那里，"非物质"这个词不是指所有不是"身体"东西，而是只适用于其中一个有限而确定的群体，即虚空、地点、时间和"lekta"（可说的东西），它们被称为"标准非物质"。只有身体和标准的非物质才可以被称为"某物"（aliquid/something）。德勒兹说，斯多葛派本体论中最高的术语不是"存在"（being），而是这个"某物"，这个词包含了真实的、现存的身体与四种存续的"非物质"之间的划分。德勒兹对这种非物质实体的表述如下：

它们不是物理性质（qualities）和特性（properties），而是逻辑的或辩证的属性（attributes）。它们不是事物或事实，而是事件。我们不能说它们存在，而要说它们存续或固有（subsist or inhere）（亦即具有这种适合于不是事物的东西、一个不存在的实体的最低限度的存在）。它们不是名词性实词或形容词，而是动词。它们既非施事者，亦非受事者，而是行动和激情的结果。它们是"无感情的"（impassive）实体——无感情的结果。它们不是正在经历的现在，而是不定式：是无限制的绵延时间（Aion），是在过去和未来中无限划分自己的、总是避开现在的生成。因此，必须以两种彼此排斥但互补的方式对时间做两次理解。首先，它必须被完全理解为作用并被作用的身体中正在经历的现在。第二，它必须被完全理解为一个无限可分为过去和未来、可分为产生于身体及其行动和激情的非物质结果的实体。只有现在存在于时间中，聚集或吸收过去和未来，但是只有过去和未来固有于时间中，并无限划分每一个现在。过去、现在和未来不是三个连续的维度，而是对时间的两种同时解读。(1990：5)

在《意义的逻辑》中，德勒兹的兴趣在于时间和"可说的东西"这两种非物质，他在后面的章节中也会反复论及"绵延时间"和"顺序时间"的区别。他引用了斯多葛哲学研究者布勒伊埃的解释，说明身体与其结果这对二元体的区分就像身体和刀刃切开皮肉之间的区分。当肉体被刀子切割时，它并没有呈现出一种新性质（quality），它仍是肉体；它呈现的是一种新属性（attribute），亦即被切的属性。换言之，刀子也是一种身体，当它切开皮肉时，它在身体上产生了被切的属性；"切割"是身体的混合（肉体和刀子）的结果。用布勒伊埃的话说就是："（被切割）这一属性并不标示任何真实的特质……相反，它总是被动词所表达，这意味着它不是一种存在，而是一种存在方式……它纯粹就是一个结果，或者一个不会被归类于存在物之列的后果。"(1990：5)

布勒伊埃这几句话里面的要点是：这种属性总是由动词来表达的；它不是存在（被切的身体是存在），而是一种存在方式，是一个结果。这就是不同于柏拉图二元论的斯多葛派二元论：身体（或事态）与结果（或非物质事件）的二元论。根据斯多葛派的观点，每一个东西都是身体或者身体的混合物（比如刀子和它所切割的肉体的混合），但是其行动和激情则具有非物质的结果，这种结果是盘旋在身体表面和事态上空的一片薄雾，这就是事件之薄雾，它中立而静止，语言只能以一个动词不定式（一个独立的，既不需要时态、也不需要主语的动词）的伪装才能捕捉住它。像"to grow"或"to cut"这样的不定式不需要独特分明的主体或客体，它们指向事件而非指向物质。事件缺乏人称、时态和语气等个体化特点，所以用不定式动词来表达最好。不定式不挑选人物、地点或事物，它们是无形的，它们指向发生在身体上或身体中的事情，但它们本身不是身体的。比如，我们不应该说"树是绿的"，而应该说"树变绿"。这种"变绿"就是一种表面结果；"绿"不是一个与其他身体相互作用的身体，而是发生在树这个身体上的某件事，它本身是事件。它是树叶、树叶中的叶绿素、阳光等各种身体的混合所产生的结果。德勒兹对身体（事态）与结果（事件）的表述如下：

> 当斯多葛派把身体的厚度与这些像大草原上的雾（甚至不太像雾，因为雾毕竟是一种身体）一样只在表面玩耍的非物质事件作比较时，他们是什么意思呢？混合物在身体里，并且在身体的深处：一个身体穿透了另一个身体，在后者的所有部位里与后者并存，就像海洋里的一滴葡萄酒，或者铁中的火。一个身体从另一个身体中退出来，就像液体从花瓶中退出。一般来说，混合物决定了事物的数量和质量状态：一个整体的多个维度——铁的红，树的绿。但我们说"变大""减小""变红""变绿""切"和"被切"等时的意思是某种完全不同的东西。这些不再是事物的状态——身体深处的混合物——而是处于表面的非物质事件，是这些混合物的结果。（1990：5—6）

克里夫·斯坦格尔在《德勒兹词典》的"事件"词条中对这个概念做了概述：

> 德勒兹用"事件"概念来表示各种力量之间的相互作用所固有的瞬时生产。……事件就其本身而论不是一个特殊的状态或者所发生的事情，而是在那种状态或事件中成为现实的某个东西。换言之，一个事件是内在于一种特定的力量聚合中的潜能。以树木在春天改变颜色为例。根据德勒兹的解释，事件不是明显发生的事情（树木变绿），因为这只是一个转瞬而过的表面结果或者是对一个事件之现实化的表达，因而这表达了身体和其他事件（比如天气模式、土壤条件、着色效果和原来的种植条件）的一种特定汇聚。因此，我们不应该说"这棵树变绿了"（became green）或者"这棵树现在是绿的"（这两种说

法都隐含着树的本质方面的一种变化），而要说"树绿"（The tree greens）。通过使用不定式形式"to green"，我们制造了谓语的一种动态属性，一种不同于那棵"树"、也不同于"绿"（greeness）的非物质性，这种物质性抓住了事件的现实化的动态。……

　　德勒兹的立场挑战了应该根据确定的事物状态来理解现实这种观念。柏拉图清楚地表达了这种观念，他确立了固定的、确定的事物状态（它界定了一个客体的身份）和暂时的因果系列（它们对客体有影响）之间的一种对比。德勒兹会说……事件与任何物质内容都没有关系，它没有固定的结构、位置、时间性或者属性，也没有开始和结束。①

法国哲学家勒塞克勒在《德勒兹与语言》中认为，斯多葛派的哲学之线不是画在身体和灵魂，或者可以感知的事物和可以理解的事物之间，而是在物理深度（就像刀子刺入肉体一样）和形而上学表面（受伤之事件所处的地方）之间，因此，他们的那条分离之线是在事件和事物之间穿过的，从而产生了事件的悖谬本质：它是身体之混合的结果，是由这混合产生的，但是它处于身体之外。从德勒兹的阐述和勒塞克勒的解读可以看出，斯多葛派认为事件在本体论上是不可还原为事物的，因为事件是非物质的，而身体是物质的。

　　德勒兹说，柏拉图二元论中的"变疯、变得无限"（即纯粹生成和仿像）在斯多葛派这里爬到了事物之表面上，最为隐蔽的东西成了最为明显的东西，因为斯多葛派发现了表面结果。"生成无限逐渐成为意念性的、非物质的事件，带着它在未来和过去、主动和被动、起因和结果、更多和更少、太多和不足、已经和尚未之间所有典型的颠倒。这个无限可分的事件总是同时两者皆是。它永远是那个刚刚发生的事和正要发生的事，但永远不是正在发生的事（切割得太深或切割得不够）。"（1990：8）在此处德

---

① Cliff Stagoll in *The Deleuze Dictionary* (Revised Edition), ed. Adrian Parr, 2010, p. 90.

勒兹又谈到了悖论。他说斯多葛派是悖论的业余爱好者和发明者，他们以一种全新的方式使用了悖论——既作为一种分析语言的工具，也作为合成事件的一种手段。语言的任务是既要设置限制，又要超越限制；事件与生成是同延的（coextensive），而生成本身又与语言是同延的。因此，一切都发生在事物和命题之间的边界上。正如克律西波斯的那句话："如果你说了什么东西，它就通过了你的嘴唇；所以，如果你说了'战车'，那么一辆战车就通过了你的嘴唇。"（1990：8）话语"战车"和事物"战车"都是身体，为了避免悖论，"可说的"战车必须有一个与这两个身体都不融合的意义。可说的东西是这两个身体的关系，它是一个特殊的"某物"，它处于两者的边界。

由悖论的双向性和同时性，德勒兹发展了两个相关的时间概念：顺序时间（Chronos）和绵延时间（Aion）。绵延时间是一个比顺序时间更为重要的概念，它与悖论、意义、无意义都有不可分割的关系。简单地说，顺序时间是单独存在的现在，它把过去和未来看作它的两个定向维度，因此你总是从过去走向未来。要理解它，你就不能把过去、现在和未来视为时间的三个维度，而是只有现在填充了时间，过去和未来是与现在有关的两个维度。也就是说，与某一个现在有关的未来或过去都属于一个更广阔的现在，它们被这个更广阔的现在吸收了。而绵延时间是过去—未来，它在抽象时刻的一种无限再分中同时朝两个方向分解自己，永远回避现在。依照绵延时间，只有过去和未来固有于或存续于时间中。不是一个现在吸收过去和未来，而是一个未来和一个过去在每一个瞬间划分现在，并同时朝两个方向把它无限地再分成过去和未来。就像芝诺"阿基里斯和乌龟"悖论中所说的永远追不上的路程那样[①]，与之类似的不需无限、而只需是"无限可再分"的时间就是绵延时间。按照斯多葛派物质与非物质、身体

---

① 这个悖论说，阿基里斯和乌龟赛跑，他的速度为乌龟的十倍，乌龟在前面100米跑，他在后面追，但他不可能追上乌龟。因为他必须首先跑到乌龟的出发点，而当他到达这个出发点时，乌龟又向前跑了一段。乌龟总能制造出无限的这种出发点，总能在起点与自己之间制造出一个距离，不管这个距离有多小，只要它不停地奋力向前爬，阿基里斯就永远也追不上乌龟。

与结果的区分来说，顺序时间表达的是身体的行动和物质特性的创造，而绵延时间是非物质事件的所在地；顺序时间与作为起因和物质、将其完全填满的身体密不可分，而绵延时间充满了出没其中却从未将其盛满的结果；顺序时间与循环性不可分离，而绵延时间以直线方式伸展。德勒兹说："我们已经看到，过去、现在和未来根本不是一种单一时间性的三个部分，而是形成了对时间的两种解读，每一种解读都是完整的、排除对方的：一方面是总是受限的现在，它把身体的行动测定为它们在深处（顺序时间）的混合物的起因和状态；另一方面是本质上无限的过去和未来，它们把作为结果（绵延时间）的非物质事件聚集在表面。"而斯多葛派的伟大之处是"同时表明了这两种解读的必要性和它们的互相排斥"（1990：61）。一种时间解读说只存在"现在"，说"现在"在自身内吸收并收缩了过去和未来。"在这种情况中，现在是一切；过去和未来只表示两个现在之间的相对差别，一个现在扩展度较小，而另一个现在的收缩与更大的扩展相关。"（1990：61）另一种解读说，只有过去和未来存续，它们无限地再分每一个现在（无论它多么小），并在它们的空线上把现在伸展出去。于是过去和未来的互补性就清楚地显现出来了：每一个现在都被无限地分成过去和未来。这样的时间是无限度的（unlimited），它是一条纯粹的直线，直线的两端无尽地远离彼此，被推延到过去和未来。在这种情况中，"现在什么都不是；它只是一个纯粹的数学瞬间，一种理性存在，这种存在表达了它被无限分成的过去和未来。"简要总结的话，这两种时间是这样的："一个只由连锁的现在组成；另一个被不断地分解成拉长的过去和未来。一个总是限定的，是主动的或被动的；另一个永远是不定式、永远中立。一个是循环的、对身体进行衡量的运动，依赖于限制它、填充它的物质；另一个是表面上的一条纯直线，是非物质的、无限制的，是时间的一种空无形式，独立于所有物质。"（1990：62）

德勒兹用爱丽丝在镜子屋发现的那首充满杜撰词的胡话诗《捷波沃奇》（*Jabberwocky*）中的一个难解词"wabe"为例，说明它如何污染了这两个时间。这首诗是爱丽丝在刚进入镜子屋时在桌上的一本书中看到的，它的词都是反写的，对着镜子看才会显出英语单词的样子。"wabe"这个词出现在这首诗的第一节第一句中："'Twas brillig, and the slithy toves/did gyre and gimble in the wabe."爱丽丝后来遇到矮胖蛋的时候，他为她解释了这一节中那些怪词的意思，我们在后文关于难解词、意义和无意义的讨论中会进一步地详细了解德勒兹对这首诗的解析和借用。矮胖蛋告诉爱丽丝，"brillig"意思是下午四点钟，是人们开始为晚餐烧烤食物的时间。"slithy"的意思是"轻盈且黏糊"（lithe and slime）的意思，"toves"是一种像獾、蜥蜴和螺旋开瓶器的动物，它们在日晷下面筑巢，靠奶酪维生。"gyre"和"gimble"是两个动词，分别表示"像陀螺仪那样旋转"和"像螺丝钻那样打洞"。当两个人说到"wabe"的意思时，爱丽丝很聪明地猜测说，它是"日晷周围的那片草地"，这种说法得到了矮胖蛋的肯定，他说，"它被叫做wabe，是因为它往前有一大段路，往后也有一大段路"。爱丽丝赶紧加了一句，"在它两边也有一大段路"[1]。根据矮胖蛋的解释，这句话如果直译的话意思就是："在傍晚四点烧烤做饭的时候，柔软黏滑、长得像螺旋开瓶器似的蜥蜴獾/在日晷周围的草地上转啊转、钻啊钻"。德勒兹对"wabe"这个词的想象远超矮胖蛋。他说，这个词"必须被理解为来源于swab（拖把）和soak（浸泡）。在这种情况下，它标示的是环绕着一个日晷的、被雨水浸泡的草坪；它是可变的、正在经历的现在的物理和循环顺序时间。但在另一种情况下，它是远远向前和远远向后延伸的小道，'way-be'，'往前很长一段路，往后很长一段路。'它是已经被展开的非物质的绵延时间。"（1990：62）德勒兹对这个词的解释令人费解，即使从他后文论及的混成词或收缩词的角度来看，把这个词的来源断定为"swab"和"soak"也是有些莫名其妙的，而且他没有说他为什么会这么认为。倒是"way-be"这一解释比较有道理，与矮胖蛋的解释比较一致，体现了它向各个方向的延伸。

德勒兹指出，从这两种时间的角度来看事件，"事件有一种永恒的真

---

[1] Martin Gardner and Lewis Carroll, *The Annotated Alice: The Definitive Edition*, 2000, p.215.

理，它们的时间永远不是实现它们并使它们存在的现在，而是那个无限的绵延时间，是它们存续和内在于其中的不定式。"（1990：53）作为用不定式来表达的非物质结果，无感情的、不可穿透的事件"没有现在，而是同时朝两个方向后退和前进，它是一个双重问题的永久对象：要发生什么？刚发生了什么？纯粹事件令人痛苦的方面是，它总是同时是某个刚刚发生的事和某个即将发生的事；而从来不是某个正在发生的事"（1990：63）。这种问题方式显然一定程度上回避了问题的现在时："正在发生什么？"就像他之前说到的爱丽丝的变大变小一样，它是一个纯粹事件，爱丽丝总是正在变大，也正在变小，总是在（比过去）变大的同时（比将来）变小，她的变化总是同时走向两个方向。德勒兹引用了斯多葛派关于"现在"的说法来说明事件的特点："斯多葛派说符号总是现在的，说它们是现在事物的符号。在谈及某个受了致命伤的人时，你不能说他已经受伤了、要死了，而要说他正受着伤、应该会死的。"因此，"事件就是没人死，而总是在绵延时间的空无现在（亦即永恒）中刚刚死去或者即将死去"（1990：63）。绵延时间之线把事件无尽地再分为一个最近的过去和一个迫近的未来，把过去和未来推开。每个事件都是最小的时间，因为它被分成了最近的过去和迫近的未来；但是，它也是最长的时间，因为它被绵延时间无尽地再分，这使它等于绵延时间自己的无限之线。德勒兹说这就是事件的秘密："它存在于绵延时间之线上，然而没有将其充满。一个非物质的东西如何能填满非物质的东西呢？或者说，不能穿透的东西如何能填满不能穿透的东西呢？只有身体刺穿彼此，只有顺序时间填满了它所测量的对象的事态和运动。但是作为一个空无的、展开的时间形式，绵延时间把常来常往但从未栖居于它那里的东西无限再分。"（1990：64）

德勒兹说，只有在胡话文学中才能发现与斯多葛派的悖论使用（比如克律西波斯的"战车"）相媲美的东西，因为胡话文学是靠语言运作的文学。《意义的逻辑》开篇即声称两本《爱丽丝》小说涉及"一个非常特殊的事物——事件，纯粹事件——之范畴"（1990：1）。对德勒兹来说，卡罗尔的作品给读者呈现了某种不寻常的东西，这种"东西"既不是纯粹的幻想之事也不是"无意义"之事，他试图分析这些纯粹事件的本质。前文已经表明，德勒兹认为生成以一种在线性时间中无法想象的方式承认矛盾的谓语（变得更大，变得更小）。尽管爱丽丝不是同时既更大又更小，但是她同时既变大又变小；这就是生成的同时性，它逃避现在。纯粹事件就是与这些生成共存的，一个纯粹事件就是一个纯粹的生成，它是变化中隐含的两个时间方向之间的"无限身份"，它是一种不属于一个确定内容的持续，一种存续。我们可以说事件没有身份。根据肖恩·鲍登的解释，事件就是"爱丽丝长大了"这一命题中"长"（grow）这个动词所表达的变化。一个纯粹事件没有最终回指，而且在本体论上先于固定的、基于标准的事物。"长"这个词的意思是说爱丽丝比过去变大了，但也可以说，就在她变得比过去大的同时，她也比她将要变成的样子小了。因而就动词"长"所突出的那个事件正在发生而言，我们无法精准地确定爱丽丝的本质或状态，我们也不应该被这里的时间参照所误导，认为我们能够把暂时的时刻分配给该事件，以便于根据某个潜在的东西来确定该事件，比如说，通过参照爱丽丝（作为一个事物）所经历的确定状态的连续性来确定事件："爱丽丝在 t1 更小"，"爱丽丝在 t2 更大"等。因为这些时刻的分配首先依赖于爱丽丝在同一时间既变小又变大的那个成长事件。换言之，若没有这一事件或变化，就没有从 t1 到 t2 的过程；若无该事件，t1 永远不会形成与 t2 有关系的这个样子。①

在第九系列"问题"中，德勒兹把纯粹事件认同为问题，把那些事件的时空实现认同为解决方法。他说一个理想的事件是一个奇点，"准确地说是一套奇点，或者一套构成一条数学曲线、一种物理状态、一个心理人和道德人之特点的奇异点。奇点是转折点和反曲点；是瓶颈、结节、门厅和中心；是熔点、凝固点和沸点；是泪点和快乐点、生病和健康、希望和忧虑、是'敏感'点"（1990：52）。但是，这样的奇点本质上是前—个体的、非—个人的和非—概念性的。它对于个体和集体、个人和非个人、特

---

① Sean Bowden, *The Priority of Events: Deleuze's Logic of Sense*, 2011, p. 18.

殊和普遍——以及它们的命题——都漠不关心，也就是说，这样的奇点是中立的，不应该把它混淆于话语表达者的个性，或者一个命题所标示的事态的个体性，甚至一个概念的一般性或普遍性；它属于指示、表现或意指维度之外的另一个维度。而且，"事件完全与问题相关并界定了问题的条件"（1990：53），就像在微分方程理论中奇点的存在和分布与被方程式所界定的一个问题领域相关一样。德勒兹提出，"可以用一种新方式来构想数学与人之间的关系：问题不是量化或衡量人类属性，而是一方面将人类事件问题化，另一方面把一个问题的条件发展为各种各样的人类事件。卡罗尔的娱乐性数学提供了这两个方面。"他说，第一个方面准确地出现在卡罗尔《一个纠结的故事》（*A Tangled Tale*，1880—1885）中。"这个故事由'结'（knots）组成，这些结在每个情形中都围绕着一个对应于问题的奇点；人物是这些奇点的化身，他们被移位、被重新安排，从一个问题到另一个问题，直到在第十个结节中再次找到彼此，被困于他们的亲属关系所形成的网络中。（《奇境》中）老鼠的'它'——被用来指涉可消费的对象或者可表达的意义——在这个故事中被'数据'所取代，这些数据有时候指涉饮食礼物，有时候指涉已知事实或问题条件。"（1990：55）《一个纠结的故事》其实是由十个幽默小故事构成的文本，卡罗尔称其为"结"，用它们表现了一些数学问题。这些故事在杂志上连载，在每个故事的下一期上卡罗尔会提供解答并讨论读者们的答案。德勒兹说，第二个、也是更深刻的企图出现在卡罗尔《一个粒子的动态》（*The Dynamics of a Parti-cle*，1865）中。这个文本其实是描述议会成员的选举问题的。德勒兹在第二系列《表面结果之悖论》曾引用过这篇文章中的一句话，"十足的肤浅性是演讲的特点"（1990：11），这句话的后文是："在演讲中拿出任何两点，你就会发现演讲者在这两点上完全在撒谎。"[1] 这属于该文第一章的"定义"部分，其他部分包括"假设""定理""关于投票""关于代表"。该文第二章名为"粒子的动态"，文中说，根据天才和演讲来逻辑地

---

[1] https://en.wikisource.org/wiki/The_Dynamics_of_a_Parti-cle.

《意义的逻辑》与卡罗尔的胡话文学

划分"粒子",天才与意见的差异结合起来就产生了演讲;具有高度天才的"粒子"就被称为"能干的"或"开明的"。卡罗尔用数学术语和命题形式戏谑地描绘了议会议员的种种行状,比如"无理数"是一个激进者,这一类别由大量粒子组成;"指数"表示一个粒子提升的程度或权力。文章的其他概念还有"力矩""耦合"等。德勒兹引用了其中一段文字:

……你可能会观察到两条线穿过一个平面。两者中的年长者已经通过长期实践获得了平均处于其极值点之间的技艺,这对年轻而冲动的轨迹们来说太痛苦了;但是那个年幼者,带着女孩的急躁,总渴望偏离,成为一条双曲线或者某条浪漫的、无边无际的曲线……命运和介入其中的平面曾经一直把他们分开,但现在已经不是这样了:一条线与他们交叉,使这两个内角同时小于两个直角。(1990:55)

这段文字其实是卡罗尔从雅克比《数学教程》的第一章摘取的,他把它放在《一个粒子的动态》的引言中,并且指出,他意在用该引文来说明将人类因素引入至今为止依然贫瘠的数学领域的好处,在此启发之下,他写了这篇文章。德勒兹指出,在《西尔维和布鲁诺终结篇》(第23章)的一个段落中也有类似的寓言式手法:"从前,一个巧合和一个小事故在散步,它们遇到了一个解释……"[①] 德勒兹认为,我们在这里看到的不应该是简单的寓言故事或者一种把数学拟人化的方式。他说,当卡罗尔说到一个渴望外角并抱怨不能内切于一个圆的平行四边形时,或者说到一条饱受被迫经历的"剖面和切除"之痛的曲线时,"你必须记住心理上和道德上的人物也是由前一个人化的奇点组成的……卡罗尔的两条线唤起了两个共振的系列;它们的渴望唤起了奇点的分布,在一个纠结的故事的涌流中融合并被重新分布"(1990:55—56)。这些句子旨在说明事件与问题的关

---

① 本书引用的两部 Sylvie and Bruno 来自古登堡网站的电子书,页码不明,故此不标注页码。下文的引用不再做此说明。

系：事件决定了问题的条件；事件是部署在一个问题领域中的奇点，解决方案则在这些奇点附近被组织起来。也就是说，事件不是问题，但它重新勾勒了潜在问题的轮廓、条件和假定的解决方案。德勒兹声称卡罗尔的这个作品横贯着一个关于问题和解法的完整方法，构成了事件及其实现的科学语言。德勒兹也区分了"问题"（problem）和"疑问"（question），他说问题是由对应于系列的奇异点所决定的，而疑问是由一个对应于"空方"（empty square）或移动元素的偶然点（aleatory point）所决定的。"疑问在问题中发展，问题被包裹在一个基本的疑问中。解答并不压制问题，而是在问题中发现了存续的条件，没有这些条件它们就不会有意义；同样，答案根本既不压制、也不浸透疑问，疑问存留于所有的答案中。因此就会有这样一个方面：问题没有解答，疑问没有答案。"（1990：56）在这里，德勒兹让我们参考《奇境》中疯帽匠出给爱丽丝猜的那个"没有答案的谜语"："为什么渡鸦像写字台？"他想说明问题和疑问"标示观念的客观性，拥有它们自己的存在，一个最低限度的存在"（1990：56）。

在第十五系列《奇点》中，德勒兹又重申了事件的中立性和无感情性，他将其称为事件的"常数"。他将战役作为一个关于事件的典型例子，称"事件盘旋在它自己的领地上方，相对于它所有的时间现实化是中立的，相对于胜利者和被征服者、懦夫和勇者是中立的、无感情的；因为这个，它愈加可怕。战役从来不在场，总是还未到来和已经过去，只有通过它自己激发的无名氏之意志才可理解。"（1990：100）这段话的意思是说，在战场上的每一个地方，身体遭遇其他身体，戳破、切割、撕裂、穿透彼此，然而，这"战役"不存在于一个给定的处所，它总是在某个别的地方。战斗从身体中发散，像雾一样盘旋在身体上方；它涉及深入战场的身体混合物（彼此冲撞的士兵），这些混合物存在于偶发事件（accidents）和偶遇中。而偶发事件和机遇使每一场战役都成为与其他战役不同的特异的东西。战斗是身体生产的后果，但它先于身体而存在，是身体可能遭遇彼此的条件。尽管战役是由每一个参与者以不同方式同时实现的，但是只有逃脱了任何一个真正参战的人的视角才能理解虚拟的战斗本身，因为理

《意义的逻辑》与卡罗尔的胡话文学

解虚拟之物涉及对真实之物本身的悬置或消解。一个参与战斗的真实的战士——他在战斗中采取行动、做出反应——无法把战役理解为事件。这种洞见将被留给那些没有行动或做出反应的人。所谓的无名氏之意志也就是"无动于衷"之意志,它存在于受了致命伤的战士身上,他不再勇敢或不再懦弱,不再是胜利者或被征服者,而是远远超越了这些,他在事件所在的那个地方,因而参与了战役—事件可怕的无动于衷和无感情性。受了致命重伤的战士的伤是身体的混合物所造成的结果,它是士兵在战役之深渊中拿着生命去冒险的结果。由于受伤,他意识到自己要死了,这种意识把他从战役的起因中释放出来;他的伤使他看不到战役的手段与目的,却能使他看到战役的无限性盘旋在战场上。他看到的不是他个人的死亡,而是非个人的死亡的景象,那些无名战士永远处于不断的垂死和丧失中,这种景象是与死亡进行无止境的搏斗的生命的景象。这就是生与死之间的魅力时刻。重伤的战士以不同的方式实现了战役,在战斗所导致的不断死亡的背景下,与战役偶然的、事实性的特点相反,这个战士能够创造出对战役的一种理想意义,能够创造出一个哲学概念或一部艺术作品,把所有的暴力和死亡都包含在一个单独的事件中。这就是德勒兹所说的事件的反现实化,它使战役"永恒",这种永恒是非—现在的意思,亦即,它是对一种无限度的过去和未来的开放性的体验。战役总是已经来了,又已经过去了。作为一个理想的意义,战役超越了所有真实的实现,事件的恐怖本质意味着我们不知道发生了什么和将要发生什么。因此,德勒兹认为关于事件最重要的一本书是美国作家斯蒂芬·克莱恩(Stephen Crane)的《红色英勇勋章》。书中的主人公没有名字,他一直被称为"年轻人"或"年轻士兵",当他从阵地上逃脱、被自己的战友误伤了脑袋之后,当他克服怯懦勇敢战斗之后,他才对战争有了真正的理解。只有那些经历了战斗的人才能把它理解为事件或本质:"确实有一个战争之神,但在所有的神灵中,他是最没有感情的,对祈祷者来说是最无法渗透的——'不可穿透性',空无的天空,绵延时间。"(1990:101)

德勒兹说,《红色英勇勋章》中的战役有点类似于《镜中奇遇》中对对儿兄弟之间的"战斗"。关于对对儿兄弟的儿歌是这样的:"对对儿哥和对对儿弟,/决定打仗比高低;因为哥哥说弟弟,/弄坏了摇摇好玩具。/乌鸦飞下丑无比,/黑得就像铁锅底。/吓坏了两个英雄汉,/忘了为啥比高低。"在小说中,两兄弟确实如儿歌所说的那样,因为一个玩具拨浪鼓而打起架来。德勒兹说,在两兄弟这场"战斗"中,有一阵长久的忙乱、一片巨大的黑色而中立的云朵或者一只嘈杂的乌鸦盘旋在战士们的上方,把他们分开或驱散,结果却使他们更加难以辨认了。他们先是为了打仗而给自己身上装备了各种各样杂七杂八的东西,比如床单、地毯、桌布、碗盖、煤筐等。结果还未打起来,就有一只巨大的乌鸦飞来,像乌云似的遮天蔽日,立即把兄弟俩吓得无影无踪。

关于事件概念我们可以做一个这样的总结:德勒兹认为事件来源于生成之悖论,与生成共存、共延。事件的时间身份是悖谬的,爱丽丝的身体变化就是一个例子。生成之王国以一种在线性时间内无法想象的方式承认矛盾的谓语:变得更高,变得更矮,尽管她不是同时既更高又更矮,但是她同时既变高又变矮;事件绵延时间之线上同时走向两个方向。因此,事件经常与个人的不确定有关,它同时朝两个方向运动,从而粉碎了遵循这个双重方向的主体。事件总是出现在顺序时间和绵延时间的双重维度中。一方面,它是在一种事态中、在一个现在(其持续包括与之相关的过去和未来)中实现的;但另一方面,它是一个用不定式表达的纯粹虚拟的、非物质的"观念"(idea),相较于其体现,它要么已经结束了,要么仍未到来。从斯多葛派的身体概念来说,事件是身体的相互作用、行动和激情所产生的非物质结果,比如,德勒兹说一个纯粹事件就是一种创伤,每个事件都是"一种瘟疫、战争、创伤或死亡"(1990:151),因为事件的发生与身体有关。但它们不是发生在身体的深处,而是表面的非物质结果,"就像水晶,它们只从边缘处或只在边缘生成并生长"(1990:9)。从语言的角度来看,事件处于事物与命题之间的接合处或分界处,事件之线的一边呈现为命题之意义,另一边呈现为事态之属性。它是用动词不定式来表达的,因为动词表达行动和发生。"当名词性实词和形容词开始消解的时候，当暂停和停歇之名称被纯粹生成之动词带走并滑入事件语言的时候，所有身份都从自我、世界和上帝那里消失了。"这就是剥夺了爱丽丝身份的种种知识测验出问题的原因，"其中的词语出了岔子，被动词拐弯抹角地清除了"（1990：3）。

由此可见，"事件"概念与身体、生成、悖论、意义、表面、系列、观念、语言等概念都有联系。在阐述了事件与身体和悖论的关系之后，德勒兹提出了一个问题："在这些事件—结果和语言或者甚至语言的可能性之间，有一种本质的关系。事件的特点是在至少可能的命题中被表达或可表达、被言说和可言说。命题中有很多关系，哪一个最适合于表面结果或事件呢？"（1990：12）他通过这个问题将理论表述转向了意义，开始了他建构意义逻辑的过程。在后文，我们还会看到这几句话："我们不会问事件的意义是什么：事件本身就是意义。事件本质上属于语言，它与语言有一种本质的关系。""事件的异彩和壮丽就是意义。事件不是所发生的事情（一件意外之事），而是在所发生的事情之内，是纯粹被表达的东西。""发生在一个事态中的事件和内在于命题中的意义是同一个实体。"（1990：22，149，181）

第二章 卡罗尔的"胡话/无意义"与德勒兹的意义

一 命题与意义

在《意义的逻辑》中,德勒兹认为意义产生于悖论。他推崇卡罗尔的原因在于:"其奇幻作品直接涉及意义,并直接把悖论的力量加诸意义之上。"(1990:22)而悖论的力量不完全在于它与理智的方向相反,"而在于表明意义总是同时呈现两个意义或者同时遵循两个方向。……悖论揭示了你无法将两个方向分开,一个独特的意义无法被确立"(1990:77)。那么,对德勒兹来说,意义是什么?

对于"意义",德勒兹的用词是"sens",在法语中,这个词有两个意思,一个是"意思"或"含义"(meaning)的同义词,另一个是"方向"。在《意义的逻辑》的很多地方,德勒兹的"意义"不是语言学上的意义(即通常理解的"意思"或"意谓"),而是"更接近于'significance',更接近于意思具有重要性或者使事物重要的那种方式"[①]。我们也许还可以说它更接近于"元—意义",即对意义的意义的论述。德勒兹自己在《意义的逻辑》中并没有对"meaning"和"sense"做出明确的概念区分,而是似乎很乐意故意利用"sense"这个词的双重含义,因为他认为意义是朝两个方向延伸、细分的:"意义的特点就是没有任何方向或'理

[①] James Williams, *Gilles Deleuze's Logic of Sense: A Critical Introduction and Guide*, 2008, p.3.

智'。相反，意义总是在无限再分的、伸长的过去—未来中同时走向两个方向。"（1990：77）

德勒兹对意义的阐述开始于《意义的逻辑》第三系列（即第三章）"命题"，这一章紧接着他对事件和身体的表面结果的阐述。他在第三系列中确定了他的事件概念与意义和语言的关系。在他看来，命题的理性含义，也就是人们通常视为"意思"的东西，只不过是常识和理智。他首先确定了一个命题模式，并指出了命题内的三种不同关系：

第一，指示（denotation）或标示（indication），指命题与一种外在的事物状态之间的关系。它的运作就是给事态命名，用斯多葛派的术语来说，这就是作为词语的身体（话语）与它所表现的作为事态的身体之间的关系。指示提供了真与假的逻辑标准。

> 事态是个体化的，它包括特定的身体、身体之混合物、质量、数量和关系。指示通过词语本身与应该"表征"事态的特定形象之间的联系而发挥功能。……指示的直觉于是被这种形式所表达："是那样"或"不是那样"。……从逻辑上说，指示把真与假作为它的要素和标准。"真"表示事态有效地满足了一个指示，或者指示词被"实现"，或者正确的形象被挑选出来了。"在所有情况下都是真的"表示可与词语相联系的特定形象的无穷性得到了满足，没有任何挑选的必要。"假"表示指示没有被满足，要么是由于被选形象的一个缺陷，要么是由于根本不可能产生一个可与词语相联系的形象。（1990：12—13）

第二，表现（manifestation），它涉及命题与说话人的关系，因而被呈现为一种与该命题相一致的对欲望和信念的表达，它使指示成为可能。按照斯多葛派的理解，这是灵魂与外部世界的关系。欲望和信念是因果性的推论，不是关联；欲望是一个与对象的存在或者与相应事态有关的形象的内部因果性。从相关性上说，就其存在必须由一种外部因果性所产生而言，信念是对这个对象或事态的预期。"在表现中，'我'是基本的显示符

(manifester)，不仅其他显示符依赖于'我'：所有的指示符也都与'我'有关。以'我'开始的显示符构成了'个人'领域，作为所有可能指示的原则而起作用。"（1990：13）没有表现就不可能有充分的指称，因为与指示联系在一起的那套信念和欲望需要一个表现，没有哪个命题能完全摆脱欲望和信念，与"我"有关的各个方面都决定着命题的真值。于是，从指示到表现，逻辑值的一种移位发生了：不再是真与假，而是真实性与假象。简而言之，根据先已存在（pre-existinf）的表现关系进行指示的是说话的人，真与假的可能性基于判断。

第三，意指（signification），指词语与普遍或一般概念的关系，是与概念隐含之意之间的句法联系问题。从意指的角度来看，我们总是认为命题的要素是"意指"能够指涉其他命题的概念含义，而这些命题充当了第一个命题的前提。这涉及一个非直接的过程，即隐含或断言。"'隐含'是界定前提和结论之间的那种关系的符号；'因此'是断言之符号，界定了把结论本身作为隐含之意的结果而加以肯定的那种可能性。"（1990：14）当我们在最一般的意义上谈及证明（亦即要么作为前提，要么作为结论）的时候，我们的意思是，命题的意指总是在它与其他命题的关系中找到的：从其他命题中可以推断出意指，或者反过来，意指使那些命题的结论成为可能。而另一方面，指示涉及的是一个直接过程。"如此理解的意指或证明的逻辑价值不再是真值，而是真值之条件，是条件的聚集，在这些条件下命题就'会是'真的。就其实际上指示了一个不存在的事态或者没有得到直接证实而言，受条件制约的或者得到断定的命题可能是假的。意指如果不确立错误之可能性的话，它也不确立真值。"所以，德勒兹关于意指的结论是，"真值之条件不是对立于假，而是对立于荒诞：即没有意指的东西，或者可能既非真又非假的东西"（1990：14）。也就是说，意指形成了一种真理模式，以其为基础来判断真理。

德勒兹研究者詹姆斯·威廉姆斯把德勒兹的意指与我们常说的"意思"或"含义"（meaning）联系在一起。他解释说，"对于任何一个特定的命题来说，意指是命题的任何一个词语所隐含的普遍概念和一般概念之链条，或者是包含那个词在内的一条隐含之意的链条的结论。"[1] 他举了一个例子，"我只是出于无辜的习惯才这么做的"，其中的"习惯"有一条包括"学习""生物制约""重复"在内的意指链条和一个"不自觉的""不是故意的"结论。他把这个链条称为词语的含义，本人赞同这个看法。他也解释了这种做法的风险，因为德勒兹是在结构主义传统内使用"含义"这个术语，而在该传统中，意指是从其他词语和含义所构成的一个结构（或者准确地说，就是能指和所指结构）推论而来的，因此含义与结构主义的意指不是一个东西，尽管它们都追寻客观性和一般性。

那么，命题之内的这三种关系中，哪一种具有首要性呢？德勒兹指出，如果表现——它既与指示有关，也与意指有关——本身相对于指示来说是首要的，如果它是基础，那么只有从言语（parole）的角度来说才是："因为在言语的秩序中，开始的是'我'，而且绝对是。因此在这种秩序中，'我'是首要的：不仅相对于建立在它之上的所有可能的指示，而且相对于它所包含的那些意指而言。"但是，正是从这一角度来看，概念的所指意义既非正确有效的，也不是为自己展开的：它们只是"我"所隐含的，尽管不是"我"所表达的；"我"把自己呈现为具有所指意义，这种意义能够立即被理解，等同于它自己的表现。德勒兹以笛卡尔的两种区分为例来说明这一点："人是理性动物"这一定义与"我思"的确定。前者是一种断言，在与指示相同的意义上说它不是真的；如要成为真的，它需要一种实际的证明，也就是一个像理性的动物一样行动的人。从这儿出发，我们还需要进一步证明理性和动物，等等。用德勒兹的话说，就是"要求明确形成被意指的概念（什么是动物？什么是理性？）"（1990：15）。而后者应该一说出来就被理解，无论何时"我"说话，我思就总是隐含在这个"我"里面。所以，"表现的首要性必须在'言语'领域内被理解，在这个领域中，所指意义保持自然的隐含性。只有在这儿，'我'相对于概念——相对于世界和上帝——而言才是首要的。"（1990：15）说

---

[1] James Williams, *Gilles Deleuze's Logic of Sense: A Critical Introduction and Guide*, 2008, p. 43.

话的人维持着对于意指链条的一种优先性,比如我们总是可以要求说话人把话说清楚,而他的阐明会改变我们原来对那些意指的理解。

但是在另一个领域,亦即语言(langue)的领域中,如果意指是有效的,那么它就是首要的,居先的,它会提供表现的基础,因为意指是隐含的。在语言领域,"一个命题能够只呈现为一个前提或一个结论,它在表现一个主体之前、甚至指示一种事态之前意指概念。正是从这一角度来说,被意指的概念,诸如上帝或世界,相对于自我(被表现的人)和事物(被指定的对象)总是首要的"(1990:15)。然而,相对于指示的预设首要性,意指产生了一个微妙的问题:

> 当我们说"因此"的时候,当我们认为一个命题有了结论的时候,我们使之成为一个断言的对象。我们把前提放在一边,为了它自己而独立地肯定了它。我们把它与它所指示的那种事态联系起来,独立于构成其所指意义的那些隐含之意。然而要这么做就得满足两个条件。首先,前提必须被断定为真实有效,这已经迫使我们为了将前提与我们预先假定的一种被指示的事态联系起来而违背隐含之意的纯粹秩序。但是接着,即使我们认为前提A和B为真,我们也只能由此得出我们所考虑的这个命题(我们叫它Z好了)的结论,承认如果A和B为真的话,那么Z反过来也为真——我们只能把它与它的前提分离,独立于隐含之意、为其自身而肯定它。这相当于一个一直处于隐含之意秩序之内、无法逃脱的命题C,因为它指涉一个命题D,D表述说"如果A、B、C都为真的话,那么Z就为真",等等,以至无穷。这个居于逻辑之中心的悖论、对关于符号隐含意义和所指意义的整个理论具有绝对重要性的悖论,就是刘易斯·卡罗尔在著名文本《乌龟对阿基里斯说的话》中的那个悖论。(1990:16)

这段话看起来有些费解,德勒兹借用了逻辑学家卡罗尔的一个著名悖论,因此只要我们看看这个悖论是怎么回事,就能明白德勒兹想要表达的

《意义的逻辑》与卡罗尔的胡话文学

观点了。《乌龟对阿基里斯说的话》是卡罗尔借用芝诺悖论中的两个相同人物而创造的一个关于无穷的悖论，发表在1895年的《心智》（*Mind*）杂志上，揭示了当时所理解的逻辑中的一个重要问题。罗素和20世纪的几个其他哲学家都严肃地思考过卡罗尔的这个悖论，它也是美国认知科学家道格拉斯·霍夫斯塔特（Douglas Hofstadter）的书《哥德尔、艾舍尔、巴赫》的论述焦点。下面关于这个悖论的节选就来自这本书。这个悖论寓言故事发生于阿基里斯追上乌龟之后（众所周知，在芝诺的悖论中，阿基里斯永远追不上乌龟），他以胜利的姿态坐在乌龟背上，乌龟问他想不想知道另一场比赛，"在这场比赛里大多数人都以为他们两三步就能达到终点，实际上这场比赛是由无数段路程组成，其中每一段都比它前面那段要长些。"于是，阿基里斯拿出笔记本和铅笔准备做记录。

（乌龟）"让我们先来看看第一命题的论证中的一个小小片断——仅仅两步——以及由此得出的结论。请把它们记在你的本上。为了谈到它们时方便起见，我们将它们称作A、B、Z：——（A）等于同一物的东西彼此相等。（B）这个三角形的两条边是等于同一物的东西。（Z）这个三角形的两条边彼此相等。我想欧几里得的读者们会承认Z是A和B的合乎逻辑的推论，所以任何人只要认为A和B为真，则必定同意Z也为真，是吗？"

"毫无疑问！连初中的毛孩子——等到两千多年以后发明出初中来——也会对此表示同意的。"

"如果有某个读者不接受A和B为真，他可能仍会接受这一推论（sequence）有效，对吗？"

"无疑，可能存在这样的读者。他会说，'我同意下述假言命题为真：如果A和B为真，则Z必为真。但是我不接受A和B是真的。'这种读者应该明智点儿，放弃欧几里得，改踢足球去。"

"还可能会有读者说'我同意A和B为真，但不接受那个假言命题'，这也有可能吧？"

第二章 卡罗尔的"胡话/无意义"与德勒兹的意义

"当然有这种可能。他最好也去踢足球。"

"迄今为止,"乌龟继续说,"这两种读者都不接受 Z 为真的逻辑必然性,对吗?"

"没错,"阿基里斯赞同地说。

"嗯,那么,我想让你把我当作第二种读者,用逻辑来迫使我接受 Z 为真。"

"一只踢足球的乌龟会是——"阿基里斯开始说。

"——当然是不正常的,"乌龟匆忙打断他。"别扯远了。咱们先谈 Z,后谈球!"

"我得迫使你接受 Z,是吗?"阿基里斯若有所思地说。"你现在的立场是只接受 A 和 B,而不接受假言——"

"把它称作 C 吧,"乌龟说。

"——而不接受:(C) 如果 A 和 B 为真,则 Z 必为真。"

"这就是我目前的观点,"乌龟说。

"那么我得说服你必须要接受 C。"

"只要你一把它记在你的本子上,我马上就接受它。"乌龟说,"你在上面还记了些什么?"

"只是几个备忘录,"阿基里斯一边说,一边紧张地翻着那个笔记本:"是几个备忘录——是关于我大显身手的那些战斗的!"

"我看到有好多空白页!"乌龟高兴地说道,"我们会用上所有这些空页的!"(阿基里斯打了一个哆嗦。)"现在,我说你写:——(A) 等于同一物的东西彼此相等。(B) 这个三角形的两条边等于同一物。(C) 如果 A 和 B 为真,则 Z 必为真。(Z) 这个三角形的两条边彼此相等。"

"你应该把它叫作 D,而不是 Z,"阿基里斯说。"它是接着那三个命题来的。如果你接受 A、B、C,你就必须接受 Z。"

"为什么我必须接受?"

"因为它是前三个的合乎逻辑的推论。如果 A、B、C 为真,则 Z

《意义的逻辑》与卡罗尔的胡话文学

必为真。我想这是无可争辩的吧?"

"如果A、B、C为真,则Z必为真,"乌龟若有所思地重复着。"这是另一个假言判断,对不对?如果我不觉得这一假言判断是真的,那么我可以接受A、B、C,而仍然不接受Z,对吗?"

"你可以,"这位正直的英雄承认道。"可这样的迟钝也太惊人了。不过,这事儿还是可能的。所以我必须使你再接受一个假言判断。"

"好极了,我很愿意接受,只要你把它写下来。我们可以把它称作(D)如果A和B和C为真,则Z必为真。你把它记到你的本上了吗?"

"已经记上了!"阿基里斯快活地宣布,同时把铅笔插进笔帽里。"我们终于达到了这场思想竞赛的终点!你现在接受了A、B、C、D,你当然要接受Z。"

"是吗?"乌龟天真地说。"让我们搞搞清楚。我接受了A、B、C、D,假如我依然拒绝接受Z,那会怎么样?"

"那样逻辑就会掐着你的脖子,迫使你接受!"阿基里斯得意扬扬地回答道。"逻辑会告诉你,'这事你做不了主,你既然已经接受了A、B、C、D,你就必须接受Z!'因此你别无选择,明白了吗?"

"逻辑告诉我的一切都值得记下来,"乌龟说。"请把它记在你的本上吧。我们将把它称作:(E)如果A、B、C、D为真,则Z必为真。在我接受它之前,我当然不一定要接受Z。因此它是很必要的一步,你明白吗?"

"我明白,"阿基里斯说。他的声音里带着一点儿悲哀。

……几个月以后……阿基里斯还坐在耐心的乌龟的背壳上,在他那几乎写满了的本子上写啊写的。乌龟在说,"你记下刚才那一步了吗?如果我没数错的话,那是第一千零一步。还会有数百万步呢。……"①

卡罗尔在此表明了命题逻辑最重要的一条规则——假言推理(肯定前

---

① 霍夫斯塔特:《哥德尔、艾舍尔、巴赫》,郭维德等译,商务印书馆1996年版,第58—61页。个别文字有改动。

件的论式）。该规则说的是，如果假定了一个陈述 P，也假定（或之前证明）了条件语句"P 意味着 Q"，那么陈述 Q 本身就是一个逻辑结论，因此就可能被视为已证明的。而阿基里斯在这个无穷回归悖论中学到的东西就是：假言推理必须首先被承认是一条推论规则，否则就永远无法得出结论。乌龟争辩说，如果你想说明 A 是个事实，你需要证据 B，但你怎样确定 B 是 A 的证据呢？为了说明这一点，你需要 B 是 A 的证据的元证据 C。为了说明这个元证据的有效性，你又需要元元证据——如此下去。任何一步推理，无论多么简单，如果不援引更高层次上的规则来证实其合理性，都不能进行。但这种证实本身不是一个推理步骤，这样你不得不求助于更高层的规则，如此等等。因此，推理中包含着一个无穷回归。卡罗尔旨在表明，只有定理——即使是最好、最完美的定理——不足以确定一个逻辑体系内的真理，因为你必须非常小心地选择推论规则。换言之，你的假定必须明确地由你借以从那些假定中演绎出结果的准确机制所增补。

德勒兹借助这个悖论想要说明的是："结论能够与前提分离是有条件的：你总是要增加其他前提，而结论只与这些前提不可分离。这就等于说，意指从来不是同质的；或者说，'隐含'和'因此'这两个符号是完全异质的；或者说，隐含之意从未成功地成为指示的基础，除了给它自己一个现成的指示以外，第一次在前提中，另一次在结论中。"（1990：16）

于是，"从指示到表现再到意指，而且从意指到表现再到指示，我们被一个圆圈、命题之圆圈裹挟着。我们是否应该满足于命题的这三个维度，或者是否应该增加一个第四维度——也就是'意义'，是一个经济或策略的问题"（1990：17）。《斯坦福哲学百科全书》（网络版）从命题逻辑之角度对该论点做了简洁明了的有益说明：在话语领域，表现不仅使指示成为可能，也先于意指；在语言领域，首要的是意指，然而在逻辑领域，指示是首要的。因此，命题理论陷入了一个圆圈，每一个条件都转而以它所限定的东西为条件。于是德勒兹提出，避免这一缺陷的方法就是把真理的条件界定为意义。

为了说明这个命题怪圈，德勒兹又一次搬来了卡罗尔这个救兵。他对命题的三个维度——作了说明，以证明意义不能定位于这三个维度之中。首先，指示涉及真与假，这太狭隘了。"实现了的指示使命题为真；未实现的指示使命题为假。显然，意义不能由使命题为真或为假的东西构成，也不能由这些值在其中被实现的维度构成。而且，只有就你能表明词语和被指示的事物或事态之间有一种对应而言，指示才能承受命题的重量。"（1990：17）这就像"你说了战车，战车就通过了你的嘴唇"一样，命题与被指示的事物之间的纯粹关系太悖谬，无法产生意义。相反，指示要以意义为前提。"仍然是卡罗尔，他更直接地问道：一个名字如何能有'应答者'呢？某个东西对自己的名字做出回应是什么意思呢？如果事物不回应自己的名字，那么防止它们丢失名字的是什么呢？除了没有东西做出回应的指示的任意性之外，除了指示词或'那种'类型的形式标示符——它们都被剥夺了意义——的空虚之外，还剩下什么呢？"（1990：17）这段话的文本实例来自《镜中奇遇》第三章"镜中昆虫"。爱丽丝遇到一只鸡一样大的蚊蚋，蚊蚋问她喜欢哪种昆虫，爱丽丝说自己不喜欢任何昆虫，因为她挺害怕昆虫的，但是她可以告诉蚊蚋某些昆虫的名字。于是蚊蚋问道："你叫它们名字的时候，它们肯定会回应你的，是吗？"爱丽丝表示，因为人类世界的昆虫都不会说话，所以她从不知道它们会应答。于是蚊蚋很纳闷："如果它们对自己的名字不作应答，那么它们要名字有什么用呢？"爱丽丝告诉它，名字对昆虫本身没用，只对人有用（2001：147—148）。德勒兹用这个例子说明，像这种没有应答者的名称（它们是指示词）完全是任意的，是人们任意命名的，它们没有意义，如何能真正标示与事物的关系，如何能承载命题的重量呢？所以，指示要以意义为先决条件，我们在进行指示的时候，要马上把自己置于意义之内。

意义与表现的关系又如何呢？它可以认同于表现吗？表面看来似乎可以，因为表现是命题和说话人的关系，标示符本身仅凭在命题中表现自己的说话人就有意义，而"这个说话人确实是首要的，因为他使言说得以开始"（1990：17）。德勒兹再次引用了卡罗尔的文字，就像爱丽丝说的那样："如果只有别人跟你说话时你才说话，而对方也总是等着你开始说话，那么就根本没人说话了。"这句话的出处是《镜中奇遇》第九章,红方王后教训爱丽丝说:"只有别人对你说话的时候,你才应该说话!"(2001:228)爱丽丝的反驳很有道理:没有开口说话的人,言说就无法开始。我们似乎可以认为意义存在于那个表达自己意思的说话人的信念(或欲望)中,但是首先说话人只是因为语言中的一个一般意指体系才拥有了这种表达能力。德勒兹引用了镜中世界那个骄傲的矮胖蛋的话,"当我使用一个词的时候,我想让它有什么意思,它就有什么意思——既不多,也不少……问题是……谁是主人——就这样"。这句引文不全,不足以让人真正明白其中的深意,我们不妨再细细地看看小说中这个引发了众多语言学、语用学、哲学讨论的片段。矮胖蛋的这些话是在和爱丽丝谈到"非生日礼物"时说的。在关于领带和腰带的问题之后,矮胖蛋说那条领带是白方国王和王后作为一个非生日礼物送给他的:

"……这说明,一年里你有364天可以得到非生日礼物——"

"那当然了。"爱丽丝说道。

"而生日礼物呢,你只有一天才能得到。这是给你的光荣(glory)!"

"我不明白你说的'光荣'是什么意思。"爱丽丝说。

矮胖蛋轻蔑地笑了:"当然你不知道——得等我告诉你,它的意思是'给你一场压倒一切的辩论'。"

"但是,'光荣'的意思并不是'一场压倒一切的辩论'啊。"爱丽丝反驳说。

矮胖蛋用十分轻蔑的口吻说:"当我使用一个词的时候,我想让它有什么意思,它就有什么意思——既不多,也不少。"

爱丽丝说:"问题是,你能不能让词语有这么多意思。"

矮胖蛋说:"问题是,谁是主人——就是这样。"

爱丽丝十分困惑,一句话也说不出来。就这样沉默了好一会儿以后,矮胖蛋才又开始说起话来。"这些词的脾气可大了。它们当中有一些,特别是动词,是最骄傲的家伙。形容词你可以任意摆布,但是动词不行。不管怎么说,我——有办法让它们都听话!不可穿透性(impenetrability)!这就是我说的!"

"能不能请你告诉我,'不可穿透性'是什么意思?"爱丽丝问道。

"你现在说起话来像一个懂道理的孩子了,"矮胖蛋显得挺高兴,"不可穿透性的意思就是我们对那个话题已经谈得够多了。……"(2001:191—192)

矮胖蛋说他是词语的主人,他想让他的话有什么意思,它们就是什么意思。问题是他能做到这一点吗?在这段对话中我们能够很清楚地看到,虽然说话人可以表达自己想表达的信念或欲望,但是这说话人的"自我,其身份都只能由于某些所指(关于上帝、世界……的概念)的永恒来保证"(1990:18),当他的个人身份丢失的时候(像爱丽丝痛苦经历过的那样),他就无法成为首要的、充分的条件了。

"最后的求助手段似乎是把意义认同为意指。于是,我们被打发回了那个圆圈,被领回到了卡罗尔的悖论,在那个悖论中意指永远无法发挥其最后基础的作用,因为它以一个不可化简的指示为先决条件。"(1990:18)也就是说,意义也不可以认同于意指或意谓,因为意指是在一种循环关系(基础和建立在基础上的东西之间的关系)中与指示和表现联系在一起的。命题如果要产生隐含之意和结论,就不允许因为那个表现命题的人的心血来潮或者怪念头而改变。就像矮胖蛋规定词语的意思那样,虽然作为说话人他可以任意表达自己的信念和欲望,但是听话人不一定接受或理解他想表达的东西,因为"信念和欲望的秩序建立在意指的概念性隐含意义的基础上"(1990:18),这个基础就是对意谓的一般规约的遵守——你要尽量使你意指的东西被别人理解,你意图表达的东西的范围不能是无限的——否则你的话就是无法达到交流目的的"私人语言"。在一种由规则操纵的语言中,词汇意义是独立于任何个人的,这一点应该是说话人在意指的时候首先要接受和遵循的规约。当说话人不承认或不遵守意指行为和词汇意义的共同规约时,他的命题就是假命题,但是假命题也有意义或意指，因此真值的条件不是意指，而必须是"某种无条件的东西，能够确保指示和命题的其他维度的真正发生"（1990：19），这种东西就是意义。

德勒兹称意义是命题的第四个维度，他说斯多葛派连同事件一起发现了意义。德勒兹从两个不同的角度论述了这种可能性：作为一个事实问题和一个法律问题。"不是说我们必须建构一个与先前维度相一致的后验模式，而是这个模式如果被迫引进一个补充维度的话，它本身必须有能力从内部先验地发挥作用，这个补充性的维度因其逐渐消失而无法从外部在经验中识别出来。因此，这是一个法律问题，而不是简单的事实问题。"（1990：17）事实问题是，能否将意义定位于指示、表现或意指这三个维度的某一个。首先，在指示内似乎是不可能的，意义不能由使命题为真或为假的东西构成，真与假有它们自己的意义。其次，在表现内也不可能，"我"本身就是一种意指，因此不能作为最终的基础。同样，意指也不能充当意义的最终维度，因为它总是失败，因为在意指中基础和建立在基础上的东西之间总有一种循环性。因此，德勒兹提出把意义引入命题。他把"意义"界定为"命题的被表达之物，是一个非物质的、复杂的、不可还原的实体，处于事物的表面，是一个固有于或存续于命题中的纯粹事件。"意义这种东西，"既不与命题、又不与命题的项融合，既不与命题所指示的对象、又不与命题所指示的事态融合，既不与那个在命题中表达自己意思的人的'经历'或者表征或者精神活动融合、又不与概念或者甚至被意指的本质融合。"还有，意义"不可化简为个体的事态、特定的形象、个人的信念和普遍的或一般的概念。……它既非词语亦非身体，既非知觉的表征亦非理性的表征。意义是'中立的'，完全漠视特殊和一般、单一和普遍、个人和非个人"（1990：19）。

这时，他用卡罗尔的"蜗鲨"来说明这个维度的性质："证实这个第四维度（意义）的企图有点像蜗鲨之猎，也许这个维度就是捕猎本身，意义就是蜗鲨。……我们也许甚至无法说意义存在于事物或头脑中；它既没有物理的，也没有精神的存在。"（1990：19）"蜗鲨"是卡罗尔的胡话长诗《蜗鲨之猎》中的未知生物的名称。这首伪史诗叙述了一伙人依据一张

53

空白的海图乘船去某荒凉海岛捕猎怪兽"蜗鲨",显然这种怪兽在现实中并不存在。意义就像蜗鲨,所以我们只能对意义进行推断,只有打破命题维度之圆圈,就像展平莫比乌斯带那样。只有这样,"意义的维度才能在其不可还原性和它作为命题的一个先验内部模式所激发的起源性力量中显现出来。"(1990:19)接着,德勒兹进一步重申并解释了意义的复杂身份:

> 一方面,它不存在于表达它的那个命题之外;被表达之物不存在于它的表达之外。这就是我们为什么不说它存在,而说它固有或存续。另一方面,它与命题不融合……被表达的东西与表达语没有任何相似之处。实际上,意义是归属性的,但压根不是命题的属性——而是事物或事态的属性。命题的属性是谓词(predicate)——例如,一个像"绿"那样的质性谓词,它归属于命题的主语。而事物的属性是动词,例如"变绿",或者准确地说是这个动词所表达的事件。它归属于主语所指示的那个东西,或者整个命题所指示的那种事态。反过来,这种逻辑属性与物理的事态根本不融合,与这种状态的一种特质或关系也不融合。这种属性不是一种存在,也不描述一种存在;它是一种超—存在(extra-being)。"绿"标示一种特质,事物的一种混合,树木和空气——在其中叶绿素与叶子的所有部分共存——的混合。相反,"变绿"不是事物的一种特质,而是一种言及那个事物的属性。这种属性不存在于指示事物时表达它的那个命题之外。
>
> 意义既是命题的可表达之物或被表达之物,也是事态的属性。它一面朝向事物,另一面朝向命题,但它与表达它的命题不融合,就像它与事态或命题所指示的特质不融合一样。它正好是命题和事物之间的边界。(1990:21—22)

如果从中提取意义的双重本质:它既是命题的被表达物,又是事物状态的属性;既是内在性,又是超—存在。由于意义这种既内在又超在的特点与纯粹事件的特点相同，所以德勒兹在这儿再次提及事件，并说："我们不会问事件的意义是什么：事件本身就是意义。事件本质上属于语言，它与语言有一种本质的关系，但语言是我们言及事物的东西。"（1990：22）他也再一次评价了卡罗尔：

> 在卡罗尔的作品中，所发生的一切都出现在语言中，都是借助语言发生的。……卡罗尔把他的整部作品放置在这个意义—事件或可表达之物—属性的扁平世界中，从而就有了署名"卡罗尔"的幻想作品和署名"道奇森"的数学—逻辑作品之间的关联。似乎很难说（就像人们做的那样）幻想作品只是呈现了我们不遵守逻辑作品所阐述的规则和法则时所落入的陷阱和困难，不仅因为许多陷阱存续于逻辑作品本身，而且因为其分布似乎属于完全不同的类型。我们会吃惊地发现，卡罗尔的整个逻辑作品直接与意指、隐含之意和结论有关，而与意义间接相关——准确地说，是通过意指没有解决的，或者实际上是意指所创造的悖论而与意义相关。与此相反，其幻想作品是直接与意义相关的，并且把悖论的力量直接附着在意义上。这非常符合意义的两种状态：事实的和法则的、后验的和先验的，一种状态使命题之圈得到间接推断，另一种状态沿着命题和事物之间的边界展开命题之圈，使它显现自身。（1990：22）

这段话其实是对卡罗尔的逻辑著作和文学作品的比较和评价：他的文学作品与事件—意义有关，展示了先验的意义法则（即意义内在于语言），而并非像人们认为的那样表现了因逻辑谬误而产生的"无意义"；他的逻辑学作品几乎只与逻辑有关，只有在意指所制造的悖论方面与意义相关，是后验的事实。

我们可以总结一下德勒兹对命题和意义的关系的阐述。一方面，命题标示一种事态；另一方面，它表达一种意义；用弗雷格的术语来说，意义是所指对象的呈现模式，用德勒兹的话来说是"真值的条件"。但是，一个命题所表达的意义与命题不是共存的，意义必须与任何实际所说或所写的话语区分开，因为话语不能说它自己的意义。一个标示事态的命题表达了一个意义，但这个意义只能被第二个命题明确陈述，而这第二个命题的意义又只能被第三个命题所陈述，如此无穷无尽（见下文讨论的白骑士之歌的悖论）。德勒兹还论述说，一个命题的意义不能位于那些被正常地用来解释意义的关系中。与命题相关的关系有：某个开始说话的人，他就是表现的人；他所谈论的东西就是所指对象；他所说的话就是所指意义。而意义不是这些东西。因此，意义必须与命题和客观事态之间的标示（指示）关系区分开；与命题和一个人的信念和欲望（表现）之间的关系区分开；与命题和一般概念以及它们在一个固定的概念体系中的含意（意指）的关系区分开。

二 二元性与意义

在随后的章节"二元性"中，德勒兹仍利用了斯多葛派关于物质与非物质的观点，他将因和果、物质性的事物和非物质性的事件之间的二元性称为第一个重要的二元性。就事件—结果不存在于表达它们的那些命题之外而言，这种二元性就在事物和命题、身体和语言的二元性中被拉长了。第二种二元性来自德勒兹对命题的思考，他声称："这就是贯穿卡罗尔所有作品的那种两者择一的来源：吃或者说。"（1990：23）吃与说确实是《爱丽丝》中的两个重要主题。《奇境》中爱丽丝的身体变化、身份困惑、语言失能几乎都与她吃（喝）奇境的东西相关；《镜中奇遇》结尾部分爱丽丝的加冕宴会上，所有的食物都会说话，让人没法吃它们；而且两部小说中都有关于吃与被吃的诗歌。"说"无疑更是两本小说表面的幽默和戏谑之下的焦点关注。两个梦中世界的人的语言要么充满语言暴力、强词夺理，要么违背正常的语言使用。一方面，爱丽丝和梦世界的隔阂表现了语言在交流和理解方面的无能；另一方面，她背出的诗歌全都不对，镜中世界那些儿歌人物的行动和命运完全与儿歌中说的一样，则表现了语言的霸权和对人的操控。但是，德勒兹将吃和说这两个主题与斯多葛派的概念联系起来是他的独创，他从卡罗尔作品中发现和发掘了很多能够为其理论所用的材料。吃与被吃是身体的运作模式，而"说"是表面的运动，这种二元性与表面和深处的对立也有关，后文相关部分我们会谈到这一点。

随着德勒兹对意义的阐述，他指出身体/语言或者吃/说的二元性是不够的。尽管意义不存在于表达它的命题之外，但它并不是命题的属性，而是事态的属性。事件存续于语言中，但发生在事物上。我们不应该说事物和命题处于一种根本的二元对立中，而是说它们处于一个由意义所代表的边界的两边。这道边界不会将两者混合起来或统一起来，相反，它是它们的差异接合线上的某种东西。在这一意义上，身体和语言在意义的生产中是统一的。第三种二元性从事物和命题两边、在两个项中都反映出来。"如果把事件比作草原上升起的薄雾，我们可以说这层薄雾正是在边界上、在事物和命题的接合处升起的。在事物这一边，有事态的物理特性和真实关系；还有表示非物质事件的观念性逻辑属性。在命题那一边，有指示事态的名称和形容词；也有表达事件或逻辑属性的动词。"（1990：24）表示事物和事态的是专有名词、名词和形容词，而表示事件的是动词，它们携带着生成和生成的一长串可逆事件，并将事件的现在无限地划分成过去和未来。德勒兹肯定了镜中世界的矮胖蛋对两种词语的"有力区分"，即"动词是最骄傲的——形容词你可以任意摆布，但是动词不行。……不可穿透性！"矮胖蛋告诉爱丽丝"不可穿透性"的意思是"关于这个话题我们已经说得够多了"，但德勒兹认为他的这个解释太过谦虚了，这个词其实有别的意思。他声称"矮胖蛋把动词的'骄傲'与名词和形容词的柔顺对立起来。不可穿透性也意味着两者之间的那道边界——还意味着那个处在边界上的人，就像矮胖蛋坐在他的窄墙上一样，可以任意支配两边，成为接合两者之差异的不可穿透的主人。"（1990：25）

但是这还不够。命题中的二元性"在命题的两个维度之间，也就是说，在指示和表达之间，或者在事物之指示和意义之表达之间"（1990：25）。这种二元性就像镜子的两面，只不过这边的东西与另一边的东西不相像，德勒兹借用爱丽丝穿过镜子进入另类世界这个典故——爱丽丝进入镜子背后时发现，凡是从原来的屋子里能看见的东西都显得平淡无奇，而原来看不见的东西则显得那么不同寻常——"到镜子的另一面去就是从指示关系到表达关系那儿去——不在中间阶段（即表现和意指）那儿停留。目的是要到达一个这样的区域：在这儿语言与它所指示的东西不再有任何关系，而只与它所表达的东西——即意义——有关系。这就是二元性的最终移位：它现在进入了命题之中。"（1990：25）然后，德勒兹引用了《奇境》第三章的一段对话。那时，爱丽丝和一堆小动物刚刚从她之前哭出来的眼泪池爬上来，浑身都湿漉漉的，于是老鼠提出用他所知道的最干的东西把大家身上弄干（无疑，卡罗尔在这里是故意玩文字游戏）。这个最干的东西原来是历史书上的几句话，其中就有老鼠和鸭子发生争执的那个代词"它"。

"……坎特伯雷大主教发现它（it）是明智的——"

"发现什么？"鸭子问道。

"发现它，"老鼠颇为生气地说，"你当然知道'它'是什么意思。"

鸭子说，"当我发现一个东西时，我当然很清楚地知道'它'是什么意思，它通常是一只青蛙或者一条虫子。问题是，大主教发现的是什么？"

老鼠没理会这个问题，急匆匆地往下说："——发现它是明智的，即……向威廉献上王冠……"（2001：22—23）

人们往往从语法的角度对这个"它"字进行解析。显然，对代表常识和实用主义的鸭子来说，"它"应该是指示的负载者，应该指示一个东西；但是老鼠意识到了这个"它"的功能不是指示，它没有指称对象，更不可能是一个可吃的东西，而是由动词所体现的那个命题所表达的事件，这个动词暂时是缺失的，但后来会出现的，所以老鼠坚持赶紧说完这个句子，好让鸭子明白这个"它"究竟是怎么回事。勒塞克勒宣称，对语言学家来说，这个"它"说明了卡罗尔特有的语言直觉，维多利亚时代的语言学家

第二章　卡罗尔的"胡话/无意义"与德勒兹的意义

是无法解释它的,"要等一百年之后它才能在乔姆斯基的转换理论中得到令人信服的解释,这种情况就是外置转换(extraposition)的运动。这个'它'不指称外部世界的物体,只是外置转换的操作所留下的一道痕迹。"①

德勒兹的阐释角度不同于勒塞克勒。在《意义的逻辑》的后文,德勒兹说这个"它"悬置了意义;在这里,他借助这个鲜活的例子对指示和表达、消费和意义的二元性进行了说明。德勒兹说,鸭子无疑把"它"使用并理解为一个一般的指示词,可以"指示"事物、事态和可能的特质,它甚至规定了那个被指示的东西本质上是(或者可能是)某种可吃的东西(比如青蛙或虫子)。一切被指示的或能够被指示的东西原则上都是可消费的、可穿透的,因为它们是"身体"。但老鼠用一种完全不同的方式使用"它":他把它用作一个先前命题的意义,用作那个命题所表达的事件(去把王冠献给威廉)。因此,"它"的模棱两可是依照指示和表达的二元性而分布的。命题的这两个维度被组织在两个系列中,这两个系列就是指示和表达系列,它们渐近融合地会聚在一个像"它"那样含混不清的项中(我们已经看到,这个项在后文被叫作悖谬元素),因为它们只有在那条被它们不断伸展的边界上才会相遇。正如勒塞克勒所解释的那样,这两个系列悖谬地分叉(有表达但没有指示)又聚合了(正如鸭子意识到的那样,"它"暗示或维持了指示的可能性)。德勒兹说,一个系列(亦即鸭子的系列)用其自己的方式继续"吃",而另一个系列(亦即老鼠的系列)提取了"说"的本质。"由于这个原因,在卡罗尔的许多诗歌中你都会目睹两个同时维度的自动发展,一个维度指涉被指示的物体(它们总是可消费的,或者是消费的接受者),另一个维度指涉总是可表达的意思,或者至少指涉作为语言和意义负载者的对象。这两个维度只有在一个神秘难解的词语、一个非—可识别的'某物'中才会融合。"(1990:26)这几句话回应了他在本章节开始所说的卡罗尔作品中"吃与说""身体与语言""事物与命题"的二元性。他引用了卡罗尔胡话诗《蜗鲨之猎》中的那个著名叠

---

① Jean-Jacques Lecercle, *Deleuze and Language*, 2002:124.

《意义的逻辑》与卡罗尔的胡话文学

句:"他们用顶针寻找它,/他们用小心寻找它;/他们用叉子和希望追捕它。"这个叠句中的"它"指的是捕猎者要寻找的"蜗鲨"。在这儿"顶针"和"叉子"指称被指示的工具,"希望"和"小心"指称对意义和事件的考虑,而"蜗鲨"就是两个系列划出的那条伸展的边界。关于命题中的这种二元性(指示/表达),德勒兹认为更典型的例子是《西尔维与布鲁诺》中那个疯园丁所唱的歌,它的每一节都调动了两个词项,它们属于完全不同的种类、提供了两种截然不同的解读:"他以为他看到了……他再一看,却发现它是……"德勒兹引用了这首诗的几段,显示了他对这首诗的二元性的高度肯定和对卡罗尔的洞见的推崇。

> 他以为他看到了一只大象,
> 在练习吹笛子:
> 他再一看,却发现那是
> 妻子的来信,
> "我终于认识到了,"他说,
> "生活的苦涩悲哀!"
>
> 他以为他看到了一只信天翁
> 围绕提灯振翅飞翔:
> 他再一看,却发现那是
> 一张一便士的邮票。
> "你最好回家去,"他说,
> "夜里空气非常潮。"
>
> 他以为他看到了一个论据
>   证明他是教皇:
> 他再一看,却发现那是
>   一块杂色肥皂。

第二章 卡罗尔的"胡话/无意义"与德勒兹的意义

"一个多么可怕的事实，"他无力地说道，
"灭绝了所有的希望！"（1990：27）

疯园丁的歌共九节，前八节分散出现在《西尔维与布鲁诺》中，最后一节在《西尔维与布鲁诺终结篇》中，德勒兹只引用了其中的三节。这首诗有节奏地并置了轻快的幻想和严酷的现实，如果用精神分析的方法来解释，可能是并置了躁狂和抑郁。德勒兹关心的是这首歌的结构，他对这首诗的分析和总结是：其全部诗节形成了两个异质的系列：一个由各种存在物构成，它们由物理特性所描述；另一个由对象或具有显著象征性的人物所构成，它们由逻辑属性所界定，或者有时候由名字或各种意义负载者所界定。最后他说："在每首诗的结尾，园丁都会画一条忧郁的小路，两个系列的两边都与此路接壤；因为我们知道，这首歌就是他自己的故事。"（1990：27）

三 系列与意义

德勒兹在《意义的逻辑》的不同地方反复解释过意义的复杂身份：它既不存在于表达它的那个命题之外，又与命题不融合；它一面朝向事物，另一面朝向命题，它是命题和事物之间流动的边界；它就像草原上升起的薄雾。我们可以这样理解，意义是从一个给定命题或词汇的三部分结构（指示、表现和意指）中产生出来的、但又可与之分离的一种"表达"或流动。德勒兹研究者罗纳德·伯格将其解释为："它似乎是固有于语言之中的，但在事物中显现出来……它似乎是一个在时间和空间上'在那儿'的事件，然而却又总在别的地方，总是已经结束却又即将发生。"[1] 这就是说，意义是悖谬的，它产生于语言固有的悖论："意义从来不只是将事物和命题、名词和动词、指示和表达进行对比的二元性的两项之一；它还是这两项之间的边界、刀刃或者差异之

---

[1] Ronald Bogue, *Deleuze on Literature*, 2003, p.73.

接合，因为它可任意支配一种属于它自己的、它在其中得到反映的不可穿透性。由于这些原因，意义必须为了自己而在一系列新的、现在是内部的悖论中形成。"（1990：28）德勒兹在此归纳了三种形成意义的特定悖论。

> 当我标示某个东西的时候，我总是假定其意义被理解了、已经在那儿了。……在我一开始说话的时候，意义就总是预设的了；我不可能没有这个预设就开始。换言之，我从未说出我所说的话的意义，但在另一方面，我总是能够把我所说的话的意义理解为另一个命题的对象，而这个命题的意义我也无法说。于是，我进入了被预设的东西的无限后退中。这种后退证实了说话者的极度无能，也证实了语言的最高权力：我没有能力说出我所说的话的意义，没有能力同时说出某个东西和它的意义；而语言具有言及词语的无限力量。简而言之，假定一个命题指示了一种事态，你总是可以把它的意义理解为另一个命题所指示的东西。如果我们同意把一个命题作为一个名称，那么每个指示一个对象的名称本身似乎就可能成为一个指示其意义的新名称的对象：n_1 指称指示其意义的 n_2；n_2 指称 n_3，等等。为了表示其中的每一个名称，语言必须含有一个表示这个名称之意义的名称，语言实体的这种无限增殖被称为弗雷格的悖论，但它也是卡罗尔的悖论。（1990：28—29）

这个悖论被德勒兹称为"倒退或无限增殖之悖论"，那么它是卡罗尔的什么悖论呢？我们可以称它为白骑士之歌悖论，它出现在《镜中奇遇》第八章里。爱丽丝与前来救她的白方骑士的相遇（前文已经介绍过，爱丽丝作为白方小卒参与了镜中世界的一场棋赛），白骑士说他要唱一首歌给爱丽丝听。为了更好地理解其中所涉及的名称，我们不妨把英语原文也附上：

"这首歌的名字叫作'鳕鱼眼'。"(The name of the song is called...)

"噢,这是这首歌的名字,是吗?"爱丽丝说道,尽量对它感兴趣。(That's the name of the song...)

"不,你不明白,"白骑士说道,看起来有点烦恼。"那是这首歌被人叫的名字,它真正的名字是'很老很老的人'。"(That's what the name of the song is called. The name really is...)

"那么我应该说'这首歌被人叫作这个'了?"爱丽丝纠正了自己的说法。(That's what the song is called?)

"不,你不应该:那完全是另一回事!这首歌叫作'方法与手段':但你要知道,它只是被人叫作这个!"(The song is called...)

"好吧,那么,这首歌是什么呢?"爱丽丝说道,她这时候已经完全糊涂了。

"本来我就要说到这个了,"白骑士说道,"这首歌其实是'坐在大门上'。"(The song really is)

好复杂的一串儿名字啊!不光爱丽丝糊涂了,读者也糊涂了。卡罗尔在这个片段区分了一系列名词性的实体,展现了命题中指示的倒退。要复原这个倒退过程,必须从最后开始。白骑士(也就是卡罗尔)说,这首歌其实是"坐在大门上",这首歌本身是一个命题、一个名称(n_1)。"坐在大门上"就是这个名称,就是这首歌;但它不是这首歌的名称。这首歌是由另一个名称所标示的,这第二个名称(n_2)是"方法与手段",因此"方法与手段"是标示这首歌的那个名称,或曰这首歌被叫作这个名。但真正的名称是"很老很老的人",这个老人出现在整首歌曲中,这个指示性的名称本身具有一个形成新名称(n_3)的含义。然而,这第三个名称必须转而由第四个名称所标示。也就是说,n_2的含义,即n_3,必须由n_4来标示。这第四个名称是"这首歌的名字叫作",即"鳕鱼眼"。换言之,卡罗尔的分类中其实有四个名称:那首歌真正所是的东西的名称;指示这个现实的名称,因而它也指示了那首歌,或者代表了那首歌被叫作什么;这

63

个名称的意义,它形成了一个新名称或者一个新现实;指示这个现实的名称,因而它也指示了那首歌的名称的意义,或者代表了那首歌的名字被叫作什么。这个名称在指示某个东西的时候,把我们打发到了指示前一个名称之意义的另一个名称那儿去,直至无限。如果用结构主义语言学的术语来说,我们可以认为这个片段在一定限度内展现了能指的滑动,用德里达的术语来说,则表现了延异。

德勒兹指出了两件事。首先,卡罗尔呈现的只是有限倒退;第二,这个倒退在本质上不同于严格的 n_1、n_2、…、n_n 悖论,因为卡罗尔给我们呈现的是一种"对子"(couplet)进程。在严格的意义上,只有 n_2(这首歌的指示)和 n_4(那个指示的意义的名称)符合这种悖论。德勒兹说 n_1 和 n_3 形成了一个不同系列的一部分,因为由于 n_1,我们把这首歌(事物本身)作为一个名称,而 n_3 把第二个名称作为一个事物本身。因此,卡罗尔形成的这个倒退有四个被无限移位的名词性实体。"他分解并冻结了每一个对子,为的是从中提取一个补充性的对子。"(1990:30)这种"冷冻"策略在第二个意义悖论中得到了进一步的发展。德勒兹说我们可以满足于两个交替项的倒退:指示某物的名称和指示这个名称之意义的名称。这种两项的后退是无限增殖的最小条件。这种情况的例子取自《奇境》爱丽丝与女伯爵交谈的片段,它例示了这种倒退的较为简单的表达。女伯爵特别爱说教,只要爱丽丝一说话,她就忙着从她的话里找道理,因为她认为"每件事都是有道理的,就看你找不找得到。"

"槌球比赛现在进行得好多了,"爱丽丝说道,为的是稍稍把谈话保持下去。

"确实如此,这里面的道理就是,'噢,是爱,是爱让世界转动!'"爱丽丝小声说,"有人刚才还说,每个人只管自己的事让世界转动。"

"啊,很好!意思差不多!"女伯爵说道,"这个道理就是:'意义小心照顾,声音不费功夫'。"(1990:31)

第二章 卡罗尔的"胡话/无意义"与德勒兹的意义

在这个段落里，每一个命题的道理都是由指示第一个命题意义的另一个命题组成的。德勒兹用一句比喻意味的话对此判断进行了评论："在命题增殖、'声音照顾自己'这样的条件下，使意义成为新命题的对象相当于'小心照顾意义'。"（1990：31）他所谓的"声音照顾自己"其实是指用语言构成的命题，而"意义小心照顾"是指构成该命题的意义，这个意义转而又要被新命题所指示。

第二种悖论德勒兹称其为"无结果的分割或干巴巴的重申"之悖论。指的是"确实有一种避免这种无限回退的方法，就是固定住命题，使之不动，时间只需长到可从中抽取出它的意义来——事物和词语界线上的那层薄薄的膜。"（1990：31）之前德勒兹就已经指出，意义像不存在的"蜗鲨"，难以捕捉，所以我们只能做到"释放命题的一个中立化的替身，一个幽灵且是一个没有厚度的幻象"。（1990：31）因为意义导致了对肯定和否定两者的悬置，作为事态的一个属性，意义是超—存在。它不属于存在，它是一个适合于非—存在的某物。德勒兹再次强调，"作为命题所表达的东西，意义不存在，而是固有（inhere）于或存续（subsist）于命题中。斯多葛派逻辑最非凡的要点之一就是意义—事件的无结果性：只有身体行动、受苦，而不是非物质的实体，它们只是行动和激情的结果。这个悖论可以被称为斯多葛派的悖论。"（1990：31）德勒兹认为从斯多葛派一直到胡塞尔都宣告被表达之物的无结果性，因为它的生产力已经使它在表达中耗尽了自身。这就是"无结果的分割"的含义。德勒兹对于这个悖论的简要总结是："意义是从命题中抽取出来的，它独立于命题，因为它悬置了命题的肯定和否定，然而却只是命题逐渐消失的替身：是卡罗尔那没有了猫的微笑，或者没有了蜡烛的火焰。"（1990：31—32）"没有了猫的微笑"里的"猫"是指《奇境》里的柴郡猫，它的奇特之处是：它不仅会咧着嘴笑，而且还会一点一点地消失或出现，比如先是尾巴消失了，然后是身体，只有它的笑容还在，过了一会儿才消失。德勒兹用这个咧嘴笑的形象来说明意义只是"存续"于命题之中的，它与命题不可剥离，即使暂时剥离出来也终将消失。"没有了蜡烛的火焰"出处也是《奇境》。爱丽丝

《意义的逻辑》与卡罗尔的胡话文学

发现了一个小瓶子，上面的标签上写着"喝我"，喝掉其中的饮料后，爱丽丝缩小到只有十英寸。她担心还会再缩小下去，"最后像蜡烛一样完全熄灭，不知道那时自己会是什么样？她努力想象蜡烛熄灭后火苗会是什么样子，因为她不记得自己见过这种事儿。"（2001：11）无疑，蜡烛熄灭意味着火苗消失，火苗的留存只能是极其短暂的。

"干巴巴的"这个词取自前文提到的一个《奇境》片段：爱丽丝和一些小动物从眼泪池中爬出来后，一只老鼠声称有办法把大家弄干，它要给大家讲一个故事（其实是历史教科书上的一段话），因为这是"最干的东西"。毫无疑问，听完这几句"最干的"话，大家身上还和原来一样湿，于是一只老渡渡鸟提出大家来参加一个委员会赛跑。结果这种赛跑就是大家围成一个圈，东一个西一个地开始乱跑，想开始就开始，想停下就停下，最后大家都赢了。德勒兹说：

> 这两种悖论——无限的倒退和干巴巴的重申——形成了一个选择的两个项：要么这个，要么那个。如果第一项强迫我们把最大的力量和最大的无能结合起来，那么第二项强加给了我们一个类似的任务，一个我们以后必须完成的任务：这个任务就是把意义之无结果性（它与它被从中抽取出来的那个命题相关）与意义的发生之力量（这与命题的维度相关）结合起来。卡罗尔似乎已经敏锐地意识到了这个事实：这两个悖论形成了一种二者择一。在《爱丽丝》中，那些人物在掉进眼泪池后只有两种可能的手段把自己弄干：要么听老鼠的故事——你所知道的"最干的"故事，因为它用一个鬼魂般的"它"（it）孤立了一个命题的意义；要么参加一场委员会赛跑，从一个命题跑向另一个命题，你想停下来的时候就停下来，没有胜者也没有输者，处于无限增殖的循环中。无论如何，"干"（dry）就是后来被命名为"不可穿透性"的东西。（1990：32）

前文已经说明，从现代语法来讲，老鼠的"它"只是一个语法支撑，预示了跟在"明智的"后面的那个还未被表达出来的不定式,并不是像鸭子理解的那样有具体的指称对象。德勒兹说得好,这个"它"一旦被悬置在句子之间,就"鬼魂般"地"孤立了一个命题的意义"。简而言之,德勒兹从《爱丽丝》中抽取的实例片段生动形象地描述了意义的特点。

避免无限倒退就好比展开一条莫比乌斯带,从而揭示其中的意义维度。在这种"展开的"状态下,意义就像斯多葛派的非物质一样,是无结果的;它既不作用,也不被作用(被施加行动)。它只是从指示中抽取出来的东西,这就导致了第三个悖论,即"中立性或本质的第三阶段之悖论":"如果意义作为命题的替身对肯定和否定漠不关心的话,如果它既不主动也不被动的话,那么就没有哪种命题模式能够影响它。对于从质量、数量、关系或模态角度来看对立的命题,意义是完全相同的。因为所有这些方面都影响指示以及指示在一种事态里的现实化或实现的各个方面,但不影响意义或表达。"(1990:32)德勒兹把这个悖论称"奥特雷库的尼古拉斯的悖论",因为这个人说"矛盾命题具有相同的意义",说"上帝是"和"上帝不是"具有相同的意义。他的说法无疑受到了哲学家们的谴责。但是德勒兹认同尼古拉斯,因为意义与真实的存在(指示)没有关系。他宣称:"在颠倒关系的情形中意义肯定是相同的,因为就其导致所有的生成—疯狂悖论再一次出现而言,意义关系总是在两个方向中同时确立的。"(1990:33)变得更大或者更小沿着同时产生一个双重意义的同一条轴线运作,五个夜晚连在一起过会暖和热五倍,同样的道理,也会冷五倍。"意义总是一个双重的意义,并且排除了这一关系中可能有'理智'(good sense)的可能性。事件从来不是彼此的起因,而是进入了准起因的关系中——这是一种不真实的、鬼魂般的起因,它不停地重现在这两个意义中。"(1990:33)因为事件(在这儿指生成)不停地重现在这两个意义中,它既不在相同的时间,也不与同一个事物有关系。所以如果说"我既更年轻、又更年老",那是因为我是在同一个时间、根据相同的关系才成为这个样子的。德勒兹称卡罗尔的作品中点缀着无数这样的例子,比如"猫吃蝙蝠"和"蝙蝠吃猫"、"我说的就是我想说的"和"我想说的就是我说的"、"我喜欢我得到的东西"和"我得到了我喜欢的东西"、"我睡觉的时候喘气"和"我喘气的时候睡觉"都有一个相同的意义。就德勒兹所论的生成事件和意义的双重性而言可能是这样,但其实,德勒兹在这儿对卡罗尔作品的引用有点断章取义,使它们脱离了原来的语境。只有总在睡觉的睡鼠说"我睡觉的时候喘气"和"我喘气的时候睡觉"时确实如此,因为就它的情况而言,这两个命题真的具有相同的意义。"猫吃蝙蝠"和"蝙蝠吃猫"或许意思相同,因为爱丽丝在迷迷糊糊的坠落过程中思维不清,她不知道究竟谁吃谁,这个问题对她来说也不重要。但是在疯茶会上,当爱丽丝说"我说的就是我想说的"和"我想说的就是我说的"是一回事时,疯帽匠和三月兔立即对她进行了反驳:"才不是一回事呢!你能说'我看见我吃的东西'和'我吃我看见的东西'是一回事吗?你能说'我喜欢我得到的东西'和'我得到了我喜欢的东西'是一回事吗?"(2001:61)从常识上说,这些情形确实不是一回事,但是,鉴于奇境里总是发生颠倒黑白的事,爱丽丝也学着强词夺理一次并不为过,而且这种逻辑也符合奇境颠覆真实世界的规则和观念的行径。德勒兹之所以不在意断章取义,也许正是因为他要表明"悖论与常识和理智相反",悖论否定只有一个方向,而肯定两个方向;它否定身份之固定性,而肯定身份的无限性。还有《西尔维和布鲁诺》中的一个例子,那块刻着命题"所有人都会爱西尔维"的红宝石和那块刻着命题"西尔维会爱所有的人"的蓝宝石其实是同一块宝石的两个面。

  如果说意义与指示没有关系,那么它与一般的模态(modality)是什么关系呢?从"模态"角度来看,被指示的对象的可能性、现实性或者必要性会如何影响意义呢?"事件在未来和过去必须有同一个模态,它依据该模态无限地划分它的现在。如果事件在未来是可能的、在过去是真实的,那么它必定同时是这样,因为它是在未来和过去中同时被划分的。""矛盾原则涉及指示之不可能实现,涉及意指的最小条件。但也许它不涉及意义。"因为"意义是既不可能、也不真实、也不必然、然而却是注定的⋯⋯事件存续于表达它的命题中,也发生在位于表面和存在之外的事物上,这就是'注定的'。因此,事件应当作为未来而被命题引用,但是命题也同样应当把事件作为过去而引用。"(1990:33)德勒兹再次援引了卡罗尔,因为他故事中的例子用在这里真是再贴切不过了:

> 卡罗尔的一般技巧包括把事件呈现两次,这恰恰是因为每件事都是借助语言发生的、都是在语言内发生的。事件一次是被呈现在它所存续的那个命题中,再一次是被呈现在它突然出现在表面的那个事态中。它一次被呈现于把它与那个命题联系起来的一首歌的歌词中,另一次被呈现于把它与存在、事物和事态联系起来的那个表面结果中。(因而有对对儿兄弟之间或狮子和独角兽之间的战斗。同样的事情也出现在《西尔维与布鲁诺》中,卡罗尔让读者猜猜他是根据事件创作了园丁的歌,还是根据园丁的歌创作了事件。)(1990:34)

这种写作手法主要运用在《镜中奇遇》里。故事里的对对儿兄弟、矮胖蛋、狮子和独角兽这些人物都来自传统儿歌。儿歌中他们发生了什么事,故事中就会发生同样的事,他们在故事中的行为和结局是被儿歌预先注定的。例如矮胖蛋,儿歌中说"矮胖蛋,坐墙头,/一个跟头摔下来,/国王的军队,国王的马,/都不能把它扶上墙!"在爱丽丝与他相遇、交谈、离开后,听到了一声沉重的碎裂声,矮胖蛋果然从他原来坐着的窄墙头上摔了下来,国王果然派出了所有的士兵和战马。当然,作为一只碎掉的蛋,他肯定再也无法复原了。对对儿兄弟的儿歌前文介绍过了,他们俩在故事中确实要为了一只拨浪鼓打架,也确实被可怕的大乌鸦吓跑了。关于狮子和独角兽的儿歌是:"狮子和独角兽争王位,/独角兽被打得满城窜,/有人给它们白面包,有人给它们黑面包,/有人给它们葡萄干蛋糕,并把它们赶出城。"爱丽丝切镜中蛋糕(先分给人吃,然后再切开)的情节就发生在这首儿歌的故事重现中。德勒兹用他独具个人特色的表述方式说,这些被呈现了两次的事件是同一个表面的两个同时存在的面,而这个表面的内面和外面、它们的"内在"和"超存在"、过去和未来都处于一个总是可逆的连续体中。

德勒兹总结说，这种悖论具有中立性，它们展示了意义不受命题模式的影响。接着，他引用了哲学家阿维森纳（Avicenna）所区分的本质（essence）的三种状态：普遍状态、特异状态和意义。前两种状态都不是本质本身：第一种状态是由命题以概念和概念性含意的顺序所意指的本质，第二种状态是命题在它牵涉其中的特定事物中所标示的本质。只有第三种状态是作为意义的本质、作为被表达之物的本质，因为它总是处于这种干巴巴的、绝妙的无结果性或中立性中。其实，之前德勒兹论及意义是命题的第四维度时就曾指出意义的中立性，并援引了胡塞尔所说的"表达"概念，胡塞尔认为意义就是被表达的东西。他指出，当胡塞尔对感知之意义进行思考时，"他把它与物理对象、心理的或'经历过的'东西、精神表征和逻辑概念区别开，把它呈现为一个无感情的、非物质的实体，没有物理或精神存在，既不作用也不被作用——一个纯粹的结果或纯粹的'表象'。"（1990：20）因此，意义是"中立的"，它不受命题模式的影响，它摆脱了命题的模态，也摆脱了意识的模态。它漠视所有的对立：特殊和一般、特异和普遍、个人和非个人、肯定和否定等。这是因为所有这些对立都只不过是在指示和意指关系中被考虑的命题的种种模式，而不是命题所表达的意义的特征。

第四个意义悖论是"荒诞的或不可能的客体之悖论"，德勒兹称之为"门农的悖论"，从这个悖论中又衍生出了另一个：那些标示矛盾对象的命题本身是有意义的。比如"方形的圆"，它的指示根本不可能得以实现，它也没有意指，因而是荒诞的，但是它有意义。德勒兹在此强调，荒诞和无意义这两个概念是不可混淆的。"不可能的东西是'没有家的'客体，在存在之外，但是它们在这个'外面'有一个准确的、清楚的位置：它们属于'超出的存在'——它们是纯粹的、意念性的事件，无法在事态中得到实现。"（1990：35）这种无法在事态中实现的东西就是意义或事件的一种"过度"，这种现象就是德勒兹后面所称的"唯一事件"（eventum tantum），即"回避现在，不受事态的限制，非个人的和前个体的，中立的，既非一般又非特殊的"意义—事件（1990：151）。德勒兹说，我们必须把这个超—存在加在我们所区分的两类存在上：真实事物（作为指示之物质）的存在和可能事物（作为意指之形式）的存在，因为超—存在"定义了真实的、可能的和不可能的事物所共有的一个最小值"（1990：35）。矛盾原则能够运用于可能的和真实的事物，但不能运用于不可能的事物，因为不可能的实体是"超—存在物"，它们被化简到这个最小值，并且就这样内存于命题中。他在这里没有引用来自卡罗尔作品的例子，但我们完全可以根据他的解释找到这样的例子，比如卡罗尔最著名的荒诞词"Snark"。

在"系列性"一章中，德勒兹首先指出，"无限倒退的悖论是所有其他悖论的来源。现在，倒退必然有一种系列形式：每一个指示性的名称都有一个必须由另一个名称来指示的意义：$n_1 \to n_2 \to n_3 \to n_4 \cdots$"（1990：36）他表明，如果我们只考虑名称的连续，那么系列就导致了对同质事物的一种合成，其中每一个名称都只通过它的排位、等级或类型而与它之前的那个名称区分开来。但是，如果我们不考虑名称的简单序列，而是考虑这种连续中交替发生的东西，那么我们就会看到每一个名称首先在它所产生的指示中、然后在它所表达的意义中被理解，因为充当另一个名称之指示的正是这个意义。德勒兹指出，在白骑士之歌中，卡罗尔的程序的优势正在于彰显了这种本质上的差异，这个程序让我们面对着一种异质事物之合成。它给了我们两个同时的构成项系列：意义之对象（n_1，n_3，$n_5 \cdots$）和对象之意义（n_2，n_4，$n_6 \cdots$）。这样，意义就被呈现了两次，一次在命题中，另一次在事态中。我们可以发现，"系列形式必然会在至少两个系列的同时性中实现"（1990：36）。一个同质的项构成的系列必定纳入了两个异质系列，其中每个系列都是由相同类型或等级的项所构成的，但这些项在本质上不同于另一个系列的项。就《爱丽丝》而言，它是一个关于口头倒退（oral regress）的故事，在逻辑意义上，我们要把"倒退"理解为名称的合成。这个同质形式的合成纳入了两个异质的口头形态系列——吃/说，可消费的东西/可表达的意义。这样，"系列形式本身让我们回到了已经描述过的二元性之悖论，强迫我们从这个新视角再次对它们进行讨论。"

（1990：37）那么，如何从系列形式的角度看待二元性呢？

德勒兹说，我们能够在一个表面看来同质的形式下建构两个系列，比如一个事件之系列和一个这些事件在其中被实现或未被实现的事物之系列；或者，一个指示性的命题之系列和一个被指示的事物之系列；或者一个动词之系列与一个形容词和名词性实词之系列；或者一个表达和意义之系列与一个指示和所指对象之系列。德勒兹现在提出的问题是，异质形式和同质形式的系列之间的关系是什么？从一个角度来看，同质形式把两个异质系列纳入其下。然而，如果我们拿过两个同质的系列来（比如两个事件或事物或表达系列），它们与异质形式有关系吗？或者说它们完全是任意的？为了解决这个问题，德勒兹对原始的二元性进行了区分："相同的二元性在外部，出现于事件和事态之间；在表面，出现于命题和被指示的对象之间；在命题内部，出现于表达和指示之间。"而"支配两个同时系列的法则是：这两个系列从来不是平等的。它们一个代表能指，另一个代表所指。"（1990：37）德勒兹的"能指"指的是"任何一个在自身中呈现了意义的一个方面的符号"，"所指"指的是"充当这个意义方面的关联物的东西"（1990：37），亦即被指示或被实现的东西。因此，德勒兹强调，"被意指的东西从来不是意义本身。在局限的意义上说，所指是概念；在扩展的意义上说，所指是以意义的某个方面建立在这个事物内的区别为基础而被定义的任何东西。因此，能指主要是事件（其身份是一种事态理想的逻辑属性），而所指主要是那种事态，连同其特质和真实关系。"（1990：37）从这些表述中我们可以看到，他想让能指和所指概念与之前论述的事件和事态之间的差异联系起来。他还特别申明，"就其在严格意义上包括指示、表现和意指这几个维度而言，能指也是整个命题。所指是……概念，也是被指示的东西或被表现的主体。……能指所表达的意义不存在于命题之外；在这种情况下，所指就是严格意义上的指示、表现、甚至意指。换言之，就意义或被表达的东西有别于它而言，所指是命题。"（1990：37）

接着，德勒兹援引了拉康，利用了拉康的这种观点：所指是一种本质的缺乏（在这种情况下是意义的缺乏），而能指是掩盖这种缺乏的过度。德勒兹现在的策略是把能指/所指的区分运用到同质形式的系列上。拉康揭示了爱伦·坡《失窃的信》中存在着两个系列。第一个系列是：没看到信的国王；聪明地将信隐藏在明处的王后；看透一切并占有了那封信的首相。第二个系列是：在首相那里一无所获的警察；考虑将信放在明处以便于更好地隐藏它的首相；看透了一切并把信拿回来的侦探杜宾。德勒兹借助此例想要说明的是："当小差异或大差异支配着相似性并成为首要之事时——换言之，当两个截然不同的故事同时发展，或者两个人物都具有摇摆不定的身份时——本质的东西才会出现。"（1990：38）德勒兹说，很多作家知道如何创造典范的形式主义的系列，例如，乔伊斯确立了能指系列"布鲁姆"和所指系列"尤利西斯"之间的关系。其他作家还有罗伯—格里耶、皮埃尔·克洛索斯基和维托德·贡布罗维奇等。这些作家能够表明，两个系列之间有真正的差异或移位，而且两者都有自己的动量。

如何明确系列的关系和分布呢？参照《失窃的信》这个故事，德勒兹说有三个特点可以让这种明确化成为可能。第一，"每个系列的构成项相对于其他系列的构成项来说处于永久的相对位移中（例如爱伦·坡的两个系列中首相占据的那个位置），它们缺乏一种本质的一致性。……存在着一个系列在另一个之上或之下的双重滑动，这种滑动在一种与彼此相关的永久不平衡中构成了两个系列"（1990：39）。第一个系列中偷了信的首相在第二个系列中被人偷了信；在第一个系列中首相意识到了这种迷惑性，而在第二个系列中杜宾认识到了这种迷惑性，等等。第二，这种不平衡本身必须被定向，而这种定向是由能指/所指关系所提供的：能指系列呈现出一种之于另一个（即所指）系列的过度，总有一种模糊的能指过度。正是这一点将两个系列连接起来，使它们产生意义。在故事中，第二个系列是能指系列，因为是杜宾解开了被盗的信这一谜题，给予故事以含义。德勒兹通过这个论述说，两个貌似同质的系列实际上通过能指/所指关系而被确定为异质系列。第三，也是最重要的一点，有一种非常特殊的、悖谬的实体，"它确保了两个系列的相对位移和一个系列之于另一个系列的过度"（1990：40）。在故事中，这个角色是由那封信扮演的。它把所有人物安置在两个系列中，安排他们各自的能指/所指关系。《芬尼根守灵夜》中，也是一封信导致整个系列世界在一种混乱—和谐中交流。"被窃的信"之类的元素被德勒兹称为悖谬实体或悖谬元素，其特点是"它在两个系列中无尽地循环，并因此确保了两个系列的交流。它是一个两面的实体，同样地存在于能指和所指系列中。它是一面镜子。因此，它既是词又是物，既是名称又是对象，既是意义又是所指对象，既是表达又是标示，等等"（1990：40）。它保证了它所横贯的那两个系列的会聚，同时又使它们无尽地偏离，它相对于自身总是错位的。因此，"这个悖谬的实体从来不在我们寻找它的地方，反过来说，我们从来不会在它所在的地方找到它"（1990：41）。这个悖谬实体在它构成为能指的那个系列中是过度，而在它构成为所指的另一个系列中是缺乏；它的过度与缺乏总是互相指涉的。这种过度/缺乏关系以一种几乎矛盾的方式运作。"在一种情况下过度的东西只不过是一个极其流动的空位；而在另一种情况下缺乏的东西是一个快速运动的对象，一个没有位置的占据者，总是多余的、错位的。"（1990：41）为了说明悖谬实体的过度与缺乏，德勒兹援用了《镜中奇遇》爱丽丝在绵羊婆婆商店里的奇遇为例证：

> 爱丽丝发现了"空货架"和"总在紧邻的上方货架上的闪亮东西"的互补性，也就是，没有占据者的位置和没有位置的占据者的互补性。"最惹人恼火的"（最古怪的：最不完整的、最脱节的）是"每当爱丽丝使劲看任何一个货架，想弄清楚那上边有什么东西的时候，那个架子就总是空空的，而周围的其他货架却满得不能再满了。"她花了大约一分钟徒劳地追寻一个"又大又亮、一会儿像玩具娃娃、一会儿像针线盒的东西，它总是在她盯着看的那个货架上方的货架上……我要跟着它，直到最顶层的货架，我希望穿过天花板会把它弄糊涂"。但就连这个计划也失败了："那个东西悄无声息地穿过了天花板，就好像它很习惯这样做似的。"最终，她用哀怨的语气说，这儿的东西怎

么总消失啊！（1990：41）

当我们把悖谬实体的这个特点运用到能指/所指系列上时，我们发现在能指系列中循环的是一个"没有词语的空位"，在所指系列中是一个"没有位置的占据者"。就《失窃的信》来看，"没有位置的占据者"这个概念也许容易理解，就是那一封没有位置的信。但是，相互关联的"没有词的位置"或者"空白词"是什么呢？它们就是德勒兹所称的"难解词"（esoteric words）。在第七系列《难解词》中，德勒兹专门论述了卡罗尔在作品中探索并确立的几种形成系列的方法，并在此过程中阐述了卡罗尔对难解词的使用。他指出，卡罗尔用难解词和一般的悖谬实体建构了许多不同种类的系列。第一种系列是："受一个奇怪物体管控的、具有轻微内部差异的事件系列。"（1990：42）德勒兹举的例子来自《西尔维与布鲁诺》第23章中，与一个骑自行车的小伙子的事故和一只奇特的表有关。这只方形的金表是两位小仙子的老师从异域带来的，有八个指针，它不跟着时间走，相反，是时间跟着它走。这只表有两个特点。第一，如果你拨动了指针，你也就改变了时间。你不可能让指针往前走，超越真实时间，但是你最多可以让它们倒退一个月的时间，这样所有的事件都可以重来。它的另一个奇特之处是它有一个"逆转弦"。把这个弦轴推进去，下一个小时发生的事件的顺序就是逆转的。用德勒兹的话说，"这只表使事件以两种方式返回，要么以颠倒事件顺序的变疯方式，要么根据斯多葛派的命运而稍有变化。"（1990：42）有一天，叙述者看到一个骑自行车的小伙子从街角急转弯而来，被一辆装纸板箱的马车上掉落的箱子绊倒了，头和膝盖都受了伤，需要送医。叙述者想到教授借给他的这只表具有神奇的力量，于是就动用了它一次。他把指针往回拨，于是一切都恢复到了纸箱从马车上掉落时的那个关键时刻它们所占据的位置。叙述者立即将纸箱捡起来放回车上，而小伙子飞快地转过街角，从马车旁经过，消失在远处。叙述者为避免了一场悲剧而感到庆幸，心想有了这种表会避免多少不幸啊。结果，当被拨回去的指针走回到事故发生的那个时间点时，或者说，当他返回现在时，事故发生时的情景重现了：马车上掉下纸箱，骑自行车的小伙子摔倒在地……一切恢复如旧。从文学史的角度来说，这只奇特的表是小说中较早出现的时间旅行机器（威尔斯的《时间机器》中的机器比它早一年出现）；这个情节也反映出卡罗尔清楚地意识到回到过去会产生逻辑矛盾。当然，德勒兹的阐释角度不一样。他说："事故从一个系列被移位到另一个系列。毫无疑问，这两个系列相对于彼此是连续的，然而相对于那个奇怪的物体（即那只表）是同时的……就好像这只表知道如何用魔法召唤意外事故，亦即事件的暂时发生，而非事件本身、结果，即作为永恒真理的受伤。"（1990：42）

第二，卡罗尔的作品有"两个具有极大的内部和加速差异的事件系列，它们受命题的管控，或者至少受声音和象声词的管控"（1990：43）。德勒兹说，这就是卡罗尔在《镜中奇遇》所描述的镜子法则："从老屋看到的东西相当无趣……但……其他所有的东西都完全不同。"《西尔维与布鲁诺》的梦境—现实系列就是根据这一偏离法则建构的，人物从一个系列到另一个系列地分裂，在每个系列中则进一步分裂。在《西尔维与布鲁诺终结篇》的序言中，卡罗尔假定人类和精灵能够有不同的精神状态，每种状态有不同的意识程度。人类可能有三种状态：正常状态，意识不到精灵的存在；"怪异"状态，虽然对真实的周围环境有意识，但也能意识到精灵的存在；恍惚状态，意识不到真实的周围情景，貌似睡着了，他（即他的非物质本质）转移到了真实世界或精灵世界的其他场景中，能意识到精灵的存在。精灵也能从精灵世界到真实世界，他们有两种精神状态：正常状态，意识不到人类的存在；怪异状态，如果他在真实世界，他能意识到人类的存在，如果他在精灵世界，他能意识到人类的非物质本质的存在。然后，卡罗尔用表格形式详细列出了两部《西尔维与布鲁诺》中不正常状态（既有人类的也有精灵的）出现的段落。用德勒兹的话说："这个表格保证了书中每一段里两个系列的对应性。从一个系列到另一个系列的过渡和系列之间的交流通常是通过一个命题促成的，这个命题在一个系列中开始、在另一个系列中结束，或者是通过象声词（也就是一个参与了两个系列的声音）促成的。"（1990：43）比如，在第一部的第一章，小说的叙述者（一位历史学家）坐在火车上，他的状态是恍惚状态，他进入精灵世界，看到了那里发生的事情；而精灵世界的御前大臣则处于怪异状态。在这里，德勒兹对卡罗尔的批评者提出了批评，说"我们不明白为什么最好的卡罗尔评论者，尤其是法国的那些，对《西尔维和布鲁诺》有那么多保留意见和微不足道的批评。这是一部杰作，与《爱丽丝》和《镜中奇遇记》相比，它展现了一套全新的技巧。"（1990：43）卡罗尔创作这两部小说时费尽心力，但读者和论者的反应远不如两部《爱丽丝》热烈。依本人之见，其中的文字游戏、逻辑悖论仍极为有趣，情节设计也比《爱丽丝》复杂（有两条情节线同时发展，一条在现实世界，一条在精灵世界），确实展现了一套全新写作的技巧。但是，儿童读者所能欣赏到的趣味性和鲜活性不及《爱丽丝》，成人读者所能领会到的讽刺和深刻也不及《爱丽丝》，有些地方的刻意而为、伤感和甜腻都对它的文学品质造成了损害。

第三，卡罗尔作品中有"两个命题系列（准确地说，是一个命题系列和一个'消费'系列，或者一个纯粹表达的系列和一个指示系列）。这两个系列以巨大的差异为特点，并通过一个难解词来调控。"（1990：43）德勒兹指出，卡罗尔的难解词具有非常不同的类型，其中一种类型是通过收缩一个命题或多个彼此跟随的命题的音节元素而形成的。例如，在《西尔维和布鲁诺》第一章中，精灵世界的御前大臣见了布鲁诺时，称他为"y'reince"，也就是"殿下"（Your royal Highness）的意思。德勒兹说，这种收缩旨在提取这个命题的总体意思，以便于用一个音节——或者像卡罗尔所说的那样，一个"无法发音的单音节词"——来命名它。德勒兹提醒我们注意，在拉伯雷和斯威夫特的作品中也有类似的做法，比如具有超多辅音的拉长音节，就好像它们很适合表达意义的。"这第一种类型的难解词形成了一种连接，一个与单一系列有联系的连续合成（a synthesis of succession）。"（1990：43）我们应该注意，这种操作只与悖谬实体的能指系列有关，"y'reince"这个词指示的是空白词。

然而，"卡罗尔特有的难解词属于另一种类型。它们属于一种共存合成，意在保证两个异质的命题系列或命题维度系列的结合。这一点最好的例子就是 Snark：它在食物口头性和符号口头性两个系列中循环，或者说在命题的两个维度——指示性维度和表达性维度——中循环。"（1990：43）德勒兹还从《西尔维和布鲁诺》中提取了几个例子：一种没有滋味的、叫作 Phlizz 的水果（小说中说它形状像香蕉，颜色像草莓），一种叫作 Azzigoom 的布丁（德勒兹的理解有误，它应该是一种饮料，出现在布鲁诺唱的歌中，"喝着那淡淡的 Azzigoom"）。这些词在能指系列中指示空白词，在所指系列中指示不存在的对象：

> 这各种各样的名称很容易解释：它们都不是那个循环词，而是指示那个循环词的名称，即"那个词被叫作什么"。在两个系列中循环的词的性质与它们不同：原则上，它就是空方形（empty square）、空架子、空词语（卡罗尔偶尔会建议腼腆的人在信中空着某些词），因此，这个词被那些表示逐渐消失和移位的名称所"叫"（called）：蜗鲨是看不见的，Phlizz 几乎是一个象声词，用来表示某个正在消失的东西。或者再一次，这个词被相当不确定的名称所叫：某物，它，那，东西，小玩意或"那什么"。（例如，参见老鼠故事中的那个"它"或绵羊商店里的那个"东西"）。最后，这个词根本没有名字；相反，它是由一首歌的整个叠句命名的，这个叠句在各节中循环，使它们产生交流。或者，就像园丁的歌那样，这个词是由每一节的结尾命名的，这个结尾导致了两个不同体裁的前提之间的交流。（1990：44）

第四，"受混成词（portmanteau words）管控的极其分叉的系列，如果必要的话，这些系列是通过前一种难解词构成的。实际上，这些混成词本身就是一种新型的难解词。它们由它们的作用所界定，也就是把好几个词压缩、把好几个意义包裹起来。"（1990：44）"混成词"这个词来自《镜中奇遇》的矮胖蛋。当矮胖蛋跟爱丽丝吹嘘他是词语的主人，而且他给它们发工资时，爱丽丝说"你好像很擅长解释词语，那你能告诉我那首叫作

第二章 卡罗尔的"胡话/无意义"与德勒兹的意义

'捷波沃奇'的诗是什么意思吗?"前文我们介绍过,这首诗是爱丽丝在镜子屋的一本书中看到的,它的字是反写的,里面有很多爱丽丝不认识的词,让她觉得看了之后似乎满脑子都是想法,只是无法准确地知道这些想法到底是什么。总而言之,她觉得是某个人杀了什么东西。矮胖蛋号称他能解释所有已经创作出来的诗和很多尚未创作出来的诗,于是爱丽丝就给他背了这首怪诗的第一节:

'Twas brillig, and the slithy toves
Did gyre and gimble in the wabe;
All mimsy were the borogoves,
And the mome raths outgrabe.

前文介绍了此诗中某些词语的意思,比如矮胖蛋说"brillig"意思是下午四点钟,是人们开始为晚餐烧烤食物的时间。"slithy"的意思是"轻盈且黏糊"(lithe and slime)的意思,"它就像是一只旅行箱,有两个意思被打包在一个词里"[①]。在当时,"portmanteau"是一种旅行箱的名称,这种箱子由两个空间相等的部分构成,可以像书本那样把两边合起来。比如诗中有一个被德勒兹数次引用的混成词"frumious",根据卡罗尔自己的说法,它是 fuming + furious 压缩而成的。[②]

德勒兹指出,我们需要知道混成词何时是必要的,因为你总能发现混成词,而且几乎所有的难解词都可以出于善意或任意而这样阐释。但事实上,只有混成词与一个它可能指示的难解词的某一特定功能相一致时,它才有基础或者才能形成。比如说,"y'reince"这个难解词不是混成词,因为它只是在单一系列中具有简单的压缩功能。再比如,《捷波沃奇》诗中有许多关于奇妙动物的词,但它们不一定构成了混成词,像"toves"

[①] Martin Gardner and Lewis Carroll, *The Annotated Alice: The Definitive Edition*, 2000, p. 215.
[②] Lewis Carroll, *The Hunting of the Snark* (with an introduction and notes by Martin Gardner), 1995, p. 42.

"borogoves"和"raths"等,矮胖蛋分别把它们解释为一种像獾和蜥蜴和螺旋开瓶器的动物,一种精瘦难看、羽毛四处夈着、活像拖把的鸟,一种绿色的猪。其中的动词"outgribe"(矮胖蛋说它介于咆哮和吹口哨之间,中间有一种打喷嚏声)也不是混成词。德勒兹还让我们注意,一个包含两个异质系列的难解词不一定是混成词,诸如"Phlizz""东西"和"它"之类的词不是混成词,但它们充分实现了这种双重的包含功能。

但是,反过来,混成词可能是包含两个异质系列的难解词,比如 Snark 就是一个这样的混成词。它标示着一种想象的奇异动物,研究者和粉丝多数认为它是由蛇+鲨鱼(snake + shark)构成的混成词,德勒兹也是这种看法。根据加德纳的注解,卡罗尔曾对人说它是"蜗牛"(snail)和"鲨鱼"的混成词。① 诗中人物说到这种没人见过的动物的特点,其中包括起床很晚,下午五点吃早餐,第二天吃晚餐,还有在理解笑话方面非常迟钝。综合这两点,把它理解和翻译为"蜗鲨"应该更为合理。德勒兹指出,Snark 只能算是一个次级的或附属的混成词,因为它的内容(teneur)本身与其作为难解词的功能不一致:它的内容指涉一种复合的动物,而它的功能意味着两个异质的系列,其中只有一个系列是关于动物的,另一个系列则与一种非物质的意义有关。因此,这个词不是在其"混成"方面实现了它的功能。而"捷波沃克"(Jabberwock)② 则是内容与功能相一致的真正的混成词,因为它既指示一种奇异的动物,也是一个混成词。卡罗尔表明它是从"wocer"或"wocor"(其意思是后代或果实)和"jabber"(它表达了一种雄辩的、生动的或喋喋不休的讨论)中形成的。因此,作为一个混成词,"捷波沃奇"暗示了两个系列,类似于 Snark 的那两个系列。"一个是关于可食用、可指示的对象的动物或者蔬菜起源之系列,一个是关于可表达的意义的词语增殖之系列。"(1990:45)这也就是说,在

---

① Lewis Carroll, *The Hunting of the Snark* (with an introduction and notes by Martin Gardner), 1995, p. 45.
② 爱丽丝让矮胖蛋给她解释的那首镜中诗里面的怪物。根据坦尼尔的插图来看,它像西方传说中的龙。《捷波沃奇》这首诗讲述的其实就是少年屠龙。

第二章　卡罗尔的"胡话/无意义"与德勒兹的意义

德勒兹看来，与 Snark 相比，Jabberwock 是成功的混成词。按照本人的理解，依据德勒兹对吃/说或身体/表达的二元性原则，Snark 在词汇构成方面是同质的，因为蜗牛和鲨，或者蛇和鲨都是动物，都是身体，因此它只能在身体上移位，不能在身体和语言之间悬置。它只在功能方面是异质的，因为它会聚了两个异质系列，把两个单独的符号体系结合或叠加在了一起。而 Jabberwock 既是身体和表达的混成，也会聚了指示和意义两个系列。

矮胖蛋在对《捷波沃奇》的第一节进行解释时，提供了好几个混成词，比如有 slithy（= lithe + slimy）、mimsy（= flimsy + miserable）等。按照德勒兹的说法，这些词不都是混成词，他的混成词定义还有一个标准："一个具有单一系列中的简单压缩功能的难解词不是混成词。"（1990：68）在这些例子中有好几个被压缩的单词和意义；但是为了组成一个总体意义，这些元素很容易被组织成一个单一系列，因此我们看不出混成词与简单的收缩或者一个连接序列之合成有什么区别。德勒兹说，"我们当然可以引入第二个系列；卡罗尔自己解释说阐释的可能性是无限的。例如，我们可以把《捷波沃奇》带回园丁之歌的图式中，后者有两个系列：可指示的对象系列和负载意义的对象系列。"（1990：46）如果我们回想一下前文引用的几段园丁之歌，就会发现它们的"可指示的对象"是大象、信天翁等，"负载意义的对象"则是信件、邮票等。德勒兹说，因此，以矮胖蛋的方式来解释第一节的结尾句"And the mome raths outgrabe"是可能的：绿猪（raths），远离家（mome = from home），咆哮—呼啸—打喷嚏（outgribing）；但是我们也可能把它阐释为：税金和优惠税率（rath = rate + rather），远离它们的起点，高得令人生畏（outgrabe）。德勒兹提供这种解释与矮胖蛋的解释作比较，其目的是要说明，如果依此做法，任何系列性的阐释似乎都可以接受。有趣的是，卡罗尔对这首诗的同一节所做的最早的词源学解释与矮胖蛋的不一样。这首诗在未被他纳入《镜中奇遇》之前的名字是《盎格鲁—撒克逊之诗》（*Stanza of Anglo-Saxon Poetry*）。那时"tove"被定义为"一种獾，它们有光滑的白毛，长长的后腿和像牡鹿一样的短

81

角，主要以奶酪为生"①。矮胖蛋则把它们描述为"某种像獾、像蜥蜴、又像螺旋开瓶器的东西……在日晷下筑巢，以奶酪为生"②。"mimsy"起初的意思只是"不快乐"（unhappy），后来是"脆弱且悲惨"（flimsy and miserable）。可见，他的混成词和其他杜撰词的意义在他自己那里也是变动的。所以，德勒兹完全有理由提出质疑："我们不清楚混成词如何有别于一个合取的共存合成，或者有别于任何确保两个或更多异质系列之并列的难解词。"（1990：47）他说，其实卡罗尔在《蜗鲨之猎》的序言中提供了这个问题的解决方法："假设，当皮斯托尔说出那句著名的话——'在哪个国王之下，贝佐尼恩？说，要不就死！'夏洛法官感觉肯定要么是威廉（William）、要么是理查（Richard），但不能确定是哪一个，所以他不可能先说出哪一个名字，很有可能他为了不死而喘着气说出'Rilchiam'。"③

鉴于此，德勒兹说"混成词似乎建立在一个严格的析取合成（disjunctive synthesis）基础上"（1990：46），并说这是混成词的一般原则，假设我们每一次都能解开可能被隐藏的那种析取的话。因此，对于"frumious"（fuming + furious）来说："如果你的想法稍稍倾向于'fuming'，你就会说'fuming-furious'；如果你的想法转向了'furious'，哪怕是一丝一毫，你就会说'furious-fuming'；但是如果你有罕见的天分和一颗完美平衡的头脑，你就会说'frumious'。"这段话同样摘取自《蜗鲨之猎》的序言。德勒兹认为，必要的析取不是在"冒烟"（fuming）和"狂怒"（furious）之间，因为你可能同时处于两种状态；相反，是在冒烟—狂怒和狂怒—冒烟之间。"在这一意义上，混成词的功能总是在于它被插入的那个系列的分叉上，这就是它永远不会单独存在的原因。它向它之前或之后的、表明每个系列原则上已经分叉了且仍可会继续分叉的其他混成词招手。"（1990：47）德勒兹又引用了法国作家米歇尔·布托尔（Michel Butor）论及乔伊斯

---

① Francis Huxley, *The Raven and the Writing Desk*, 1976, p. 63.
② Martin Gardner and Lewis Carroll, *The Annotated Alice: The Definitive Edition*, 2000, p. 215.
③ Lewis Carroll, *The Hunting of the Snark* (with an introduction and notes by Martin Gardner), 1995, p. 42. 皮斯托尔和贝佐尼恩是莎士比亚戏剧《亨利四世》中的人物。这段话是《蜗鲨之猎》序言中的一部分。

的混成词时所说的话:"这些词语中的每一个都充当了道岔,我们可以通过很多通道从一个词走到另一个词;因此就有了关于这样一本书的想法:它不是简单地叙述一个故事,而是整整一个海洋的故事。"(1990:47)在该章节的结尾处,以之前的各种范例阐释为基础,德勒兹归纳了混成词与难解词的区分:"当难解词的功能不仅仅是暗含或协调两个异质系列,而且是把析取引入系列的时候,混成词就是必要的或者是有必要基础的。在这种情况下,难解词本身由一个混成词'命名'或指示。"(1990:47)如前文关于老鼠的"它"等难解词的介绍所示,难解词通常同时指涉空方形和没有位置的占有者。德勒兹让我们必须区分卡罗尔作品中的三种难解词:收缩(contracting)词、循环(circulating)词和混成词。"收缩词执行单一系列上的连续合成,与一个命题或者一连串命题的音节元素有关,目的是从中抽取它们的复合意义。循环词执行两个异质系列之间的一种共存和并列合成,它们直接地、同时地与这些系列各自的意义有关。析取的或混成的词,它们执行共存系列的一种无限分叉,与词语和意义,或者音节元素和符号元素同时有关。分叉功能或者析取合成提供了混成词的真正定义。"(1990:47)这三种难解词就是德勒兹后文将要阐述的连接、合取和析取三种合成。

四 悖论与意义

在"悖论"一章中,德勒兹详细阐述了悖论的特点和悖论与意义的关系。他在开头就指出:"我们不能说悖论更配得上卡罗尔的作品而配不上《数学原理》,从而除掉悖论。对卡罗尔有好处的东西对逻辑也有好处。我们不能说军团理发师不存在,说不正常的集合不存在,从而除掉悖论。因为恰恰相反,悖论内在于语言,整个问题是知道语言是否能发挥功能却无需导致这些实体的内在性。"(1990:74)《数学原理》是罗素和怀特海合著的关于哲学、数学和数理逻辑的三卷本巨著,其中有一部分专门讨论悖论和悖论的解决方法。理发师悖论是罗素提出的一个悖论,说的是一位理发师只给不给自己刮脸的人刮脸,那么他能不能给自己刮脸呢?人们通常从集合角度来讨论理发师悖论:如果把每个人看成一个集合,那么这个集合的元素就被定义成这个人刮脸的对象。理发师宣称他的元素都是不属于自身的那些集合,并且所有不属于自身的集合都属于他。那么他就是不正常的集合,从而产生了悖论。"悖论内在于语言"这句话是说悖论是语言不可分割、不可或缺的组成部分,它有助于语言发挥功能,我们不能也无法将悖论从语言中清除。

德勒兹接着说,我们也不能说悖论提供了错误的思想形象,亦即不可能的、无用而复杂的思想形象。"如果你认为思想是一种简单的行为,本身很明确,没有调动无意识的所有力量或无意义在无意识中的所有力量,那你就太'简单'了。"(1990:74)这句话表明,悖论也内在于思想中,思想并非简单、清晰、不受无意识或无意义影响的。探索悖论也并非只是一种娱乐,只有当悖论被视为思想的主动行为时才是娱乐性的,"当它们被视为'思想的激情'或者被视为发现什么只能被思考、什么只能被言说时——尽管事实上它既不可言喻又不可思考,它是一个心智的虚空,是绵延时间——它们就不是娱乐性的。"这就是说,悖论的目的不是要像无聊的谜题那样被解决或被理解的,它们是语言、逻辑和思维的非概念性起点。与卡罗尔的悖论例子结合起来的话,我们可以这样理解:卡罗尔在小说和诗歌中创造的悖论是娱乐性的,因为那主要是他为了营造文本效果而刻意为之的。而德勒兹在此章节中严肃地思考关于悖论的逻辑和哲学问题,在这种背景下,那些悖论就不是为了提供娱乐,而是哲学家要探究的一个问题。德勒兹接着对"悖论"和"矛盾"进行了区分,他说"悖论的力量是:它们不是矛盾的,相反,它们允许我们发现矛盾的源起。"(1990:74)"矛盾原则适用于真实和可能的事物,但不适用于不可能的事物,也就是说不适用于悖论,或者更准确地说,不适用于悖论所表征的东西。"(1990:75)这就意味着,矛盾比悖论更为有限。德勒兹指出,意指的悖论本质上是不正常的集合之悖论和叛逆元素之悖论。不正常的集合是指一个集合作为一个成员被包括在另一个集合中,或者一个包括不同类型的成员;叛逆元素是指该元素形成了一个集合的一部分,而它以这个集合的存在为先决条件,且属于它所决定的两个子集。而意义之悖论本质上是

第二章 卡罗尔的"胡话/无意义"与德勒兹的意义

无限再分之悖论,是游牧分布之悖论。也就是说,意义总是处于过去—未来,而从来不是现在;它总是在分布一个开放的空间内,而非封闭的空间内。意义悖论的特点是"它们总是同时朝两个方向走,使确认成为不可能,因为它们有时候强调这些后果的第一个,有时候强调第二个。爱丽丝的双重历险就是这种情况——变疯和失去名字。"(1990:75) 前文我们已经结合爱丽丝的故事片段解读了德勒兹所说的这种由悖论所导致的身份危机,现在我们将着重分析悖论与意义的关系。

我们已经看到,德勒兹声称,悖论与定见相反,而定见包括两个方面,即理智(或曰良好判断)和常识。理智是独一无二的意义,它表达了对秩序的要求,根据这种秩序,你必须选择一个方向并保持这个方向。比如说,这个方向很容易被确定为从差异最大到差异最小,时间之箭从这个方向获得定位,差异最大的东西必定显现为过去,而差异最小的东西则显现为未来和结局。从过去到未来的这个时间顺序的确立与现在有关,这一个个体系统的过去总是比现在和未来更具差异化,因此,理智被给予了一个它履行功能的条件,该功能本质上是"预见"。显然,预见在反方向上是不可能的,因为你无法从最小差异化走到最大差异化。理智本质上是分布性的,它把差异放在开头并让它参与一种受控运动,而这种运动应该浸透、平均、取消、抵消差异,它所启动的分布就在这个条件下完成。热力学就是一个好例子,一开始出现了差异,然后差异慢慢均衡,其动态发生于现在时段。这是所发生的情况的一种分布,明确地说是一种"固定的、静止的分布"。理智在一条由普通而正常的点所形成的线上拉伸奇点,这些正常点依赖于奇点,但也转移并削弱奇点。总而言之,在理智静止不动的分布中,单向性、预见功能等所有特点都被集合在了一起。

德勒兹认为,理智在意指的确定中起着首要作用,使复杂的意指成为可能,但它在"意义的捐赠"[①] 中不起作用。这是因为理智总是占第二位

[①] "意义的捐赠"(或译为意义之赋予)这个术语借用自胡塞尔的《观念I》(*Ideas I*) 第55条,"所有现实都凭意义之捐赠的存在"。在胡塞尔那里,它指的是意图性,一种直觉的、完全明确无疑的意识过程。

的，因为它所展现的那种静止分布要以另一个分布为先决条件，就好比讨论围场问题首先要以一个自由、开放、无限制的空间为先决条件一样，就像许多悖论中的情况一样。我们不妨看看《奇境》中的一个有趣片段。在"王后的槌球场"那一章，爱丽丝正在为毫无规则的槌球比赛烦恼，善于隐形的柴郡猫的脑袋（只有脑袋）出现在半空中。国王不喜欢它的样子，于是王后就随口命令说"砍掉它的头！"结果，当国王找来刽子手时，他们两人发生了争执。刽子手说，除非有一个身子能够让他从上面砍掉头，否则他没法砍掉一颗头，他以前没干过这种事，现在也不想这么干；国王则说，任何东西只要有头就可以被砍头，你少说废话。刽子手的逻辑显然与德勒兹所说的理智的分布条件相似，砍头要以长着头的身子为先决条件，否则怎么能叫砍呢？

德勒兹进一步指出，说悖论的方向与理智的方向不同是不够的，因为理智并不满足于确定意义的方向，而是首先在总体上确定了一个关于独特意义或方向的原则，表示这个原则一旦给定了，就会强迫我们选择一个方向而非另一个。因此，"悖论的力量不全在于沿着另一个方向走，而在于表明意义总是同时呈现两个意义或者同时遵循两个方向。"（1990：77）悖论显示你无法将两个方向分开，无法确立一个独特的意义。因此爱丽丝摸着头顶问自己的那个问题"变大了？还是变小了？"是没有答案的，因为意义的特点就是没有任何方向或"理智"。相反，意义总是在无限再分的、伸长的过去—未来中同时走向两个方向。德勒兹借用了物理学家玻尔兹曼（Boltzmann）的解释来说明这个问题。玻尔兹曼说，从过去向未来运动的时间之箭只在个体世界或个体体系中发挥作用，只与一个在这样的体系内被决定的现在有关；而对整个宇宙来说，时间的两个方向是无法区分的，空间也是一样，既没有上也没有下，既没有高处也没有深处。也就是说，只有在个体世界或个体体系的限度内才有过去和未来或者度量空间之概念，在这些体系之外则没有。于是我们在这儿重新发现了绵延时间和顺序时间的对立。顺序时间是单独存在的现在，它把过去和未来看作它的两个定向维度，结果你总是从过去走向未来，这是因为在部分世界或部分体系内，一个又一个的"现在"彼此跟随。而绵延时间是过去—未来，它永远回避现在，同时朝两个方向分解自己，没有哪一个现在能够被固定在一个被理解成所有体系之体系的或曰不正常集合的宇宙内。绵延时间按照游牧分布的图形走，如前文所提到的那样，在这种分布中，"每个事件都是既已经过去了又在未来，同时既是更多又是更少，总是又是前天又是后天，处于让它们彼此交流的无限再分中。"（1990：77）

在理智中，"意义"被说成是一个方向，而在常识中，意义被说成是一个器官。它被称为"共同的"，是因为它是一个器官，一种功能，一种确认机能，该机能把多样化归于大同形式。常识的作用是确认并识别。德勒兹从主客观两个方面对常识的作用进行了解释。从主观上说，常识将灵魂的各种机能或者身体的不同器官纳入自身，并把它们与一个能够说"我"的统一体联系起来。一切感知和行动都是同一个自我做出的，如果没有这个用语言表达自己的主体，语言似乎是不可能的。从客观上说，常识将特定的多样化纳入自身，使人知道他感知到、认识到的是同一个客体；知道他接触一个又一个客体时生活于其中的世界是同一个世界。同样，语言在它所标示的这些身份之外似乎是不可能的。德勒兹指出了理智和常识这两种力量的互补性。他说，"理智如果不能超越自己，从而朝向一个能够将多样性与主体的身份形式，或者与客体或世界的永久形式联系起来的实例，那么它就不能固定任何开始、结束或方向，就不能分布任何多样化。反过来，如果常识之内的这种身份形式不能超越自己，从而朝向一个能够借助一种特殊多样性来决定它的实例，那么它就是空无的。"而悖论"是对理智和常识的同时颠倒：一方面，它以变疯和不可预见之物的两个同时意义或方向为伪装而出现；另一方面，它显现为丢失的身份和不可识别之物的无意义。"（1990：78）德勒兹说爱丽丝就总是同时朝两个方向走，奇境存在于一个总是被再分的双重方向中；爱丽丝也是丢失了身份的人，不论是她自己的身份还是事物和世界的身份。如果结合小说的语境看德勒兹的这句话，就会发现这一点非常正确。我们前文已经论及爱丽丝的身份危机了：因为两个梦世界几乎完全颠覆了爱丽丝对语言、自我和世界的认知，因为她已有的常识和理智在梦世界几乎不起作用，所以她经常困惑于自己是谁，搞不懂那里的事物和人物为什么那样，也无法理解那两个世界。

因此，德勒兹说，"既然爱丽丝不再有理智了，她如何还会有常识呢？无论如何，没有在其中表达或展现自己的主体，没有要指示的客体，没有分类、没有根据一个固定秩序来意指的特性，语言似乎是不可能的。"（1990：79）然而，就在这个先于所有理智和所有常识的区域，也就是悖论的领域中，意义出现了，在这儿"语言用悖论的激情获得了它的最高权力。卡罗尔的替身们表现了变疯的两个意义和两个方向。"（1990：79）德勒兹所说的"替身"是指奇境和镜中世界那些不可理喻的人物，其中包括因为"谋杀了时间"而同时发疯的疯帽匠和三月兔，他俩"每个人都住在一个方向中，但这两个方向是不可分的"；他们永远在喝下午茶，不停地转着圈挪着座位，总是喝完了茶却又没开始喝，既迟到又早到，永远不准时，因为"他们俩杀死了不再幸存于他们之间的现在"，只有那个一直在睡觉的睡鼠拥有现在。在镜中世界他们俩变成了在同一条路（绵延时间）的两个同时方向上一个来、一个去的信使。还有住在同一个方向的对对儿兄弟，以及脖子和腰无法区分的"无器官的身体"矮胖蛋。

从卡罗尔作品的角度来说，他精心创设的这些悖谬人物和情形既充满荒诞的意趣，又富有哲学的深度。这些情形没有可识别性和可确定性，它们挫败了爱丽丝对理智和常识的运用，它们总是走向两个方向、总是在无限细分。从德勒兹意义理论的角度来说，意义的本质恰恰显现在这些悖谬的人物和情形中，疯帽匠和三月兔等对子代表了潜在的意义和意义的两个方面，矮胖蛋摧毁了常识，却制造了意义。"意义是那些重复无意义形象的基本悖论的对象"（1990：81），意义的特点是同时肯定过去和未来、两个意义、两个方向；它总是既在那里，又不在那里；它同时属于命题和事物（或者语言和世界）。这就是德勒兹所说的意义之悖论。意义的悖谬性在于：它内在于命题系列，但在事态系列中出现；它能够被命题表达，但命题不融合；它是事态的属性，但不与事态或者实现它的那些事物和特性相融合。一个元素流过命题和事物这两个系列,它就是无意义,而意义总是系列中穿越系列的那个悖谬实例所产生的一种结果。这样,对意义的讨论就指向了一个使之具有这种特质的、永久移动的悖谬元素,这个元素被德勒兹称为"无意义",意义总是这种穿越系列的悖谬实体所产生的一种后果。因此,无意义与意义有一种内部的、原初的、共存的关系,这个悖谬元素把意义赠予每个系列的构成项,而这些项彼此之间的相对位置取决于它们与悖谬元素的绝对关系。正因为如此,意义在绵延时间之线上聚集时会有两个面,这两个面对应的是悖谬元素的两个不对称面:一面朝向被确定为能指的那个系列,另一面趋于被确定为所指的那个系列。意义处于命题系列的内部:它是能够被命题表达的、但与命题不融合的东西;意义显现于事态系列:它是事态的属性,但不与事态或者实现它的那些事物和特性相融合。这就是意义的两个方面:内在性和超存在。而无意义或者它们源于其中的那个悖谬元素的两个方面是:空方形和多余的对象;一个系列中没人占据的地方和另一个系列中没地方的占据者。所以说,意义是那些重复无意义形象的基本悖论的目标。

第三章 卡罗尔的难解词与德勒兹的无意义

一 难解词、悖谬元素与无意义

要理解卡罗尔的难解词之于德勒兹意义理论的重要性，就先要理解德勒兹的"系列"概念。德勒兹借用了结构主义语言学的"能指"和"所指"，把它们作为与意义相关的两个异质系列。这两个系列可能有不同的具体形式，比如指示性的命题系列和被指示的事物系列，动词系列和形容词与名词系列，或者表达和意义系列与指示和所指对象系列，等等。经常会有一个悖谬元素（也被称为悖谬实体）在两个系列中无尽地循环，以此方式确保两个系列的交流。它同样地存在于能指和所指系列中，它既是词又是物，既是名称又是对象，既是意义又是所指对象，既是表达又是标示，等等。它保证了它横贯的两个系列的会聚，但条件却是使它们无尽分散偏离。

前文我们已经看到，德勒兹描述了卡罗尔作品中四种形成系列的方法。其中一种是有两个命题系列，准确地说是一个纯表达系列和一个指示系列。这两个系列有巨大差异，并由一个难解词来管控。什么是难解词？在《意义的逻辑》第七系列，德勒兹详细阐述了卡罗尔作品中难解词的类型、作用和它们与系列的关系。首先，他分析了卡罗尔的难解词的类型。一类是收缩词，其典型例子是"y'reince"（代表 Your royal Highness），它是一个"无法发音的单音节词"。这种类型的难解词形成了一种连接，一个与单一系列有关系的连续合成。第二种类型是循环词，它们属于一种共存合成，其最好的例子就是"蜗鲨"。第三种类型是分离词或混成词，它们执行共存系列的一种无限分叉。前一章节对此已经有比较详细的介绍了，所以在此就不过多重复了。

要理解德勒兹的意义和无意义，就需要了解结构主义对他的影响，尤其是索绪尔的语言学和列维—斯特劳斯的人类学概念。《意义的逻辑》没有深度涉及索绪尔的语言学，但是它就在其背景中，而德勒兹在后来与加塔里的合作中经常借用索绪尔的门徒、结构主义者叶姆斯列夫著作中的概念。德勒兹的差异、关系、系列、二元性和结构概念应该都与结构主义有关系。索绪尔把语言的结构（在其意义和语音两方面）视为一个差异问题，而非元素问题，指出在语言中只有无正项的差异。比如，给予"b"这个声音以语音特性的东西不是这个音本身，而是它与相似声音（如 d 或 t）的差异，因此是声音之间的对比而非声音本身赋予了这些音素在语言中的特殊语音地位。而如果给予声音语音地位的是正项（声音本身）而非声音之间的差异，那么我们永远无法理解口音不同的说话人。这种差异体系也适用于单词的意思。索绪尔说，一个词语的意思是由它在一种语言中的作用所界定的，而它的作用是由它和其他词语的差别所界定的。比如，"树"的意思既不是头脑中的一个具体概念，也不是任何一棵特定的树，而是这个词在语言中的作用，尤其是它与其他词语（比如灌木和草）的对照。如果汉语中没有灌木和草这些词，"树"这个词所起的作用就不一样了。如果我们把语言跟世界联系起来的话，我们就会有一种涉及两个差异群体（即德勒兹所谓的"系列"）的复杂情形。一方面，存在（being）就是差异；另一方面，语言也是一个差异系统。语言不是作为一个由肯定元素构成的系统而存在的，相反，它是由差异所界定的，像存在之差异一样，这些差异只能触知，但不能被归于表征范畴之下。于是，言说就是使两个差异系统——存在和语言——彼此接触。对德勒兹来说，两个系列之间的这种接触隐含了某些种类的悖谬元素的存在，这些元素同时既属于又不属于语言、既属于又不属于世界，这就是无意义。

《意义的逻辑》与卡罗尔的胡话文学

德勒兹对结构主义语言学家及人类学家列维—斯特劳斯的借用则处于前景中，他用后者的一个二律背反形式的悖论和一些概念来进一步阐述了难解词的性质和功能。这个悖论就与语言的结构有关："两个给定系列，一个是能指，另一个是所指，前者呈现了过度，而后者呈现了缺乏。借助于这种过度和这种缺乏，两个系列在永恒的不平衡中和永久的错位中指涉彼此。"（1990：48）这样就必然产生了一个"漂浮的能指"和未实现的所指所给予的"被漂浮的所指"。在能指系列中过度的东西实际上是一个空方形，一个总是移位的、没有占据者的位置。所指系列中缺乏的东西是一个多余的、没有位置的给定物——一个未知事物，一个没有位置的占据者，或者某个总是移位的东西。这些是同一个事物的两个面——两个不均匀的面，系列借助这两个面，在不失去其差异的情况下进行交流。德勒兹表明，"这就是在绵羊商店里的历险或者是难解词所叙述的故事"（1990：50）。前文已经介绍过《镜中奇遇》里的这个故事片段了。在绵羊婆婆的商店里，每当爱丽丝使劲看任何一个货架，想弄清楚那上边有什么东西的时候，那个架子就总是空空的，而周围的其他货架却满得不能再满了。她花了大约一分钟的时间徒劳地追寻一个又大又亮、一会儿像玩具娃娃、一会儿像针线盒的东西，它总是在她盯着看的那个货架上方的货架上。爱丽丝的眼睛一直跟着它，直到最顶层的货架，结果它悄无声息地穿过了天花板，消失了。德勒兹评论说，爱丽丝发现了"空货架"和"总在紧邻的上方货架上的闪亮东西"的互补性，也就是，没有占据者的位置和没有位置的占据者的互补性。据此理解，"难解词所叙述的故事"就与没有占据者的位置和没有位置的占据者之间的关系有关，那个又大又亮、不断变幻的东西的作用和性质与难解词的相当，而与系列相关的难解词就是德勒兹所称的悖谬元素之一。

悖谬元素是两个异质（能指和所指）系列的会聚之地，它是这两个系列的"区分者"；这种两个由悖谬元素来维持关系的系列构成了语言结构的基本条件。德勒兹说，每一个系列都是由只有通过彼此所维持的关系才能存在的项构成的。对应于这些关系（或者准确地说这些关系的值）的是特殊的事件，亦即结构内可分布的奇点（singularities）。借用微分学来作类比的话，奇异点的分布相当于微分关系的值；借用音位学来说的话，音素之间的微分关系把奇点分布在语言内，语言特有的音响和含意就在这些奇点附近形成了。悖谬元素不属于任何系列，或者毋宁说，它同时属于两个系列，永不停止地在它们之中循环。因此它的特性是：它相对于自己总是移位的，总是"缺席于它自己的位置"、它自己的身份、它自己的相象性和它自己的平衡。它在一个系列中显现为过度，作为一个空方形而过度；同时在另一个系列中显现为缺乏，作为一个多余的小卒或者一个没有位置可占的占据者而缺乏。"它同时是词语和对象：难解词和外部的对象。它的作用是把两个系列接合到一起，把它们反映在彼此之中，使它们交流、共存、分叉。它的作用还有连接奇点，确保从奇点的一个分布到下一个分布的通行。"（1990：51）在后文德勒兹还指出："奇点的每一个结合和每一个分布都是一个事件，悖谬实例是所有事件在其中交流、分布的大写事件，它是独一无二的事件，所有其他事件都是它的零星碎片。"（1990：56）如果以前文提到的爱伦·坡《被窃的信》为例，那么其中的三个奇点是：隐藏那封信，没发现那封信和发现了那封信。这三个奇点转而由三个人物所表达，他们可以被视为这个结构的差异点。那封信就是一个悖谬元素，朝着它会聚、同时又被它叉开的两个系列是：王后—国王—首相，首相—警察—杜宾。悖谬元素（信）在这两个系列之间循环流动，同时既属于、又不属于这两个系列，它保证它们保持彼此的交流，然而又使它们无尽地偏离，从而使这两个系列处于永久的错位中。

能指和所指系列也是由悖谬元素来确定的，它把它在其中显现为过度的系列确定为能指，把它在其中显现为缺乏的系列确定为所指。最重要的是，它确保能指和所指两个系列中"意义的捐赠"。德勒兹说悖谬元素的功能是"横越异质的系列、把它们并列起来、使它们共振并汇聚，但是也将它们分叉、将多重分离引入每一个系列中。它既是词语 = x，也是事物 = x。因为它同时属于两个系列，所以它有两面"。它"既是难解的词语也是难解的东西，既是白色的词语也是黑色的物体"（1990：66）。简而言之，语言结构需要一个动态元素，而不是完全的系统性封闭，在第十一章德勒兹还把这个元素称为永动机，读完这部著作我们就会发现，难解词、区分者、空方形、魔法词、虚空（void）、准—起因（quasi-cause）以及"无意义"其实都是"悖谬元素"。在《差异与重复》中它被诗性地描述为"黑暗的先导"（dark precursor），是激发了语言整体性的东西。在这一点上，德勒兹的观点是前后连贯一致的。

卡罗尔作品中有一类语言游戏就是利用了德勒兹所说的这种悖谬元素——英语中的代词，如 it、this、that、he、nobody 等，这些词属于德勒兹所称的"难解词"的一部分。从缺乏和过度的二元对立来看，这些词语具有以下特点：在所指系列中，它们不指称意义，表现为缺失；在能指系列中，它们不指称意义，表现为一种过度。这类元素不是被囚禁于一个意义内，而是实际上产生了太多的意义。《奇境》的最后一章"审判"是各种代词充当悖谬元素的绝妙场景。国王和他的陪审团对偷窃王后水果馅饼的嫌疑犯红桃杰克进行审判，这场审判因其荒诞色彩而被后人视为卡夫卡《审判》的先辈；"先判刑，再裁决"是其荒诞性的完美标志。在这一片段中，一张写了一首诗的纸被可笑地认定是杰克的犯罪证据，纸上既没有地址和称呼，也没有签名，亦非杰克的笔迹。这张纸被认定是一封信，里面充满了各种指涉对象不确定的代词。诗由六节组成，以第一节为例："他们告诉我，你去找过她，/向她提到我；/她连连把我夸，/却说我不会游泳。"爱丽丝认为这首诗没有丝毫意思，但国王却看出一些意思来，他认为"我"无疑就是杰克；杰克是一张扑克牌，他自然不会游泳。其他的代词也能被国王找到所指对象，比如"她"应该就是指王后。国王的推理无疑是一个以错误前提为基础的悖论，各种代词是这个大悖论的关键构成部分。在没有具体指涉语境的情况下，这些代词的指示对象和所指意义几乎是无限的，也就是说，这首诗可以有无数的阐释结果，用它来指控别人也适用。拿这种"一点意思都没有"的东西做重要证词可算是《爱丽丝》中最"胡说八道"的事情了，但是国王偏偏能从中看出"一些意思"来，为什么？按照德勒兹的观点，这正是因为作为悖谬元素的代词们使异

第三章 卡罗尔的难解词与德勒兹的无意义

质的系列会聚又共振、分叉又偏离而产生的多义和歧义。

在卡罗尔的作品中，代词并不是悖谬元素的极端例子，因为虽然在所指系列中它们的意义的确表现为一种过度，但在能指系列中它们不是意义的完全缺失。卡罗尔最著名的混成词"蜗鲨"（Snark）才是悖谬元素的极端、绝佳例子，是他的胡话长诗《蜗鲨之猎》的灵魂。德勒兹对这个词进行了深刻的分析。"Snark"是一个悖谬元素，它既是词语，又是事物（动物）。作为杜撰词，它是无意义之词；作为杜撰的动物，它是无意义之物。这首诗描述了九个职业名称以"B"开头的人和一只海狸（这个词也是以"B"打头)[①] 依照一张空白的海图航行到一个荒岛，去捕猎一种叫作"蜗鲨"的动物，结果其中的面包师遇到了蜗鲨中最恐怖的一种，叫作"怖侏"（Boojum），顿时化为无影无踪——诗的最后一句是"因为你知道，那只蜗鲨是一个怖侏"。"蜗鲨"无疑是卡罗尔杜撰出来的，没人知道它究竟什么意思。我们已经从前文的介绍中了解到，研究者们大多把"Snark"理解为"蛇鲨"，也有人提出它可能是"snarl"（咆哮）和"bark"（吠叫）的混成。我们前文提到，卡罗尔自己曾跟人说它是"蜗牛"和"鲨鱼"的混成词。诗中描述的这种动物的特点有些也与蜗牛的慢吞吞相关，因此"蜗+鲨"这种理解应该更合适；况且，一种集合了蜗牛的缓慢柔弱和鲨鱼的凌厉凶猛的动物似乎更符合人们的想象。但实际上谁也不知道这是一种什么样的动物，虽然诗中列举了它五个"准确无误的"特点。简而言之，按照德勒兹的阐述，就是这样：在能指系列中，它是词语，一个从未有人听说过的无意义词语，词语＝蜗鲨；在所指系列中，蜗鲨是一种没人见过的动物，事物＝蜗鲨；我们还可以再添加一个系列，就是行动＝蜗鲨，因为它还指涉一场可怕的行动，亦即那场捕猎——猎手最后消失不见，失去了自己的身份。由于这几个系列共振、交流而形成了一个纠缠不

[①] 他们是捕猎行动的组织者兼船长公告员（Bellman），以及擦鞋杂役（Boots）、女帽制造商（Bonnet-maker）、出庭律师（Barrister）、经纪人（Broker）、台球记分员（Billiard-marker）、银行家（Banker）、忘掉了自己名字的蛋糕师（Baker）、海狸（Beaver）和只会杀海狸的屠夫（Butcher）十名船员。读者们自然注意到了"蜗鲨"和"怖侏"也是"B"开头的。为什么都以"B"开头？卡罗尔对此的回答是"为什么不呢？"（Carroll & Gardner, 1995：53）

清的故事。类似的悖谬元素还有"捷波沃奇",它是一个没有听说过的名称、一种奇异的野兽,也是一个令人敬畏的行动或一个伟大杀手的对象。德勒兹把"蜗鲨"和"捷波沃奇"这样的词叫作空白词。

空白词一般由难解词("它""东西""蜗鲨"等)所标示。空白词可能将两个异质的系列并列起来,也可能将系列分叉。于是有两种不同的形象对应于这两种力量。第一种形象:悖谬元素既是词语又是事物,换言之,它既指示了它所表达的东西,也表达了它所指示的东西,它既表达了它的所指对象,也标示了它自己的意义。它说了什么东西,但同时它也说了那个东西的意义:它说了它自己的意义。德勒兹告诉我们,这是完全不正常的,因为支配所有被赋予了意义的名称的正常法则恰恰是它们的意义也许只能由另一个名称来指示($n_1 \rightarrow n_2 \rightarrow n_3 \cdots$)。而那个说了它自己的意义的名称不需要名称和解释名称的二级命题之间的分裂,因此,它只能是无意义(N_n)。第二种形象:混成词本身就是一种取舍原则,它形成了这种选择的两个项(frumious = fuming + furious 或者 furious + fuming)。它也不需要解释性的表达语,整个词说了它自己的意义,因此它也是无意义。实际上,支配着被赋予了意义的名称的第二个正常法则是,它们的意义不能决定它们自己所进入的一种替代性选择。因此,无意义有两面,一面对应于倒退合成,另一面对应于析取合成,具有这两种特点的悖谬元素都是无意义。

前文介绍了倒退悖论,也看到了德勒兹如何用卡罗尔的白骑士之歌的名称来说明这种悖论。按照德勒兹的解释,任何正常的名称都是用一种附加的解释性命题来取得意义的,或者说,"名称都有一种必须被另一个名称所指示的意义,这个意义必须决定着被其他名称所填充的那些析取。这些被赋予了意义的名称受制于这些法则,就此而言,它们得到了意指意义之确定"(1990:68)。一条法则说,我们把指示的第一层次理解为一个属于更高层次的类别的成员,另一个法则说一个元素必须属于一个清楚明确的集合。

意指意义之确定来源于法则,并把名称(即词语和命题)与概念、属性或类别关联起来。因此,当倒退法则说一个名称的意义必须由另一个名称来指示的时候,从意指的角度来看,这些不同等级的名称指称的是不同"类型"的等级或特性。每一种特性都必须属于一种高于它统辖的那些特性或个体的类型,而每一个类别都必须属于一种高于它所包含的那些对象的类型。结果就是,一个类别不可能是它自己的一个成员,它也不会包含不同类型的成员。同样,根据析取法则,对意指的确定声明了特性或构成项(关乎于它而做出一种分类)不可能属于任何关乎它而被划分的、属于同一类型的群体。一个元素不可能是它所决定的那些子集的一部分,也不可能是它以其存在为前提条件的那个集合的一部分。(1990:68—69)

这些复杂的解释旨在说明,有两种形式的荒诞对应于无意义的两种形象,德勒兹这两种形式定义为"被剥夺了意指"和构成了悖论:一个作为成员被包括在自身内的集合,和那个对它以之为前提的集合进行划分的成员,亦即所有集合的集合,和"军团理发师"(他只给不给自己刮脸的人刮脸)。所以,"荒诞有时候是倒退系列中形式层次的一种混乱,有时候是析取合成中一个邪恶的圆圈"(1990:69)。对意指的正确确定产生的是非矛盾律和排中律,而悖论在被剥夺了意指的命题中展现了矛盾和包含的发生。

无意义像意指之确定一样,也实施了一种意义之捐赠(德勒兹在论及无意义之于意义的关系时,用的往往是"捐赠"或"赠予"之类的字眼),但是两者的方式完全不同。从意义的角度来看,倒退法则不再将不同等级的名称与类别或特性联系起来,而是把它们分布在一系列异质的事件中。但意义在每个系列(能指和所指系列)中的分布完全独立于准确的意指关系。因此,一个没有意指的词语却是有意义的,且意义或事件独立于所有影响类别和特性的模态,相对于所有这些特点来说它是中立的。"有意义的东西也有意指,但是原因不同于它为何有意义。因而意义与一种新型悖论不可分，这类悖论标记着无意义在意义内的存在……这一次，我们面对的是无限再分之悖论和奇点分布之悖论。"（1990：70）在系列中，每个项只有凭借它相对于每一个其他项的位置才会有意义，但这种相对位置本身依赖于每一个项与悖谬元素相关的绝对位置。悖谬元素（亦即无意义）在系列中的无尽循环"产生"了意义，使之成为既影响能指、也影响所指的意义。也就是说，意义总是无意义的一种结果。德勒兹仿效物理学中的"开尔文效应""塞贝克效应"等把对意义的发现命名为"克律西波斯效应"或者"卡罗尔效应"。这种效应指的是：意义是一种非物质的结果，它总是由元素＝x在其穿越的系列中的循环所产生的。

德勒兹特别指出，当我们认为无意义说了它自己的意义时，并不是在玩语言游戏，而是希望表明："意义和无意义有一种不能复制真假关系的特定关系，也就是说，不能仅仅在一种排斥关系的基础上设想这种关系。"（1990：68）他强调，这是意义逻辑最一般的问题，如果我们只是认为意义和无意义之间具有一种类似于真假关系的关系，那么从真理领域上升到意义领域就没有意义了。因此，"意义的逻辑必定要在意义和无意义之间放置一种原始类型的内在关系，一种共存模式。现在，我们只能通过把无意义作为一个说它自己意义的词语来表示这种模式"（1990：68）。

在阐述意义与无意义的关系时，德勒兹表明了他对结构主义理论的态度，他的结构、系列、二元性等概念也是对结构主义的借用。他说，结构主义理论者不把意义视为表象，而是视为表面结果和位置结果，视为由空方形在结构性系列中的循环所产生的，比如他们把意义视为"盲点""漂浮的能指"和"零值"等。德勒兹还指出，"结构主义也赞美斯多葛派或卡罗尔式启示所带来的新发现，不论这种赞美是有意识的还是无意识的。结构实际上是用来生产非物质意义的机器"。但是，德勒兹让我们注意，"当结构主义用这种方式表明意义是由无意义及其永久移位所产生的、意义诞生于本身并无意指作用的元素的各自位置时，我们不应该把它与所谓的荒诞哲学相比较"（1990：71），比如说我们不应把卡罗尔视为荒诞主义者，这是因为对荒诞哲学来说，无意义在与意义的简单关系中对立于意义,所以定义荒诞的东西总是一种意义缺陷或一种缺乏。与此相反,"从结构的角度来看,总是有太多的意义:一种作为自身之缺乏而被无意义生产且超量生产的过度"(1990:71)。德勒兹借用通过雅各布森的"零音素"来说明无意义与意义的关系。零音素对立于音素之缺乏而非音素,它与其他音素不同的是,它没有区别性特征,也不具有确定的、持久不变的语音值。它的主要功能是使一个音素出场,它从结构内的一个零点决定着语音值。与此类似,无意义没有任何特定的意义,但是它对立于意义之缺乏而非它过度产生的意义,它与它的产品从来不是简单的排斥关系。德勒兹把无意义比作零音素,这种比拟意在说明,无意义在一个结构内的价值就如同零音素的价值一样,它促使结构产生意义。总结而言,无意义虽然没有意义的东西,但它并非荒诞哲学所说的意义缺乏(因而被认为荒诞),而是对立于意义之缺乏,而是意义之过度。德勒兹说,这些是我们对于"无意义"必须要理解的东西。

如果我们依据此解释回头再看卡罗尔的无意义词,比如"蜗鲨",就会发现:这个既是能指又是所指的词将属于语言的系列和属于事物的系列连接起来,所以它既是难解之词也是难解之物。作为能指,它的无意义其实体现为过度,因为人们对它的理解和诠释太多了;作为所指,它的无意义体现为缺乏,因为它没有所指物。作为能指,它是漂浮的;作为所指,它是被悬置的——对正常的、有意义的名称词来说,意义是通过另一个给它下定义的名称或者是通过一个指示物而给出的,然而对"蜗鲨"这样的词语来说,这两种方式都不起作用,它只能指示或指称它自己。"蜗鲨"就是"蜗鲨",它说了某个东西,也说了这个东西的意义。"那个说了它自己的意义的名称只能是无意义(N_n)"(1990:67),这是德勒兹对无意义的基本定义。我们不可能用一个无意义词来指涉或解释另一个无意义词,所以"因为你知道,那只蜗鲨是一个怖侏"(《蜗鲨之猎》的最后一句)这句话毫无意义,我们如何能知道呢?这种既是词又是物的无意义词还有《爱丽丝》和《蜗鲨之猎》的怪兽名称"Jabberwock"和"Bandersnatch",怪鸟名称"Jubjub";《西尔维与布鲁诺》中没滋味的水果"Phlizz"和一种叫作"Azzigoom"的饮料。卡罗尔对"Jabberwock"的来历做过说明，但是"果实"和"喋喋不休"的混成仍然让我们困惑，仍然让我们无法把它与诗中那个怪兽联系起来（在坦尼尔画的插图中，这个怪兽甚至是穿了背心的）；其他词的来历更是无人知晓，它们所表示的究竟是什么东西也不可知。如此一来，它们也就拥有了巨大的可想象性和可阐释性。

"Snark"是非物质（无实质）的无意义之范例，这类词语似乎是对先在的规范的破坏，但在德勒兹看来，它们是把结构强加于奇异点之上的那种超验力量的语言学表现。前文提到，德勒兹把一个最小结构界定为两个异质的词语系列，它们的关系是由一个悖谬元素所确立的，并汇聚于这个元素之中。作为悖谬元素，"Snark"之类的无意义词语经常同时兼具分叉和合成功能。德勒兹曾引用法国新小说派作家米歇尔·布托尔论及乔伊斯小说《芬尼根守灵夜》时的评论："这些词语中的每一个都充当了道岔，我们可以通过很多通道从一个词走到另一个词；因此就有了写这样一本书的想法：它不仅叙述一个故事，而是整整一个海洋的故事。"（1990：47）《芬尼根守灵夜》中有大量的混成词，其程度和广度超越了卡罗尔，但是这句话用在卡罗尔身上并无不可。例如《蜗鲨之猎》中有个出现了六次的著名叠句："他们用顶针寻找它，他们用小心寻找它；/他们用叉子和希望追捕它；/他们用铁道股份威胁它的性命；/他们用微笑和肥皂诱惑它。"这一节极好地展现了对蜗鲨的找寻产生了一个结构，它产生了两个系列并使这两个系列发生了共振：一个身体（亦即物质）之系列（顶针、叉子、香皂）和一个非物质之系列（小心、希望、铁道股份、微笑）会聚在一个悖谬元素上——这就是意义的基本结构。它把这两个异质的系列、把两个不同却有关联的意义序列汇聚在一起，又给予它们分叉的可能性，从而引发了潜在意义的增殖。

从文学评论的角度看，仅就德勒兹所说的"悖谬元素"抑或"无意义"而言，《蜗鲨之猎》就可能有不同的解读，《捷波沃奇》无疑也可能有很多不同于矮胖蛋的阐释的其他解读。比如，读者在看到混成词的时候，头脑里可能在想：是冒烟—狂怒还是狂怒—冒烟？什么是Snark？什么是

it? 还有《蜗鲨之猎》中的这段叠句，它是整首诗的一个悖谬元素，等等，它们以一种奇特的存在，充满魔力地循环于不同系列，让我们从一种含义走向另一种含义。而且它们从不对自己的存在做出解释。由于悖谬元素的会聚作用和分叉或分离作用，它们产生的意义和它们循环于其中的系列所产生的意义就是不确定的、滑动的、闪避的，但同时也是丰富乃至过度的。加德纳在注解版《蜗鲨之猎》的导言中告诉我们，卡罗尔在被人问及"蜗鲨"和《蜗鲨之猎》究竟什么意思时，总是说他也不知道，在1896年，即这首诗出版20年之后的一封信中他仍坚持说"至于snark的意思，恐怕除了胡说八道以外没别的意思"，他还说："一位女士（在发表于一份报纸的信中）说这本书是一则追求幸福的寓言，这是我见过的最好的意思。我认为这个意义在许多方面都非常符合——尤其是关于游泳更衣车：当人们厌倦了生活，在城市和书本中找不到幸福时，他们可以冲到海边去看看更衣车能为他们做什么。"人们自然不会相信他带着调侃口吻的解释，尤其是因为他在这句话前面说的是："在我们使用词语时，它们的意思比我们想表达的意思要多：所以一整本书的意思应该比作者想表达的意思多得多。"[①] 加德纳告诉我们，有人认为蜗鲨象征着哲学家们所钟爱的"绝对"，这首诗讽刺了他们对"绝对"的追寻；他本人认为卡罗尔描述了一种"对存在的恐惧"，"这是一首存在主义诗歌，是关于存在与非存在、关于存在之痛苦的"[②]。还有人认为蜗鲨象征着世俗的财富、权力、荣耀、爱情，而对这些东西的追寻注定是徒劳无益的、毁灭性的。有人认为它象征着对性的追寻之旅，以毁灭而告终。偏爱精神分析的人则认为它隐晦地象征了卡罗尔对小女孩的爱欲，因为据说他是一个只喜欢小女孩的单身汉。德勒兹提出，我们"今天的任务是让空方形循环……生产意义"（1990：43），也就是说，让无意义生产意义。从卡罗尔作品的"胡说八道"和"无意义"中产生的意义过度（多种阐释和解读）来看，作为文学家的卡

[①] Lewis Carroll, *The Hunting of the Snark* (with an introduction and notes by Martin Gardner), 1995, p. 22.

[②] Ibid., pp. 25–26.

罗尔很好地完成了德勒兹所说的这个任务。

二 表面与深处

在《意义的逻辑》中，德勒兹对表面和深处的阐述是最难理解的。他建立了"表面"和"深处"之间的一种对比，并用很长的篇幅对两者进行了探讨。我们需要注意的是，虽然他对这两个方面的阐述都与他的意义理论相关，但是论述的出发点和角度不同。在《意义的逻辑》的前半部分，这种阐述与哲学（主要是斯多葛派）有关，而在后半部分，他的阐述更多地与精神分析相关。也就是说，他在前半部分探讨了意义的哲学发生机制，在后半部分探讨了语言的心理发生机制。在关于表面与深处的探讨和阐述中，德勒兹都借用了卡罗尔的胡话文学，而且，他把斯多葛派与卡罗尔的并置原因之一就是他们对表面结果的发现，和对事件、事物及事态之间的差异的研究。他对卡罗尔的分析也是从哲学和精神分析两个角度进行的。因此，德勒兹对"表面"和"深处"的阐述令人吃惊地并置了哲学、文学和精神分析学，更为典型地体现了德勒兹的学术背景和跨学科能力，也更能展示《意义的逻辑》与其后期著作的差异和断裂。因为这些讨论在其后的《反俄狄浦斯》等著作中都消失了，仅仅在《意义的逻辑》出版四年之后，他就在一次访谈中说，"我已经变了，我不再关注表面—深处的对立了。现在我感兴趣的是一个完整的身体、一个没有器官的身体和迁移的流动之间的关系。"[①] 也有人认为，表面与深处最终结合为反俄狄浦斯的欲望机器。在《意义的逻辑》后半部分，德勒兹使用全套的弗洛伊德及拉康术语，发展出一套关于语言起源于身体深处的复杂的精神分析解释，但在《反俄狄浦斯》中，他对精神分析发动了正面攻击，并实际上从此抛弃了精神分析的语汇。

德勒兹对"表面"和"深处"的研究开始于对斯多葛派的重新发现和认同，也同样与卡罗尔的胡话文学作品有相当密切的关系。我们已在前文

---

① Gilles Deleuze and David Lapoujade, *Desert Islands and Other Texts: 1953—1974*, 2004, p. 261.

探讨"意义"问题时提到过,德勒兹对意义的阐述开始于柏拉图主义和斯多葛派哲学的区分。在《意义的逻辑》第二系列,德勒兹回顾了对意义的传统理解的基础,也就是柏拉图的二元对立。德勒兹认为柏拉图的二元对立不是身体和头脑(或灵魂)的二元对立,而是身体之内的一种二元对立;也就是说,是摹本(承受观念行为的身体)和仿像(逃避观念行为的身体)之间的区分。在柏拉图看来,身体有两类,一类是通过参与本质从而"代表"那些永恒本质的身体——因而它们是合法的摹本,另一类身体只不过是摹本之摹本或曰仿像,因而是不合法的。对柏拉图来说,摹本之领域就是存在之领域,而仿像的特点是无限的生成。德勒兹依据斯多葛派哲学研究者布勒伊埃的阐述,用斯多葛派的二元对立取代了柏拉图的这个二元对立:斯多葛派不区分摹本和仿像,而是区分了实际存在的身体——"有着其张力、自然属性、行动和激情,以及相应的'事态'"(1990:4)——和身体的互动或混合所产生的非物质结果,或曰事件。他们区分了"起因"(即身体以及身体的行动和激情,或称其为"事态")和"结果"(即身体的行动和激情的结果,它们是非物质的、逻辑的和辩证的属性)。德勒兹把这些非物质的属性称为"事件"。对斯多葛派(和德勒兹)来说,只有身体(包括所有有生命的和无生命的东西)有深度和真实的存在,只有身体有行动和激情,它们包含物质和性质的混合,它们本身也是混合在一起的。而身体事态的结果即事件只是表面游戏,它们在身体的表面上,不能说它们存在,而要说它们留存或存续在身体之间的关系中。换种说法,斯多葛派区分了两种事物:一种是身体,它是一个存在物(a being),用名词和形容词来表达;第二种是事件/后果,它是一种存在形式(a form of being);它们不存在,而是一些"存续"或"固有"的属性,或曰超—存在,它用动词来表达。斯多葛派所说的身体(物质),也就是德勒兹所谓的"深处"。

布勒伊埃在《古典斯多葛主义的非物质理论》中说明,斯多葛派的"非物质的事件"(亦即他们所谓的"可言说之物"lekta 或结果)分开了两个存在平面:"斯多葛派从根本上区分了两个存在平面,这件事是他们之前的人都没做过的：一方面是真实而深刻的存在，即力量（force）；另一方面，是事实之平面，事实嬉戏于存在之表面，并构成了非物质存在物的一种无尽的多重性。"（1990：5）也就是说，一个是真实的存在（即身体）之平面，另一个是事件之平面。力量属于深处，事实或事态属于表面。只有身体包含力量之深处，事实或事态只有一种存续于身体的衍生性存在。事件在存在的表面上释放出自己，形成大量的非物质存在物，没有界限，也没有终结。"混合物在身体里，并且在身体的深处：一个身体穿透了另一个身体，在后者的所有部位里与后者并存，就像海洋里的一滴葡萄酒，或者铁中的火。"（1990：5）混合物决定了事物的数量和质量状态，决定了一个整体的多个维度，比如"铁的红，树的绿"；但"变红"和"变绿"的意思是某种完全不同的东西。它们不再是事物的状态，或者说是身体深处的混合物，而是这些混合物的结果，是处于表面的非物质事件。铁（身体）与火（身体）的相遇导致铁变红，但这种炽红既不属于铁也不属于火原有的特性，它只产生于两者作用的片刻，是一个"事件"，一种只存续于存在之表面的结果。德勒兹始终把这种表面现象描述为一个没有深度的平面，像一片薄雾、一层膜、一个棋盘等。

身体是动态的、彼此为起因的，而事件，包括观念（Ideas）在内，都是由身体引起的。斯多葛派严格地认为只有身体能够作用于彼此，所以他们得出了严格的因果关系语法。根据此语法，每个起因都是一个身体，而这个身体又成为某个非物质的身体的起因。其因果语法不是简单地"x 导致 y"，而是"x 成为 z 的起因 y 的起因"，其中 x 和 y 是身体，z 是非物质的结果。例如，刀片（身体）成为非物质的谓词"被切割"的那个肉体（身体）的起因。德勒兹从斯多葛派对事件的理解和描述（如刀子切开皮肉）得到启示，声称在语言上，身体与名词联系在一起，而事件与动词，尤其是动词的不定式形式相关。身体存在于纯粹的现在中、存在于存在（being）中，而事件存续于过去和未来中，存续于生成中。斯多葛派的这种二元论高于柏拉图二元论的价值是，它允许德勒兹断言身体之于观念的首要性：

身体或事态与结果或非物质事件的这种新二元论一场使哲学剧变成为必要。……对斯多葛派来说，事态、数量和质量像物质一样都是存在物（或身体）；它们是物质的一部分，在这一意义上，它们与一种超—存在——它把非物质的东西构成为一个不存在的实体——形成了对照。因此，最高项不是存在，而是某物（aliquid），就其包括了存在和非存在、外在和内在而言。……如果身体连同它们的状态、特质和数量都呈现了物质和起因的所有特点，那么反过来，观念的特点则被贬逐到另一边：意念的或非实质的东西只能是一种"结果"了。……在柏拉图那儿，一场模糊的辩论在事物的深处、在地球的深处、在经历观念之行动的东西和逃避这一行动的东西（摹本和仿像）之间肆虐。……在柏拉图那儿，这个某物从来不是充分隐蔽的、被赶回去的、被深深地推入身体深处或者被淹没于海洋中的。现在一切都回到了表面。这是斯多葛派的操作的结果：无限的东西回来了。变疯、变得无限不再是一个隆隆作响的底层，它爬到了事物之表面上，变得无动于衷。这不再是逃避底层、到处自我滋生的仿像的问题，而是在它们的位置上表现自己并采取行动的后果的问题。（1990：6—7）

德勒兹声称"斯多葛派发现了表面结果"（1990：7），这是斯多葛派与柏拉图不同的地方。在第十八系列《哲学家的三种形象》中，德勒兹指出："哲学家的流行形象和技术形象似乎是柏拉图主义树立起来的：哲学家是一个上升之存在；他是那个离开洞穴的、上升的人。他升得越高就越纯净"；"前苏格拉底派把思想放在山洞和生活中，放在深处"；而"犬儒派和斯多葛派……表明了非物质的东西不是高高在上的，而是处于表面；它不是最高的起因，而是杰出的表面结果；它不是本质，而是事件"。（1990：127—130）斯多葛派认为在身体深处一切都是混合物，而观念作为一个简单的非物质结果落到了表面上。"表面的自主性独立于深处和高处，也对抗深处和高处；对不可还原为'深处的'身体和'崇高的'观念的非物质事件、含义或者结果的发现——这些都是与前苏格拉底派和柏拉图相反的重要的斯多葛派发现。……表面的双重意义、正反两面的连续性取代了高处和深处。"（1990：132—133）在斯多葛派这里，无限生成"爬到了事物之表面上，变得无动于衷，它成了非物质的事件，带着它所有典型的颠倒：未来和过去、主动和被动、起因和结果、更多和更少、太多和不足、已经和尚未之间。这个无限可分的事件总是同时两者皆是。它永远是那个刚刚发生的事和正要发生的事，但永远不是正在发生的事。"（1990：7—8）这就是斯多葛派的悖论，是辩证法，而"辩证法是观点的逃离，是思维奔逸。"（1990：128）德勒兹说"斯多葛派是悖论的业余爱好者和发明者"，比如克律西波斯说，"如果你说了'战车'，那么一辆战车就通过了你的嘴唇。"在这里，已经不再有深处和高处了，"一切都发生在事物和命题之间的边界上"（1990：8），这道边界就是德勒兹所说的"表面"，它是意义和事件所处的地方。德勒兹认为，这种悖论使用"只有在禅宗和英国或美国的胡话文学中才能发现与之媲美的东西。在一种情况下，最深刻的东西是即刻的东西；而在另一种情况下，在语言中发现了即刻的东西。悖论表现为对深处的一种摒弃，对表面上的事件的一种展示和沿着这一限度对语言的一种部署"（1990：8—9）。

德勒兹认为，卡罗尔继续了斯多葛派所发现的对表面的探索和征服，爱丽丝发现了事件和事情的秘密不是被埋葬在身体和它们的混合物之深处，她的历险其实就是从深处到表面的历险。德勒兹分析了两本《爱丽丝》中与斯多葛派哲学观念相一致的表面和深处问题。他说："卡罗尔实施了斯多葛派的这种操作，更准确地说，他又一次开始了这种操作。他在所有的作品中都仔细研究了事件、事物和事态之间的差异。"（1990：9）

《爱丽丝》的整个前半部分仍追寻了事件之秘密和事件在地球深处、在陷入地下的洞穴和孔穴中、在互相穿透且共存的身体的混合中所隐含的生成无限之秘密。然而，当你在故事中前进的时候，挖掘和隐藏让位于一种从右到左和从左到右的横向滑动。地下的动物成了次要的，让位于没有厚度的纸牌人物。你可以说伸展开来的旧深度变成了宽度。生成无限完全被维持在这种倒转的宽度中,"深度"已经不再是一种补充了。只有动物是深处的,因此它们不是最高贵的;最高贵的是那些扁平的动物。事件就像水晶,它们只从边缘处或只在边缘生成并生长。实际上,这就是口吃者或左撇子的第一个秘密:不再下沉,而是滑过整个长度,以至于旧的深处根本不再存在、已经沦为表面的对面了。一个人通过滑行到了另一边,因为另一边只不过是相反的方向。如果帘子后面没什么可看的,那是因为一切都是可视的,准确地说,是因为所有可能的科学都在幕布的表面上,跟着幕布走得足够远、足够精确、足够表面就足够了,以便于将其两边翻转,让右边成为左边,或者使左边成为左边。因此,这不是一个关于爱丽丝的多个历险的问题,而是关于爱丽丝的那个历险的问题:她爬到表面,否认虚假的深处,发现一切都发生在边界。这就是卡罗尔放弃了这本书原来的题目(《爱丽丝地下历险记》)的原因。(1990:9)

《奇境》的前半部分主要描述了爱丽丝如何坠入兔子洞,她的身体如何因为地下世界的东西而不断地变大变小,她又如何与遇到的各种不可理喻的人物交流,如何理解自己的变化和奇境的人与事。德勒兹所说的"互相穿透且共存的身体混合"想必是指爱丽丝与那些人物,以及他们两方的话语、行为、身份和思想之间的接触与冲突。然而,当故事继续前进的时候,挖掘和隐藏让位于一种从右到左和从左到右的横向滑动。地下的动物成了次要的,让位于没有厚度的纸牌人物。确实如此。在《奇境》的前半部分,爱丽丝遇到的是白兔、老鼠、渡渡鸟、毛虫、三月兔等动物;而在后半部分,她终于进入了王后的漂亮花园,那里的主人是王室人物,而它们是扑克牌,所以德勒兹说:"最高贵的是那些扁平的动物。"爱丽丝"发现一切都发生在边界",也就是说,只有当爱丽丝进入扑克牌的世界时,她才发现了生成、意义和事件之含义。在《批评与临床》中第三章"卡罗尔"中,有一段与此处的引文极为相似的文字:"卡罗尔为什么没有保留这个题目(《爱丽丝地下历险记》)呢?因为,爱丽丝逐渐征服了表面。她升到或回到了表面。她创造着表面。进入深处并隐藏其中的运动让位于向侧面轻微滑动的运动；深处的动物们变成了没有厚度的纸牌形象。"① 德勒兹认为，就是因为意识到这一点，卡罗尔才放弃了这本书原来的题目（《爱丽丝地下历险记》）。这种说法未免因缺乏证据和过于主观而显得过于武断。关于"口吃者或左撇子的秘密"在此处也很是令人费解，结合德勒兹在其他著作中（比如《批评与临床》）的论述，我们可以这样理解：在口吃发生的时候，正常的时间流被打断，词语要么被不断地重复，在重复的过程中被分割、又被组合，"仿佛整个语言都开始摇摆，右一下，左一下，开始颠簸，往后，往前……整个语言穿行，变化，最终释放出一个终极的音响块。"② 要么，在口吃的过程中给词汇加上词缀，或者不断地在句子中间插入从句，从而使"语言之中诞生了一种外语"③。重复的运动成了整个语言运动的象征，在重复中口吃成了一种诗性力量或语言力量，它把语言推到极限，让语言对抗自己，就像对语言的少数使用颠覆了多数使用那样。至于"左撇子"的含义，根据《批评与临床》中相同章节的语句，我们应该从它的颠倒角度来理解它。

    在这儿(《镜中奇遇》)，与事物根本不同的事件不再是在深处被追寻，而是在表面，在逃离身体的那层模糊的非物质薄雾中，一层包裹着它们的、没有体积的薄膜，一面映照它们的镜子，一张根据计划对它们进行组织的棋盘。爱丽丝已经无法穿越到深处去了；相反，她放出了她的非物质替身。一个人正是沿着边界、绕行表面边缘才能从身体走到非物质。保罗·瓦雷里（Paul Valéry）有一个深刻的观点：最深的东西是皮肤。这是一种斯多葛式的发现，它以大量的智慧为前提，蕴含了一整套伦理。它是那个小女孩的发现，她只从边缘——一个变红和变绿的表面——长大和变小。她知道，事件越是横越整个无

---

① ［法］德勒兹：《批评与临床》，刘云虹、曹丹红译，南京大学出版社2012年版，第42页。
② 同上书，第239页。
③ 同上书，第243页。

深度的扩展，就越多地影响那些被它们切割和挫伤的身体。后来，成年人被地面攫住，再次摔倒，他们因为太深而再也无法理解。为什么斯多葛派的相同例子会继续给刘易斯·卡罗尔灵感？——树木变绿，解剖刀切割，战斗会发生或不会发生……爱丽丝正是在树木面前失去了自己的名字。矮胖蛋不看爱丽丝，而是冲着一棵树说话。背诵就是宣战，到处都是受伤和切口。但是这些是例子吗？更准确地说，这种类型的每一个事件——森林、战斗和创伤——都因为发生在表面而更为深刻，是这样吗？它越是处于身体边缘，就越是非物质的。历史教给我们，可靠的道路没有基础；地理教给我们，地球只有薄薄的一层是肥沃的。（1990：10）

《批评与临床》中的相关文字如下："《镜中奇遇》更有理由用镜子的表面创造了一场象棋比赛。纯粹的事件逃离了事态。人们不再进入深处，而是通过滑动行为而穿过了镜子，像左撇子一样把所有东西都颠倒了过来。"① 爱丽丝穿过镜子后进入的世界是棋子王室统治的，她作为白方小卒参与了红白棋子之间的一场比赛，从而开始了她在那里的种种"历险"——仍然是关于（自己的、他人的、世界的）身份、变化和意义的历险。"爱丽丝已经无法穿越到深处去了；相反，她放出了她的非物质替身。一个人正是沿着边界、绕行表面边缘才能从身体走到非物质。"这句话的内涵应该是：爱丽丝通过这种方式获得了语言和思想的非物质光彩，表面比深处更为深刻。至于斯多葛派不断地给卡罗尔提供了灵感这一说法也是德勒兹的独断看法，是一种将作品脱离语境的霸道的为己所用，比如他说矮胖蛋说话的时候脸冲着树而不是爱丽丝，在小说中显然是因为他的傲慢和气恼，而不是因为他参悟了斯多葛派的与树有关的概念。但是德勒兹想把斯多葛派"变绿"的树放在爱丽丝的梦境故事里，他想要突显斯多葛派的语言与卡罗尔的语言方面的一些相似之处，两者都操纵着"词语"和

---

① ［法］德勒兹：《批评与临床》，刘云虹、曹丹红译，南京大学出版社2012年版，第42页，译文有改动。

《意义的逻辑》与卡罗尔的胡话文学

"事物"的界限,使语言成为一个形而上学表面。

接着,德勒兹也对卡罗尔的《西尔维与布鲁诺》中的"表面"范例进行了引用和评价。在文学领域,评论者们几乎不看好这两部姊妹作品,认为它在写作手法上与《爱丽丝》相比并无突破,而且充满了大量的说教和令人生厌的伤感。但是德勒兹认为"这部重要的小说把开始于《奇境》并在《镜中奇遇》中继续的那种进化推到了极致"。(1990:10)

对斯多葛派哲人的这种重新发现不是给小女孩的特权。实际上,卡罗尔确实通常讨厌男孩。他们有太多的深度,而且是虚假的深度,他们有虚假的智慧和动物性。《爱丽丝》中的那个男婴儿被变成了一只猪。作为一个一般规则,只有小女孩才懂斯多葛派;她们对事件有感觉,能释放出一个非物质的替身。但有时候,一个小男孩碰巧是结巴和左撇子,因而就征服了作为表面之双重意义或双重方向的意义。卡罗尔对男孩的厌恶不归属于一种深深的矛盾心态,而是归属于一种肤浅的反转,一个真正卡罗尔式的概念。在《西尔维与布鲁诺》中,起创新作用的是那个小男孩,他用所有的方式学习功课:从里往外、从外往里、上上下下,但从来不"在深处"。这部重要的小说把开始于《奇境》并在《镜中奇遇》中继续的那种进化推到了极致。第一部分令人钦佩的结尾是向东方之荣耀致敬的,所有善的东西都来自于东方,"所望之事的实质,和未见之事的确据"(the substance of things hoped for, the evidence of things not seen)。在这儿连气压表都不升不降,而是沿纵向、朝侧面走,提供了一种水平的气象。一种会拉伸的机器甚至能将歌曲拉长。福图纳图斯取之不尽的钱袋(Fortunatus's purse)——它被呈现为一条莫比乌斯带——是用以错误方法缝制的手绢做成的,其制作方式是外表面与内表面相连:它包裹了整个世界,使里面的东西上了外面,外面的东西上了里面。在《西尔维与布鲁诺》中,从现实到梦境、从身体到非物质的技巧被成倍增加、彻底更新、施展到了完美的程度。然而,你仍然是通过绕行表面边缘或边界才凭借那条带子到达另一边。背面和正面之间的连续性取代了深处的所有层次；同一个事件中的表面结果（对所有事件都适用）给语言带来了生成和悖论。（1990：10—11）

德勒兹说只有小女孩才能懂斯多葛派，结巴的左撇子小男孩也能，这个断言有些令人困惑。我们也许可以这样理解："爱丽丝是经历了幽默的、超乎寻常意义的世界的种种奇怪变化（她自己的身体变化、婴儿变成猪、棋子变成人），也经历了古怪的时间（白兔的连续迟到、总是停在六点钟的茶会、镜中世界反向运行的时间）的小女孩。她对地震性的身体变化和极其荒谬的文字游戏的历险使探索词与物之间的界限成为必需，在这道界限处，时间顺序崩溃、身份破碎。然而，尽管偶尔会有一阵焦虑，但爱丽丝轻松愉快地、足智多谋地参与了她的新环境。如果说卡罗尔对小女孩着迷的话，很有可能是因为他们能够泰然自若地应对他发明的那些世界的生成。"① 特别是，爱丽丝经历了身体的悖谬变化（同时向两个方向变化的无限身份），经历了梦世界人物的各种悖论（语言的、逻辑的、行为的），而"悖论表现为对深处的摒弃"。结巴的、左撇子的小男孩的象征就是《西尔维与布鲁诺》中的精灵小王子布鲁诺，他经常非常规地理解语言、使用语言，经常做一些颠倒常识和理智的事情，因此，德勒兹认为他也可以理解事件、意义和表面结果。德勒兹盛赞的结尾来自《圣经》箴言"信念乃是所望之事的实质，和未见之事的确据"，这句话在原著中无疑是用来表达希望和力量的。德勒兹称"所有善的东西都来自东方"，因为小说中的人物感叹"所有的美好事物……都伴随着黎明出现"：现实中（而非进入仙境之地）的叙述者和朋友阿瑟在晨光中眺望东方，等待日出，心中充满感慨和希望。德勒兹提到的朝侧面动的气压表和能将歌曲拉长的机器分别出现在《西尔维与布鲁诺》的第一章和第十六章，它们是故事中教授的怪发明之一。福图纳图斯取之不尽的钱袋出自《西尔维与布鲁诺终结篇》第七

---

① Paul Patton and John Protevi eds, *Between Deleuze and Derrida*, 2003, pp. 30–31.

章，书中人用手绢就能很快地缝出一个这样的钱袋。先把两条手绢叠放在一起，抓着它们的两个角拿起来，把这两个角缝到一起，左边和右边分别对齐。然后，把一条手绢翻过来，把它的右下角与另一条手绢的左下角对起来，然后用人们所称的"错误的"方式把底下的两边缝起来，这样就做成了一个扭曲的、看起来很怪的袋子，就像莫比乌斯带似的。小说中的人物说，这个袋子的寓意就是无限的财富只能通过用错误的方式做事情才能得到。

在《批评与临床》中，德勒兹对《西尔维与布鲁诺》（他指的是第一部）的表面发展进行了更明确的阐释和肯定：

> 卡罗尔的第三部著名小说《西尔维和布鲁诺》又取得了进展。原先的深处似乎自行消除，变成了与另一个表面并排的一个表面。因此，两个表面共同存在，上面写了两个相邻的故事：一个是主要的，另一个是次要的；一个是大调，另一个是小调。并非一个故事在另一个故事之中，而是一个故事在另一个故事旁边。《西尔维和布鲁诺》无疑是第一本同时讲述两个故事的书。不是一个故事在另一个故事里面，而是两个相邻的故事，某些段落经常从一个故事转换到另一个故事，有时候是因为两个故事共同具有的句子碎片，有时候是借助一首令人赞赏的歌曲的几个对句，这首歌分配每一个故事所特有的事件，而那些对句同时也被这些事件所决定：疯园林工人之歌。卡罗尔询问：是歌曲决定事件，还是事件决定歌曲？通过《西尔维和布鲁诺》，卡罗尔以日本卷轴画的方式制作了一部卷轴书。（爱森斯坦把卷轴画视为电影蒙太奇的真正先驱，并如此描述它："画卷的带子上卷而形成一个长方形！不再是画纸本身卷在自身之上，而是表现在画纸上的东西在画纸的表面上卷起来。"）《西尔维和布鲁诺》中同时发生的两个故事构成卡罗尔三部曲的最后一部，是和其他两部作品一样的杰作。①

---

① ［法］德勒兹：《批评与临床》，刘云虹、曹丹红译，南京大学出版社2012年版，第43页。译文有改动。

第三章 卡罗尔的难解词与德勒兹的无意义

他说到的"两个表面"是指这部小说的两条情节线：一条在现实世界的英国，叙述者讲述了他与朋友阿瑟以及他们周围的人的种种生活故事；另一条在精灵王国，叙述者经常在神游状态中"穿越到"那里去，目睹或聆听精灵姐弟和他们周围的人的经历。前者是主要的，后者是次要的。叙述者在这两个世界中倏忽穿梭，同一章中的文字经常毫无征兆地从对现实的描述跳到对精灵世界的描述，就像德勒兹所说的那样，"某些段落经常从一个故事转换到另一个故事……"这就是《西尔维与布鲁诺》的奇妙之处，它们的两条故事线是平行的，却时不时地互换位置，给人一种两条线不断交叉又分开的感觉。德勒兹称赞的疯园丁之歌有八段散落在这部小说中，它的每一节都负责分布"每一个故事特有的事件，同时也被这些事件所决定"。比如，它的第一节出现在这样的背景中：叙述者坐在火车上，周围是乘客们聊天的话语声。当火车进入一个隧道时，他倚在座位的靠背上，闭上眼睛，睡意迷离地咕哝着"我以为我看到了——"，"接着这个词组坚持要把自己结合起来，变成了'你以为你看到了——他以为他看到了'，然后它突然变成了一首歌：他以为他看到了一只大象……"这个词组天衣无缝地把他带进了精灵王国：一个看起来很疯的园丁挥舞着草耙子，抖动着身体，尖声唱出了这一段的最后几个歌词。而且，叙述者这样描述他的样子："他长着大象的脚，但是其他地方皮包骨头……"

把这段话与《意义的逻辑》的相关章节结合起来看，可以发现德勒兹在《表面结果之悖论》这一章的目的显然是想用卡罗尔的胡话文学和斯多葛派的身体/结果为基础而明确指出事件（或曰意义）维度。他用深处和表面之间的二分来说明身体的国度总是与深处联系在一起，对斯多葛派来说，在深处一切都混合在一起；而事件（意义）的国度在表面。卡罗尔的小说架构以表面为特点，因此它们是意义的产生地。我们不得不说，德勒兹对于卡罗尔小说的解析和表述在他的理论框架中很有道理，但也非常抽象，尤其是关于《爱丽丝》的那些；他的论断（比如卡罗尔更改《奇境》的题目）是完全个人化的，甚至可能是想当然的，他似乎只是为了把卡罗尔为己所用，只是为了突出《奇境》对意义的表达方式。但是这也足以表

《意义的逻辑》与卡罗尔的胡话文学

明他对卡罗尔作品的研读和分析有多么细致，卡罗尔对其意义、事件和无意义理论又有多么重要。所以，德勒兹不断地从卡罗尔作品的丰富源泉中抽取他需要的东西，将它们理论化、抽象化、去语境化，然后置于他的理论表述中。在进一步阐述他从斯多葛派那里获取的物质的身体和非物质的事件之二元论时，他还是借用了卡罗尔作品的元素。

第一个重要的二元性是因和果、物质的事物和非物质的事件之二元性，就事件—结果不存在于表达它们的那些命题之外而言，这种二元性就在事物和命题、身体和语言的二元性中被拉长了。这就是贯穿卡罗尔所有作品的那种选择的来源：吃或者说。在《西尔维与布鲁诺》中，选择是在"少量的东西"和"少量的莎士比亚"之间。在爱丽丝的加冕宴会上，你要么吃掉介绍给你认识的东西，要么你被介绍给你吃的东西认识。吃还是被吃——这是身体的运作模式，是它们在深处的混合类型，是它们的行动和激情，是它们在彼此之内共存的方式。然而，"说"是表面的运动，是观念属性的或者非物质事件的运动。什么更严重：言及食物还是吃掉词语？在她对食物的沉迷方面，吸收和被吸收的噩梦淹没了爱丽丝。她发现，她听别人背诵的诗歌与可以吃的鱼有关。如果我们提到食物，那么如何能够避免在一个被当作食物吃的人面前提及它呢？例如，我们可以想想爱丽丝在老鼠面前的失言。我们如何能够避免吃掉那个被介绍给我们认识的布丁呢？况且，口头词语可能会出差错，好像它们受到身体深处的吸引似的；它们可能伴随着词语幻觉，就像在有病的情况下那样，语言紊乱伴随着不受束缚的口腔行为（什么东西都被拿到嘴边，吃任何物体，咬牙）。爱丽丝说，"我肯定这些不是正确的词语"，她总结了言及食物的人的命运。然而，吃掉词语正好相反：在这种情况中，我们把身体的运作抬升到语言的表面。我们把身体带到表面，剥夺它们之前的深度，即使我们通过这一挑战把整个语言置于了一个危险的形势中。理想的小女孩——非物质的、厌食的，和理想的小男孩——结巴的、左撇子

第三章　卡罗尔的难解词与德勒兹的无意义

的，必须让自己摆脱他们真实的、贪婪的、贪吃的或者说蠢话的形象。（1990：23—24）

无论吃和说贯穿卡罗尔的全部作品这种说法是否完全正确，它们在其作品中的重要性无疑是不容忽视的。在《奇境》中，"吃"是导致爱丽丝身体变大变小的因素，是导致她与梦世界其他人物的沟通困难乃至敌意、无法达成理解的因素。德勒兹的这段话的核心是吃（身体的行动）与说（表面的结果）之间的对立，这一点很明确，问题是他对卡罗尔的例子的使用很抽象，几乎不加解释。我们可以细看一下德勒兹所列举的那几个情节。"少量的东西"和"少量的莎士比亚"这个典故来自《西尔维与布鲁诺》第二十四章，仙境的小王子布鲁诺把一些青蛙聚拢在一起，先要让它们吃一顿生日宴，食物是他用"bits of things"做的很难喝的汤，接下来它给青蛙们表演"bits of Shakespeare"。他做前一件事时青蛙们都紧闭嘴巴，他做后一件事时，姐姐西尔维不得不一直想办法让青蛙们的脑袋朝向舞台。卡罗尔在这里无非是在用"bits of"玩文字游戏。相比之下，《镜中奇遇》结尾部分爱丽丝的加冕宴会更有趣，也更深刻，甚至带有黑暗和恐怖的色彩，因为宴会上的食物和餐具都变成了活的，制造了一场混乱。作为白方小卒参加象棋比赛的爱丽丝最终成为王后，红白王后一起给她举办了加冕宴。当侍者把一整条羊腿端到她面前时，她有点着急，因为以前自己从来没动手切过这么大块的肉。红方王后便说，"看来你有点害羞，我把你介绍给这条羊腿吧。"她刚刚说完介绍的话，羊肉就从盘子里跳起来，朝爱丽丝鞠了一躬，爱丽丝也回鞠了一躬。当她拿起餐刀和叉子准备切肉时，王后口气坚决地说："这绝对不可以。如果你被介绍给别人，而你又从人家身上切下肉来吃，这是不合礼仪的。把羊肉端走！"于是羊肉被端走，一大盘葡萄干布丁被端上来。爱丽丝赶紧说："请不要把我介绍给布丁了，要不然我们就完全吃不到什么东西了。"可是，红方王后还是生气地介绍了他们俩，同时说到"把布丁端走！"爱丽丝不明白为什么只有红方王后一个人发号施令，于是她试探着叫了一声："把布丁端回来！"果然

115

《意义的逻辑》与卡罗尔的胡话文学

布丁就放回了餐桌上。爱丽丝克制着自己的害羞,切了一块布丁,把它递给红方王后。结果布丁说起话来:"简直太无礼了!要是我也从你身上切一块下来,你心里会怎么想!"爱丽丝不知说什么好,惊讶得连嘴都闭不上。"你好歹也说句话,"红方王后说。于是爱丽丝只好开口,"我今天听人给我念了好多诗歌。可我觉得非常奇怪的是,每一首诗歌都跟鱼有关系"(2000:242—243)。德勒兹注意到了爱丽丝说的这个事实。的确,对对儿兄弟背给她听的《海象与木匠》与海蛎子有关(虽然严格地说海蛎子不能算鱼;海象和木匠骗小海蛎子们去海滩散步,然后把它们全吃掉);矮胖蛋背给她听的诗与给鱼送信有关(这首诗完全不知所云);就连白骑士给爱丽丝唱的歌中也有"到处找鱼眼泡"的语句。红方王后没有告诉爱丽丝为什么,但是让白方王后念了一首关于鱼的谜语诗歌(和《奇境》中疯帽匠的谜语"渡鸦为什么像写字台"一样,这个谜语的谜底也是未知的)。小说中的这些东西突显的是镜中世界的荒诞无解,但是也有当时的读者能够看出来的幽默之处,比如,王后斥责爱丽丝"切"作为客人介绍给她的食物,加德纳指出,"切"这个词在当时有个意思是"无视某个你认识的人",甚至还有四种"切"法:直接切(盯着一个认识人,假装不认识他或她);间接切(假装没有看见某个人);庄严地切(欣赏某个东西,比如楼顶,直到熟人走过去为止);随便地切(弯下腰去调整鞋带)。① 如此看来,难怪王后说她太无礼了。

在《奇境》,尤其是前半部分中,爱丽丝似乎确实"沉迷于"食物。她喝掉小瓶里的饮料、吃掉看到的小蛋糕和鹅卵石变成的小饼干,结果就不断地变大变小。后来在毛虫指点下,从他坐着的那朵蘑菇两边各掰了两块(一边可以让她变大,一边可以让她变小),根据需要来吃,这才实现了对自己身体变化的控制。对于食物,爱丽丝在奇境的动物面前出现了好几次"失言"。比如,她在眼泪池里看到一只老鼠也掉进来了,就问老鼠如何从池子里出去,但老鼠像没听懂似的没有答话。爱丽丝以为它听不懂

---

① Martin Gardner and Lewis Carroll, *The Annotated Alice: The Definitive Edition*, 2000, p. 262.

英语，于是就背了法语课本上的一句话："我的猫在哪里？"吓得老鼠一下子蹦出水面，浑身发抖。后来大家上了岸，在老鼠给大家讲故事的时候，爱丽丝不断地打断他的话，把老鼠气走了。爱丽丝一急之下，说到，"要是我的黛娜在这儿就好了，她一眨眼就能把老鼠弄回来！"鹦鹉问她黛娜是谁，爱丽丝说"是我家的猫咪。她抓老鼠的本领可了不起了，你简直想象不到！嗨，真该让你们瞧瞧它怎么抓鸟儿！她只要一眼看到小鸟，就会立刻把她给吃掉！"（2001：28）话音一落，几只鸟儿立刻匆匆离开了，接着大大小小的动物们找各种借口纷纷离去，不一会儿就只剩爱丽丝自己了。后来她接受了教训，知道在被人吃的东西目前要避免提及"被吃"。在她和假海龟（它被描述为长着海龟的身体和牛头牛尾，它其实是一道菜的原料，因为真海龟比较昂贵，所以人们用牛肉取代海龟做汤，仍叫它"海龟汤"）谈话时，假海龟问她是否见过鳕鱼，爱丽丝说，"见过，我常常见到它们在餐——""餐桌"两字刚说了一半爱丽丝就赶紧打住了。假海龟说，"我不知道你说的那个餐在哪里，但是想必你知道它们是什么样子了。"爱丽丝边想边说，"它们尾巴塞在嘴里，浑身裹着面包屑"（2001：91—92）。这句话其实差点露馅，好在假海龟说它们确实嘴咬着尾巴，但是没有面包屑，因为面包屑在水里会被冲掉。可是，接下来当爱丽丝背诗的时候，两首诗她全背错了，全与吃和被吃有关：第一首诗说大龙虾要让人把它烤得焦黄，身边鲨鱼齐聚，吓得它心惊肉跳；第二首诗说黑豹不仅吃光了馅饼，还把一点食物也没吃到的猫头鹰吃掉了。卡罗尔的意图应该是暗示弱肉强食的法则，但德勒兹不这么想。按照斯多葛派的说法，吃与被吃的东西（或人）都是身体，它们在深处；吃与被吃是身体的运动，它们是深处的混合物的起因和状态。而说（即语言）是表面的运动，它把作为结果的非物质事件聚集在表面。言及食物的是语言，它会受到来自身体深处的东西的吸引和干扰，从而发生言语紊乱，出现说的话不对的情况。因此，当爱丽丝沉迷于"吃"或者说食物的时候，她就会频繁出现说错话的情况，她就无法把意义带到表面。而吃掉词语会把身体带到表面，对语言发起挑战，使之处于危险境地，使之处于突破常规的状态中，因此，

《意义的逻辑》与卡罗尔的胡话文学

"理想的小女孩是非物质的、厌食的"。"理想的小男孩是结巴和左撇子"这句话与德勒兹之前说的小男孩往往具有虚假的深度有关，只有结巴和左撇子的小男孩才有可能突破深度，让意义上升到表面上。左撇子能将事物颠倒，而"结巴是语言体系处于运动中、处于'永久的不平衡'时发生在语言中的事情，于是整个语言体系都在时间和空间的一种异质性中结巴、咕哝、含糊、破碎了"①。这些表述与后文德勒兹论及精神分裂患者的语言，尤其是关于语言发生的精神分析阐述都有相关性，我们后文会进行较为详细的解释。

三　卡罗尔与阿尔托

在《意义的逻辑》第十二系列《悖论》的结尾，德勒兹根据悖论的运作和它与意义的关系重申：语言在表面发展，意义的捐赠在命题和事物之间的边界发展，这种发展表现了一个二级的（相对于初级来说）、语言所特有的组织，悖谬元素赋予了这个组织以生命。结合德勒兹对意义是表面结果的定义，我们可以知道这个二级组织就是表面。基本的悖论重复无意义之形象，而悖论的目标就是产生意义。意义的两个方面（内在性和超存在）和无意义的两个方面（空方形和多余的对象）使能指和所指的区分成为可能，但是，只有当意指的条件也被确定的时候，意义的礼物才会出现。这些条件转而在一个三级组织中决定着系列中被赋予了意义的构成项，这个组织将构成项与可能的指示或可能的表现（理智，常识）之法则联系起来。在这些地方的每一处，一种表面上的整体部署都必定受到一种极端而持续的脆弱性的影响。因此，德勒兹在随后的第十三系列《精神分裂者和小女孩》的开篇即说："没有什么比表面更脆弱。"因为它会受到"一种没有形状的、深不可测的无意义"的威胁，这种无意义"是比捷波沃奇还可怕的怪物……它与我们以前在仍内在于意义的两种形象中所遇到的东西非常不同"（1990：82）。前文已经提到无意义的两种形象，即既是

---

① Dorothy Olkowski, *Gilles Deleuze and the Ruin of Representation*, 1999, p. 14.

词又是物的悖谬元素（比如 snark）和混成词（比如 frumious），德勒兹此处的意思是说，这两种无意义形象是有意义的，而深处的无意义是真正的无意义，是真正的"胡话"。这种无意义会使表面的整个组织消失，使之在一种可怕的原始秩序中被推翻。"无意义不再提供意义，因为它已经消费了一切。"一旦出现这种情况，"我们就已经处于一种不可逆的疯狂中了。我们可能相信自己处于文学研究的最新边缘，处于语言和词语的最高发明处；我们已经面对着一种痉挛的生活的躁动，在一种影响身体的病态所创造的黑夜里"（1990：82）。德勒兹提醒我们注意：

> 借混成词之名把儿歌、诗歌实验和对疯狂的体验混在一起是几乎不可接受的。一个伟大诗人的写作可能与她曾经是的那个孩子和她所爱的孩子们直接相关；而一个疯子可能随身带着一部巨大的诗歌作品，与他曾经是，且仍然是的那个诗人直接相关。但是这根本不能证明儿童、诗人和疯子的三位一体的正当性。我们必须用钦佩和崇敬的全部力量留意那种滑动，它揭示了这些粗糙的相似性之下的一种深刻差异。我们必须留意无意义极为不同的功能和深渊，留意混成词的异质性，它们不准许把那些发明它们或者甚至使用它们的人聚集在一起。一个小女孩可能唱 "Pimpanicaille"①；一位艺术家可能写 "frumious"；一个精神分裂症患者可能说 "perspendicace"。② 但我们没有理由相信这个问题在所有这些例子中都一样、其结果大致类似。你不能严肃地混淆巴巴③之歌和阿尔托的嚎叫—呼吸（cris-souffles）"Ratara ratara ratara Atara tatara rana Otara otara katara"。我们可以再加一句，在说到无意义时，逻辑学家们所犯的错误是，他们提供的是符合他们

---

① 一首法国童谣的名字，它是法语词 pimpant + nique + canaille 的混合。
② 根据德勒兹的注解，"Perspendicace" 是一个精神分裂的混成词，表示停留在患者头顶上（perpendiculaire）、非常有洞察力的（perspicaces）神灵。这个词引用自 George Dumas《超自然现象与精神疾病中的神》（*Le Surnaturel et les dieux d'après les maladies mentales*），1949，p. 303。
③ 巴巴（Babar）是一本著名的法国图画书《巴巴的故事》（1931）中主角小象的名字。它的故事已多次被改编成电视和电影动画片。

证明需求的、费力建构的、衰弱无力的例子，就好像他们从未听过一个小女孩唱歌、一个伟大的诗人吟诵或者一个患精神分裂的人说话似的。有一种所谓的逻辑例子的贫乏（罗素的作品除外，他总是受到卡罗尔的启迪）。(1990：82—83)

此处提到了三种人所产生的无意义：小女孩（儿童）充满无意义词语或荒谬逻辑的胡话童谣，诗人（艺术家）的胡话文学或者用无意义词语进行的语言实验，以及精神分裂症患者不知所云的胡言乱语。表面看来，这三种情况都是无意义，使用类似的技巧，但它们的功能不同，它们的混成词性质不同。这三种无意义是很常见的，但是逻辑学家们却对这些现成的例子视而不见，只有罗素注意到了卡罗尔，并且常受卡罗尔的启发。三种无意义之间的差别"这个问题是一个临床问题，也就是说，是从一个组织滑向另一个组织的问题，或者形成一种渐进的、创造性的解体的问题。它也是一个批评问题，也就是说，是确定差异层次的问题，在这些层次上，无意义改变了形状，混成词经历了一种本质上的变化，而整个语言改变了维度"（1990：83）。换言之，德勒兹认为卡罗尔与阿尔托的对照中所显现的临床问题属于表面与深处的问题，而批评的问题则在于这两个面向的语言学元素特征。后文德勒兹会从语言的发生角度、用精神分析的理论来说明这种区别。此时，他首先要对法国诗人和戏剧家安东尼·阿尔托和卡罗尔的两个无意义文本进行对比。他要让我们看到"粗糙的相似性"设下的陷阱。他说，阿尔托两次对抗过卡罗尔：第一次是在对《镜中奇遇》矮胖蛋片段的改写中，再一次是在一封写于罗德兹精神病院的信中，他对卡罗尔进行了评判。德勒兹先是分析了阿尔托翻译的《捷波沃奇》，但他没有整体引用阿尔托的译文。虽然该诗的第一节英语原文我们在前文已经引用过了，但是为了将英法两种语言进行对照，我们不妨再引用一遍，同时也将阿尔托对这一节的翻译展示一下。通晓两种语言的读者也许能更清楚地看到两者的不同之处，尤其是其中的杜撰词（无意义词）的差异：

第三章 卡罗尔的难解词与德勒兹的无意义

'Twas brillig, and the slithy toves
Did gyre and gimble in the wabe：
All mimsy were the borogoves.
And the mome raths outgrabe.

Il était Roparant, et les vliqueux tarands
Allaient en gilroyant et en brimbulkdriquant
Jusque-là où la rourghe est a rouarghe a
Rangmbde et rangmbde a rouarghambde：
Tous les falomitards étaient les chats-huants
Et les Ghoré Uk'hatis dans le GRABüG
EÛMENT.

德勒兹对阿尔托的译文的看法是，他感觉开头两段还符合卡罗尔的标准，也遵守了卡罗尔作品的另两位法语翻译者帕里索（Parisot）和布鲁涅斯（Brunius）通常奉行的翻译准则。但是从第二行的最后一个词开始，以及第三行往下，"一种滑动产生了，甚至是一种创造性的、中心性的崩溃，致使我们处于另一个世界中，处于一种完全不同的语言中。我们满怀惊恐，很容易就认出来了：这是精神分裂者的语言"（1990：83—84）。他说，卡罗尔诗中的那些混成词的功能似乎都不一样了，"它们被卷入昏厥中，过度负载着腭音。我们在同一时刻测量了卡罗尔的语言和阿尔托的语言之间的距离——前者在表面发出，而后者刻入了身体的深处"（1990：84）。德勒兹说，我们能够从阿尔托的语言中感受到阿尔托在精神病院里写给亨利·帕里索的那封信中所发出的宣言的绝对冲击力，德勒兹引用了这封信的一部分：

> 我没有做过《捷波沃奇》的翻译。我试图翻译它的一个片段，但它让我烦。我从未喜欢过这首诗，它总让我感觉是一种做作的幼稚

病。……我不喜欢属于表面的诗歌或语言，它们散发着快乐悠闲和知识分子的成功的味道——就好像智力依靠肛门，而没有心灵或灵魂在内似的。肛门总是恐怖的东西，我不会承认一个人失去一坨粪、从而也失去他的灵魂而未被撕裂，而《捷波沃奇》中没有灵魂。……你可以发明你的语言，让纯语言用一种超语法的或无语法的意思说话，但是这个意思自己本身必须有价值，它必须发自折磨中。……《捷波沃奇》是一个美餐后酒足饭饱、试图在别人的痛苦中放纵自己的唯利是图者的作品。……当你挖透那堆存在之屎和它的语言时，这首诗必定发出恶臭。《捷波沃奇》是这样的诗，它的作者采取措施让自己避开苦难的子宫存在，而每一个伟大的诗人都曾纵身跳入其中，在从中诞生的时候散发着臭味。《捷波沃奇》中有一些属于粪便的段落，但那是一个英国势利眼的粪便，他把淫秽的东西卷在自身内，就像卷发棒上绕着的发卷。……这是一个吃香喝辣的人的作品——而这在他的文字中可以感觉到。(1990: 84)

对此，德勒兹总结说："我们可以说阿尔托认为卡罗尔是一个变态，一个小小的变态，他紧紧抓住一种表面语言的既定秩序，没有感受到一种位于深处的语言的真正问题——亦即精神分裂者的痛苦、死亡和生命问题。对阿尔托来说，卡罗尔的游戏显得很幼稚，他的食物太世俗，连他的粪便也是虚伪的、过于有教养的。"(1990: 84)

另一个比较在美国作家路易斯·沃尔夫森（Louis Wolfson）书中一个患精神分裂的"语言学生"与卡罗尔之间。德勒兹说这个学生经历了事物/词语、消费/表达，或者可消费的对象/可表达的命题的口头二元性。吃和说之间的二元性在付钱/吃和排便/说之间的二元性中可能表达得更为暴力。但特别是这种二元性被转移到两类词语、两类命题或者两种语言的二元性中，并在其中得以恢复，这两种语言是：他的母语英语，它本质上是滋养的和排泄的；外语，它们本质上是表达性的，是病人努力要学习的。德勒兹简述了书中人物的种种怪异行为：他母亲用两种方式威胁他，阻止

第三章　卡罗尔的难解词与德勒兹的无意义

他在学外语方面取得进步。有时候她在他面前挥舞装在罐头里的诱人但难以消化的食物；有时候她猛然扑向他，为的是趁他没来得及捂耳朵时突然用英语说话。而他用一些更精细的程序挡开这种威胁。首先，他像一个贪吃者那样大吃，用食物把自己塞满，一边不断重复某些外语单词，一边用脚踩那些食品罐。在一个更深的层次上，当他根据语音元素（辅音最重要）把英语单词翻译成外语单词时，他确保两个系列之间的共振和一个系列到另一个系列的转换。因为具体的字词例子涉及俄语、希伯来语等，在此就不做引用了。德勒兹让我们注意这些东西和卡罗尔的系列之间有某种相似性。他说，在卡罗尔的作品中，基本的口头二元性（吃/说）有时候也被移位，在两种命题或命题的两个维度之间经过。有时候这种二元性也会变成"付钱/说话"或者"粪便/语言"，比如，虽然在绵羊商店里买一个鸡蛋比买两个鸡蛋更贵，但爱丽丝不得不买一个，因为买了两个就得把两个都吃掉；矮胖蛋付钱给他的词语（他是词语的主人，他付钱是为了让词语好好给他干活）。"至于粪便，就像阿尔托说的那样，卡罗尔作品底下到处都是。"（1990：86）对这句话德勒兹没做解释，有些让人摸不着头脑。从他下文的精神分裂分析来看，粪便和器官碎块属于不完美的混合物，它们互相冲撞、互相混合，制造出各种无意义的噪音。德勒兹的意思应该是说卡罗尔作品的意义就是建构在这种无处不在的无意义之上的。

　　德勒兹指出："当阿尔托形成了他自己的二律背反系列时——生存和服从，活着和存在，行动和思考，物质和灵魂，身体和头脑——他自己觉得与卡罗尔超乎寻常地相像。他转化了这种感觉，说卡罗尔穿越时空抢劫了他、抄袭了他[1]，说矮胖蛋关于小鱼的诗歌和《捷波沃奇》都是这样。"可是，既然如此，"阿尔托为什么又说他的作品与卡罗尔的作品没有关系呢？为什么这种超乎寻常的熟悉也是一种激进的、确切的陌生？要解答这个问题，我们只需再看看卡罗尔的系列是如何组织的、在何处组织的。"（1990：86）德勒兹再次回到他对意义、系列和表面的阐述上：两个系列

---

[1] 他说卡罗尔抄袭了他的作品时，卡罗尔已经去世三十多年了。

在表面被接合起来。在这个表面上，一条线就像两个系列、两个命题或者同一个命题的两个维度之间的边界。沿着这条线，意义被精心形成，既作为命题所表达的东西，又作为事物的属性——表达语的"可表达之物"和指示符的"可归属之物"。因此这两个系列是被它们的差异接合起来的，意义横越了整个表面，尽管它仍在自己的线上。这个非物质的意义是物质的事物、它们的混合物和它们的行动与激情的结果。但这个结果有一种与物质起因非常不同的本质，正是因为这点，作为一种结果的、总是在表面上的意义指涉的是一种本身为非物质的准一起因。这就是总在移动的无意义，"它在神秘难解的东西和混成词中得到表达，并同时把意义分布在两边。所有这些形成了表面组织，卡罗尔的作品在它上面发挥了一种镜子般的效应。"（1990：86）

而阿尔托呢？对他来说，没有表面，也不再有表面。所以卡罗尔会给他留下这种印象："一个做作的、受到保护而不受任何深处问题困扰的小女孩。"德勒兹就此指出，"精神分裂的第一个证据是表面已经裂开了。事物和命题之间已经不再有边界了，原因正是身体没有表面了。精神分裂者的身体的主要方面就是它是一个身体—筛子。"（1990：86）"身体—筛子"这种说法来源于弗洛伊德的两个病例：一个病人把他的皮肤、另一个病人把他的袜子看作小洞洞构成的体系，觉得它们永远都有扩大的危险。弗洛伊德表明这是一种完全的精神分裂症状，既不符合歇斯底里症，也不符合强迫症。弗洛伊德用这个术语强调了精神分裂者抓住表面和皮肤的这种倾向，就好像他们被无数小孔刺穿了似的。这种情况的后果就是，整个身体完全成了深处——张着大口、代表着纠缠扭结的深处，它把一切带到、抢夺到这个深处之中，把一切都变成了身体和物质。表面已经无法限制身体的扩展了，里面和外面已经没有准确的界限了。德勒兹引用了阿尔托在作品《火之塔》中的语句，他说一切都是身体的："我们的背部有被痛苦之钉刺穿的全副脊椎，它们通过行走、举起重物的努力和对放手的抵制，变成了嵌套在彼此之中的小罐子。"

第三章 卡罗尔的难解词与德勒兹的无意义

一棵树、一根圆柱、一朵花或者一根手杖都能长在身体内；其他身体总是穿透我们的身体，与我们身体的器官共存。一切其实都是罐子——罐装的食物和粪便。因为没有表面，所以里面和外面、容器和被容纳物都不再有精确的界限；它们跳入一个普遍的深处，或者拐入现在之圈，这个现在在填满的时候会缩得更紧。从而产生了精神分裂者经历矛盾的那种方式：要么在横贯身体的深深裂缝中，要么在包住彼此并到处旋转的破碎器官中。身体—筛子、破碎的身体和离解的身体——这些是精神分裂者的身体的三个基本维度。

在表面的这种崩塌中，整个世界都失去了它的意义。也许它维持了某种指示力量，但是这被体验为空无。它维持了某种表现力量，但是这被体验为无动于衷。它也维持了一定的意指，这被体验为"虚假"。然而，词语失去了它的意义，也就是说，失去了它聚集或者表达一种非物质结果（它不同于身体之行动和激情）和一个观念事件（不同于其当前实现）的力量。每个事件都实现了，不论它是不是处于一种幻觉形式。每个词语都是身体的，并立刻对身体产生影响。程序是这样的：一个词——经常具有滋养的本质——以大写字母的形式出现，就像印在一幅将其冷冻并剥夺了其意义的拼贴画中那样。但是一旦这个被固定住的单词失去了它的意义，它就爆裂成碎片；它被分解成音节、字母，最重要的是分解成直接作用于身体的辅音，穿透身体、将其挫伤。我们已经看到，对于那个患精神分裂的语言学生来说，情况就是这样。母语一旦被剥夺了意义，其语音元素就变得异常伤人。单词不再表达事态的一种属性；它的碎片与不可忍受的、响亮的特质融合在一起，侵入身体，它们在身体中形成一种混合和一种新的事态，就好像它们自己是一种喧闹的、有毒的食物和装在罐子里的排泄物似的。身体的零部件，它的器官，是根据影响它们和攻击它们的已分解元素而确定的。在这种激情中，一种纯粹的语言—情感代替了语言的效果："所有文字都是猪屎。"（也就是说，每一个固定的或写下来的词语都被分解成了喧闹的、食物的和排泄物的小碎片）

125

《意义的逻辑》与卡罗尔的胡话文学

（1990：87—88）

在如此描述了精神分裂者的语言之后，德勒兹总结说："对于精神分裂者来说，问题不是恢复含义，而是在裂开的表面之下的这个深处毁灭词语，召唤感受（affect），把身体的痛苦激情转变成一场胜利的行动，把服从转变成命令。""胜利也许只能通过（阿尔托的）呼吸词和嚎叫词才能获得，在这些词中，所有字面值、音节值和语音值都被完全属于声调的值而非书写值取代了。"（1990：88）就是在这儿，德勒兹提出了他之后的著作中的一个重要概念："无器官的身体"（这个词来源于阿尔托戏剧中的一句台词）或曰"光荣身体"。这种身体是"精神分裂的身体的一个新维度，是一个没有器官的有机体，它完全靠吹气、呼吸、蒸发和液体传送来运作"（1990：88）。德勒兹说，在精神分裂中，有一种方式能够经历斯多葛派对两种物质混合物所做的区分：一种是改变身体的部分混合物，另一种是使身体保持原样的整体的、液体的混合物。激情和行动是一种矛盾不可分割的两极，因为它们所形成的那两种语言不可分割地属于身体和身体的深处。部分混合物（身体碎片）代表消极的一极，它们是不完美的混合物，彼此包裹和擦伤；整体混合物（体液）代表积极的一极和完美混合的状态。但是液体必定会被与之不可分的另一极所败坏，因此，"你永远不确定一个没有器官的有机体的理想液体不携带寄生虫、器官碎片、固体食物和粪便残渣"（1990：89）。为了把激情之碎片引入身体，那些有害的力量有效利用了液体和吹气。德勒兹指出，界定这种行动方法的东西实际上就是它"辅音、喉音和送气音的超载，它的撇号和内部口音，它的呼吸和格律划分，以及它的转调，这种转调取代了所有音节值、甚至字面值"。这是一个把词语转变成行动的问题，使词语无法被分解、无法被弄碎，从而形成一种"无清晰发音的语言"，"这儿的胶合剂是一个腭音化的、无器官的原则，一个海洋块儿或者一个海洋团儿"（1990：89）。之前德勒兹提到，在液体元素或者在被吹出的液体中，积极混合物的有一个像"大海之原则"的不成文的秘密，并且说正是在这一意义上，阿尔托把矮胖蛋关于大海和小鱼的诗转变成了一首关于服从（激情）和命令（行动）问题的诗。德勒兹没有对这个"大海"原则进行解释，但我们记得，他在评述斯多葛派的"身体"概念时曾说过，"混合物在身体里，并且在身体的深处：一个身体穿透了另一个身体，在后者的所有部位里与后者并存，就像海洋里的一滴葡萄酒，或者铁中的火。"（1990：5—6）此处根据他对碎片与液体的阐述，大海象征着积极的混合物，它与被包起来的身体器官的消极混合物相对立。在接下来对精神分裂者词语中"撇号"的描述中也能猜到这个原则："那个内部撇号似乎确保了辅音的熔合。……它使辅音们彼此不可分离，而不是把它们分开……当它在连续的一口气中把它们转变成那么多积极的嚎叫时，它使它们难以辨认、甚至无法发音。这些嚎叫被紧密结合在呼吸中，就像辅音在那个将它们液化的符号中、小鱼在海洋团儿中或者骨头在无器官的身体的血液中一样。"（1990：89）德勒兹说"嚎叫是呼吸中的汩汩声"，而借用阿尔托的话说，这种词是一个关于火的符号，一个"在气和水之间犹豫的"波浪。

德勒兹对阿尔托《捷波沃奇》译文中的一些词语进行了解释。他从中提取了一个句子"Until rourghe is to rouarghe has rangmbde and rangmbde has rouarghambde"，认为阿尔托"意在激活、吹气、腭音化并点燃词语，以便于它成为一个无器官的身体的行动，而不是一个破碎的有机体的激情。"（1990：89）他的任务就是把词语变成辅音的一种熔合。在这种语言中总是能发现相当于混成词的词。德勒兹对这些貌似混成词的理解和解释如下："rourghe"和"rouarghe"表示"ruée"（冲）、"roue"（轮子）、"route"（路径）、"régle"（规则）或"route à régler"（控制路线），或许还可以再加上"Rouergue"（卢埃格），即阿尔托当时所在的罗德兹的一个地区。那个带有内部撇号的"Uk'hatis"表示的是"ukhase"（敕令）、"hate"（匆忙）和"abruti"（迟钝），以及"赫卡特（Hecate）神像下的一种夜间颠簸，这意味着从直路上被甩掉的月亮猪"。但是阿尔托的"Ghoré Uk'hatis"不等于迷路的猪、卡罗尔的"mome raths"或者帕里索的"verchons fourgus"。因为这些词"不是在同一个平面上"与卡罗尔和其作品的法语翻译者帕里索一决高下的,"它们不是以意义为基础促成系列之分岔的,相反,它们在一个下—意义(infra-sense)区域中展现了语调元素和辅音元素之间的一条联系链"(1990:90)。以阿尔托的词汇为基础,德勒兹让我们充分注意精神分裂者的词语的二元性,指出这种词语分为激情词和行动词,前者爆炸成了伤人的语音值,而后者将发音不清的语调值熔接在一起。这两种词的发展与身体的二元性——破碎的身体和无器官的身体——相关,德勒兹说它们指涉了两种戏剧,一种是恐怖或激情戏剧,另一种是本质上积极的残酷戏剧。实际上,残酷戏剧正是阿尔托所倡导的一种通过精神进入谵妄而激扬自身能量的戏剧。

精神分裂者的词语也涉及两种无意义,一种是消极的,一种是积极的;一种是缺乏意义的、被分解成语音元素的词语的无意义,一种是语调元素的无意义,这些元素形成了一个不能被分解的、同样缺乏意义的词语。德勒兹指出,在精神分裂者那里,一切都在意义之下和远离平面的地方发生、作用和被作用。"次—意义(sub-sense)、无—意义(a-sense)、下面的—意义(Untersinn)——这些必须与表面的无意义区分开。"(1990:90)有人说精神分裂者的语言是由能指系列朝所指系列的一种无尽的、恐慌的滑动所界定的,德勒兹认为这种说法完全不对,因为实际上那里"根本不再有系列了;那两个系列已经消失了。无意义已经停止给表面提供意义了;它吸收了、吞没了所有的意义:能指那一边的和所指那一边的"(1990:91)。德勒兹对此进行了详细的阐释:

在我们称为第二级的表面组织中,自然的身体和响亮的词语被一道非物质的边界分开,又立即被它连接起来。这个边界就是意义,它一边代表着词语纯粹的"被表达物",在另一边代表着身体的逻辑属性。尽管意义产生于身体的行动和激情,但它是一个在本质上有差异的结果,因为它既非行动亦非激情。它是一个结果,它保护响亮的语言,使之不会混淆于自然的身体。与此相反,在精神分裂的这个初级秩序中,剩下的唯一二元性就是身体的行动和激情之间的二元性。

语言同时是这两者,它完全被重新吸收进张着大口的深处。已经没有什么能阻止命题跌回到身体上,阻止它们把响亮的元素与身体嗅觉的、味觉的或消化的反应混合在一起了。不仅已经不再有意义了,而且也不再有语法或句法了——在限度内,也不再有明确发出的音节的、字面的或语音的元素了。(1990:91)

这段话的前半部分其实重申了德勒兹之前关于意义概念的表述和定义:意义是词与物的边界,它产生于(物质性的)身体,但不是身体,而是二级表面组织的一种非物质的结果。意义既会把词与物接合在一起,也会把它们分开,使它们彼此不混淆。精神分裂者的语言处于初级秩序中,也就是说,完全处于身体之内,词与物都跌入了身体的深处,混作一团,变成了彻底的无意义。卡罗尔的胡话诗有一种非常严格的语法,它保留了词语的屈折变化和清晰发音,有完全正确的句法,读者虽然不知道那些杜撰的无意义词是什么意思,但是能够清晰地辨认出句子的结构,能够判断出每个单词的词类。而阿尔托的诗歌既没有意义,也没有语法和句法。德勒兹说,卡罗尔需要这种严格的语法把词语与身体的屈折变化和清晰发音区分开,因此他断言卡罗尔作品中的发明创造本质上是词汇性的,而非句法或语法性的。这样,混成词能够通过将系列分岔而开启无穷的可能阐释,只不过句法上的严格消除了一定数量的这种可能性。乔伊斯的作品中也是这样,但阿尔托恰恰相反,因为在他那里严格来说已经没有意义问题了。

德勒兹认为,总起来说,卡罗尔那种"吃/说"类型的表面系列与深处的激情/行动的极点实际上没有共同之处,它们只是表面看来相似。表面的两种无意义形象(既是词语又是事物的悖谬元素,混成词)在异质系列之间分布意义,它们与两次跳入无意义并拖拽、吞没和重新吸收意义的下—意义不一样。倒是阵挛性的和强直性的结巴大致类似于精神分裂者的两种语言。"表面的切口与深处的分裂没有共同之处。在过去—未来于非物质的绵延时间之线上的无限再分中所理解的那种矛盾与身体的物理现在中的极点之对立没有关系。甚至混成词也有完全异质的功能。"（1990：92）德勒兹还指出，在儿童升到表面或者征服表面之前，我们可能会在儿童身上发现一个精神分裂症的"位置"。即使在表面，我们也总能发现精神分裂症的碎片，因为表面的功能正是组织并展现从深处升上来的元素。因此，这就会导致人们把儿童对表面的征服、精神分裂症患者身上表面的崩溃，或者"反常"的人对表面的掌握混为一谈。比如说，人们总是把卡罗尔的作品理解为一个精神分裂的故事，"一些轻率的英国精神分析家实际上已经这么做了：他们指出了爱丽丝的望远镜身体，它的折叠和展开，她明显的饮食沉迷和潜藏的排泄沉迷；那些标示小口食物和'小口美食'的小碎片，快速分解的食物词语的拼贴和标签；她身份的丧失，小鱼和大海……你仍旧会纳闷帽匠、三月兔和睡鼠在诊疗上代表的是哪种发疯。"（1990：92）德勒兹说，我们也总是能够在爱丽丝和矮胖蛋的对立中认出那两个摇摆不定的极点：破碎的器官和无器官的身体，身体—筛子和光荣的身体。

德勒兹还指出，我们可能相信表面有其怪物，比如蜗鲨和捷波沃奇（即无意义），有其恐怖和残酷，这些东西虽不属于深处，但是它们能用同样的爪子从侧面抓住我们，甚至让我们跌回深渊。也就是说，意义是脆弱的，它确实有坠入无意义之深渊的可能。但是，卡罗尔和阿尔托完全不同：

阿尔托既不是卡罗尔，也不是爱丽丝，而卡罗尔不是阿尔托，甚至不是爱丽丝。阿尔托把儿童强行塞入一个极端暴力的选择中，即物质兴的行动和激情的选择，该选择符合深处的两种语言。要么儿童没有出生，也就是说，没有离开她未来脊柱的围拢，她的父母在这道脊柱上方通奸（一种反向自杀）；要么，她创造了一个流动的、光荣的、艳丽的、无器官和无父母的身体（就像阿尔托用来称呼他尚未出生的"女儿们"的身体一样）。与此相反，卡罗尔等着儿童，其等待方式符合他具有非物质意义的语言：他在儿童已经离开母体的深处、却尚未发现自己身体的深处的那个地点和那个时刻等着，这就是小女孩绕过水面边缘——就像爱丽丝在她自己的眼泪所形成的水池中那样——的那一短暂的表面时刻。这些是不同的区域,是不同且不相关的维度。……我们不会拿一页阿尔托来交换全部的卡罗尔。只有阿尔托一个人成为文学中的一个绝对深度,他发现了一个充满活力的身体和这个身体的惊人语言。如他所说,他是通过受苦而发现这些的。他探索了下—意义,而这至今仍不为人所知。但是卡罗尔仍是表面——如此被人熟知的表面——的主人和勘测员,以至于没有人再对它们进行探索。然而,整个的意义逻辑坐落于这些表面上。(1990:93)

这一大段话的前半部分很不好懂,它解释了阿尔托和卡罗尔与"爱丽丝"(儿童)的关系。有研究者的理解如下:"对德勒兹来说,儿童的倒错附属于这一事实:一个孩子能够拒绝出生,也就是说,拒绝玩游戏。他(她)可以留在深处,不升到表面上来。孩童身上总有两个孩子:一个把存在给予深处,从而证明了精神分析基础的合理性;另一个把无意识概念从生活表面的概念上扫掉。孩童身上总有两个不见面的孩子,就像阿尔托和卡罗尔一样。"[①] 因此,德勒兹说"阿尔托强行塞入一个极端暴力的选择中",而"卡罗尔等待孩童……"这两个孩子彼此没有关系,但是儿童的倒错在于展示了表面和深处这两个方面。

虽然德勒兹关于卡罗尔和阿尔托的无意义的分析阐释艰涩难懂,但细读之后我们可以总结出来:身体(物质)维度是真正处于卡罗尔的表面和阿尔托的深处之间的区分核心的东西。卡罗尔作品中的悖论和无意义是意义的给予者,这种意义是通过逻辑而产生的结果;而由于悖谬意义产生于其中的那个表面在阿尔托的作品中已经不存在了,由于在他那里一切都发生在身体的内部,所以阿尔托作品中所产生的是一种只属于他自己的意义,在正常人看来则是完全的、真正的无意义。他翻译的《捷波沃奇》从一开始有属于字典的词语和可察觉到的一种语法,到最后只能看到无意义

[①] Catherine Malabou, "Polymorphism Never Will Pervert Childhood", in Gabriele Schwab ed. *Derrida, Deleuze and Psychoanalysis*, 2007, p.68.

的符号，语法似乎也消失了，这让觉得我们走进了一种完全不同的语言中。研究者文图林那（Nuno Venturinha）根据德勒兹对阿尔托"呼吸词"和"嚎叫词"的分析得出一种论断，说这些词"是对自然语言的一种解构或变形，它们建立了一种新语法，因而也建立了一种新词汇、新句法、新语音。这不是说一种新方言或者一种新正字法，更不是创造了新词，而是（借用 José Gil 的概念来说）一种新的'思想字母表'。"① 阿尔托既是精神分裂者（所以他与德勒兹提到的那个语言学生的情况有很多共同之处），也是天才，他用无意义表达了他的存在状态和他的痛苦。阿尔托居住在无意义的深渊里，那里是他的家，他在那里呼吸和嚎叫。他的无语法性是一种探索模式，也是他的痛苦和创伤的表达。这可以被描述为他与以概念为媒介的世界之间的一种连续的、形而上学的距离。而卡罗尔不属于阿尔托的领地，虽然他的无意义揭露了语言和逻辑的陷阱，但是他处在正常语言的限度内。因此，德勒兹才说"阿尔托独自一人成为文学中的一个绝对深度，他发现了一个充满活力的身体和这个身体的惊人语言。"阿尔托强烈聚焦"深处"、丢弃表面，但在《意义的逻辑》之前的《差异与重复》中，德勒兹就认为"精神分裂不仅是一个人类事实，而且也是思想的一种可能性"②。因为"思想被迫思考它中心的崩溃、它的断裂、它自己自然的无能为力。这种无力与最大的能力不可区分，也就是说，与那些未被阐述的力量不可区分，就好像与思想中那么多偷窃或侵入无法区分一样。阿尔托在所有这些东西中寻求对一种无形象的思想的恐怖揭示，以及对一种不允许自己被表征的新原则的征服。"③ 文图林那认为，很难夸大这个"深处"对德勒兹哲学的重要性。它是语言表达性的"限度"，它所暗示的"外部"以及它随之而来的"沉默"对德勒兹的思想有决定性的影响。它展现出了一种"直觉"的意义，而直觉是一种与我们理解事物的正常能力

---

① Nuno Venturinha, "A Note on Deleuze and Language", *Philosophy Today*, Winter 2012, p. 415. José Gil（何塞·吉尔）是一位葡萄牙哲学家，写有关于德勒兹的著作。
② Gilles Deleuze, Trans. Paul Patton, *Difference and Repetition*, 1994, p. 148.
③ Ibid., p. 147.

正好相反的展现。"哲学正是产生于正常性之崩溃。然而，对人类生活的规律性的认可导致哲学家们寻求这种生存方式的答案。与此相反，德勒兹的努力是赞扬'悖论'，他指出，悖论'与定见相反'。……而阿尔托的重要性正在于他表现了存在的一种另类选择。"① 文图林那还认为，"无器官的身体"这个概念是《意义的逻辑》之后德勒兹思想的主旨，它演化成了一种意义本体论，这种本体论将第一次系统化地出现在《反俄狄浦斯》中，然后在《千高原》中达到顶点。

如果我们仅对德勒兹关于卡罗尔的表面无意义和阿尔托的深处无意义的区分做一个总结的话，可以这样说：卡罗尔的无意义能够在表面产生意义，而阿尔托的无意义在深处，它就是无意义；卡罗尔的混成词使异质系列会聚又分岔，它们在意义领域运作，而阿尔托的混成词其实根本不是混成词，它们是嚎叫—呼吸（cris-souffles）；卡罗尔的语言在表面，阿尔托的语言完全在深处；卡罗尔的语言处于二级组织，而阿尔托的语言位于初级秩序；卡罗尔是表面的勘测员，而阿尔托是深处的主人。德勒兹在整部著作中反复借用和赞许卡罗尔，但在这一章，他对卡罗尔和阿尔托的比较并没有扬此抑彼的意思；他虽然指出了阿尔托对意义的破坏，但是也肯定了他的作品的独特性和开拓性。德勒兹把《爱丽丝》视为表面之艺术，无疑主要是因为《镜中奇遇》完全发生在镜子和棋盘的表面，《奇境》表现了从深处（兔子洞）到扑克牌的扁平和侧边的转变。但是他也暗示卡罗尔的"表面"也有一种"肤浅"的含义，就像阿尔托对卡罗尔的尖锐批判所表明的那样，卡罗尔的悖论和无意义之艺术是玩弄语言和逻辑、沿着边界行走却避免情感之深处的艺术。比如说，在卡罗尔那里，《捷波沃奇》中虽然充满无意义词，但是我们却能清晰地感觉到其中有各种各种或恐怖的怪兽和怪鸟，有勇敢的少年踏上"屠龙"的征程，并欢呼雀跃地凯旋。相比之下，这首风格怪诞而轻灵的胡话诗在阿尔托的翻译中变成了结结巴巴的喉音和喘息的嚎叫，陷入了歇斯底里的、痛苦的无意义。但是德勒兹暗

---

① Nuno Venturinha, "A Note on Deleuze and Language", *Philosophy Today*, Winter 2012, p. 415.

《意义的逻辑》与卡罗尔的胡话文学

示,阿尔托的精神分裂语言和无意义不能单纯从"临床"的角度来处理和研究,因为精神分裂者的语言中也可能有哲学意义,阿尔托的语言并非简单的失语症或狂人呓语。在后文,德勒兹还会在精神分析的语境下明确表明阿尔托的价值。

在《批评与临床》中,德勒兹对卡罗尔的评判与《意义的逻辑》有些不同,他并没有直接说卡罗尔的意义领地在表面,而是这样说:

> 在刘易斯·卡罗尔那儿,一切都开始于一场可怕的战斗,深处的战斗:事物爆炸或令我们爆炸,箱子对其内容物来说太小,食物都是有毒的或有害的,内脏被拉长,怪物把我们抓住,一个小弟弟用他的小弟弟做诱饵。身体混合在一起,所有东西都混合在一种将食物和粪便汇集在一起的同类相食之中,连词语都被吞噬了。这是行动和身体的激情的领域:事物和词语向四面八方撒播,或者反过来被熔接成不可分解的团块中。深处的一切都是可怖的,一切都是无意义。《爱丽丝梦游奇境》原来名为《爱丽丝地下奇遇记》。可卡罗尔为什么没有保留这个题目呢?因为,爱丽丝逐渐征服了表面。……①

在这里,德勒兹指出了《奇境》中从深处到表面的转变,我们可以把这一段与他在《意义的逻辑》中关于爱丽丝从深处爬升到表面的文字进行对照研读。《意义的逻辑》中的那一部分阐述虽然难以领会,但是与小说的相关元素还是比较吻合的,比如爱丽丝先是遇到了身居地下深处的人物,后来遇到了扁平的纸牌人物。《批评与临床》中的这段阐述却更为抽象难解,比如深处的战斗指的是什么?那里的食物为何是有毒或有害的?等等。也许在我们读完了德勒兹在《意义的逻辑》后半部分关于语言如何发生于身体深处的那部分阐述之后才能有更为明确的理解。在《批评与临床》中,德勒兹也有一段文字比较了表面和深处的无意义,并且用非常类

---

① [法]德勒兹:《批评与临床》,刘云虹、曹丹红译,南京大学出版社2012年版,第41—42页。译文略有改动。

似于《意义的逻辑》的措辞和比喻说明了表面无意义的特点,更为明确地肯定了卡罗尔的无意义之伟大:

> 不是说表面的无意义比深度的少,而是它们的无意义是不同的。表面无意义就像纯粹事件——永不停止发生或撤退的实体——的"光辉"。毫无混杂的纯粹事件在混合的身体上方、在它们混乱不堪的行动与激情上方闪耀。它们让一种非物质升到表面,就像大地上方的雾霭一般,这是一种来自深处的纯粹的"被表达物":不是剑,而是剑之光,是无剑之光,就像没有猫的笑容一样。卡罗尔的独特之处是不允许任何东西穿过意义,而是在无意义中演绎一切,因为无意义之多样性足以描述整个宇宙,宇宙的荣耀和恐怖:深处,表面,以及卷轴或卷起来的表面。①

这里的关键内容包括:德勒兹认为卡罗尔的表面无意义和(比如阿尔托的)深处无意义一样多,但它们的性质不同。表面无意义与纯粹事件密切相关,它产生于深处,但是被事件带到了表面;它是一种短暂存续的非物质的东西,是"无剑之光,无猫之笑"。说卡罗尔在无意义中演绎一切无疑是正确的,他的作品从人物塑造到情节事件、从语言到逻辑都是无意义的、荒谬的。无意义之多样性能够说明宇宙的荣耀和恐怖,这个断言极大地肯定了无意义的功能和价值,强调了无意义。"精神分裂者与小女孩"这一系列是《意义的逻辑》中篇幅最长的章节之一,如果我们仔细阅读、反复回顾并认真概括这一部分,就会发现它其实涵盖了好几个方面的内容:德勒兹对意义和无意义的再次阐述,与他后来的著作相关联的"无器官的身体"概念和精神分裂分析,对坏的精神分析的批判。此外,还有几句很重要的话不仅有助于我们理解为何他说爱丽丝"征服了表面",还引出了他后文借用精神分析理论对语言的发生机制所做的探究:"你可能会在儿童身上发

---

① [法]德勒兹:《批评与临床》,刘云虹、曹丹红译,南京大学出版社2012年版,第44页。译文略有改动。

现一个精神分裂症的'位置',在他们升到表面或者征服表面之前。即使在表面,我们也总能发现精神分裂症的碎片,因为表面的功能正是组织并展示从深处升上来的元素。这使得它与把一切混合在一起——儿童对表面的征服,精神分裂症患者身上表面的崩溃,或者被称为(比如说)'变态'的人对表面的掌握——同样可憎或同样烦人。"(1990:92)这句话的意思是说,虽然儿童、诗人/艺术家(卡罗尔)和精神分裂者(阿尔托)的无意义本质上并不相同,但是前两者的表面仍残留着"精神分裂的碎片",仍有堕入深处的无意义的可能和危险,这也就是德勒兹在这一章开篇所说的"没有什么比表面更脆弱"的隐含之意。在《意义的逻辑》的后半部分,德勒兹会用几个章节的漫长的步步推进,通过与前半部分的各个概念千丝万缕的复杂联系来说明意义和语言的发生问题。他对意义发生的阐述采取了历史的方法,极大地依赖于对哲学史上关于意义生成的理论和概念,而他对语言的发生机制的阐述却极大地依赖于当时的精神分析理论,形成了与《意义的逻辑》之后的著作截然不同的文本景象。

第四章 意义和语言的发生

一 意义的发生（静态发生）

德勒兹在《意义的逻辑》中用好几个章节的篇幅论述了意义的发生问题，从意义的"双重因果性""静态的本体发生""静态的逻辑发生"这三个主要角度分析了不同派别的哲学在意义理论方面的贡献和缺陷，并借助胡塞尔、尼采和莱布尼茨等哲学家的概念和观点阐述了他的意义和无意义理论，也表明了自己与这些哲学理念的不同。在这一部分阐述中，德勒兹重申并更为深入地解释了他在前文已经数次提及的一些概念：起因、结果、身体、命题、意义、事件、悖谬元素、奇点等，也引入了新的概念，比如个体、个人、先验领域等。第十四系列《双重因果性》是关于爱丽丝、卡罗尔与阿尔托的无意义之后的章节，德勒兹以一句"能够很容易地解释意义的脆弱"将这两个章节衔接了起来。他接着说："事件具有一种不同于身体的行动和激情的本质，但是它产生于两者之中，因为意义是物质的起因及其混合物的结果。因此，它总是处于被其起因抓住的危险中。……非物质的意义作为身体的行动和激情的结果，只有当它与一个本身为非物质的准—起因在表面上产生关联时上才可能保留它与物质起因的差异。"（1990：94）这就像德勒兹之前说的那样，意义具有双重本质，反映了一种生成的因果性；事件和结果不同于它们的起因，但是它们产生于起因。起因和结果之间必定有某种异质的关系。在这里，德勒兹无疑还是在用斯多葛派的概念来说明意义与身体的关系，这就是"双重起因"概念：斯多葛派认为事件/意义受制于一种双重起因，这种起因一方面涉及作为其起因的身体混合物，另一方面涉及作为其准—起因的其他事件。也就是说，不仅有起因和结果之间的关系，也有起因和起因之间、结果和结果之间的关系；"准起因"指的是物质性起因的非物质性根基。

德勒兹借用了表面物理学为例，一个液态表面的事件一方面涉及分子间的修饰（改质），另一方面也涉及一种表面张力的变化，那些修饰是事件的真正起因，而那些变化是它们观念的或"虚构的"准—起因。德勒兹重申，事件/意义涉及一个悖谬元素，这个元素作为无意义或者作为一个偶然点而介入，它作为准—起因而起作用，确保结果的充分自主性。这种自主性并不证明脆弱性为假，因为表面无意义的两种形象（悖谬词和混成词）可能被变成两种"深处"无意义（激情词和行动词），非物质的结果可能被重新吸收进身体的深处。反过来，只要意义有其自己的维度，其脆弱性就不能证明自主性为假。德勒兹表明："这种自主性起初是由它与起因的本质差异所界定的；其次，是由它与准—起因的关系界定的。然而，这两个方面给了意义非常不同、甚至表面看来相反的特点。"（1990：95）其一，因为意义肯定它与物质的起因、事态、性质和身体的混合物的本质差异，所以，作为一个结果或事件的意义是以一种显著的无感情性为特点，也就是说，既不积极也不消极的不可穿透性、无结果或无效果。这种无感情性显现为一种中立性，亦即一个从命题中抽取出来的纯粹替身，或者对命题形态的一种悬置，或者是老鼠讲故事时的那个"它"，或者柴郡猫整个身体都消失了之后还留在空气中的那个咧嘴笑。而意义一旦在准—起因的关系中被理解了，它就继承并拥有了这种观念性的起因的力量。这个起因与结果维持着一种内在的关系，在结果之外它什么也不是，它与结果纠缠在一起。它与结果的关系在产生的那一刻把产物转变成了某种生产性的东西，也就是说，意义并非原始的，它本质上是被生产出来的。德勒兹指出，被表达的意义产生了命题的其他维度（意指、表现和指示），所以我们必须根据命题本身来理解意义的这种起源性的力量，具体来说，要根据意义与被指示的事态、被表现的主体状态和被意指的概念、属性和类

第四章　意义和语言的发生

别来理解它。

"一方面，我们有与事态相关的无感情性和与命题相关的中立性；另一方面，我们有与命题和事态本身相关的发生之力量（power of genesis）。"（1990：96）中立性和生产性这两个方面是矛盾的。与此相对应的是两个原则，一个是逻辑原则，另一个是超验原则。根据逻辑原则来说，一个错误的命题是有意义的，因此，作为真理之条件的意义对真与假都保持无动于衷；而根据超验原则来说，一个命题总是有真值的，它因其意义而具有这个真值。如何调和这两个原则呢？

德勒兹认为，"简单的形式逻辑和先验逻辑之间的这种对立切透了整个意义理论。"（1990：96）他援引了胡塞尔的"意识对象"（noema）观念。胡塞尔在《观念》一书中把意义揭示为一种行动的意识对象，或者是一个命题所表达的东西。意识对象具有一个中立的核心组成部分，比如说"意识对象的颜色"，它是纯粹的谓项，对象的现实和我们意识到这一现实的方式都不介入其中。德勒兹说，胡塞尔像斯多葛派一样在表达中找回了意义的无感情性。"意识对象的核心完全独立于意识的模态和命题的独断特点，也截然不同于被假定真实的对象的物理特性……在意识对象的意义所构成的核心处出现了某种更为亲密的东西，一个'无上'亲密或先验地亲密的'中心'，而这个中心只不过是意义本身与处于现实中的对象之间的关系。关系和现实现在必须以一种先验的方式被产生或被构成。"（1990：96）这意味着只有先验的意识才能明白意识对象与真实客体之间的关系，于是，我们必须从中立走到发生。德勒兹指出，胡塞尔的这种意义发生有一个问题，他对先验意识的描述太有限了："这个核心确实被确定为属性；但是这个属性被理解为谓项而非动词，也就是说，被理解为概念而非事件。"（1990：96）

因此，根据胡塞尔的说法，表达产生的是概念的一种形式，而意义与一种一般性不可分，意义和对象之间的关系就是意识对象的谓项之间的关系的一种自然结果，这个结果就是一种"某物 = X"。这种事物 = X 不像一个悖谬元素、一个零点或者一种内在于意义并和意义共存的无意义，倒是

139

像"它是康德的客体=X，其中X意味着'一般而言'。它与意义有一种外在的、理性的超越关系，现成地给了自己捐赠形式，就像意义（作为一种可推断的一般性）现成地给了自己意指形式那样"（1990：97）。也就是说，它给了自己作为理性超越的指示形式和作为现成意指的意义。德勒兹指出胡塞尔对发生的思考是以常识的一种原始机能，甚至以理智的一种机能为基础的，前一种机能负责说明一个一般客体的身份，后一种机能负责无限地说明每个对象的确认过程；他把先验意识描述为客体与思想之间的简单统一。胡塞尔的思考没有建立在一种非—可确认的、缺乏身份和起源的"悖谬"情形的基础上，因此，他哲学无力与常识形式决裂。德勒兹认为，康德和胡塞尔有一个共同的问题，对他们来说，意义最终来源于常识和常识在合成并赋予身份中的运作，于是，先验的东西成了一种原始的思想形象中纯经验性的运用。德勒兹指出，"无论意义何时被设想为一个一般的谓项，被现成给予的东西都不仅仅是意指维度；在意义与任何可确定的或可个体化的对象之间的假定关系中所给予的东西不仅仅是指示维度。整个表现维度在一个先验主体的位置上保留了个人形式、个人意识的形式和主体身份的形式，并满足于从经验之物的特点中创造出先验之物。"（1990：98）因此，德勒兹表明，意义概念不仅要提供必须由意义概念所生产的一切，而且更重要的是，不能把表达混淆于其他维度（而我们"先验地"把表达混淆于它们），而是要把它们区分开，否则整个意义概念就会被弄乱。胡塞尔的意义赠与实际上先是假定一个同质的、后退的系列逐渐地出现，然后又假定会出现由两个异质系列——意识活动（noesis）系列和意识对象（noema）系列——所形成的组织。他的这种发生只是对真正的发生和意义赠予（它通过在系列内实现自身而决定这种发生）的理性化的拙劣模仿。

德勒兹关于意义和发生的阐述在很大程度上是以现象学为基础的，他认为现象学有可能成为关于表面结果的严格科学，但是它有一些问题。特别是，德勒兹他既利用了胡塞尔的概念，又对他的理论进行了批判。之前在《命题》那一系列，德勒兹肯定了胡塞尔把意义视为"表达"，并将其与指示、表现和证明区分开来的做法:"当胡塞尔对'感知的意识对象'(perceptual noema)或'感知之意义'进行反思时,他立刻把它与物理对象、心理体验的或生活体验、精神表征和逻辑概念区别开,他把它呈现为一个无感情的、非物质的实体,没有物理或精神存在,既不作用也不被作用——一个纯粹的结果或纯粹的'表象'。"(1990:20)也就是说,意识对象不同于命题的指示、表现和意指。德勒兹曾举例来说明物理对象与意识对象的区别。作为所指对象的真正的树是物质性的身体,它可以是行动的主体,也可以是行动的客体,它也能够进入混合物之中。但是,作为"意识对象"的树不是这样。相同的所指对象可能有多个意识对象或意义,比如暮星和晨星是同一个所指对象,但是它们是两个不同的意识对象,也就是说,是同一个所指对象呈现在表达语中的两种方式。因此,我们不能把胡塞尔的意识对象理解为与一个可感知的事实或者特质有关的东西,意识对象的身份是:它不存在于表达它的那个命题之外,不论这个命题是感知的,还是想象的、回忆的或表征的。德勒兹肯定了在斯多葛派哲学和胡塞尔哲学中"都回响着对被表达之物的绝妙无结果性的宣告,证实了意识对象的地位"(1990:32),"步斯多葛派之后尘,并且由于现象学的还原方法,胡塞尔在表达中找回了意义的无感情性"(1990:96)。胡塞尔似乎通过"意识对象"之观念发现了意义,意识对象似乎与它应该产生的东西不相像,似乎独立于命题的所有基本元素。

但是,德勒兹发现了胡塞尔理论中的几个问题,说明他的概念不能满足真正的发生的要求。第一,胡塞尔的"意识对象"是有核心的,这个形象暗示核心的外围或者外部是表象,而"核心—隐喻令人忧虑;它们包裹的正是有问题的东西"(1990:98)。胡塞尔把这个核心确定为一个谓项(比如,命题"那棵树是绿的"中树的绿色性质),从而把它理解为一个概念或者一般性(或普遍性)。然而,在德勒兹看来,概念或一般性是在命题含义中发现的东西;如果意义是一般性,那么它就现成地给自己提供了意指形式,而非"产生"了意指。在胡塞尔那里,意义之核与"某物 = X"(一个一般的对象)相关,但是这个一般对象也是让命题指称某个东西

141

的东西,因此,就像意指被现成地提前给出了一样,指示也被现成地提前给出了。这样,相关于意指和指示,意义之捐赠仍处于一个恶性循环中。第二,胡塞尔把"某物=X"确定为一种康德意义上的观念(Idea),从而仍把理性作为了发生的基本形式。换言之,通过对理性的维持,胡塞尔预先假定了一种原始的常识机能,这种机能负责说明一般的客体身份,亦即所有客体的共同身份。德勒兹说胡塞尔甚至采用了用来说明确认过程的理智(良好判断)。他指出:"我们能够在胡塞尔的定见(doxa)理论中看到这一点,在其中不同种类的信念根据一种原信念(Urdoxa)产生出来,而原信念充当的是一种与指定的机能有关的常识机能。"(1990:97)这种哲学表现了它在破除常识形式方面的无能为力。第三,通过对常识和理智的假定,胡塞尔维持了意识形式:"他关注在意义中保留理智和常识的理想模式,他把后者错误地呈现为一个矩阵或者一种'非模式化的根—形式'(即原信念)。正是同样的关注使他在先验之物内保存了意识的形式。"(1990:102)胡塞尔把意识划分为一种分裂的两个面:"真正的定见性的意识和思考性的意识。前者是生产性的,他假定某个东西存在,然后进行判断;后者是非生产性的,中立的,这意味着它不假定存在,也不做出判断。用德勒兹的话说,真实的意识和纯粹思考性的意识"要么是理性管辖下的真正'我思'的根位置;要么是作为'对应物'、'不正确的我思'、从理性的管辖下退出的不活跃且无感情的'影子或映像'的中立化。"(1990:102)也就是说,德勒兹指出胡塞尔把这两种意识确定为正确和不正确之间的关系,中立的(亦即不正确的)意识是影子,而理性的(亦即正确的)意识是投下影子的东西。于是,胡塞尔通过这种分离制造了意识之内的一种"分裂(析取)"。在德勒兹看来,要有真正的发生,那么发生的媒介必须既是中立性的(即独立于命题所表现的意识模式),又是生产性的。因此,胡塞尔发生理论的问题就是:定见的各种形式、理性形式(常识和理智)、意识形式(正确的、真实的意识)被当作发生之源,然后同样的形式又出现在了被产生的东西中。所以,胡塞尔对发生的说明是错误的,是一个"花招","不仅发生是一种错误的发生,而且中立性也是一

种伪—中立性。"（1990：102）

基于对胡塞尔的批判，德勒兹表示我们必须把起源视为内在的、固有的东西，而且，起源不能与它所产生的东西相同。意义不能被理解为谓项（概念）、一般性（一般的客体）和形式，而要被理解为事件。我们也必须厘清一个不受常识和理智沾染的意义概念，避免把个人意识或者主体身份视为意义根本的合成媒介和基础，因为主体总是被建构的，它本身就需要得到解释。因此，以内在的准—起因为基础的意义赠予"只会发生在一个先验领域内……一个非个人的先验领域，这个领域不具有合成的个人意识或主体身份的形式。……基础永远不能与建立其上的东西相像"（1990：98—99）。所以，意义的先验领域必须排除个人形式、一般形式和个体形式，因为"第一种形式只是一个表现自己的主体的特点；第二种形式只是被意指的客观类别和属性的特点；第三种只是显示了以客观方式被个体化的指示体系的特点，它涉及本身即赋予个性和进行标示的主观观点。……先验领域既非个人的亦非个体的，既非普遍的亦非一般的"（1990：99）。但先验领域并非一个既无形状亦无差异的无底实体，或者一个精神分裂的深渊，在随后的第十五系列《奇点》中，德勒兹用"非个人的和前—个体的"奇点的概念来说明了这个领域及其发生力量。

他首先声明，"意义的两个时刻，即无感情性和发生，中立性和生产性"不可能被错当成他者之表象。相较于一般的命题模式，意义的中立性从几个不同的角度显现出来：

> 从量的角度看，意义既非特殊亦非一般、既非普遍亦非个人。从质的角度看，它完全独立于肯定和否定。从形态的角度看，它既非断定性的亦非必然为真的，甚至也不是疑问的（它不是主观的不确定性之模式或者客观的可能性之模式）。从关系的角度看，它在表达它的命题内既不混淆于指示，也不混淆于表现或意指。最后，从类型的角度看，它不混淆于任何直觉或者我们由于前述的命题特性而能够在经验上确定的任何意识"位置"：经验性的感知、想象、记忆、理解、

143

意志等的直觉或位置。……胡塞尔从一定数量的这些模式或角度明确指出了意义的独立性。但是他关注在意义中保留理智和常识的理想模式，这妨碍了他把意义设想为一种完全的（不可渗透的）中立性……（1990：100—101）

意义不依赖于指示、表现和意指，也不混淆于直觉或意识位置。胡塞尔看到了这些，但他把中立性归为意识自身的一种属性。与胡塞尔不同的是，德勒兹认为我们需要确定"一个非个人的、前个体的先验领域，它与相应的经验领域不像，却也不混淆于一个无分化的深处。它不能被确定为一个意识领域。……如果没有一种统一合成，意识就什么都不是，但是如果没有'我'之形式或者自我之角度，就没有意识之统一合成。"与此相反，"既非个体又非个人的东西是奇点之散发，它们出现在一个无意识的表面上，并通过一种游牧分布而拥有一个移动的、内在的自动统一原则，而这种游牧分布截然不同于作为意识合成之条件的固定的、静止的分布。奇点是真正的先验事件。"（1990：102）德勒兹称，只有奇点理论才能够超越个人之合成和个体之合成，因为这些是处于（或者被弄进）意识中的。奇点有五个特点：第一，奇点产生了异质的系列，而系列之间的差异被分布在纯事件之能量中。潜在的能量就是纯事件之能量，而现实化之形式对应于事件的实现。第二，奇点还能产生自动统一，这个过程总是移动的、错位的，因为有一个悖谬元素贯穿系列并使它们共振，作为偶然点的悖谬元素把相应的奇异点包裹在内。第三，奇点萦绕于表面，一切都以一种只在边缘形成的晶体形式发生在表面。它就像生物学上的膜和皮肤：膜使内部和外部空间接触，皮肤可以支配一种至关重要的、表面的潜在能量，所以说"最深的东西是皮肤"。第四，奇点把意义定位于表面。两个系列是在表面上联系在一起，表面组织确保了它们的共振。只要符号不进入这个表面组织，它们就仍然没有意义。第五，意义世界把奇点分布在一个严格说来有问题的领域，它们就像"没有附着任何方向的拓扑事件"（1990：104）。

以十四和十五系列中关于意义之发生的历史概述和分析为基础，德勒兹指出"意义确实是先验哲学的典型发现"，并总结了这种发生所经历的两个过程："意义最初是以一种无感情的中立性形式被一种经验性的命题逻辑所发现的……第二次，意义以一种起源性的生产力形式被摆脱了形而上学的先验哲学所发现。但是，知道如何确定先验领域这个问题非常复杂。"（1990：105）而所有把先验确定为意识的努力都犯了一种错误，那就是，"它们以先验事物应该确立的东西的形象来考虑它，并且认为它与这种东西相像。"（1990：105）因此，先验哲学和形而上学其实有一个共同之处，它们强加给我们一个选择："要么是一个无分化的基础，一种无基础性，无形的非存在，或者一个没有差异和特性的深渊；要么是一个极度个体化的存在和一种强烈个人化的形式。若无这种存在或这个形式，你就只有混乱……"（1990：106）于是，形而上学很自然地把这种至高无上的自我确定为一种在自身之内拥有了整个原始现实的存在物之特点，这种自我必定是个体化的，因为它把所有不表达真实事物的谓项或特性都抛回到了非存在或者无底深渊；而先验哲学选择了"个人"的有限合成形式，而非"个体"无限的、分析的存在，它根据人类来确定这个优越的"我"。也就是说，这两种哲学中的存在分别是上帝和人类。但是，在这两种情况下，"我们都面临着在没有差异的无基础性（groundlessness）和被囚禁的奇点之间做出选择。因此，无意义和意义就必定会进入一种简单的对立，而对于基本谓项来说——要么是在至高无上的存在（上帝）的个体性的无限决定中被考虑的谓项，要么是在优越主体的有限形式构造中被考虑的谓项——意义本身既显现为原始的又显现为错误的"（1990：106）。换言之，在形而上学和先验哲学中，无意义与意义处于简单的对立关系中，意义成了某种以谓项为基础的东西，不论谓项属于神还是属于人，都无甚不同。德勒兹表明，幸好总有一些哲学家试图理解这个无形的深渊，特别是尼采。尼采探索了一个由非个人的和前个体的奇点所构成的世界，他把这个世界称为权力意志（一种自由的、无拘无束的能量）的世界，这个世界就是一台意义生产机器，在其中无意义和意义不再处于简单的对立中，而是

145

在一个新话语中彼此共存。尼采的哲学最终不是把意义作为一个谓项或一种特性来对待，而是作为一个事件来对待。

在第十六系列《静态的本体发生》中，德勒兹先是用一句话概括了他在前一章节中的论述所形成的结论："这些非个人的、前个体的游牧奇点构成了真实的先验领域。个体源出于这一领域的方式表现了发生（genesis）的第一阶段。"（1990：109）个体与一个世界不可分离，但"世界"是什么？由于一个奇点在一系列正常点上延伸至另一个奇点周围，所以世界是在系列会聚的条件下构成的，而其他的世界会在产生系列分岔的那些点附近开始。一个世界包裹了奇点所形成的一个无限体系，而在这个世界之内，形成了包裹该体系的奇点的个体。德勒兹借用了哲学家莱布尼茨的"单子"（monad）概念来说明个体与世界的关系。莱布尼茨说个体单子根据其他身体与自己身体的关系来表达一个世界，就像它根据自己身体部位的关系来表达这种关系一样，德勒兹认为他的这个说法是对的。"一个个体总是处于一个作为聚合圈的世界中，而一个世界只有在占据或填充它的那些个体附近才可能被形成、被思考。"（1990：110）德勒兹根据熵理论来作类比，说一个世界只有一个形成奇点潜能的表面，因为虽然它在聚合秩序中可能是无限的，但它的能量却可能是有限的，在这种情况下，这个秩序就是有限的。"从静态发生的角度来看，个体—世界—个体间性这一结构定义了现实化的第一个层次。"（1990：110）在这第一个层次上，奇点在世界和个体中都现实化了。被实现或者使自己现实化意味着奇点在一个正常点之系列上延伸，它被体现在一个身体中，成为一个身体的状态，等等；因此，被现实化也就是被表达。

德勒兹提到莱布尼茨的一个著名论点：每一个个体单子都表达了世界，但是我们不能把这句话的意思理解为谓项内在于表达性的单子。因为，虽然被表达的世界不存在于表达它的那些单子之外，但是同样真实的情况是，被表达的东西不混同于其表达，而是内在和存续的。世界是如何形成的？它是由微分关系和毗邻的奇点组成的，靠每个奇点而构成的系列与靠其他奇点所形成的系列的会聚把它构成为一个世界。这种聚合所产生的"可共存性"（compossibility）就是合成一个世界的规则，因此，如果我们认为只有被表达的世界存在，那就错了。"在系列分岔的地方，另一个世界开始了，它与第一个世界不可共存。"（1990：111）这意味着在有意识的个体之外还有一个奇点之连续体，有产生其他可能性的世界。这些可能性意味着意义不同于纯逻辑，它不是以个体所表达的命题的真与假为基础的。不可共存性（incompossibility）（这个概念也来自莱布尼茨）概念不能简化为矛盾概念；相反，在某种意义上，矛盾源自不可共存性。德勒兹的示例借自莱布尼茨：罪人亚当与非罪人亚当之间的矛盾产生于亚当在其中犯罪或没犯罪的世界的不可共存性。"如果被表达的世界确实只存在于个体中，如果它确实只作为一个谓项而存在于个体中，那么它是以一种完全不同的方式、是作为一个事件或一个动词而存续于负责个体之构成的奇点中。它不再是罪人亚当，而是亚当犯了罪的那个世界……"（1990：111）这句话应和了莱布尼茨曾说过的"上帝并没有创造一个犯罪的亚当，而是创造了亚当在其中犯了罪的一个世界"（1990：118）。

综合以上论述，德勒兹指出："现实化的第一个层次产生了相关的个体化世界和栖居于每个世界中的个体自我。个体在它们所包裹的奇点附近被构成；它们把世界表达为依赖于这些奇点的聚合系列之圈。"（1990：111）就被表达的东西不存在表达它的个体之外而言，世界是主体的"附属物"，而事件就成了一个主体的分析性谓项。德勒兹举的例子是"变绿"（to green）和"犯罪"（to sin），这两者都是奇点—事件，前者表示树在这个奇点—事件附近被构成，而后者表示亚当在其附近被构成。但是，树和亚当都是被建构的主体，那么"是绿色"（to be green）或者"是罪人"（to be a sinner）也就成了这两个主题的分析性谓项。既然所有的个体单子都表达了其世界的整体性，那么它们的身体便形成了混合物和聚合体，各种关系也是混合物的分析性谓项（比如亚当吃了树上的果子）。因此，德勒兹明确表示，我们"有必要宣称谓项的分析秩序是一种共存或连续之秩序，既没有逻辑的等级关系，也没有一般性的特点"（1990：112）。它的意思是说：当一个谓项被归属于一个个体主语时，它不具有任何程度的一般性。比如说,"有颜色"和"是绿色"同样不具备一般性,"只有当一个谓项在命题中被确定要作为另一个谓项的主语而发挥作用时,增加的或减少的一般性才会出现。只要让谓项与个体产生关系,我们肯定就能在其中认出与它们的分析特点混合在一起的同等的即刻性"(1990:112)。"有颜色"不比"是绿色"更有一般性,因为只有这种发绿的颜色和具有这个色度的绿色与个体主体相关。"谓项若是没有获得任何一般性特点,我们就无法确定它。换言之,尚未有一个由概念和中介构成的秩序,而是只有一个根据共存和连续而形成的混合物之秩序。"(1990:112)德勒兹在这儿解释了属性和一般范畴的逻辑层次,指出了主体的分析性谓项具有一种即刻性,但没有秩序,只是作为混合物而得到阐述的。绿色和颜色是两个具有同等即刻性的谓项,它们表达了个体主体身体中的一个混合物,这两个谓项被同样即刻地归属于这个混合物。"分析性谓项还未隐含对属和种,或者特性和类别的逻辑考虑;它们只隐含着实际的物理结构和多样性,这些东西使它们在身体的混合中成为可能。"(1990:112)因此,德勒兹把直觉领域确认为"存在的即刻表征和分析性谓项,以及对混合物或聚合物的描述"(1990:113)。

第二个现实化层次在第一种现实化的地域确立和发展起来。现在我们面对的是这个问题:"自我之中什么超越了单子、单子的附属物和谓项?"(1990:113)或者更准确地说,是什么给予了单子意义之赠予?德勒兹说现象学解决不了这个问题,因为自我像个体的单子一样,也是建构的。它在一个世界内也被定义为一个连续体或者聚合圈,只有当某个东西在相异的系列或不共存的世界之间得到确认时,一个超越个体化世界的客体 = X 才会出现,对这个客体进行思考的"自我"才会超越世俗的个体。也就是说,这个主体是一个"有知识的自我",它与世界面对面,形成关于整个连续体、不可共存的世界和相异系列的知识,并且用它的新价值给予世界一种新价值。德勒兹又用奇点概念对此进行了说明。他指出"奇点与一个完全客观的不确定区域密不可分,这个区域是奇点的游牧分布的开放空间"。而构成这种优越而积极的不确定的条件是"事件理应被无尽地再分,在同一个大写事件（Event）中被重组；奇异点理应根据移动的、交流的形象被分布"（1990：113）。德勒兹认为莱布尼茨在一定程度上抓住了这个要点，因为他说一个问题的条件必定包括"含混符号"或偶然点，也就是奇点的多样分布，不同的解法实例对应于这些分布。例如，圆锥曲线表达了同一个大写事件，它的含混符号把这个大写事件再分为各种各样的事件——圆、椭圆、双曲线、抛物线、直线。这些多样的事件形成了与问题相对应的、决定着解法之生成的多种情况。

德勒兹告诉我们，不共存的世界尽管不共存，但是有着某种在客观上共同的东西，这种东西就像代表了遗传因子的含混符号，与之有关的多个世界就像是同一个问题的不同解法。他的例子是，在这些世界内有一个客观上不确定的亚当，亦即一个只通过几个奇点得到了肯定定义的亚当，这几个奇点能够在不同的世界里、以非常不同的方式结合在一起，彼此互补，比如，是第一个人、住在一个花园里、从自己身体中诞生了一个女人，等等。于是，这些不共存的世界成了同一个故事的变体。就像博尔赫斯小说《小径分岔的花园》里提到的崔朋的小说那样，主人公选择了所有的可能性，于是产生了无数的未来，不同的时间衍生不断："比如说，方君有一个秘密。一个陌生人找上门来，方决心杀掉他。很自然，有各种可能的结局：方可能杀掉闯入者，也可能被闯入者杀死，两人可能都得救，也可能都死掉，等等。在崔朋的作品里，所有可能的结局都有，而每一个结局都是其他分岔的起点。"德勒兹把这里面姓方的人表示为几个世界共有的"方 = X"，由此生发出这样的解释："我们不再面对着一个通过已经固定的、被组织成会聚系列的奇点所构成的个体化世界，也不再面对着表达这个世界的确定的个体。我们现在面对着奇点们的偶然点、奇点们的含混符号，或者准确地说，面对着表现这个符号、对这些世界中的许多个或者对所有世界仍然有效的东西，尽管它们有偏差、有栖居于其中的个体。"（1990：114）因此就会有几个世界所共有的一个个体，一个流浪汉，一个游牧人，比如"模糊的亚当"，最后，有一个几个世界共有的客体 = X。所有的客体 = X 都是被谓项所定义的"个人"，"但是这些谓项不再是在一个

149

世界中被确定的个体的分析性谓项，对个体进行描述。相反，它们是对个人进行综合定义的谓项，它们把不同的世界和个性化向个人开放"（1990：114），就像刚刚举例的那些变体或可能性所做的那样。就亚当的例子而言，这些谓项是"第一个人，住在一个花园里"，就方而言是"拥有一个秘密，被闯入者干扰"。就一般的共同客体而言，所有的世界都是它的变体，它的谓项是主要的可能性或者是范畴，个人的综合谓项是不共存的世界。这些可能性或范畴意指的必定是类别和特性，会受到一种正在增加或减少的一般性的影响，就好比说这个花园里可能有一朵红玫瑰，但是在别的世界或别的花园里有非红色的玫瑰和不是玫瑰的鲜花。这说明了什么？"作为特性和类别的变体与第一层次的个体聚合体截然不同。特性和类别以个人的秩序为基础，这是因为个人本身主要是拥有单个成员的类别，它们的谓项是拥有一个常数的特性。每个人都是其类别的唯一成员，然而，这个类别是由世界、可能性和属于该类别的个体构成的。作为倍数的类别和作为变体的特性都来源于这些只有一个成员的类别和只有一个常数的特性。"德勒兹由此得出了"自我"的定义："普遍的自我就是对应于所有世界都共有的'某物＝X'的那个人，就像其他自我就是对应于几个世界所共有的'一个特定事物＝X'的人一样。"（1990：115）

在这一章的结束处，德勒兹归纳总结了静态发生（也被他称为被动发生）的两个阶段：第一，意义开始于构成它的那些奇点—事件，并产生了第一个领域，它在其中被现实化。这个领域中有"把奇点组织在聚合圈的主观世界（Umwelt）；表达这些世界的个体；身体的状态；这些个体的混合物或聚合体；描述这些状态的分析性谓项"。第二个领域建立在第一个领域之上，但是与之不同，它里面有"几个或所有世界共有的客观世界（Welt）；定义这种'共同的某物'的个人；定义这些个人的综合谓项；以及来源于它们的类别和特性"。（1990：116）德勒兹称发生的第一个阶段是意义的工作，而第二个阶段是无意义的工作，无意义总是与意义（偶然点或含混符号）共存。在第一个阶段中能够发现一个正在成形的"理智"原则，它是"已经固定的、静止的差异组织"之原则；在第二个阶段能够

第四章 意义和语言的发生

发现一个作为确认功能的"常识"之原则。但是,这两个原则并非先验的东西,也就是说,无法设想它们如何源自意义和无意义。德勒兹借此指出了莱布尼茨和胡塞尔哲学的问题:前者"充其量是以被构成的个体为基础、在已经由理智所形成的区域设想了前—个体",而后者"给自己提供了一种现成的常识形式,把先验设想为个人或自我"。实际上,"个人就是尤利西斯,严格来说是'没人'(no one)①。个人只是一个被产生的形式,来源于这个非个人的先验领域。而个体总是一个一般的个体,像夏娃诞生于亚当的体侧一样,它诞生于一个奇点,……开始于前个体的先验领域。个体和个人、理智和常识都是'被动发生'在意义和无意义基础上生产的,它们与意义和无意义不相似"(1990:116—117)。意义和无意义玩的是前—个体和非个人的先验游戏,也就是说,理智和常识受到了它们的产生原则的破坏,被悖论从内部推翻了。

在这一系列的结尾,德勒兹用卡罗尔的人物来作类比,说明"个体"和"个人"的区别:"在卡罗尔的作品中,当爱丽丝从一个她坠入其中、但是也被包裹在她之内并把难懂的混合物法则强加给她的世界爬回到表面的时候,她很像发现了意义且已经对无意义有了预感的个体或者游牧者。西尔维和布鲁诺则很像'模糊的'个人,他们在几个世界——一个人类世界和一个精灵世界——共有的'某物'中发现了无意义和无意义相对于意义的存在。"(1990:117)这种比喻性的说法似乎使我们对"个体"和"个人"以及它们与事件或意义的理解更为具体了,但是,这还不够,德勒兹在随后的章节《静态的逻辑发生》里继续以这个主题为先导对意义的发生进行更深入的阐释。他首先用定义性的语句表明:"个体是无限的分析命题。但是,虽然就它们所表达的东西而言它们是无限的,但是就它们的清晰表达和表达的物质区域而言它们是有限的。个人是有限的综合命

---

① 德勒兹这里借用的是尤利西斯与独眼巨人的典故。尤利西斯和部下漂流到一个海岛上,一行十三个人为寻找补给进入了一个洞穴,被独眼巨人库克罗普斯(Cyclops)囚禁,六个部下被巨人吃掉。尤利西斯将巨人灌醉,告诉他自己的名字叫"没人"。他和部下戳瞎巨人的独眼,藏在山羊的肚皮下逃出洞穴。

题：就其定义而言是有限的，就其应用而言是无限的。个体和个人本身是本体命题——个人建立在个体的基础上（反过来，个体被个人作为基础）。"（1990：118）简单点说，个体能够进行无限的表达，但是它们受限于用以表达的身体，而个人能够在有限的程度上产生描述世界的命题。个体和个人是本体性的发生的两个因素，这种发生的第三个元素是依赖于个人的"多样类别和可变属性"，这个元素不体现在本体性的第三个命题中，而是体现在命题的另一种秩序中，并构成了逻辑命题的一般可能性的条件或形式。当个体和个人与这个条件相关时，它们就不再扮演本体命题的角色，而是充当了物质的实例，也就是说，"它们实现可能性，并在逻辑命题中决定着对受限事物的存在很必要的那些关系：指示关系，它是与个体（世界、事态、聚合体、个体化的身体）的关系；表现关系，它是与个人的关系；以及被可能性形式所定义的意指关系。"（1990：118）这样我们就走向了语言秩序和静态的逻辑发生。

在第三系列《命题》中，德勒兹曾详细分析过"命题之圈"的问题，并提出把意义作为媒体的第四维度，因为命题之圈产生了一个复杂的问题：在逻辑命题的秩序中什么是首要的？"如果作为可能性之条件或形式的意指是首要的，那么就界定意指的多种类别和可变特性在本体论顺序中是建立在个人基础上而言，它却要参考表现；至于表现，就个人建立在个体基础上而言，它要参考指示。"（1990：119）这三种关系是互为基础，互相参照。在这个章节里，德勒兹重拾该问题，他指出："在逻辑发生和本体发生之间没有平行性，而是有一种接替，它允许每一种转移和堵塞。因此，说个体和指示、个人和表现、多种类别或可变特性与意指之间存在对应太过简单。"（1990：119）比如说，指示关系也许只能在一个受个体化所制约的世界中确立，但是指示不仅需要连续性，还需要设定一个依赖于个人秩序的身份，也就是之前所说的指示要以表现为前提。反过来，当个人被表现或被表达在命题中时，这种表现或表达也不是独立于个体、事态或身体状态的；个体、事态等并非简单地被指示，而是形成了许多与个人欲望或信念等相关的情形和可能性。同样，意指以理智的形成为前提，而理智是和个体化一起产生的，就像常识的形成源于个人源头一样。因此，在逻辑命题中，指示、表现和意指这三种关系轮流占据首要位置，德勒兹称这个结构整体上形成了语言的三级安排，由于这个复杂结构是由本体发生和逻辑发生产生的，所以它依赖于意义，依赖于一个能够自己产生二级组织的东西。因为每一种命题关系都必须以循环方式建立在其他两种之上，如果失去了这种互补性，命题的整体或者每一部分都会崩溃。当逻辑命题的圆环被拉断时，意义就会显露出来，命题的种种关系也会由于意义而遭受失去所有度量的危险，因为德勒兹之前强调过：意义很脆弱，它可能因崩溃而跌入无意义。在命题的三级排列甚至意义的二级组织之外有一个可怕的初级秩序（无意义，就像阿尔托的精神分裂语言那样），整个语言都被包卷在这个秩序中。

德勒兹接着论及了意义的"双重生产力"，并把这种生产力与"问题"概念结合起来。这种生产力指的是：意义"不仅用它确定的维度（指示、表现和意指）产生了逻辑命题，还产生了这个命题的客观相关元素，而这些相关元素本身首先是作为本体论命题（被指示物、被表现物和被意指物）而被产生的"。（1990：120）德勒兹研究者乔·休斯正确地指出，这几句话表明了两件事：

> 首先，它明确了逻辑发生和本体发生之间的关系和不同。静态的逻辑发生指的是命题本身的三个维度的生产；而静态的本体发生指的是被实际指示、表现和意指的东西的产生。因此，这两种发生作为能指（逻辑的）和所指（本体的）而彼此对立。它们产生并发展了两个词语和事物系列之间的区分，这两个系列大致上支配着《意义的逻辑》的前三分之二。第二件事是，它告诉我们，本体发生是先出现的。先是构成了被指示、被表现和被意指的东西，然后，它们被纳入一个命题意识中。[①]

[①] Joe Hughes, *Deleuze and the Genesis of Representation*, 2008, p. 41.

德勒兹接着表明，逻辑发生和本体发生这两个方面之间缺乏同步性，界限模糊不清，从而导致了人们通常理解的"谬误"，一个与逻辑命题不一致的本体论命题给出了某个被指示的东西。只有当真假概念从命题转移到这些命题要解决的那个问题时，我们才会发现发生元素，意义范畴就会取代真值范畴，命题的含义也会在这一转移中改变。这其实与德勒兹在《命题》系列所论及的意义与无意义不能用真假来衡量的观念是一致的。在之前的《问题》系列中，德勒兹曾明确表示"问题既是一个客观的知识范畴，又是一种完全客观的存在。'有问题'这个词准确地限定了各种理想的客观性"；"只有在问题的情境中我们才能谈及事件，事件决定了问题的条件"（1990：54，55）。这些话与他在本系列所表明的观点也是一致的："我们知道问题远非表示经验知识的一种主观的、暂时的状态，而是涉及一种观念的客观性或者一个由意义构成的结构，而意义是知识和已知、命题及其相关元素的基础。问题与其条件之间的关系把意义界定为这种问题的真值。""问题在空间和时间中被确定，并且在它被确定的时候，它也确定了它存留于其中的那些解决方法。问题与其条件的合成产生了命题、命题的维度和相关元素。"（1990：120）因此，从问题的角度来说，"就命题表示特定的反应、意指一个一般解法的种种实例并表现主体的解析行为而言，意义被表达为命题所对应的那个问题。"（1990：121）根据可能的解法来定义问题是错误的，只要我们这么做了，我们就把意义混淆于意指了，我们就是只依照受条件所限的事物的形象来构想条件。这种对问题的自动建构表明了主观概念的不充分性。"问题与它纳入自身之下的命题不相似，与它在命题中产生的条件也不相似：尽管它不存在于表达它的那些命题之外，但它不是命题性的。"（1990：122）这与德勒兹前面所说的"意义不存在于表达它的命题之外，但是与命题不同，它内在于、存续于或留存于命题中"也是一致的，它们都说明了问题/意义的中立性，或者说是"超越肯定和否定的肯定性"。意义的中立性意味着它不是命题的替身，也不是命题所指示的那些事态的替身；只要我们仍处于命题圈之内，就只能对意义进行间接推断，只能获得部分理解。

第四章 意义和语言的发生

因此，只有像展开莫比乌斯带那样打破命题的环路，我们才能直接理解意义。我们需要一种不以命题为基础、不以传统逻辑思维为基础的观念，要"清除先验领域的所有相似性"（1990：123），发展一种不想落入意识和"我思"之陷阱（即把意识作为先验之起源）的哲学。为了实现这种需求，就必须有某种不受限制的东西，它得是条件的异质合成，以自主地把中立性和发生能力与自己连接在一起。之前德勒兹论及意义的中立性时，曾反复说过意义是命题的中立化的替身或者是从命题中抽取出来的纯粹替身，但此时他又说意义不是命题的替身。这是怎么回事呢？德勒兹对自己前后两种不同的说法做了解释。之前的说法不是从发生的角度来说的，而是从因果关系的角度来说的：意义首先被视为物质起因所产生的结果，一个无感情的、无效果的表面结果；当我们说身体和它们的混合物产生意义时，不是根据一种以意义为前提的个体化而言的。而此时的说法是基于意义的发生力量，与一种准一起因有关。因此，德勒兹说，从静态发生的观点来看，身体是以一种不同的方式产生意义的：

> 身体中的个体化，身体的混合物中的度量，身体的变化中个人和概念的游戏——这整个秩序以意义和意义在其中展开的前个体、非个人的中立领地为前提……现在的问题与在其无分化的深处和无法测量的脉动中被理解的身体有关。这个深处以一种原始的方式、依靠它组织表面和把自己包裹在表面之内的能力而行动。这种脉动有时候通过为一个最大量的东西形成一个最小量的表面（因而就是球面形式）这种方式行动，有时候通过表面与各种过程（伸长、弄碎、压碎、干燥和湿润、吸收、起泡、乳化等）相一致的增长和增殖而行动。爱丽丝的所有历险都必须从这个角度重新解读——她的缩小和变大，她对食物和遗尿的沉迷，她与球体的遭遇。（1990：124）

这样，德勒兹的论述又回到了表面与深处的问题。表面没有自己的厚度，它使内部和外部的接触成为可能。德勒兹借用了表面物理学的概念来说明表面的生产能力。但他关于爱丽丝的那两句话令人费解,在小说中爱丽丝并没有对遗尿的沉迷,也许德勒兹指的是她的泪水所形成的水池?说爱丽丝遭遇球体,应该指的是她与矮胖蛋的遭遇;具体而言,爱丽丝是在扁平的棋盘上遭遇了这个蛋形的"球体",它的表面无区分性,它是一个无器官的身体,它具有各种破坏常识的特点,这些德勒兹前面已经强调过了。关于表面的特点和作用,德勒兹此处的论述基本上是在重申前面的观点,比如,"表面保证了两个没有厚度的层次的内部和外部连续性或侧边的连贯性",以及"作为一个纯结果,表面是一个准起因的所在地"(1990:124)。这种表面在物理学中是存在的,在形而上学中也是存在的:准起因作为一种虚构的表面张力在这些表面上起作用,表面就是先验领域,是意义和表达的所在地,是身体和命题之间的边界。但是,"这道边界不是一种分隔,而是一种连接元素,所以意义被呈现为发生在身体上的东西和内在于命题中的东西。因此我们必须说,意义是一种对折(doubling up),意义的中立性与其替身身份不可分离"(1990:125)。因为中立性产生于这种对折的过程中。德勒兹特别强调,这种对折指的不是一种像柴郡猫的咧嘴笑那样"逐渐消失的、无实质的相似性,一个没有肉体的形象",而是由表面的生产、增殖和巩固所定义的形象,它是表面的一种功能,能将正反两面接续起来,能把意义同时分布在表面的两面:意义作为被表达的东西存续于命题中,作为事件发生于身体的状态中。就像德勒兹关于卡罗尔和阿尔托的比较论述所显示的那样,当这种意义生产崩溃的时候,或者当表面被撕裂了的时候,"身体就再次落回至它们的深处;一切都再次回落至无名的脉动,在那里面词语只是身体的感情——一切都回落至在意义的二级组织下轰隆作响的初级秩序"(1990:125)。而如果表面撑得住,那么意义不仅会作为一个结果在上面展开,而且还会具备准起因的性质,会产生静态发生的整个第三级安排,也就是说,意义会"导致个体化和在确定身体及其混合物的过程中随之而来的所有东西;它也产生了意指和在确定命题及其被分配的关系的过程中随之而来的所有东西"(1990:126)。

第四章 意义和语言的发生

现在我们可以总结一下德勒兹在这两个短短的章节中所表明的关于静态发生（德勒兹也将其称为被动发生）的观点。在此处德勒兹直接论及静态发生，没有提供这种发生的定义，但在后文，他提到静态发生是"事件在事态中的现实化和在命题中的表达"（1990：186）。"静态"的意思是处于平衡或不运动的状态中，也意味着它是提前可知的，不用依赖于看到动态作用的情形，因此它与一种先验观点相似。而"发生"指的是某个东西的结构性起源。静态发生包括本体发生和逻辑发生这两种不同的发生："本体"指的是实体之存在；而"逻辑"指的是实体之出现，它不仅仅关乎某个东西是什么（这是本体论问题），而且关乎它如何是它之所是。之所以有两种发生，是因为每个命题都有一个所指对象，这个对象有本体维度和逻辑维度。命题在本体和逻辑两种秩序中运作，德勒兹把它们描述为"发生的两个方面"，它们一起表达了从意义的先验领域（或曰二级组织）到命题的三级组织（或曰意识）的运动。就本体的秩序而言，它是被指示、被表现和被意指的东西，本体的静态发生可以被理解为真实存在物的发生，这些存在物确实、但只是部分地静止或不变，尤其是个体、个人和世界。它解释了事物向变化和一个理想条件之确定开放时的特异价值。就逻辑的秩序而言，它是指示、表现和意指，逻辑的静态发生说明的是命题的逻辑成分、尤其是意指（含义）中的身份的发生，比如说在概念中作为一套有限的谓项或者把一个存在物定义为一套特性。德勒兹用静态发生来解释个体的重要性和被确认的事物的价值原则上如何由理想的状态所确定。

德勒兹研究者威廉姆斯用画家的调色盘形象地解释了静态发生。他说，静态发生的模式是限制，它通过限制而介入理想的奇点系列，对系列的限制是世界、个体和个人中的特异性的条件：一个特异的世界是由所有会聚和分岔的世界所构成的背景中的一系列无穷特异性的会聚，而个人是把一个个体划归在一种类别或特性之下。理想的调色盘是一片混沌，直到画家给它带来会聚为止；被确认的个人是冰冷的、无生命的，除非它的特异性（奇点）被释放出来，直到颜色和形状闪烁着并产生共鸣为止。

在理想的情况下，调色盘中的颜色能够混合起来，涵盖无限系列的色度和形状。当画家把这些颜色放进汇聚的质地（这种暖色和粗糙）和形状（那些线条和平面）中时，我们就有了构成一个世界的条件。一旦有限数量的颜色、质地和形状被选择用在画布上，一个个体就出现了。当一个评论家说"这是被确认的绿色和用来定义 X 的红斑纹的结合"时，一个个人就出现了。我们穿过了更为局限的特异性（奇点）圆圈，直到它们的开放性和拐弯潜能被捆绑在一个概念的身份中。①

静态发生有两个特点："无感情性和生产力、无动于衷和效力"（1990：144），所以它类似于那种无法解释的"完美概念"；它的整个主题就是语言的秩序："指示和它们在事物中的实现，表现和它们在个人中的现实化，意指和它们在概念中的完成……"（1990：241）德勒兹认为静态发生解决了意义逻辑的基本问题之一："我们如何能够既认为意义产生了它被体现于其中的事态，其本身又被这些事态或者身体的行动和激情所产生呢？"（1990：124）

从静态发生的阶段来说，本体的静态发生有两个阶段，逻辑的静态发生是第三阶段。在本体的发生中，个体或单子走向个人、无人和"客体＝X"；从周围世界走向世界；从意义到无意义；从理智到常识；从夏娃和爱丽丝到尤利西斯和西尔维与布鲁诺。对于第三阶段德勒兹所言甚少，只说它由"多样类别和可变属性"（亦即多样性和特性）构成。意义/事件是以静态发生为基础的。相对于胡塞尔，德勒兹指出"莱布尼茨非常明白事件相对于谓项的先在性和原初性"，他声称莱布尼茨是"关于非逻辑不相容性的第一个理论家，因此也是关于事件的第一个重要的理论家"（1990：171)，这是因为，第一，莱布尼茨所称的"可共存"和"不可共存"的东西不能被简化成同一和矛盾，后两者只能支配可能和不可能的东西。第

---

① James Williams, *Gilles Deleuze's Logic of Sense: A Critical Introduction and Guide*, 2008, p. 126.

158

二，可共存性甚至不以谓项在个体主体（或单子）中的内在为前提，而是相反，内在的谓项从开始的可共存性就对应于事件，比如罪人亚当这个单子只以谓项形式包括可与亚当之罪相共存的未来和过去事件。可共存性必须在前个体的层面上，通过事件之奇点所形成的系列聚合来进行定义，而不可共存性则必须由这些系列的分岔偏离来定义。"聚合和偏离是完全原始的关系，它们涵盖了非逻辑相容性和不相容性的丰富领域，因此它们形成了意义理论的一个必要成分。"（1990：171）因此，根据莱布尼茨的理论，事件及其关系先于个体和个人的构成。事件之间的关系形成了"世界"，而"个人与世界不可分离"（1990：109）。其次，事件可能是会聚的，也可能是偏离或岔开的。关于德勒兹对莱布尼茨理论的详细讨论，可以参考肖恩·鲍登的著作《事件的优先性》。

二　语言的发生（动态发生）

在静态发生的基础上，德勒兹深入阐述了意义/事件与语言的关系，进而分析了语言的阐述机制。在第二十六系列《语言》中，德勒兹直接指出：

> 事件使语言成为可能，但使之可能并不意味着导致开始。我们总是在言说（speech）的秩序中开始，而不是在语言的秩序中开始，在语言中必须一下子同时给出一切。总有某个开始说话的人。开始说话的那个人就是表现的人；他所谈论的东西就是所指对象；他所说的话就是所指意义。事件不是这些东西：它说话，也被提及或被言说。不过，事件确实属于语言，它缠住语言不放，以至于它不能存在于表达它的那个命题之外。但是事件与命题不相同；被表达的东西与表达不相同，它不是先于表达而存在，而是先在地固有（pre-inhere）于表达，从而为它提供了基础和条件。因此，使语言成为可能意味着确保声音不混淆于事物的响亮特质，不混淆于身体的声音结果或者身体的行动与激情。使语言成为可能的东西是把声音与身体分开并把它们组

织成命题的东西，它为了表达功能而解放了它们。它总是一张说话的嘴；但声音不再是一个身体的噪音，这个身体吃——一种纯粹的口头性——为的是成为一个表达自己意思的主体的表现。(1990：181)

第一句话应和了德勒兹之前所说的"事件本质上是属于语言的：它与语言有一种本质的关系"(1990：22)。这段文字也重复了德勒兹前文数次说到的一些要点：事件是命题的被表达物，但它与命题不同，它不是命题的指示、表现或意指。事件既不混淆于表达它的那个命题，也不混淆于说话人的状态，也不混淆于命题所指示的事态，实际上，它不仅使这些东西成为可能，还把它们区分开来。因此，语言要想不被视为身体所产生的声音，它就必须与事件相关。之前德勒兹已经反复强调过事件/意义的本质了：它产生于身体、身体的混合物、身体的行动和激情，但在本质上不同于那些东西；它是纯粹的表面结果或者无感情的、中立的非物质实体，它作为一种辩证的、悖谬的、意识对象的属性而归属于身体和事物状态。在命题中，它不是主项或谓项，而是命题的可表达物或被表达物，它被包裹在一个动词里面。"发生在一个事态中的事件和内在于命题中的意义是同一个实体。"(1990：182) 事件/意义有一种双重指涉：身体和命题，它把它们组织成两个系列，把这两个系列分隔开，成为事物与命题（吃/说）之间的边界线，于是这道边界线也进入了命题中，进入了名词和动词，或者更准确地说指示和表达之间。指示涉及身体，而表达涉及可表达的东西。但是，这道线性边界也起着连接作用；它的分隔和连接借助的是同一种非物质力量，亦即发生在事物状态中、也内在于命题中的力量。这道线性边界既导致了相异系列的会聚，也不取消它们的岔开和偏离，因为它把它们会聚在一个悖谬元素周围。悖谬元素是在横贯整条线、在整个系列循环的点，是一个总在移位的中心，它肯定分离的力量。悖谬元素是表面结果的准起因。德勒兹前文论及的难解词所表达的就是这个点，它保证了系列的同时分开、协调和分岔。勒塞克勒形象地把悖谬元素比喻为在两个系列中巡回的"拉链"，说它把两个系列钳在一起，作为本身没有价值的

"空方形","它在循回中把系列的价值给予了两个系列的元素。"[1]

由这种点线面的结构出发,德勒兹指出"语言的整个组织呈现了三种形象:形而上学的或先验的表面,非物质的抽象的线和去中心的点。这些形象对应于表面结果或事件;在表面,是内在于事件的意义线;在线上,是无意义之点,与意义共存的表面无意义之点。"(1990:182)对于语言的点线面组织,德勒兹在前文说到"意义—事件的组织"时也提到过:"整个的这个组织在它的三个抽象时刻中从点跑到直线,又从直线跑到表面:追踪线的点,形成边界的线;和从两边形成并展开的表面。"(1990:167)之前他也多次说明,事件是由动词,尤其是不定式来表达的。在这里,他又一次借用了斯多葛派的观点。他说古代的伊壁鸠鲁派和斯多葛派都试图在事物中找到使语言成为可能的东西,但是他们的方法差别很大。前者给予名词和形容词以特权,而后者以"更骄傲的"词语——动词及其变位——为基础来理解语言,因为它们与非物质事件之间的联系有关。我们知道,德勒兹赞同斯多葛派的这种做法,因为他也认为动词并不代表一个行动,而是表达了一个事件。事件是盘旋在身体表面和事态上空的一片薄雾,中立而静止,语言只能以一个动词不定式(一个独立的、既不需要时态也不需要主语的动词)的伪装才能捕捉住它。

德勒兹认为,语言不是通过基本元素(比如音素)的结合而形成的,而是在形成性元素周围组织起来的,这些元素作为一个整体决定着语言。语言的整体性并非同质的,整体不能由一个简单的运动来描述,而应该由语言作用和反作用的双向运动来描述,这个运动表现的是命题之圈。从运动的角度来看,"名词及其词形变化体现了行动;而动词及其词形变化体现了反作用。动词不是外部行动的一种形象,而是内在于语言的一个反作用过程。""是动词构成了命题之圈,动词把意指施加在指示上,把义素施加在音素上。但是,我们也正是从动词推断出圆环隐藏或卷绕的是什么,或者一旦它被割裂、伸开并在一条直线上展开时它揭示的是什么:作为命

---

[1] Jean-Jacques Lecercle, *Deleuze and Language*, 2002, p. 103.

题之被表达物的意义或事件。"（1990：184）德勒兹接着指出，动词有两极：一极是现在，另一极是不定式。鉴于现在是一种以连续为特点的物理时间，所以动词显示了与可指示的事物状态的关系；鉴于不定式所包裹的内部时间，动词又显示了与意义或事件的关系。"现在"的时间在命题的指称对象上方封闭了圆圈，而不定式的"情态"则表现了被展开之后的命题之圈，这样，整个动词就在不定式的情态和现在的时间之间摆动。在这两种情况之间，动词依照指示、表现和意指关系，亦即时间、人物和模式的集合体而进行着它的变形。德勒兹再次强调，纯粹的不定式是直线性质的绵延时间，它不允许对时刻进行区分，但在形式上，它在过去和未来的双重且同时的方向上被不断地划分。不定式表达意义或事件时，它暗示了一种内在于语言的时间。它把语言的内在性和存在的外在性连接起来了，因此，它继承了事件彼此之间的交流。名词具有含混性，但是不定式形式的动词是语言的单义性（univocity），它是不确定的，没有人称、没有现在、没有多样化的声音。"不定式动词表达了语言之事件——语言是把现在与使现在成为可能的东西融合在一起的独一无二的事件。"（1990：185）

《意义的逻辑》的一个典型特点就是，德勒兹会在不同的地方，从不同的角度论及相同的概念或观点。就事件/意义与语言的关系而言，之前的第二十三系列《绵延时间》有一些论述也涉及了这个问题。德勒兹表明，"在绵延时间的情况中，深处的生成—疯狂在往表面爬"，"绵延时间是非物质事件的所在地"，"绵延时间总是已经过去又永远尚未到来，它是时间的永恒真理：时间的纯空形式，它使自己摆脱了它现在的物质内容，并借此解开了它自己的圆圈，以直线方式把自己伸展出去。……（它）既不发生在高处、也不发生在下面，也不是以一种环形方式，而是只发生在表面"（1990：165）。决定表面组织的是绵延时间，因此，绵延时间不仅与悖论和事件、意义和无意义、事件和语言等主题相关，也是与"表面与深处"主题相关的要素。悖谬元素或者偶然点，亦即表面之无意义和准起因，贯穿于绵延时间之线上，它是在这条线上无尽地移位、总是错过自己位置的瞬间。它的作用是：首先，作为纯粹的抽象时刻，它在绵延时间之线上把每一个现在同时朝两个方向划分并再分成过去—未来。第二，这个瞬间从现在、从占据这个现在的个体和个人那里提取特异性（奇点）。像豆荚释放出种子那样，这些奇点被投射出去，一次是被投射到未来，一次是被投射到过去，它们通过这个双向等式形成了纯粹事件的构成元素。第三，这条同时朝两个方向扩展的绵延时间的直线追踪着身体和语言、事态和命题之间的边界。没有这道边界，语言或者命题体系就不会存在。"语言在绵延时间的未来方向中永无止境地诞生，它在那儿被确立，也以某种方式被预料；尽管它也必须说过去，但它把它作为在另一个方向继续出现和消失的事态的过去来言说。"（1990：166）下面引用的这段话完全可以作为事件与语言的关系的总结语：

> 正是这个非物质结果或表面结果的新世界使语言成为可能。因为，就像我们将要看到的那样，是这个世界从物质的行动和激情的简单状态中提取了声音。是这个新世界区分了语言，防止它与身体的声音—结果混淆在一起，把它从身体的口腔—肛门决定中提取出来。纯粹事件建立了语言的基础，因为它们等待语言，一如它们等待我们，而且只有在表达它们的语言中，它们才有一种纯粹的、特异的、非个人的和前个体的存在。确立语言和表达之基础的正是在独立状态中被表达的东西——也就是说，是声音为了具有意义，其次为了意指、表现和指示（而不是为了作为身体特质属于身体）而获得的那种形而上学的特性。意义最一般的运作是这样：它使表达它的东西存在；从那一刻起，作为纯粹的内在性，它使自己存在于表达它的那个东西内。因此，它要靠作为表面结果之环境或事件之环境的绵延时间来追踪事物和命题之间的边界；绵延时间用其整条直线追踪它。没有它，声音就会落回身体，命题本身就不会是"可能的"。把语言与事物和身体（包括那些说话的身体）分开的那条边界使语言成为可能。（1990：165）

《意义的逻辑》与卡罗尔的胡话文学

表面防止语言与身体的声音—结果混淆在一起,"把它从身体的口腔—肛门决定中提取出来"这句话也预示了德勒兹会在接下来的章节用精神分析的术语和理论来阐述事件如何将语言与声音区分开,从而使语言成为可能;其中一些论述也可以被归于"表面与深处"的论题之下。实际上,《意义的逻辑》最后七个章节都与精神分析的语汇、理论和方法有关,是这部著作最难理解的地方,也是与德勒兹以后的著作断裂最深的地方。

在第二十七系列《口欲》中,德勒兹先是重申了前一系列的要点:"区分语言的东西使语言成为可能。把声音与身体分开的东西把声音变成了一种语言的元素。把'说'与'吃'分开的东西使言语成为可能;把命题与事物分开的东西使命题成为可能。表面和发生在表面上的东西是'给予可能'的东西——换言之,是作为被表达物的事件。被表达物使表达成为可能。"(1990:186)德勒兹由此提出一个问题或者一项任务:我们要搞明白声音是如何被解放并独立于身体的。而这个问题"不再是从预设的事件走向它在事态中的现实化和在命题中的表达的静态发生问题了,而是一个动态发生的问题,它直接从事态通向事件、从混合物到纯线条、从深处到表面的生产"(1990:186)。这句话表明了静态发生和动态发生的本质区分:前者与事件/意义及其现实化(或者表达)有关,而后者与事件/意义如何从身体和身体的事态中产生、如何从深处上升到表面有关。从静态发生的角度来看,"吃"和"说"(意义与命题)被假定为在表面分开的两个系列,事件既分开也连接了这两个系列。而对动态发生的探究需要阐明"说"如何有效地摆脱"吃",表面本身是如何产生的,或者非物质的事件如何因身体的状态而产生。"当我们说声音独立了的时候,我们的意思是说它不再是一种附着于身体的特定性质,一种噪音或叫喊,它开始标示特质、表现身体、意指主项或谓项。当这种情况发生时,声音具有了指示之内的一个约定值,表现中的一个常例值和意指中的一个人造值,只是因为它从更高的表达权威确立了它在表面的独立性。……深处—表面的区分在每一个方面都是首要的。"(1990:186)

接下来,德勒兹用精神分析学家梅莱妮·克莱因(Melanie Klein,

第四章 意义和语言的发生

1882—1960）关于儿童心理和语言发展的假设和推论理论来说明语言从身体深处产生的机制和过程。根据维基百科对克莱因的介绍，克莱因的精神分析学派在今天仍是学界的主要学派之一。与聚焦于病人"自我"（ego）的弗洛伊德派精神分析不同，克莱因派的分析自治疗开始就以阐释非常深的、本源的情感和幻想为焦点。弗洛伊德涉及儿童的精神分析观点大多来自于对成年病人的治疗和分析，而克莱因的研究对象就是儿童，经常是两三岁的儿童。她把儿童的游戏视为他们情感交流的主要模式，试图通过问题儿童与玩具、动物等东西的玩耍和游戏来阐释游戏的特定含义。她像弗洛伊德一样强调父母形象在儿童的幻想生活中的重要作用，但她认为弗洛伊德所认定的俄狄浦斯情结的时间不正确，与弗洛伊德相反，她得出的结论是超我在出生前就存在了。克莱因的理论研究了前俄狄浦斯时期的儿童精神世界和人格结构，德勒兹借用了她的投射、好坏客体、部分客体、偏执—分裂位置和抑郁位置等概念。克莱因的理论大致是说，婴儿先是把意义附着于客体（包括部分客体）上，然后才会转移到人的身上。他们先是把这些客体分成好的和坏的，因为好坏客体都被向内投射进来，想成为他们自身的一部分，所以他们为了控制其后果而面对着不愉快的内心挣扎。客体也被向外投射到他们周围的人（比如他们的妈妈）之上。婴儿厌恶、害怕坏客体，这导致了精神的一种精神分裂/偏执狂状态（或者称为位置）。几个月之后，婴儿对事物的控制力稍微强一些了，他们把客体视为既由好客体、也由坏客体构成，这样就稍微减少了客体对自己的影响。这个位置就是抑郁位置。这两个位置被视为后期俄狄浦斯三角的婴儿版本。精神分裂和抑郁的成年形式就是由于婴儿层次上的操控不力而产生的。德勒兹对这些过程和儿童语言发生的描述要复杂、深奥得多，他把克莱因所称的偏执—分裂位置（第一个阶段）称为仿像之世界：

> 深处之历史从最可怕的东西开始了：它开始于恐怖戏剧，描绘了这种戏剧的难忘图画。在图画中，吃奶的婴儿从第一年开始，同时成了舞台、演员和戏剧。口欲、嘴巴和乳房起初都是无底的深处。母亲

的乳房和整个身体不仅被分裂成一个好客体和一个坏客体，而且还被攻击性地清空，砍成碎片，破裂成碎屑和食物碎块。这些部分客体向内投射进入婴儿身体的过程伴随着将攻击性投射到这些内部客体上以及将这些客体重新—内投进母亲身体中的过程。……内投和投射的整个体系就是身体在深处并穿过深处的一种交流。在同类相食和肛门性欲中——在这两种情况下，部分客体是排泄物，它们能够炸破婴儿的身体和母亲的身体——口欲被自然地延长。一方的碎片总是另一方的迫害者，而且，在这个构成了吃奶婴儿的激情的糟糕混合物中，迫害者和被迫害者总是同一方。在这个嘴巴—肛门或食物—排泄物的系统中，身体在一个普遍的粪坑中爆裂并导致其他身体爆裂。我把这个内投的和投射的、食物的和排泄的部分内部客体称为仿像（simulacra）之世界。克莱因把它描述为儿童的偏执狂—精神分裂位置。（1990：187）

这个"口腔"阶段以内投的和投射的、食物的和排泄的部分客体为特点，它形成了一个"向内投射—投射—再次向内投射"的体系，在这一体系内，身体，尤其是母亲的身体，都被分裂成了小碎块。这种残酷"戏剧"涉及的是暴力，这种暴力不仅对抗母亲，也对抗婴儿从她身上已经摄取或者可能已经摄取的所有东西。在这个体系中，对母亲身体的侵犯性攻击（这种攻击把母亲的身体分裂成"小口的食物"）使向内投射成为可能，然而，一旦这些小碎片被内投了，起初针对母亲的那种侵犯的对象就变成了承受内投的婴儿自己了，它就成了自己施加的毁灭性侵犯的对象。随后，一个抑郁位置接替了这个偏执—分裂位置，儿童努力重构一个完整的好客体，并让自己认同于这个客体。抑郁的"认同"证实了超我，形成了自我，它取代了偏执—分裂的"内投—投射"。最后，儿童进入以俄狄浦斯为标记的性欲位置。

德勒兹对克莱因划分的这三个阶段进行了简要的解释和评论，他说，偏执—分裂位置好像与一个口腔—肛门深处（一个无底的深处）融合在一

第四章 意义和语言的发生

起，一切都在深渊中开始，这是由部分客体和布满深处的碎片所构成的领域。在向内投射的情况中，客体分裂成好和坏客体是通过一种碎片化被复制的，而每个碎片在原则上都是坏的，也就是说，都是迫害性的。只有健康而完整的东西才是好客体，但是内投不允许健全的东西存续。根据克莱因的说法，母亲的身体和乳房能够被撕扯开，即使看起来"好"的东西也可能只是一个骗人的表面，将好客体内投的可能性是很可疑的。因此，德勒兹认为，从这个角度来说，在精神分裂位置上与坏的部分客体相对立的东西不是好客体，而应该是一个没有器官的身体，它既没有嘴巴也没有肛门，它放弃了所有的内投和投射，并以此为代价而成为完整的东西。这个位置总是不稳定的，这时候它会形成了本我和自我之间的张力，它们就是两个对立的深处：一个是空洞的深处，碎块在其中到处旋转并爆炸，另一个是满满当当的深处。就此而言，粪便是器官和碎块，有时候是被惧怕的有毒物质，有时候是分解其他碎块的武器。而尿液能够将所有小碎块联结起来，能够在一个无器官的身体的深处战胜这种分裂。在此，德勒兹指出关于精神分裂的精神分析理论有一种倾向，它忽视了"无器官的身体"这一主题的重要性和活力。德勒兹将前文论及阿尔托时所说的精神分裂者的语言与这个精神分裂位置联系起来，让我们回忆那种语言中的词语—激情（碎裂的排泄物小块）和词语—行动（被水原则或火原则熔合到一起的大块）的二元性和互补性。这两极中的前者见证了内部客体和被它们弄碎的身体（同样的身体也将客体弄碎），后者代表了无器官的身体。"一切都发生在深处，发生在意义王国之下，发生在纯粹噪音的两种无意义之间——身体的无意义和碎裂的词语的无意义，以及身体构成的大块或者发音不清的词语的无意义。"（1990：189）由此可见德勒兹把口欲定位于偏执—分裂位置的语言和无意义中，定位于克莱因对婴儿期的记述和精神分裂者阿尔托的表现中。

好客体被内投的方式不一样，它不容易被内投，因为它从一开始就属于另一个维度，有另一个"位置"：它属于高处，除非改变本质，否则它是不会坠落的。克莱因说，"超我"开始于这个居于高处的好客体，而不是开始于第一批被内投的客体。这就需要发展中的人格将自己重新定位，从深处走向高处，这就是本我和超我之间的一种彻底的方位变化和心理生活的一种重要重组。深处的内部张力由空—满、大量—贫乏等诸如此类的动态范畴所决定；而高处所特有的张力是垂直性和大小方面的差异。好客体本身就是一个完整的客体，它是抑郁位置的原则。它承担了两个精神分裂极点：一个是部分客体之极，它从中提取力量；另一个是无器官的身体之极，它从中抽取全面性和完整性。因此，它（超我）与本我（部分客体的储藏处，被内投和投射进一个破碎的身体中）和自我（一个完整的无器官身体）都维持着复杂的关系。高处的好客体保持着与部分客体的一种斗争，在两个维度的激烈对抗中力量利害攸关。婴儿的身体就像一个洞穴，好客体和被内投的部分客体之间的搏斗就像猛禽对战野兽。在这种情况下，自我认同于好客体，一方面分享好客体的力量和它对部分客体的仇恨，另一方面也分担了好客体在这些坏客体的打击下所遭受的创伤和痛苦。自我也认同于想要奋力抓住好客体的坏客体。德勒兹将这种关系称为本我—自我—超我之漩涡，说它表现了躁狂—抑郁位置的特点，三者在其中交流，它们其中遭受的打击和它们给予的打击一样多。

　　好客体的特点就是它有爱与恨的统一性，它本质上是失去了的客体。只有作为丧失之物，好客体才能把它的爱给予与它认同的那个自我，把它的恨给予认同于部分客体的自我。德勒兹对被好客体所决定的躁狂—抑郁位置和部分客体所决定的偏执—分裂位置进行了比较。首先，躁狂—抑郁位置不再是那个深深的仿像世界了，而是高处的偶像（idol）世界。它不再是内投和投射的机制问题了，而是认同问题。它也不再是自我的同一种分裂或划分了：在精神分裂位置上，分裂是被内投和投射的客体所粉碎的身体与放弃了内投和投射的无器官身体之间的一种分裂，而抑郁的分裂处于认同的两极之间，也就是，自我与部分客体的认同和自我与高处的好客体的认同之间。其次，在精神分裂位置中，"部分"这个词限定内部客体，它与限定无器官身体的"完整"形成对比。在抑郁位置中，"完整"限定客体，而且，它不仅把"未受伤害"等这些限定条件纳入客体，也把"在场"和

"缺席"纳入客体。第三，在精神分裂位置的情况中，一切都是在内投和投射机制中施加或经历的攻击性；在破碎的部分和无器官的身体之间的紧张关系中，一切都是激情和行动，一切都是处于深处的、攻击和防御中的身体的交流。但抑郁位置让我们为既非行动亦非激情的东西做好了准备。德勒兹将受虐狂和酗酒归属于抑郁位置，把施虐狂归属于精神分裂位置。

以偏执—分裂位置和躁狂—抑郁位置为基础，德勒兹区分了动态发生的三个不同阶段，它们同时也构成了三个可区分的语言维度：语言的初级秩序，它是产生于身体深处的噪音之维度；语言的第二级组织，它构成了意义（和无意义）的"表面"；语言的第三级安排，这可以在语言命题及其各种指示、表现和意指功能中发现。"意义"维度是德勒兹的主要分析目标，因为它决定着从语言的初级秩序到三级安排的运动。

动态发生开始于深处之维度，这个维度构成了德勒兹所称的语言的初级秩序。他说："深处是喧嚣的：拍打声、开裂声、咬牙切齿声、爆裂声、爆炸声、内部客体的破碎声，还有无器官的身体发音不清的嚎叫—呼吸声回应着它们——所有这些形成了一个见证口腔—肛门之贪婪的响亮系统。"（1990：192）这句话是说，在新生婴儿喧闹嘈杂的身体深处有各种各样的噪音，这个噪音维度构成了第一种类型的无意义和第一种类型的响亮体系，也就是前文所说的一切都是激情和行动，一切都是身体的交流。这就是德勒兹所称的"无器官的身体"：在这种情形中，婴儿体验不到自己和世界之间的区别，只能体验到运动着的强度，"生存维度的整个地理学和几何学。"（1990：188）儿童发展研究专家丹尼尔·斯特恩（Daniel Stern）在《婴儿日记》把婴儿的世界描述为一种人类的"天气景象"，说它完全由强度的起落序列构成——一道亮光或一个尖厉噪音的震动，一个声音的安抚或者一场饥饿风暴的爆发；当婴儿得到喂哺之后，风暴过去了，它随后感觉到快乐和满足。"兴趣的突然增加，然后是一阵下落的饥饿痛苦之波；愉悦的一阵衰退。"[①] 用德勒兹的话说，"'说'将从吃喝拉撒中塑造

[①] Constantin V. Boundas, *Gilles Deleuze: The Intensive Reduction*, 2011, p.83.

而成，语言及其单义性将从粪便中雕刻出来……（阿尔托提到过'存在及存在之语言的粪便'）。但是准确地说，确保这座雕像的第一幅草图和语言形成的第一阶段的东西，是高高在上的抑郁位置的好客体。因为正是这个客体从深处的所有声音中提取了一个声音。"（1990：193）

这个来自高处的先验的声音是一种特殊的噪音，它不同于婴儿身体深处那些响亮的噪音，它是婴儿的父母或其他成人的声音。这个声音的出现就是动态发生的第二个阶段：早在婴儿理解词语和句子之前，它就把语言理解为某种先于它而存在的东西，某种已经在那儿的东西，也就是弗洛伊德所说的传递传统的家族声音，他说超我用家族的声音说话。儿童最初与语言打交道就是把语言作为先在事物的模式来理解，把语言视为与已经存在的事物的整个领域有关。这个声音"支配着有组织的语言的所有维度：它指示真正的好客体，或者正相反，指示被内投的客体；它意指某个东西，亦即构成先在领域的所有概念和类别；它表现了整个人的感情变化（那个关爱和安慰、攻击和斥责的声音，它自己抱怨被弄伤，或者后退并保持沉默）"（1990：193—194）。但是，这种无实质的声音仍在意义之外，"在高处的前—意义（pre-sense）中：声音还不能支配使它成为一种语言的单义性，它只是凭其高处才拥有统一性，它被纠缠在其指示的含混不清、其意指的类比和其表现的摇摆不定中。"（1990：194）也就是说，在这个时候，它是相当任意和模糊不清的，沉溺于类比，依赖于权威，以一种未知的方式进行指示和意指。你不知道声音指示的是什么，因为它指示的是失去的客体；你不知道它意指的是什么，因为它意指先在的实体的秩序；你也不知道它表现的是什么，因为它表现的是沉默。"它同时是客体、失去之法则和失去本身。"（1990：194）在这一意义上，这个原始的声音还不是真正的（即共有的、被拥有的）语言："它有语言的维度却没有语言的条件；它等待着使其成为一种语言的事件。它已经不是噪音了，但还不是语言。"（1990：194）

精神分裂位置的噪音和抑郁位置的声音是对立的。德勒兹说，我们在梦中能够不断地重新体验从噪音到声音的经过；在睡着时我们是精神分裂的，在快醒来时是躁狂抑郁的。精神分裂患者抵抗抑郁位置，进行防御，就是因为声音威胁到了整个身体，就像德勒兹前文论及的那个患精神分裂的语言学生那样，他把母亲的声音分解成实实在在的语音，再重组成发音不清的大块。精神分裂者在对抗抑郁位置的过程中体验到身体、思维和言语都被偷走了，但实际上，"从精神分裂者那里偷走的东西不是声音；相反，来自高处的声音偷走的东西是整个洪亮的、前声音的（prevocal）体系。"（1990：194）总结而言，德勒兹利用了克莱因理论中关于口腔运作的两种形式：一是偏执—分裂位置的口欲，这种欲望在其内投行为中把一切撕开、扯下、送入空虚的深渊。二是抑郁位置的发声性，这个位置用认同代替了内投—投射体系，回应了、遭受了得不到好客体之痛苦。"德勒兹的目的是，既要在第一个位置内追踪到抑郁位置的出现，又要将偏执狂—精神分裂的口欲与抑郁症的发声性区分开。他旨在不仅将精神分裂者理解为一个失去了声音的人，而且还理解为一个抵制并毁灭了那个声音的人，对这个人来说'一切都是身体在深处的交流'。"[1]

婴儿心理发展的第三个阶段是性欲位置，在第二十八系列《性欲》中德勒兹集中探讨了这个阶段。他似乎在用自己对克莱因精神分析词汇和方法的理解来阐释这个阶段。他先是指出，有"部分的客体"和附属于这些客体的驱力，也有"部分的区域"和驱力的来源。阶段的组织和区域的组织几乎同时发生，但是阶段和区域是两个不同的概念。阶段所做的是组织一些活动，以某种模式实现驱力的混合，比如说，在第一个口欲阶段是吸收。而区域代表了身体表面孤立的领域，它们显示的是一种表面运作，其组织隐含着一个不再是深处或高处的第三维度的构成。德勒兹遵循弗洛伊德关于性感区以及它们与反常（perversion）的关系理论界定了这个第三位置（表面）。他说："每个性感区都是一个表面空间的动态形成，这个空间就在由孔洞所构成的奇点周围，它能够朝所有方向被拉伸至另一个依赖于另一个奇点的区域附近。……整个表面就是这种连接的产物……因为表面

---

[1] Catherine Malabou, "Polymorphism Never Will Pervert Childhood", in Gabriele Schwab ed. *Derrida, Deleuze and Psychoanalysis*, 2007, p. 84.

不是先在的，所以性欲的第一个方面（性器官发育前）必须被定义为部分表面的一种真正生产。"（1990：197）这个遍布驱力的性欲位置（表面）的形成要在前面的位置，尤其是在抑郁位置对精神分裂位置的反作用中寻求原则，因为高处对深处有一种奇怪的反作用力。"从高空俯视，它只不过是一道或多或少很容易伸开的褶子，或者毋宁说是一个被表面环绕或围困的局部孔洞。当然，固定或倒退到精神分裂位置隐含着对抑郁位置的一种抵制，以致于表面不能够被形成。"（1990：198）在精神分裂中没有形成表面，因为那里的每一个区域都被孔洞所刺穿；在抑郁阶段也形不成表面，因为一切都可能被抛入孔洞中，但是"高处使部分表面的一种构成成为可能，就像多彩的田野在机翼下展开那样"（1990：198）。因为超我虽然残酷，但它认为高处的力比多驱力与深处的毁灭性驱力是不一样的，因此它对于表面区域的性组织并非毫无善意。只有婴儿通过操控部分客体而获得了满足，力比多驱力才会产生。力比多驱力在性感区发现了新的来源，在投射到这些区域的形象中发现了新客体，它们把自己从深处所固有的毁灭驱力的束缚中解放出来，并参与到表面的生产中。

德勒兹说，性前期的性感区域是由"阴茎"与所有其他部分区域结合在一起的。阴茎在这方面起的不是器官的作用，它是一个被投射到这个区域的特殊形象，对小女孩和小男孩而言都是这样。德勒兹指出，阴茎器官与精神分裂位置和抑郁位置已经有很长的关联历史了。作为一个器官，阴茎受深处的张力所损害，"阴茎了解深处的历险，它在深处被弄碎，被置于母亲和儿童的身体中，成为牺牲者和侵略者，并认同于一点有毒的食物碎块或者一块爆炸的粪便"。但它也与高处有联系，"它同样熟悉高处的历险，作为一个健全的好器官，它在历险中给予爱和惩罚，同时为了形成完整的人或者与声音相对应的器官（也就是父母两人的组合偶像）而撤退"（1990：200）。对克莱因来说，精神分裂和抑郁位置提供了俄狄浦斯情结的早期要素，从坏阴茎到好阴茎的转变对严格意义上的俄狄浦斯情结的到来是必不可少的。拥有了阴茎使儿童能够与母亲发生性关系而不与父亲产生冲突。作为投射到生殖区的形象，这儿的阴茎是一个好器官，而不是一种侵犯性的"刺入和膨出工具";"它是表面的工具,旨在修复毁灭驱动力、坏的内部客体和深处的阴茎对母亲身体造成的创伤,使好客体安心,说服它不要转身离去。"(1990:201)德勒兹认为,焦虑与内疚不是来源于俄狄浦斯的乱伦欲望,而是很早之前就形成了,前者形成于精神分裂的攻击期间,后者形成于抑郁的挫败期间。德勒兹对俄狄浦斯故事的阐释很独特。他说,俄狄浦斯确信自己没有过错,他确保自己安排好了一切以逃避预言,都是来源他对阴茎的原始本质的一种确认:他认为自己消除了深处地狱的力量和高处的天国力量,现在他只想拥有表面。"阴茎不应该刺入,而是应该像被用到肥沃的薄土层上的犁铧那样追踪一条表面上的线。……它应该在母亲自己的身体上重新创立一个表面,并让退隐的父亲回来。父母两人的一种明显区别正是出现在这个恋母情结的阴茎阶段,母亲呈现出一个需要修复的受伤身体的方面,父亲呈现出被迫回来的好客体的方面。"(1990:201)他所谓的表面上的线就是把所有性感区结合到一起的线,这条线保证了性感区界面接合,把所有的部分表面在儿童身体上汇聚成同一个表面,完成了区域的整合和表面的构成。

概括起来说,意义的"动态生成"就是婴儿逐渐把身体的声音与真正的词语区分开来并形成语言意识的发展过程。用德勒兹的术语来说,就是意义从身体深处和身体的事态中被产生的方式,也就是说,意义是声音与身体分开、被组织成命题而产生的。德勒兹也正是通过这方面的阐释而形成了他关于语言与欲望的关系的精神分析理论。他划分了婴儿心理发展的三个阶段,将它们与深处、高处和表面联系起来。婴儿出生在语言的初级秩序中,这种秩序里全是"深处的"噪音,是身体的初级情感和声响,具有所有的强度变化。同时婴儿也听到了"高处的"声音,也就是那些说着成熟语言的人的声音。动态发生问题涉及婴儿从身体的初级秩序走到语言的三级安排(命题)的方法。德勒兹在前文已经表明,这种运动只有经过意义的二级组织(意义在表面的展开)才能实现,事态只有通过意义本身才能被构成,才能被归属于身体。对婴儿来说,高处的声音已经有了语言的第三级组织(它先在于婴儿的生命)的所有维度:它表现了说话人的感情变化［那个"关爱和安抚、攻击和斥责、退缩和保持沉默、抱怨自己受了伤的声音"（1990：194）］；它指示世界中的事态，包括好客体（乳房）和被内向投射的客体（食物）；它意指某个东西，也就是，构造这个先在于婴儿的声音领域的所有类别和概念。然而婴儿自己不知道这个声音在指示、表现或意指什么，对它来说，这个声音"已经不是噪音了，但还不是语言"。换言之，这个声音还没有意义。用德勒兹的术语来说，深处的噪音是一种下—意义（infra-sense），来自下方的、下面的意义（Untersinn），而来自高处的声音是一种前—意义；所以噪音仍在等待"事件"，因为事件会行使语言本身的发生因素的功能，它是语言的发生条件；而"事件"也就是意义的第二级组织本身，或者德勒兹所称的"先验领域"。"表面就是先验领域本身，是意义和表达的所在地。"（1990：125）意义的组织构成了先验领域，而实际上《意义的逻辑》本身只是对先验领域的一个方面（虽然是一个重要方面）的探索。

婴儿要从噪音的初级秩序进入真正的语言领域，就必须经过语言的第二级组织，也就是意义的表面维度的建构，这需要婴儿有一定时期的学徒过程。在第三十二系列《不同种类的系列》中，德勒兹论述了语言表面的建构和系列的形成，并把它们与语言的发生联系起来。他首先借用了克莱因所说的"在症状和升华之间必定有一个中间系列对应于'不太成功的升华病例'"，而整个的性欲本身就是一种"不太成功的"升华，"它是物质深处的症状和非物质表面的升华之间的中间物。这个居间状态在自己的中间表面上被组织在系列中。……系列开始于性欲，也就是说，开始于性驱动力的释放——因为系列形式是一种表面组织。"（1990：224）这也就是说，性欲有自己的系列，在其自己的表面上运作。在深处没有系列，只有"共存的团块、无器官的身体或无清晰发音的词语"或者"结合在一起的部分客体的秩序"，"顺序和团块这两个方面代表了精神分裂位置中深处的移位和压缩所分别呈现的形式"（1990：224）。而性欲在自己的表面上被系列化，因而是语言的前奏。

接着，德勒兹提出根据性欲的不同时刻区分不同的系列种类。首先，有性前期性欲的性感区：这些区域都被组织在一个以一个奇点为中心而汇聚起来的系列中，而这个奇点最经常以一个被一层黏膜所包围的孔口为代表。也就是说，在这里，系列形式建立在表面的性感区中，它由一个奇点的延伸所定义，或者换种说法，由潜能或强度的一种差异分布所定义。德勒兹借用数学和物理概念说："性感区上的系列形式建立在关于奇异点的数学和关于强度量的物理学上"；"一个与某性感区有关联的系列似乎具有一种简单的形式，似乎是同质的，似乎产生了一个连续合成，这个合成可能本身是压缩的，在任何情况下都构成了一种简单连接"（1990：225）。第二，生殖区有它自己的系列，这种系列是由形象所构成的。"性感区的阳物协调问题使系列形式复杂化了，系列把彼此拉长并会聚在阳物（作为强加在生殖区上的形象）周围"。因此，生殖区的系列"与一种把异质系列归入其下的复杂形式分不开，因为一个连续条件或会聚条件取代了同质性；它产生了一个共存和协调之合成，构成了被纳入的系列的一种结合"（1990：225）。第三，"表面的阳物协调必定伴随着恋母的情事，这些情事反过来又强调了父母形象。因此，在俄狄浦斯特有的那种发展中，这些形象进入了一个或几个系列——一个有着交替的构成项（父亲和母亲）的异质系列，或者两个共存的系列（母亲的和父亲的）"（1990：226）。这个阶段就是俄狄浦斯阶段，这一个或两个系列就被称为俄狄浦斯系列，它（它们）与性前期系列机器形象都有联系。德勒兹说这个新时刻或新关系极其重要性：就它与弗洛伊德理论的关系而言，它赋予了弗洛伊德关于事件（准确地说是事件的两个系列）的理论以生命。这个理论表明，创伤以至少两个独立事件的存在为前提，一个事件属于婴儿期，另一个事件属于后青春期，两者之间产生了一种共振。从系列的角度来说，这两个事件被呈现为两个系列，一个是性前期的，另一个是恋母情结的，它们的共振就是"幻想"过程。就这个时刻与德勒兹理论的关系而言，德勒兹认为这"严格说来这不是一个事件问题，而是独立形象的两个系列问题，只有通过系列在幻想中的共振，大写事件才能脱离出来。……无论如何，两个独立的、在时间上脱节的系列的共振是必不可少的"（1990：226）。这也就是德勒兹所谓的"析取（或分离）合成"。系列形式的这第三种形象是异质的，系列在会聚条件下偏离和共振，它们构成了分岔的偏离。德勒兹说，导致了性前期系列和恋母系列之共振的是阳物，它就是"悖谬元素或者客体=X，它总是失去自己的平衡、自己的身份、自己的起源、自己的位置，它相对于自己总是移位的。它是漂浮的能指和被漂浮的所指，是没人占的位置和没有位置可占的人，是空方形（也能通过这个虚空创造一种过度）和一个多余的对象（也能通过这个过渡数字而创造一种缺乏）。""因为在阳物的演化中，在它追踪的那条线中，它总是标注着一种过度和一种缺乏，在两者之间摆动，甚至同时是两者。它本质上是一种过度，因为它把自己投射到儿童的生殖区域上，复制他的阴茎，用恋母的情事来激励它。但是，当它在恋情的中心标示母亲的阴茎缺失时，它本质上是缺乏和不足。"（1990：227—228）

总起来说，意义的表面组织的建构可以被区分成三个时刻，它们由三种类型的系列或合成（连接、结合和分离）来定义，或者换一种说法，与性感区、生殖器期和俄狄浦斯阶段相关的三种系列形式分别是单个系列上的连接合成、会聚之合取合成和共振之析取合成，"第三种被证明是其他两种的真理和目的地。""根据性欲位置在不同方面（性感区、生殖器期、阉割情结）产生了不同的系列类型来看，我们必须把它视为居间的。"（1990：228）之前德勒兹已经说明，动态发生的第一步是从精神分裂位置到抑郁位置，从噪音到人声。噪音是处于深处的身体的特质、行动和激情，而声音是属于高处、退回到高处的一个实体，它是先在的。儿童还不能将这种声音理解为语言，只能理解为声音或者家人的嘈杂之声（这种声音已经说起她了）。换言之，这种声音就是与先在的东西相关的前—理解或前—意义。德勒兹指出，如果儿童接触的是一种她尚不理解的先在的语言，那么也许反过来说，她能领会成年人不知道如何用语言去领会的东西，也就是音素关系，或者正确地说，是音素的差异关系。因此，人们经常会注意到这样的现象：儿童对母语的音素区别极端敏感，而对属于另一个体系的更为显著的变化却漠不关心。德勒兹认为，"这就是儿童离开抑郁位置时从声音中解救出来的东西：在理解成形的语言单位之前对形成性元素的一段学徒期。在来自上方的连续不断的声音之流中，儿童切割出不同顺序的元素，随意给它们一个相对于整体、相对于性欲位置的不同方面来说仍属于前一语言的功能。"（1990：230）

动态发生的第二阶段在表面的性欲位置中，在这里，儿童从声音走到言语。在这个表面构造的第一个时刻（连接），儿童从声音流中抽取纯音素，用语言学家所说的"连续实体串联"（"妈妈""爸爸""bay bee"等）把它们连接起来，然后它们就能进入更复杂的关系、甚至音簇的联合中。在第二个时刻（结合）中，从这些因素中建构难解词，这种形成不是由之前音素的简单添加造成的，而是通过把音素整合成异质的、会聚的连续系列的方式。德勒兹引用了精神分析家塞尔日·勒克莱尔（Serge Leclaire）病例分析中的一个词"Poord'jeli"，这是一个小孩创造出来的神秘名字。他之前引用的卡罗尔的例子——"your royal highness"被收缩成"y'reince"——也是这样的例子。这个层次上的难解词在整体上充当的不是音素或者发音元素的角色，而是词素的角色。在第三个时刻（分离）中，儿童开始让这些难解词进入跟其他相异的独立系列所形成的关系中。这时难解词才会成为一个混成词，因为它展现了两个系列的一种析取合成，导致两个偏离的系列以这种身份发生共振，并使系列分岔。按照拉康的论点，整个难解词现在充当的是义素角色。

这样，儿童就从音素性的字母走到作为词素的难解词，然后又走到作为义素的混成词。也就是说，儿童的第一批词语不是成形的语言单元，而只是形成性的元素：音素、词素和义素，这三种元素分别与性感区、生殖器期和俄狄浦斯的阉割情结联系在一起，它们彼此之间决定着对方。然而，此时仍然没有语言，儿童仍处于一个前一语言领域中，因为这些元素还没有被组织成能够指示事物、表现个人和意指概念的已形成的语言单位。在这个层次上，在"语言的形成性元素表面看来是从来自上方的声音流中被提取出来"时开始出现"言说"（speech），也就是说，儿童开始说话。但是"言语永远不等于语言；它仍等待着结果，也就是使这种形成有

177

效的那个事件。它掌控着形成性元素,却没有目的,它与之相关的历史,即性历史,只不过是它自己或者它自己的替身。因此,我们还不在意义的王国内"(1990:233)。深处的噪音曾经是一种下—意义(在下面的意义),来自高处的声音曾经是一种前—意义,而在表面的组织中,"无意义已经到了它成为意义,或者呈现出意义的那一刻:作为客体 = X 的阳物难道不正是这种表面无意义吗?""身体表面的组织还不是意义;它是,或者准确地说,它将是一种共同—意义(co-sense)"(1990:233)。

那么,动态发生的最后一个阶段是什么呢?就是从言说到语言,就是"为了有语言,为了得到对符合语言的三个维度的言语的充分使用而穿过动词和它的沉默,穿过形而上学表面上意义和无意义的整个组织"。"因为声音只给了我们指示,空虚的表现和指示,或者被悬置在音调中的纯粹意图。最初的那些词语只给了我们形成性元素,而没有达到成形的单位。"(1990:241)之前德勒兹已经明确表示,语言的发生依赖于"说"有效地摆脱"吃"和形而上学表面本身的产生。实际上,德勒兹把这个过程称为"从言说到动词"。他说:"被刻在这个表面上的是动词,——也就是说,光荣的事件进入了与一个事态的符号关系中,而不是与事态融合;闪光的意识对象属性不是混淆于一种特质,而是将其升华;骄傲的结果不是混淆于一个行动或激情,而是从中提取了一个永恒真理。被卡罗尔称为'不可穿透性'和'光彩'的东西得以现实化。'说'把'吃'投射在形而上学表面上,在上面画出思想的轮廓。"(1990:240)这个动词"说"使事件(能够被语言表达的东西)发生在可消费的东西上,导致意义(思想之表达)内在于语言中,于是,"嘴巴和大脑之间的斗争在此结束。自从在深处占据着嘴巴—肛门的那些粪便和食物噪音以来,我们看到这种争取声音独立的斗争在继续;我们跟着它到了一个高高在上的声音的脱离;最后,我们追踪它到了表面和词语的初级形成"(1990:240)。接着,二级组织产生于动词中,而整个的语言秩序都产生于这个组织。无意义作为思想的零点、去性欲化的能量的偶然点而发挥作用,绵延时间或者纯粹不定式就是无意义之点所追溯的线,而事件被分布在构成形而上学表面的两个系列中。整个的这个点—线—表面体系表现了意义和无意义的组织。

如果要对德勒兹所阐述的语言的动态发生与静态发生做一个简要概括的话，我们可以参看鲍登《事件的优先性》第五章"精神分析：动态发生"。他把动态发生的过程分为四个步骤。第一步，从噪音到声音，在这一阶段出现了身体深处嘈杂的物质性事物与逐渐被赋予了意义的家族声音的第一次分化。在关于这一步的论述中，德勒兹采用了克莱因的某些概念。第二步是从声音到身体的物理（或曰物质）表面的建构与协调，德勒兹的论述涉及弗洛伊德的婴儿性欲理论、拉康对阳物的某些思考和克莱因的"修复"概念。大约在这个时期，儿童经历了语言学徒期，他从声音中提取了音素差异，开始学着说话，但这种言说还不是语言。第三步是从物理表面到形而上学表面，涉及俄狄浦斯情结及其解决，这是儿童进入符号秩序的重要一步。德勒兹对这一部分的阐述借用了拉康关于阉割的理论。第四步，从言说到语言。也有人把第二步和第三步合起来，称其为"表面组织的建构"阶段，从而把动态发生的过程分为三个阶段。不论把这个过程划分为四个步骤还是三个阶段，在经过了这个过程之后，声音从深处来到了表面，随之而来的就是意义的出现和命题的产生："我们已经看到了具有成形单位——也就是说，具有指示和它们在事物中的实现、表现和它们在个人中的现实化、意指和它们在概念中的完成——的语言的秩序是如何产生的；这正是静态发生的整个主题。"（1990：241）对于语言发生理论，德勒兹自己用精神分析的话语做了总结："性欲组织是语言之组织的预兆，就像身体表面是为形而上学表面所做的一种准备那样。"（1990：242）"被卷入语言体系的是一个模仿意义、无意义以及它们的组织的性欲共同体系：一个幻象的仿像。而且，在语言将要标示、表现或意指的所有东西中，自始至终都会有一段性历史，该历史自身永远不会被标示、表现或意指，但它将与语言的所有运作共存，召回形成性语言元素的性附属物。"（1990：243）如果把这几句话置于德勒兹前文关于语言与性欲发展的关系的阐述之中，似乎尚可理解。但是，接下来，他在《意义的逻辑》全书最后一章的最后文字中所说的这段话却颇难理解：

《意义的逻辑》与卡罗尔的胡话文学

有必要想象某个人，他是三分之一的斯多葛派、三分之一的禅宗和三分之一的卡罗尔：他用一只手以一种放纵的手势手淫，用另一只手在沙中书写向单义之物开放的纯粹事件充满魔力的词语："我相信——头脑——是本质——和——抽象——也就是说——一个偶然事件——我们——也就是说——我的意思是——"因此，他让性欲的能量变成了纯粹的无性之物，而从停止询问"小女孩是什么？"——即使这个问题必须被一部尚未到来的、自己就能提供答案的作品所取代。例如，看看海边的布鲁姆……模棱两可、类比和高位无疑会在日常语言受制于理智和常识规则的指示、意指和表现中恢复它们对三级秩序的权利。然后，当我们考虑构成意义逻辑的那种永久缠绕时，这种最后秩序似乎恢复了初级过程的那个高处的声音，而且表面的次级组织也为意义的单义性恢复了某种带有最深刻的噪音、大块和元素的东西——一首没有图形的诗的短暂瞬间。艺术作品能做什么呢？——它只能再次沿着那条从噪音到声音、从声音到言语、从言语到动词的小路走，建构这座音乐之屋，目的总是为了恢复声音的独立性和固定单义之物的雷霆霹雳。当然，这个事件很快就被日常的陈腐所覆盖，或者与此相反，被发疯的痛苦所覆盖。（1990：248—249）

这段结束语确实有些抽象和艰涩。结合德勒兹在整部著作中对斯多葛派哲学和卡罗尔作品的反复论述，结合他在后四分之一文本中对于语言和意义发生的精神分析阐述，我把他想象的那"某个人"理解为完美的语言使用者和意义制造者的象征：他既懂得身体的激情和行动（斯多葛派），也具有高处的超然性和全知性（禅宗），还擅长在表面制造意义（卡罗尔）；深处的噪音、高处的声音和表面的意义在这个人身上都有体现。如果他是艺术作品的作者，那么，他的作品定会从无意义中恢复声音的独立性，彰显意义的辉煌和壮丽。只不过，这种艺术的语言要么会被日常语言的陈腐和刻板（常识和理智）所覆盖，要么会被精神分裂者的语言那样的疯狂或谵妄（彻底的无意义）所覆盖。但是，无论如何，艺术作品的使命应该是从无意义中制造意义。

勒塞克勒曾对《意义的逻辑》做过一个评价：

> 我们可以说这个文本既"太结构主义"也"太精神分析"。但是这种结合也有某些优势，尤其是这个事实：语言是这本书的中心，不仅在一种广义上说具有结构性的区域性意义理论中如此，在一种受精神分析影响很大的语言哲学中也是如此。……《意义的逻辑》给了我们一种将语言建立在身体中的理论（这种尝试有别于、但类似于克莱因的实践）；它给了我们一个语言理论，在其中居于中心地位的是一种诗性的语言实践，因为它是通过对一个文学文本的解读而达到的。这一早期的语言哲学在某些要点上与后期的语言哲学是不相容的。[①]

勒塞克勒的这段话很好地总结了《意义的逻辑》这部著作的结构特点和跨理论特点，指出了德勒兹在其中阐述的语言理论建立在斯多葛派身体理论和对卡罗尔胡话文本（当然应该不是一个文本）的解读上，他也强调了德勒兹的这一语言哲学对精神分析理论的依赖（当然有所改造）以及它与他后期语言哲学的不相容性。

---

① Jean-Jacques Lecercle, *Deleuze and Language*, 2002, p. 100.

第五章 卡罗尔与精神分析

一 德勒兹对《爱丽丝》和卡罗尔的精神分析

《意义的逻辑》的最后八个系列（第二十七到第三十四系列）都与精神分析有关，占据了全书（附录除外）四分之一的篇幅。在这一大部分中，德勒兹借用并修正了精神分析的概念和理论，凭借他自己的精神分析方法阐述了心理和性欲发展与语言的发生机制之间的关系。在这八个章节中有一章专门对《爱丽丝》进行了精神分析阐释，这就是第三十三系列《爱丽丝的历险》。专论和涉及德勒兹与精神分析的几部著名作品（比如鲍登《事件的优先性》、斯维亚考斯基的《德勒兹与欲望》等）对这一主题的论述大多都很全面深入，但是不知为何，却没有一部作品论及德勒兹对《爱丽丝》的精神分析或者对这一章节进行解析，或许是因为这些作者不像德勒兹那样如此熟悉卡罗尔的作品吧。

德勒兹首先让我们回忆了他在第七系列《难解词》中分析并总结的卡罗尔作品中的三种难解词以及它们所对应的三种系列："无法发音的单音节词"或者"收缩词"（比如取代"Your royal Highness"的"y'reince"），它们导致了对一个系列的连接合成或者连续合成；"Phlizz"和"Snark"之类的循环词确保了两个异质系列的会聚，它们导致了合取合成；最后，"Jabberwock"那样的混成词，词语＝X，它产生的是偏离系列的析取合成，因为它使它们共振并分岔。德勒兹提出一个问题："在这种组织下我们能发现多少历险呢？"德勒兹指出《奇境》有三个部分，它们以地点的变化为标记，他从精神分析的角度对这三部分进行了解析。

第一部分（第1—3章）开始于爱丽丝无止境的坠落，它完全沉浸在深处的精神分裂元素中，一切都是食物、排泄物、仿像、部分的内部客体和有毒的混合物。在爱丽丝个头很小的时候，她自己就是这些物体之一；当她变大的时候，她被认同为这些物体的容器。这一部分的口腔、肛门和尿道特点经常受到强调。但是第二部分（第4—7章）似乎展现了一种方位的变化。无疑，这一部分仍有被爱丽丝塞满的房屋这一主题，且带着全新的力量，她阻止兔子进入房子并暴力地将蜥蜴从中驱逐出去（儿童—阴茎—排泄物的精神分裂序列）。但是我们注意到相当大的改变。首先，正是在太大了这一方面，爱丽丝现在扮演着内部客体这个角色，而且，变大和缩小的发生不再与深处的一个第三项（那把要够到的钥匙或者那扇要通过的门）相关，而是以一种自由的风格自愿行动，一个与另一个相关——也就是说，它们在高处行动。卡罗尔煞费苦心地表明已经发生了一种变化，因为现在是喝导致变大、吃导致缩小（在第一部分情况相反）。特别是，导致变大和导致缩小都与一个物体联系在一起，也就是那朵蘑菇，它把二者择一建立在自身之圆上（第5章）。显然，只有当这朵含混的蘑菇让位于一个被明确呈现为高处之客体的好客体时，这种印象才会得到证实。就这一点而言，毛虫是不够的，尽管他坐在蘑菇上。相反，是柴郡猫扮演了这个角色：他是好客体，好阴茎，偶像或高处之声音。他体现了这一新位置的种种分离（析取）：没有受伤的或受了伤的，因为他有时候呈现出整个身体，有时候只呈现出被砍掉的头；在场的或不在场的，因为他消失时只留下了他的微笑，或者从好客体的微笑中形成自身（就性冲动的解放而言，这是暂时的满足）。在其本质方面，这只猫是撤退并使自己偏离方向的人。他强加给爱丽丝的、与这一本质相符的新选择或新析取出现了两次：第一次，是婴儿还是猪的问题，就像在女伯爵的厨房里那样；然后，是睡着的睡鼠坐在三月兔和

《意义的逻辑》与卡罗尔的胡话文学

帽匠之间,也就是,坐在一个生活在地洞里的动物和一个与脑袋打交道的工匠之间,是要么站在内部的客体这一边、要么认同于高处的好客体的事情。简而言之,是一个在深处和高处之间做出选择的问题。在第三部分(第8—12章)又有一种元素变化。在又一次短暂地发现了第一个地点之后,爱丽丝进入了一个花园,里面住着没有厚度的扑克牌和扁平人物。在充分地认同于柴郡猫(她声称它是她的朋友)之后,爱丽丝好像看见原来的深处在她面前铺展开来,占据深处的那些动物成了奴隶或没有恶意的工具。她正是在这个表面上分布了她的父亲形象——一场审判过程中的父亲形象:"他们告诉我你去过她那儿,/并且跟他提到我……"(235)但爱丽丝预感到了这个新元素的危险:善意有产生可恶结果的危险,由王后所代表的阳物有转变成阉割的危险("'砍掉她的头!'王后大声喊道")。表面爆裂了,"……整副牌跳到空中,朝她飞扑过来……"(1990:234—236)

这一大段话与德勒兹在《意义的逻辑》前半部分关于深处与表面的论述有重复之处,他曾论及爱丽丝"对表面的征服",论及卡罗尔如何用表面创造了意义,因此我们可以说爱丽丝的历险就是从深处、经高处、到表面的历险。但是,在这里,我们要结合德勒兹关于语言的动态发生的论述来理解这一部分文字。《奇境》开始于爱丽丝的坠落,在前三章中,爱丽丝经历了三次身体大小的变化:她先是喝了一个小瓶子中的饮料,结果变小了,只有十英寸高;后来她吃了一个小蛋糕,结果身体就像单筒望远镜那样伸长了,长到三米多高,哭出来的眼泪形成了一个四英寸的水池子;在后来,因为她无意间抓起白兔丢下的扇子扇风,就变到了六十厘米高,不小心滑入了眼泪池,遇到了老鼠、渡渡鸟等一帮动物。从精神分析的角度来说,她坠落的方向是身体的深处,那里是精神分裂的世界,一切都是彼此冲撞、彼此穿透的身体或身体碎块,那里充斥着噪音。对吃奶的婴儿来说,口欲、嘴巴和乳房起初都是无底的深处,是嘴巴—肛门或食物—排泄物的系统。克莱因的术语称深处为儿童心理的偏执狂—精神分裂位置。

德勒兹区分了这个位置中的肛门主题和尿道主题，前者与固体的粪便碎块有关，而后者与将小碎块结合起来的液体原则有关。

在第二部分中，爱丽丝的身体大小变化更为频繁。她被白兔当成女仆，被它命令去房间取东西，喝了一个小瓶子里的东西，结果变得很大，占满了白兔的房间，不得不将一只胳膊伸出窗外，把一条腿伸到烟囱里。后来，白兔等人用石块打她，结果落到屋里的石子都变成了小蛋糕。爱丽丝吞了一个小蛋糕，立刻变到大约三英寸高，跑出屋子。然后，她遇到了一个关键人物：坐在一朵蘑菇上抽水烟的毛虫；正是毛虫告诉爱丽丝吃那朵蘑菇的两边可以控制她的身体大小。于是爱丽丝在试验蘑菇的作用时，先是变得差点没有了（身体迅速缩小，下巴紧压在脚背上），后来变成了长脖子怪物，被孵蛋的鸽子当成了蛇。之后她又小心翼翼地进行试验，终于可以控制蘑菇的魔力，使自己了恢复原样。再后来，她看到了女伯爵的房子（只有一米二那么高），于是吃了一点蘑菇把自己变成了九英寸高。在女伯爵家里，爱丽丝认识了具有神奇隐身和现身功能的柴郡猫，按照猫的指路，爱丽丝来到了三月兔的房子，于是又把自己变成了六十厘米高。

在这四章中，爱丽丝经历了七次身体变化，而蘑菇给她造成的变化就有五次。德勒兹正确地指出，蘑菇的作用建立它的"圆"性之上，圆是一种含混性，无法区别它的这一边和那一边（毛虫告诉爱丽丝，"这边会让你变高，另一边会让你变矮"）。德勒兹在这里还利用了"好客体"的概念，而且这个概念的特点确实非常符合小说中的人物特点和关系。毛虫像是一个超然却冷漠的智者，他给爱丽丝提供了解决身体困境的方法，但语焉不详，而且他对爱丽丝的困惑和孤独没有什么同情或同感，因此爱丽丝只能通过自己的尝试去寻找成功的掌控方法。因此，德勒兹说毛虫还不够条件做高处的好客体；真正的好客体的象征是能够爬上树杈、甚至悬停在半空中的柴郡猫。更为重要的是，柴郡猫虽然长着吓人的尖牙利爪，而且自称是个疯子，但他似乎是奇境中对爱丽丝最好或者说和爱丽丝的关系最好的一个人物。而儿童与好客体的关系使他/她有可能把自己从深处令人困惑的物质关系中抽取出来，以便于形成自己完整的物理表面（性欲表面）。因为儿童会把自己认同于好客体，所以在这个过程中，好客体会减轻儿童的焦虑。高处的好客体与深处的部分客体保持着斗争关系，因此它会向高处逃跑和撤退，它就像高处的鹰一样。德勒兹在关于柴郡猫的注释中说，这只猫在深处（他一开始出现在女伯爵矮小的厨房里）和高处（树上或者天上）都在场。"柴郡猫所在的位置（在树上或者天上），他所有的特征，包括那些可怕的特征，都使人把他认同为作为高处的'好'客体（偶像）的超我。……高处的实体——它总是溜走或撤退，但是也与内部客体战斗并捕获它们——这一主题是卡罗尔作品中的一个常数，在那些出现钓鱼的诗歌和故事中（例如诗歌《两个兄弟》，其中的弟弟充当鱼饵）都能发现这个特别残忍的主题。"（1990：235，n1）

德勒兹也将柴郡猫称为"好阴茎"。根据精神分析的说法，在阳物阶段，儿童会根据被高处的客体纳入其下的两种"析取"——未受伤害和受伤，缺席和在场——把阴茎"分裂"成母亲形象和父亲形象。"在这个恋母情结的阴茎阶段，母亲呈现出一个需要修复的受伤身体的方面，父亲呈现出被迫回来的好客体的方面。"（1990：201）儿童会把好阴茎（完整的好器官）投射到自己的生殖器区域，这样好阴茎就会"复制"儿童自己的器官，允许他与母亲发生性关系而不冒犯父亲的阳物。好阴茎的作用是协调儿童身体的部分表面，把母亲的在场和缺失融为一个整体，让儿童理解母亲神秘的来和去。德勒兹曾引用克莱因的说法，说俄狄浦斯情结隐含着对一个"好阴茎"原先的位置的解放："因为只有当男孩对于男性生殖器——他父亲的和他自己的——有一种足够强烈的信念时，他才会允许自己体验对于母亲的生殖器欲望……他才能面对他的俄狄浦斯仇恨和敌对。"（1990：200，n1）德勒兹指出，作为阳物阶段和抑郁位置的象征物，柴郡猫表现了种种析取特点：他有时候处于没受伤的状态（显现出整个身体），有时候处于受伤的状态（他只显现他的头）；他有时候在场，有时候缺席（消失），只剩下一个咧着嘴的笑。因此，他也给爱丽丝强加了析取，他让爱丽丝去判断那个哇哇乱叫的婴儿到底是婴儿还是猪——它本来是女伯爵抱在怀里的，后来女伯爵把它交给爱丽丝；当爱丽丝觉得这个哼哼叫的孩子长得像猪一样时，它果然就变成了猪。柴郡猫给爱丽丝指路，建议爱丽丝去见三月兔或者疯帽匠，结果她就走到了他们（他俩分别象征深处和高处的客体）的疯茶会上，他们两人之间是总在睡觉、偶尔说话的睡鼠。这时候的爱丽丝就是处于抑郁位置的儿童的代表。

在第三部分中，爱丽丝看见原来的深处变成了表面，她形成了自己的性感区域表面。处于俄狄浦斯阶段的儿童的本意是好的：他/她认同于好客体（阳物），试图成为能够母亲欲望的"想象的阴茎"，结果就是他/她与母亲乱伦，想取代父亲，从而与父亲产生敌对。但是很快，当他/她形成了完整的性欲表面之后，他/她的阴茎会被"阉割"，俄狄浦斯情结就会消除，他/她不再试图成为阴茎，而是认同于有阴茎的父亲。根据拉康的理论，父亲代表着语言和文化的符号（或译象征）秩序，儿童认同于父亲形象就意味着他/她将自己置于受规则支配的社会组织方式中。爱丽丝进入了这个阶段，她在这个表面上分布了这些父亲形象，其中主要就是审判过程中的父亲形象。她进入了符号秩序，获得了语言，因而能够驳斥荒唐的国王及其陪审团，指出被他们当作证据的那首充满代词且没有署名的诗歌毫无意义："如果谁能把这首诗解释清楚，我就给他六便士。我觉得它一点点意思都没有"。（2001：111）但是，面对着国王、王后（她说"先判刑，再裁决"）等人的"无意义"，爱丽丝意识到这个意义表面是很脆弱的，它可能会倒退到或者崩塌回无意义的深渊："表面典型的脆弱性。……作为表面形象的阳物不断处于被深处的阴茎或高处的阴茎所复原的风险中……因而有一种通过前俄狄浦斯抑郁而进行的双重的阉割威胁（阉割—吞噬，阉割—剥夺）。阳物所追踪的那条线有被吞没在深深的裂缝中的危险。"（1990：202）德勒兹说，这种表面上发生的阉割就像镜子上有毒的涂层，"作为一种表面现象，它标记着失败或疾病、不成熟的霉菌、表面过早腐烂的那种方式，表面线条与深深的裂缝再次连接起来，或者乱伦与深处同类相食的混合再次连接起来。"（1990：202）

对于第二本《爱丽丝》，德勒兹的分析如下：

《意义的逻辑》与卡罗尔的胡话文学

你可以说《镜中奇遇》继续了同一个故事、相同的任务,但这儿的东西被取代或替换了,第一个时刻受到压制,而第三个时刻得到了极大发展。并不是柴郡猫是爱丽丝的好声音,而是爱丽丝是她自己的猫、真正的猫的好声音——一个斥责的声音,慈爱而隐退。爱丽丝从她的高度把镜子理解为一个纯粹的表面,外面和里面、上面和下面、反面和正面的一种连续,在这儿"捷波沃奇"把自己同时朝两个方向展开。在又一次短暂地充当了与棋子面对面的好客体或隐退的声音(带着这个客体或这个声音所有的可怕属性)之后,爱丽丝自己进入了游戏:她属于取代了镜子的棋盘表面,承担了成为王后的任务。必须穿过的棋盘方格代表着性感区,而成为王后就是让阳物做连接媒介。很快就能看出来,相应的问题不再是那个独特而隐退的声音的问题,而是成了多重话语的问题:为了能说话,一个人必须付出什么、必须付出多少?这个问题几乎出现在每一章,章节这个词有时候指的是一个单一系列(就像收缩到已经无法被记住的专名的情况一样);有时候指的是两个会聚的系列(就像对对儿兄弟的情况那样,那么会聚、那么连续,以至于不可区分);有时候指的是偏离和分岔的系列(就像矮胖蛋的情况那样,他是语义素的主人,是词语的发薪人,他使它们分岔、共振到无法理解的程度,结果它们的正反面再也无法区分)。但在词语和表面的这种同时组织中,《爱丽丝》中已经表明的那种危险得到了具体说明和发展。爱丽丝又一次在表面上分布了她的父母形象:哀怨的、受伤的母亲白方王后;孤独的父亲红王,他从第四章往后一直在睡觉。但是,是红方王后穿越所有的深处和高处而来——阳物成了阉割的中介。又是最后的崩溃,这一次是爱丽丝自己自愿结束的。她宣称有什么事要发生,但是,是什么事呢?是倒退到口腔—肛门的深处、倒退到一切都重新开始的地方呢,还是对另一个光荣且中立的表面的解放呢?(1990:236—237)

在《镜中奇遇》中,深处和高处这两个阶段未得到表现,只有表面时

第五章 卡罗尔与精神分析

刻得到了全面展现。爱丽丝自己成为高处的好客体和好声音，在小说的开头，她慈爱地斥责那只调皮捣蛋把毛线团扯乱的小黑猫；在小说的结尾，当她从梦中醒来的时候，她觉得小黑猫和小白猫就是梦里的红方和白方王后，可是无论她对着两只小猫说什么，它们都用呼噜呼噜的声音回应她。她先是把镜子看作一个表面，在镜子里面，反写的"捷波沃奇"诗歌同时朝正反两个方向展开。进入象棋比赛之后，白方小卒爱丽丝真正属于表面了；她要穿过不同的方格（它们代表着不同的性感区），争取成为王后（阳物的代表），用阳物将这些性感区连接起来，将它们整合为一体。她在这个表面上分布的父母形象都是无力、无能的：母亲形象由白方王后所代表，她是"哀怨的、受伤的"；她邋里邋遢，头巾和头发都乱七八糟的，梳子缠在头发里，在胸针还未刺破手指的时候大声喊痛，因为她是"向后生活"的。而父亲形象红方国王同样无能，他在比赛中是一直睡觉的。只有强势的红方王后才能代表阳物，是她教给爱丽丝如何玩这场象棋游戏，是她给爱丽丝安排了小卒的身份，是她经常训斥或告诫爱丽丝，也是她在爱丽丝的加冕宴上篡夺爱丽丝的王后权力，不让她吃东西——她把食物介绍给爱丽丝，然后说不可以吃掉被介绍的食物，因为那样不合礼仪。因此，她就是"阉割的中介"，并最终导致了爱丽丝在镜中世界所建立的表面的崩溃：红白两个王后一边一个拼命地挤她，把她挤到了空中，她使劲抓着桌子边才把自己拖下来；所有的东西都活了，蜡烛全都飞上了天花板，酒瓶子一个个地拿起两只盘子，把它们当翅膀安在自己身上，在大厅里四面八方地乱飞；不知怎么回事，羊腿坐在白方王后的椅子里，王后却进了汤盆，然后就消失在里面，还有好几个客人也已经躺进了汤盆里；汤勺在桌面上一边朝爱丽丝的椅子走过来，一边不耐烦地点头示意，叫她让开。于是，爱丽丝再也无法忍受这一切了，她双手抓起桌布，使劲一拽，把所有的东西都摔到了地板上。当她恶狠狠地想找红方王后算账的时候，却发现"她变成了洋娃娃那么大，正在桌子上围着自己的头巾一圈一圈地旋转着……当那个小东西正要从桌子上一只刚点燃的酒瓶上跳过时，爱丽丝一把抓住了她。"（2001：247）她使劲地前后摇晃它，结果王后就变成

189

了一只小猫，爱丽丝的小黑猫。于是，爱丽丝的第二场梦醒了。确如德勒兹所说，这场噩梦、这次的崩溃是爱丽丝自愿结束的；只不过"有什么事要发生了！"并不是爱丽丝说的话，而是白方王后给爱丽丝的提醒。德勒兹问，在这场崩溃之后究竟会发生什么事，爱丽丝将会被迫重新坠入一片混沌的身体深处（噪音）呢，还是用她对红方王后的控制之力解放另一个语言表面呢？这个问题无疑与《镜中奇遇》的开放结局相符合，德勒兹没有提供答案，就像卡罗尔没有告诉我们这次的梦是爱丽丝做的还是红方国王做的一样。下文我们将会看到，文学研究者科茨会借助拉康理论给这个问题一个更为明确的答案。

在结束了他对两本《爱丽丝》的精神分析解读之后，德勒兹转向了对关于卡罗尔的精神分析的批判，并且将其扩展至对精神分析、艺术家和作家、精神病人之间的关系的分析。他说：

> 关于卡罗尔，人们经常阐述的精神分析诊断指出了以下几点：对抗俄狄浦斯情景的不可能性；在父亲面前逃离和对母亲的抛弃；在被认同于阳物但也被剥夺了阴茎的小女孩身上的投射；以及随后的口欲—肛欲（oral-anal）倒退。然而这些诊断很无趣，并且众所周知，精神分析与艺术作品（或者文学性—思辨性的作品）之间的遭遇不可能通过这种方式实现，通过作品把作家当作可能的或真实的病人来对待无疑不能实现这种遭遇，即使他们被给予了升华的好处；它不是通过对作品进行"精神分析"而实现的。因为作家，如果他们伟大的话，更像医生而非病人，我们的意思是他们本身就是令人吃惊的诊断专家或症状学家。总有大量的艺术涉及症状的分类，涉及一张一览表的组织，在表格中某种症状脱离了另一种症状，与第三种症状并置起来，形成了一种紊乱或一种疾病的新形象。有能力更新症候学一览表的临床医生们就是创作了一部艺术作品；反过来说，艺术家是诊疗师，不是就他们自己的病例而言，甚至也不是就一般病例而言；而是说，他们是文明的诊疗师。在这一方面，我们不能追随那些认为萨德关于施虐狂、马

索克关于受虐狂没有实质东西可说的人。而且，对症状的评估似乎只有通过小说才可能实现。神经病患者病人创作了一部"家庭浪漫传奇"不是偶然的，在它的曲折情节中肯定能发现俄狄浦斯情结也不是偶然的。从弗洛伊德的天才这一角度来看，不是这个情结给我们提供了关于俄狄浦斯和哈姆雷特的信息，而是俄狄浦斯和哈姆雷特给我们提供了关于这一情结的信息。艺术家实际上不必要这种看法将会受到反对；病人自己提供了浪漫传奇，而医生对它进行了评估。但是这会忽视艺术家既作为病人、又作为文明之医生的特异性；会忽视作为艺术作品的艺术家小说和神经病人的小说之间的不同。神经病患者病人只能将其小说的措辞和故事现实化：那些症状就是这种现实化，其小说没有其他的含义。与此相反，从症状中抽取出纯粹事件非一可实现的部分（或者像布朗肖所说的那样，把可视的东西提升到不可视），把日常行动和激情（像吃、拉、爱、说或死）提升到它们的意识对象属性和它们相应的纯粹事件，从身体表面（在这个表面上症状被表演，实现被决定）走到形而上学表面（纯粹事件在此显现，在上面被表演），从症状的起因走到全部作品的准起因——这是作为艺术作品的小说的目标，是把它与家庭小说区分开来的东西。换言之，去性欲化积极的、高度肯定的特点在于用思辨性的投资取代了心理的倒退。这不妨碍思辨性的投资与一个性客体相关——因为这种投资使事件脱离它，把性客体伪装成相应事件的伴随物：什么是小女孩？这需要全部作品，不仅仅是为了回答这个问题，也是为了唤起并构成那个使之成为一个问题的独特事件。艺术家不仅是病人和文明之医生，也是文明之反常者。（1990：237—238）

这一大段的头两句表明了一般的精神分析对卡罗尔做出的"无趣"评价，我们会在稍后挑选一部分《意义的逻辑》之前的此类分析作品看一看。关于病症的传统评估和小说之间有一种联系，弗洛伊德说精神病人能够创作出一部"家庭浪漫传奇"。神话和戏剧也能提供很多信息。但是，

《意义的逻辑》与卡罗尔的胡话文学

小说家所做的事情比精神病人多，因为作为艺术作品，小说能够用纯粹事件来操作。因此，精神的投资被思辨性的投资所取代，后者为了构成独特的事件而使事件脱离性客体，这就是去性欲化，它从一个表面跳到了另一个表面。德勒兹指出，我们几乎没谈过这种去性欲化的过程，"只有它的力量存在于卡罗尔的作品中，它就出现在为了有利于吃/说之间的选择而将那些基本系列（被难解词包括在内的那些）去性欲化的力量中；它也出现在用以维持那个性欲对象，即小女孩的力量中。实际上，神秘之处就在于这种跳跃，在于从一个表面到另一个表面的这一经过，在于第一个表面被第二个绕过后成了什么。""从物理的棋盘到逻辑的图表，或者准确地说，从感性的表面到超—感性的感光底片——卡罗尔，一个知名的摄影师，正是在这种跳跃中体验了一种可能被我们认为反常的快乐，而且他天真地宣告了这种快乐。"（1990：238）德勒兹还引用了卡罗尔的短篇故事《摄影师的一天》中的几句话：他用一种"无法控制的激动"对阿米莉亚说的那样："阿米莉亚小姐，我希望能荣幸地给你拍张照片……阿米莉亚，你是我的！"这个故事记叙了一个名叫塔布斯的摄影师到一户人家去拍照，被他们家那个漂亮可爱的女儿迷住了，对那个和她订了婚的上尉嫉妒不已，一心想要给女孩拍照片。他费心费力地依次给她的父亲、母亲、婴儿、三个妹妹拍了照片，又给他们拍了全家福。终于在午餐时分找到了和女孩坐在一起的机会，说"阿米莉亚小姐，我希望能荣幸地给你拍张照片"，女孩用甜美的微笑答应了他，于是"那一刻的突然幸福几乎征服了我，当我想'一生的愿望实现了，我要给阿米莉亚拍照了'时，泪水涌入眼眶……"他爬到一座小山上，选取了阿米莉亚林中小屋的最佳视角，用"无法控制的激动"喊道，"拍完了！阿米莉亚，你是我的！"结果，他在山上洗照片的时候却发现拍到的影像颇为模糊，而且，巡山人因为他举止可疑而与他发生争执，底板掉在地上摔碎了。从故事梗概来看，它是一个关于单相思的摄影师的幽默故事。但是，德勒兹似乎把这个摄影师当作了卡罗尔的化身，把他为喜欢的女孩拍照的狂喜视为"反常的"快乐，暗示从精神分析的角度说，卡罗尔给小女孩拍照片的过程是从感性的表面跳跃到超—感性的底片，用照片固定住、维持住他的欲望对象，从而将自己去性欲化。

在《意义的逻辑》中，德勒兹在两个地方明确地表达了他对精神分析的批评。这是一次，另外一次是在前面关于阿尔托和卡罗尔的对比那一章（第十三系列），在那里他指出，一些轻率的英国心理分析家把卡罗尔的作品理解为一个精神分裂的故事：

> 他们指出了爱丽丝的望远镜身体，它的折叠和展开，她明显的饮食沉迷和潜藏的排泄沉迷；那些标示小口食物和"小口选择"的小碎片，快速分解的食物词语的拼贴和标签；她身份的丧失，小鱼和大海……你仍旧会想帽匠、三月兔和睡鼠在临床上代表的是哪种发疯。你也总是能够在爱丽丝和矮胖蛋的对立中认出那两个摇摆不定的极点："破碎的器官——无器官的身体"，身体—筛子和光荣的身体。阿尔托没有其他原因对抗矮胖蛋的文本。但是，就在这一刻，我们能够听到阿尔托的警告："我没有做翻译……我从未喜欢过这首诗……我不喜欢表面诗歌或者表面的语言。"坏的精神分析有两种欺骗自己的方式：相信自己发现了你能够不可避免地在各处都发现的相同材料，或者相信自己发现了造成虚假差异的类似形式。因此，临床的精神病学方面和文学的批评方面就同时被搞坏了。结构主义正确地提出了这一点：形式和物质只在它们被组织于其中的那些原初的、不可还原的结构中才有一个范围。精神分析在关注历史轶事之前必须要有几何维度，因为在人们于有生产力的物质或被生产的形式中发现它们之前，生命甚至性欲就存在于这些维度的组织和定向中。精神分析不能满足于指明病例、表现历史或者意指情结，精神分析是意义的心理分析，它先是地理的，然后才是历史的。它要区分不同的国家。（1990：92）

这段话似乎是德勒兹后期（主要是与加塔里合作后）著作中对精神分析大加攻击并摒弃的伏笔。德勒兹没有说第一句中的"他们"到底是谁，对于"他们"所做的精神分析阐释也说得很笼统，所以我们不能妄加揣测,但是我们可以回顾一下历史上关于卡罗尔和《爱丽丝》比较著名的精神分析阐释,并把它们与德勒兹所说的情况进行对照。

二 关于《爱丽丝》和卡罗尔的其他精神分析

将精神分析方法应用到文学上始于弗洛伊德,他对《俄狄浦斯王》《哈姆雷特》和《卡拉马佐夫兄弟》等文学作品的精神分析众所周知,他说这些作品的"乱伦"主题来源于人类无意识中所蛰伏的乱伦冲动,即俄狄浦斯情结。在《作家与白日梦》中,弗洛伊德将白日梦与文学创作联系起来,说想象活动的起源是孩子们喜欢的游戏,作家充满想象的创作活动其实也是一种游戏,他们的幻想是游戏的延续和替代,因此文学是白日梦的升华。弗洛伊德将诊疗和病理领域的精神分析引入文学批评,旨在通过分析和研究文学心理活动而发现作家和人物的无意识活动的特点和规律,从而更好地理解并阐释文学,更好地解释和说明整个文学活动的心理现象。在他的精神分析中,"潜意识"与"性"几乎不可分割,因此在文学的精神分析中性心理分析也占据着中心地位,而当代文学批评对精神分析阐释的批判大多也在于此问题。弗洛伊德以后的批评者们沿用他的理论和方法来研究作者的人格特点、创作动机和创作目的,分析人物的心理,挖掘作品的潜在意义。在20世纪二三十年代以前,人们基本上都是把《爱丽丝》视为优秀又有趣的儿童文学。但是此时,伴随着这两本书长大的知识分子(尤其是文学家)开始把它们视为具有革新性和实验性的成人文学,比如弗吉尼亚·伍尔夫对它们推崇备至,她的创作也受到了它们的极大影响。1932年,美国评论家埃德蒙·威尔逊指出卡罗尔没有引起人们的重视,他推崇《爱丽丝》的梦结构,说它们的心理真实抓住了所有的人:"作为对梦心理的研究,《爱丽丝》是最杰出的:与这一领域最严肃的表现相比——斯特林堡(Strindberg)或乔伊斯或福楼拜的《圣安东尼的诱惑》——它们也不差。"[①] 在它们的文学和文化地位得到大幅提升、被越来

[①] Edmund Wilson, "C. L. Dodgson: The Poet Logician" (1932), in Robert Phillips ed., *Aspects of Alice*, 1972, p.201.

越多的成年人关注的背景下，当时兴盛的弗洛伊德理论热潮就将卡罗尔和他的作品置于了精神分析的显微镜下。我们可以大致按照时间顺序来概览一下关于卡罗尔及其作品比较重要或影响较大的精神分析评论，并将这些分析与德勒兹的方法进行比较。

根据资料来看，第一个弗洛伊德式评论（1933年）的作者是当时牛津大学的学生戈尔德施密特，他的文章开篇即戏谑地说："没有一个评论者（只要是弗洛伊德理论给他留下哪怕最轻微的印象）会识别不出任何媒介中的性象征，当它被清楚地展现出来时。"[1] 然后他分析了为什么《奇境》是精神分析的"合适主题"：因为卡罗尔自称它是即兴创作的，而且它还是梦的形式。尤其是，其中的象征太明显了：爱丽丝坠入深深的兔子洞、锁着的门和钥匙都是最著名的性交象征；正常大小的门代表成年女性，而爱丽丝关注的那个小门代表小女孩，门帘则代表小女孩的衣服。这些暗示着卡罗尔潜意识中有一种相当强烈的不正常的、被压抑的感情。戈尔德施密特引用了卡罗尔自己写过的一段话，其中说，他的小女孩朋友十分之九会在小溪与河流交汇的关键点沉船失事，曾经钟爱的小朋友会变成无趣的、看都不想看的熟人。戈尔德施密特说，如果是孩子的个性吸引卡罗尔的话，这种突然的反感是难以解释的；爱丽丝变大变小的事件、她的长脖子等都是阴茎的象征。《奇境》整个故事就是卡罗尔对小女孩的不正常欲望的无意识歪曲和压制，因此，我们会预料到这些压抑和无意识的精神冲突会导致卡罗尔后期生活的问题，难怪中老年时期的卡罗尔被描述为"乖僻、易怒、倔强、易患阵发性抑郁。如果他生活在今天，他也许会被分析，发现他的神经官能症的起因，过上一种更满足的生活。但是这样的话，他可能就写不出《奇境》了。"[2] 从这篇文章略带嘲弄和戏谑的口吻来看，它明显是对弗洛伊德式精神分析的戏仿，而非这一学派的一种热切实践。但是，它预示了后来对《爱丽丝》和卡罗尔的弗洛伊德式阐释，卡罗

---

[1] A. M. E. Goldschmidt, "Alice in Wonderland Psychoanalyzed" (1933), in Robert Phillips ed., *Aspects of Alice*, 1972, p. 279.

[2] Ibid., p. 282.

尔是一个压抑的恋童癖的看法很快就扎下根来了。

1935年，新批评派的主要人物威廉·燕卜逊对《奇境》进行了精神分析，他的诠释在当时的文学批评领域影响较大。他首先表示对《爱丽丝》的严肃批评太少了，然后表示用精神分析来阐释这两本书恐怕不合适，会完全毁掉这两本书的气氛。再者，道奇森（卡罗尔）是那么有自觉意识的作家，想让他原形毕露并不容易。显然，燕卜逊对精神分析批评派的目的和方法很清楚。他指出，这两本书非常坦率地与成长有关，把它们翻译成弗洛伊德的术语没有很大的发现。因此，他声明自己只会在相关的地方使用精神分析，其用处不是要发现卡罗尔特有的神经质，而是希望消除卡罗尔的神秘性。燕卜逊是在田园诗传统中对两本《爱丽丝》进行精神分析的，所以这篇文章收录在他的著作《田园诗的一些变体》中。他认为，爱丽丝是田园诗中的儿童，其程式是"儿童成为审判者"，而卡罗尔将自己认同于主人公爱丽丝，因此他是放大版的乡村少年。在此背景下，他指出，要让《爱丽丝》产生于其中的梦故事显得弗洛伊德化，你只需把这个故事讲出来就行了。比如，当爱丽丝变得很大、被卡在白兔屋子里时，这象征着出生创伤；透过小孔凝视花园的爱丽丝也许既想逃离子宫，又想回到子宫；"她是顺着小洞下去的父亲，是底部的胎儿，只有通过成为母亲并产生自己的羊水才能出生。"[①] 他认为卡罗尔其实在爱丽丝身上容纳了所有的人类性欲特质。他还认为卡罗尔"部分地想象自己是那个女童，部分地想象是她的父亲，部分地想象是她的恋人"[②]，并以柴郡猫等"人物"为分析对象来探索卡罗尔跟小女孩们的真实关系。由于燕卜逊是一位理论大家，不少人开始认同《爱丽丝》是复杂的文学作品，值得进行细致的诠释。

几年以后，美国著名精神分析家、纽约大学精神病学教授兼医生保罗·希尔德对《爱丽丝》和卡罗尔进行了精神分析，这篇论文本来是他在美国精

[①] William Empson, "Alice in Wonderland: The Child as Swain" (1935), in *Aspects of Alice*, 1972, p. 358.

[②] Ibid.

神分析协会的一次大会上所做的报告，后来被《纽约时报》（1938年）报道，结果在美国文学团体中激起了一场巨大的骚动，引发了很多人的激烈反应。他通过小说分析了爱丽丝的性格，也结合他所了解的卡罗尔的生活事实，用书中的人物和象征对他进行了精神分析，以此来评定这两个故事对儿童读者的价值。他首先表明，"你会期待一个为儿童写作的人应该有或者应该曾经有丰富的生活，而这种经验的丰富性会传递给儿童某种有价值的东西。而道奇森却过着一种相当狭隘和扭曲的生活。"[1] 他说，没有传记材料记录卡罗尔与父母和姐妹弟弟们比较深入的关系，他在基督教堂学院只获得了助祭身份，因为口吃而从未达到牧师地位。而且，他学究气十足，是一个相当乏味无趣的数学教师。希尔德罗列了卡罗尔不正常的生活的好几个方面：他没有成人朋友（现在看来这种说法是不可靠的，后来的传记材料表明卡罗尔拥有相当广泛的社交圈，结交了很多社会名流）；他只喜欢小女孩（这点基本正确）；他终生未婚，留下无数篇日记，日记中从未暗示他对性爱感兴趣，但他给小女孩朋友们写了大量的信，其中有些诗歌几乎无异于情诗。

　　希尔德承认，关于卡罗尔的真实生活信息材料缺乏，所以"为了得到更深的信息"就要转向他的作品。首先，卡罗尔看似令人愉快的童话故事表达了巨大的焦虑感。这种感觉大多与爱丽丝的身体变化有关联，她经常不知道自己要做什么，她甚至都不知道自己叫什么名字，等等，她的经历就像是充满焦虑的噩梦。在具有强烈压抑感的人那里经常会发现这种梦。第二，在与食物和吃喝有关的方面，要么是剥夺，比如爱丽丝经常吃不到东西（这指的应该是《镜中奇遇》里的情况）；要么到处都是口欲攻击：海象和木匠吃了小海蛎子，鳄鱼吞了小鱼，威廉老爹连骨头带喙地吃鹅，等等。第三，故事中有食人性的趋势，也有各种其他的残酷行为，比如红桃王后动不动就要砍掉别人的头，因此，身体的完整性总是不断地受到威胁。第四，卡罗尔的小说中空间、时间和语言都没有逃脱被歪曲的危险，

---

[1] Paul Schilder, "Psychoanalytic Remarks on Alice in Wonderland and Lewis Carroll" (1938), in Robert Phillips ed., *Aspects of Alice*, 1972, p. 283.

《意义的逻辑》与卡罗尔的胡话文学

其中有无穷无尽的文字游戏，词语所意指的东西（也就是所指对象）弥散成了符号，而符号又成了物体，就像巴甫洛夫的狗会对符号产生反应一样（它们把符号当成了真实的食物）。也就是说，词语被当作一种物质来对待，因此，"木马蝇"被创造出来了（Rocking-horse-fly，镜中世界里的一种昆虫，显然是卡罗尔利用"马蝇"和"摇马"造出来的），"没人"成了一个真实存在的人，矮胖蛋愿意得到"非生日礼物"。《捷波沃奇》诗中的杜撰词让人想起了梦的语言和精神分裂者的语言；其中的混成词很像无意识体系的力量开始起作用时的压缩，词语被切成碎片，然后任意结合起来。希尔德说，卡罗尔被视为"胡话文学"大师，而"胡话文学是对特别强烈的毁灭性倾向、对一种非常原始的性格的表达"[1]，因此，书中的很多东西都消失了：绵羊商店里的货品，奇境里的人物再次成为扑克牌，《蜗鲨》中的面包师看到怖侏的时候彻底消失……由此可见，"这是一个充满残酷、毁坏和灭绝的世界。"[2] 这也是没有真爱的世界，其中的国王和王后要么荒诞，要么残忍，要么两者皆是。希尔德认为这与卡罗尔自己的成长状态有关，他在一个有十一个孩子的大家庭（他是最大的儿子）中得不到父母的关爱，手足之间也存有敌意，所以小女孩就成了"他爱的对象，代替了母亲和姐妹……代替了乱伦的爱欲对象"。[3] 总而言之，希尔德认为卡罗尔作品中这些黑暗的、敌意的、毁灭性的东西都是卡罗尔被压抑的情感的表现，是他的心理在作品中的延伸。他的结论是：

> 卡罗尔是一个特别具有破坏性的作家。我的意思不是在文学批评的意义上，在这儿我们不关心这个。我们只是想问，这样的文学是否会无法估量地增加儿童身上的破坏态度。《奇境》和《镜中奇遇》几乎没有什么东西是从毁坏引向建构的。其中几乎没有爱和温柔，几乎

---

[1] Paul Schilder, "Psychoanalytic Remarks on Alice in Wonderland and Lewis Carroll" (1938), in Robert Phillips ed., *Aspects of Alice*, 1972, p. 289.
[2] Ibid.
[3] Ibid., p. 291.

第五章　卡罗尔与精神分析

没有对别人的存在的顾及。……你恐怕会担心,如果没有成年人的帮助,儿童会感到困惑、孤独,可能会找不到路回到一个他能理解爱之关系、时间空间和语言的世界。①

在这篇文章中,他的分析大部分都很有道理,比如其中透出的焦虑、茫然和无助:爱丽丝经常被描绘为困惑地站着;不知道该做什么;不知道或者忘了自己的名字;想背一首诗的时候,嘴里出来的却是另一首诗;她拼命地跑,完了之后却发现自己还在原地;而且,她从那些既无情又无理性的成人那儿得到的不是关爱,而是威胁和压制。《爱丽丝》确实有很多儿童和成人都能明显意识到或领悟到的黑暗元素和焦虑表达,爱丽丝总是在努力地适应一个她觉得很不适应的世界。与希尔德相比,燕卜逊虽然承认卡罗尔小说的奇怪之处,但确实忽略了爱丽丝故事的噩梦性质。因此,希尔德的文章似乎是对燕卜逊田园牧歌说法的含蓄反驳,但他的措辞和表述其实是多有保留的。但是因为此前他曾在美国心理分析学会上发表演讲,反对让孩子们接触卡罗尔"危险的败坏",所以他的观点引起了人们的强烈抗议。有人反过来指责希尔德是虐待狂,还有人甚至向精神分析家和精神病医生宣战,让他们"把手从我们的爱丽丝身上拿开"。希尔德试图把纯真的儿童从一个变态作家那里拯救出来,而作为对他的回应,许多文学批评者和学者要将纯真的文学从一个变态的精神分析家那里拯救出来。比如,美国当时最受尊敬的文学和戏剧评论家约瑟夫·伍德·克鲁奇(Joseph Wood Krutch)撰文明确反对希尔德的这一精神分析解读,他激烈地表述说:"就我个人而言,我从未听一个孩子说自己受到《爱丽丝》危险的惊吓,也没听说一个成年人把自己的堕落归咎于婴儿时期从这本书里受到的创伤。"② 他宣称《爱丽丝》更为显著的东西是它们对维多利亚时期社会的讽刺性描绘。还有几个批评者引用了卡罗尔自己对《爱丽丝》的表

---

① Paul Schilder, "Psychoanalytic Remarks on Alice in Wonderland and Lewis Carroll" (1938), in Robert Phillips ed., *Aspects of Alice*, 1972, p. 292.

② Emanuel Berman, ed., *Essential Papers on Literature and Psychoanalysis*, 1993, p. 4.

述："许多英国人的炉火边有幸福的脸庞给她一个欢迎的微笑,她给许多英国儿童带来了一小时的纯真娱乐(我相信是这样的),这一想法是我生活中最灿烂、最愉快的想法之一。"①

1947年,约翰·斯金纳在一篇论及卡罗尔和《奇境》的文章中声称"除非使用精神分析方法,否则不可能获得对卡罗尔的生活或者其幻想作品的意义的有意识理解"②。他的主要看法包括:卡罗尔选择小女孩作为爱的对象,认同于她们,这表现了他对成人性欲的否定,是他的一种防御机制;他躲避成年人,但同时对自己与小女孩的关系抱有一种负罪感,总觉得"格伦迪夫人"(也就是拘泥于礼节和规矩的人)在看着他,以至于在某些信中表现出一种类似于歇斯底里的不满和愤怒。斯金纳还说,卡罗尔似乎把他的许多故事写成了对恶意的明显表达,尽管这种恶意掩盖在可以被社会所接受的奇思妙想之形式下。他曾在一封写给某个孩子的信中说,他忘了爱丽丝的故事与什么有关了,但他说"我想它与恶意(malice)有关"③。除此之外,他的故事中充满了戴着伪装、故而荒谬可笑的人:国王、王后、仆人、老师、园丁,以及日常生活中的其他普通人。他的故事就像各色人等的一场无止境的游行,反映了他和他的熟人们生活中的种种不一致。在他作为"道奇森"的时候,他虽然安静而腼腆,但他会通过各种各样的小册子或写给报社的信提出种种抗议,活在这些东西中;而当他是卡罗尔的时候,他通过他的故事活着并抗议。他的性欲望被他对小女孩朋友的兴趣所掩盖,而当她们到了青春期之后,他又通过抛弃她们来防范明显的性欲。斯金纳引用了《蜗鲨之猎》的一小段来证明卡罗尔的"困境":"如果那一天我遇到一只怖侏,/立刻(对此我非常肯定)/我就会轻轻地、突然地消失——/我无法忍受这种想法!"这首诗中没有英雄,主人公(面包师)在关键时刻消失了,他承认他认不出、也找不到一只怖侏

---

① Emanuel Berman, ed., *Essential Papers on Literature and Psychoanalysis*, 1993, p. 4.
② John Skinner, "Lewis Carroll's Adventures in Wonderland" (1947), in Robert Phillips ed., *Aspects of Alice*, 1972, p. 293.
③ Ibid., p. 304.

(他的捕猎对象蜗鲨的一种)。斯金纳说,道奇森不敢成为成年人,消失也许是解决他的困境的唯一方法。他的结论就是,卡罗尔"保持孩子的状态,并且以这种角色解决了我们在长大时都要面对的问题。也许正是我们与他的这种无意识认同使我们能够在他通过故事跟我们说话时理解他,也使爱丽丝作为集体的世界无意识中的儿童而永远活着"[1]。

20世纪50年代及以后的精神分析批评多数不再如此注重书中的性元素,而是更多地聚焦于两个方面的解析:一是根据传记材料和作品内容来探究卡罗尔的精神或心理状况,分析他与作品的关系,揭示作品中的各种象征;二是深入分析爱丽丝在奇境的经历,把她的故事视为一个关于正在发展的自我或者说成长的寓言,把爱丽丝这个人物视为正在学着理解世界、理解自身的儿童的代表。1955年,美国医生兼精神分析学家菲丽丝·格里纳克(Phyllis Greenacre)出版了《斯威夫特与卡罗尔》一书。这本书我无法得见全貌,只能根据《爱丽丝面面观》中收录的一小部分和其他研究者的相关介绍和评论文章来进行总结和探讨。在《爱丽丝面面观》的那篇节选中,格里纳克列举了卡罗尔生活中的各种细节和习惯爱好(有些应该被称为怪癖行为),然后从精神分析角度分析了他对"吃"和"呼吸"的态度、他与动物的关系、其作品的主要主题。她指出,卡罗尔本人在吃的方面很节制,但他很专注于描写吃;吃喝导致爱丽丝身体的变化,吃和被吃经常发生在奇境的动物们之间。鉴于卡罗尔有十个姐妹弟弟(他是家里最大的男孩,有两个姐姐,三个弟弟,五个妹妹),这些所反映的应该是兄弟姐妹之间的嫉妒和敌意。在谈到《奇境》的主要主题时,格里纳克指出了奇境中的残酷和暴力方面,她宣称:"这个故事的伟大魅力在于爱丽丝遇到的动物、昆虫和奇怪的人类等各种身份的全面混杂和融合中所表达的怪诞漫画全景,贯穿于这一切之中的是一种极端到荒谬可笑的残酷所形成的不和谐音:动物们吃掉彼此;一个婴儿变成猪,它被抛弃、走失到树林里;砍头是一种普遍的威胁;一只柴郡猫微笑着出现,但它自己的身

---

[1] John Skinner, "Lewis Carroll's Adventures in Wonderland" (1947), in Robert Phillips ed., *Aspects of Alice*, 1972, p. 307.

体却是分离的。"①

根据研究者莱恩的解析,格里纳克认为卡罗尔的戏仿可以还原为一部未解决的恋母情结戏剧,它不是把自己展现为焦虑或偷窥的乐趣,而是展现为内疚和自责:"他的超我的控制和包装功能是至高无上的,这些功能本身难以置信地富有侵犯性——对他的侵犯。这些功能似乎来源于其前性征期侵犯的极端强度;来源于这些东西吞没并裹挟着正常的阴茎冲动的那种方式;来源于那么广泛、那么破坏性地起禁止作用的良知发展的强制早熟。他的胡话,在他有意识地看来、也想让别人看来超然且无意义的胡话,却包含着他最深处的秘密:原始场景的兴奋,携带着它们对惩罚性毁灭的补偿恐惧的口腔—肛门—阴茎冲动。"② 莱恩说,由此前提来看,格里纳克把"无意义"的胡话描绘为作者的失败或作者病理的一种未得到研究的症状。

同年,格里纳克还根据精神分析学中的"屏障记忆"分析了卡罗尔的作品。这个术语指的是个体对童年时发生的与某个重大事件或者伤害性事件有一定联系的平凡小事的记忆。根据里德和莱文编辑的《论弗洛伊德的屏障记忆》(2014)的介绍,格里纳克在《镜中奇遇》关于白骑士的那一章《这是我自己的发明》中发现了屏障记忆的一个关键版本,她的文章题目就与小说的这一章同名。她在这篇文章里追踪了道奇森—卡罗尔作品中一个反复出现的屏障记忆的起源和再造。该文的驱动力是卡罗尔童年时期的细节和他的故事及诗歌(它们的文学形式是戏仿、胡话、漫画手法和讽刺)中重复出现的主题的一种复杂交织。她说,卡罗尔经常观察到怀孕母亲的身体变化,然后看到一个接一个的新生儿的出生,这让他面对着无法解决的困惑和无法消除的感觉。格里纳克认为,这些出生在《蜗鲨》中得到了纪念,这首诗的八个章节都在一场宏大的爆炸中达到高潮。"有某个

---

① Phyllis Greenacre, "Dodgson's Character Revealed in the Writings of Carroll" (1955), in Robert Phillips ed. *Aspects of Alice*, 1972, p. 327.
② Christopher Lane, "Lewis Carroll and Psychoanalysis: Why Nothing Adds up in Wonderland", in *International Journal of Psychoanalysis*, 2011 (92), p. 1039.

真实的事件是作家被压抑的记忆的基础,这个记忆坚持以这种隐秘的形式反复出现……"① 她还指出,"骑在马上的白骑士是爱丽丝的屏障记忆,但是白骑士的歌是他自己的屏障记忆,而这两个屏障记忆都属于爱丽丝和白骑士的创造者卡罗尔,他代表道奇森——那个以自己的方式爱上了爱丽丝·利德尔、喜欢解谜的人和善于发明小玩意的人。"② 小说中的爱丽丝听到白骑士的歌后就意识到,它的曲调并不是白骑士的发明(实际上它取自诗人托马斯·莫尔(Thomas Moore)的诗歌《我给了你所有,无法再给你更多》)。格里纳克指出,这首歌的元素最早出现在卡罗尔十二三岁时发表的《有用的教育诗歌》中,后来又出现在他十九岁时写的戏仿华兹华斯《暴风雨》的一首诗中,又在另外一首诗复现。总的来说,她的这篇文章说明了卡罗尔童年时期的屏障记忆如何影响了他少年和成年时期的文学作品的形式与主题:"……一系列连锁的、重合的、套叠的屏障记忆和梦境,它们以摆脱不了的重复性出现在作家的整个一生中。"③

在关于《爱丽丝》对儿童发展或曰"童年寓言"的启示方面,格里纳克认为儿童的心理发展开始于有声语言开始取代身体活动的时候(大约15—30个月大的时候),她称《爱丽丝》是"对童年发展的一个领域几乎能用语言来实现的最接近的描绘,这个领域就是儿童从原始的无理性状态出现,走向对后果、秩序和理性的初始概念的时候。"④ 这一点与关注儿童心理和身份形成的分析家们的看法是一致的。身份是《爱丽丝》中的一个很容易被注意到的重要主题之一,梦世界中有好几个人物要求她确认自己的身份,而她经常无法回答。奇境中反复发生的变大、变小让她觉得自己都不是自己了,她甚至怀疑自己是另外一个人;而在镜中世界那片没有名字的树林里,她连自己的名字——身份的标志——都不知道了。比如,研究者菲丽丝·斯托尔写道:"像所有的孩子一样,爱丽丝必须把自己与对

---

① Gail S. Reed, Howard B. Levine, eds., *On Freud's "Screen Memory"*, 2014, p. 158.
② Ibid., p. 157.
③ Ibid., p. 156.
④ https://www.carleton.edu/departments/ENGL/Alice/CritPsychol.html, site created by Lauren Millikan, 2011.

别人的认同分开,发展一个自我,对(她自己的和别人的)侵犯有所意识,学会容忍逆境而不向自我怜悯投降……换言之,爱丽丝得长大,而她是通过与活跃在无意识中的原始力量的接触做到这一点的。"[1] 通过在奇境的经历,爱丽丝逐渐获得了给予她能力的洞见和自我理解,接受了她自己的身份。只有当"她是谁和她如何看待自己不再受制于反复无常的、不可控制的未知事物"[2] 时她才能获得某种程度的力量来对付周围的荒诞。

作为精神分析医生,格里纳克关于卡罗尔的分析作品无疑是应用分析的力作,她对关于卡罗尔的资料的利用也是广泛而深入的。不过也有评论者认为,格里纳克对卡罗尔做出的推论多数只是因为相关的传记材料和他的文学作品与她的病例相像,她的分析缺乏实证,有些完全是猜测。比如,里德和莱文编辑的那本《论弗洛伊德的屏障记忆》中引用了她写给朋友的一封信,谈到她对卡罗尔的屏障记忆的推测:"我相信这一章(指《这是我自己的发明》)包含着卡罗尔想把自己展示给小女孩的秘密愿望,他是否将之付诸实施几乎无法说清;但是这源于他童年时期的某种经历,在我看来,他很可能因看见一个园丁手淫而患上阴茎恐惧。花园和园丁无疑在卡罗尔的故事中随处可见,他童年时期那座真实的花园和那辆叫作'爱'的玩具火车值得注意……"[3] 她的表述经常从"看来很可能"开始,没有令人信服的证据就突然上升到"我们有理由得出结论"。

1971年,评论者朱迪斯·布鲁明戴尔在《作为阿尼玛的爱丽丝》一文中运用精神分析学家荣格的"阿尼玛"(Anima)概念对卡罗尔和两本《爱丽丝》中的人物进行了分析中,她的主要观点就是:"爱丽丝自己是卡罗尔的比阿特丽斯,是他的喜剧缪斯。她掉下兔子洞就是夏娃——亚当的灵魂伴侣或阿尼玛——的坠落。"[4] 根据荣格的定义,"阿尼玛"就是"能

---

[1] Phyllis Stowell, "We're All Mad Here", in *Children's Literature Quarterly*, Vol. 8, No. 2, 1983, p. 5.
[2] Ibid., p. 7.
[3] Gail S. Reed, Howard B. Levine, eds., *On Freud's "Screen Memory"*, 2014, p. 159.
[4] Judith Bloomingdale, "Alice as Anima", in Robert Phillips ed., *Aspects of Alice*, 1972, p. 378.

够弥补每一个男人的男性意识的原型女性形象。"① 荣格在《个性的发展》中说,每一个男人在内心都携带着永恒的女性形象,不是某个特定的女性的形象,而是一个确定的、女性特质的形象。这种形象从根本上说是无意识的,是一种遗传因素,是对女性的所有祖传经历的一种印记或"原型",是对女性的印象的一种沉淀。荣格说,阿尼玛的作用就是通往关于集体无意识的种种形象的一座桥梁或者一扇门。按照通俗的理解,阿尼玛是男性心中的女性形象,是男性心灵中的女性成分。因为这种形象是无意识的,所以,它总是被无意识地投射到心爱的人身上,成为吸引或反感的主要原因之一。也就是说,阿尼玛的力量就是性爱和感情的力量。布鲁明戴尔认为,环境致使卡罗尔在其主人公爱丽丝身上把他内心的女性形象人格化,在奇境和镜子国中,爱丽丝扮演的角色是一个积极肯定的阿尼玛,从天真到经验,从无意识到有意识。反过来,爱丽丝也被"阿尼姆斯"所控制。阿尼姆斯是弥补女性意识的男性形象,它对应于"逻各斯"(Logos)或词语,会影响一个女性的思维。布鲁明戴尔指出,"在奇境和镜中世界里,这两种力量的作用都明显地受到了干扰。正处于理性年龄的爱丽丝记忆丧失,徒劳地想要从无意义中弄出意义来。除了爱丽丝之外,所有的人物都敏感、易怒、嫉妒、自负、无调整,这些都是一个被阿尼玛所控制的男人的特点。"② 而女性的阿尼姆斯通常显现为好几个人形成的一种复数性,"一个至高无上的道德权威……就像是多个父亲的集合或者某种制定无可争辩的判断的权贵的集合那样……每个人都这么说或者每个人都这么做。"③ 这简直就是对奇境的审判场景和维多利亚时代的教育体系的最佳描述。爱丽丝与梦中人物们遭遇时总是会受到父权秩序中盛行的那种无休无止的说教,在一个真实的维多利亚女孩看来,社会就是这个样子。

布鲁明戴尔说,卡罗尔在小说中把男性身份的发展描绘为岌岌可危

---

① Judith Bloomingdale, "Alice as Anima", in Robert Phillips ed., *Aspects of Alice*, 1972, p.379.
② Ibid., pp.379–380.
③ Ibid.

的，把女性形象描绘为牺牲品。对于前者来说，这种结论的来源是：主宰着《奇境》的"母亲本性"是长着爪子的猫。卡罗尔一生都专注于猫，这暴露了他对女性特质的迷恋，母爱就等于黛娜给她的小猫咪们的那种照顾；但是柔软可爱的猫是有尖爪的。在天鹅绒般的爪子所统治的母系家庭中，男性的老鼠持续处于被阉割的危险中，奇境中那只老鼠的故事就是以"死"来结尾的。"卡罗尔在育儿室以及后来在花园里的身份之战是一种达尔文式的生存斗争。""卡罗尔的自我，一个矮胖蛋，处于掉落而无法复原的永久危险中。……他对一个女孩的好奇心充满防御的超级敏感反映了一个太长时间暴露在女性目光之下的男孩的敏感易怒，是一个被迫完全在姐妹们（卡罗尔最终有七个姐妹）的陪伴下度过童年的小男孩的痛苦叫喊。"[1] 这些解释很是令人费解。布鲁明戴尔说，《爱丽丝》的起源可以在道奇森的个人历史的事实中找到，但是，就其中的母亲形象而言，我们很难把卡罗尔自己的母亲与书中的母亲联系起来——奇境里的红桃王后动不动就要砍掉别人的头，镜子国的红方王后非常爱训斥人，白方王后则胆小无能，虽然她很爱自己的孩子；那个丑陋的女伯爵不仅使劲摇晃怀中的婴儿，给它唱暴力的摇篮曲，而且为了赴红桃王后的约会而把它扔给爱丽丝照顾，结果它变成了一只猪，跑进了树林。布鲁明戴尔说，在《猪与胡椒》这一章中能看到抱着婴儿的母亲形象（圣母马利亚）的怪诞形式。这几个暴力的母亲形象与卡罗尔的母亲完全不符，后者是"天使"，她会吻去他因为那么快就被剥夺了母亲的关注（因为家里孩子太多）而产生的愤怒。布鲁明戴尔并没有解释清楚书中母亲形象与现实生活中母亲形象的不符的原因，也没有说明母性为何像猫性，母亲为何像长着利爪的猫。母亲形象的这种明显矛盾源于什么样的心理认识，与荣格的理论或概念有什么关系，卡罗尔为什么会有身份困惑和挣扎，这些问题都没有令人信服的答案，而且，这些论断与她下文所说的女性的牺牲品形象也是矛盾的。

她说，与男性身份的不稳定发展并行的是"明显的女性作为牺牲品的形

---

[1] Judith Bloomingdale, "Alice as Anima", in Robert Phillips ed., *Aspects of Alice*, 1972, p. 381.

象，一种基督教殉道者般的、把身体作为活生生的祭品奉献给上帝的形象。"①这种牺牲品形象经常与癫痫式的发作联系在一起，而这种发作又是与"出生创伤"的经常重复联系在一起的。布鲁明戴尔认为正是出生创伤导致了道奇森无法调和的分裂：一方面是基督教反复灌输的自我牺牲的爱，另一方面是母亲生孩子时的尖叫，两者之间的不协调在这个男孩身上造成了一种对于肉体的反叛，这种反叛使他的心理发展受阻于前青春期层次上。最终，道奇森拒绝承担大自然规定的那种单方面的、侵犯性的性角色，转而认同于女性，甚至用"刘易斯·卡罗尔"这个名字否定了他的教名，布鲁明戴尔认为这个名字其实就是路易莎·卡罗琳，也就是他的两个姐妹的名字。② 这种拒绝是由他从一个母系家庭进入到拉格比公学的粗暴环境中的转变所促成的，这种转变不啻从天堂堕入地狱，因为英国公立学校的现实用"地狱"一词来形容毫不为过。布鲁明戴尔只是提到少年道奇森被一位同学称为笨蛋，在那种以比赛为导向的粗暴环境中挣扎求存；其实，传记作家们经过对（拉格比和卡罗尔的）史料的研究认为，卡罗尔很可能遭受过给他的心灵留下经久阴影的欺凌。③ 这段学校经历解释了他对小男孩的终生厌恶，再加上刚进大学（十九岁时）母亲就去世，他的性格从外向变成了内向，他想得到长久以来未得到的母爱的希望也随之破灭。布鲁明戴尔借助荣格的观点表示，如果一个男人是恋母情结的牺牲品，他就会把母亲视为"包裹的、拥抱的和吞噬的元素……他的爱欲是被动的，就像小孩的一样；他希望被抓住、被吸入、被包裹和被吞噬。可以说，他寻求母亲保护的、滋养的、排外的小圈子……"④ 这个观点的来源是，布鲁明戴尔

---

① Judith Bloomingdale, "Alice as Anima", in Robert Phillips ed., *Aspects of Alice*, 1972, p.381.
② 根据格里纳克的说法，卡罗尔的几个学生戏仿了他的一篇戏仿作品，并且故意署名路易莎·卡罗琳，以嘲弄卡罗尔明显的女人气。至于卡罗尔这个笔名的来历评论界现在基本没有争议。他在某杂志发表诗歌作品时提供了四个笔名，杂志的编辑从中选择了这个。他把他名字的前两个部分 Charles Lutwidge 翻译成拉丁语，然后颠倒两者的顺序，使之成为 Ludovicus Carolus，再随意地译回英语，就成了 Lewis Carroll。
③ 卡罗尔多年之后写到这段经历："我无法说……会有任何可能的理由诱使我再经历那三年……我可以诚实地说，如果我晚上能免受烦扰，那么白天的磨难就是相对来说可以忍受的小事。"参见维基百科"卡罗尔"词条。
④ Judith Bloomingdale, "Alice as Anima", in Robert Phillips ed., *Aspects of Alice*, 1972, p.382.

认为作为十一个孩子中的第一个儿子，卡罗尔在母亲的慈爱中占据着独特的地位，但弟弟妹妹们一个接一个地出生，"篡夺"了他的地位；"他压抑很久的咆哮在《爱丽丝》中像火山一样爆发出来了。"① 也就是说，布鲁明戴尔认为《爱丽丝》反映了卡罗尔的手足敌意；但是，她并未指出这种敌意在书中的具体表现。她说卡罗尔不知为何在爱丽丝·利德尔身上重新发现了一个丢失已久的理想的女孩—女人形象，这个形象先是体现在他母亲身上，他出生时她还很年轻。格里纳克曾指出，一个具有未解决的恋母情结的人常常会被年龄比他小很多的女人所吸引，就像他被年龄大他很多的母亲所吸引一样。他选择一个小女孩做女主人公也有重要意义，因为这种选择肯定了性前期自我的雌雄同体本质；而且，作为卡罗尔的阿尼玛，她就像亚当的夏娃一样，充当了卡罗尔旅程上的比阿特丽斯，她是他心灵世界的调解人。布鲁明戴尔还把《镜中奇遇》里爱丽丝在她的加冕宴上被红白两位王后挤到空中视为圣母马利亚升天的象征，然后列举了一系列使她能够成为王后的品质，诸如好奇、勇气、善良、智慧，等等，尤其值得注意的是"她在旅程中呈现出越来越多的母性特点"②，而最终形成爱丽丝王后之特征的是她的同情能力，是她的爱。

　　布鲁明戴尔的文章在我看来有两个不足：第一，她说爱丽丝这个人物是卡罗尔的阿尼玛，亦即对其男性意识的弥补，但是她弥补了他的什么，又是如何弥补的呢？而且，她既说生活中的爱丽丝（即利德尔）是卡罗尔理想的女孩—女人形象，也说小说中的爱丽丝是神圣的女性形象，具有很多优秀的品质，这是否有把两个爱丽丝混为一谈的嫌疑呢？第二，她在很多地方的论断都是缺乏论据的，比如说，在提到卡罗尔的母亲从未表达过红桃王后的那种狂怒时，她说"但他明显感觉到她应该有这种愤怒"，这种说法证据何在呢？再如，她一方面说白骑士是积极的阿尼姆斯的神化，是那种以服务上帝（他的上帝就是爱丽丝）为使命的基督教英雄；另一方面又说爱丽丝记住的并不是他给予的救助，而是夕阳的光芒如何穿过他的

---

① Judith Bloomingdale, "Alice as Anima", in Robert Phillips ed., *Aspects of Alice*, 1972, p. 381.
② Ibid., p. 390.

头发,如何照在他的盔甲上。她说白骑士是镜中世界的真正国王,是"作为小丑的基督"或者"丑角基督","他总结了西方文明的历史:他同时是基督、圣乔治、圣杯骑士、堂吉诃德,最后是现代男人,他独创的'发明'都没有真正起作用——在它们没有给他带来幸福这一意义上说。"[1] 布鲁明戴尔的这种说法很难令人信服,尤其就她所谓的阿尼姆斯功能而言。而且在后文她还说,爱丽丝的加冕和被抬高与小丑基督的激情是并列的;就像基督被抛弃、被否定、被嘲弄、被戴上荆棘王冠并抬到十字架上一样,爱丽丝也被她的王后同伴抛弃,被有权的人嘲弄,在自己的胜利宴会上挨饿,她是疯狂世界的伪王后。这样的并置有些牵强,而且"伪王后"这种说法与她随后所列的爱丽丝的种种优秀品质形成了一定程度的矛盾。总的来说,布鲁明戴尔对荣格概念的运用不够深入,对爱丽丝、白骑士、王后等人物形象与集体无意识的关系的剖析缺乏深度和清晰度。

加州州立大学的一位研究者斯耐德的文章《今天一切都很奇怪》(2006年)也运用荣格理论解析了卡罗尔和《爱丽丝》。他认为布鲁明戴尔的文章大部分比较中肯,但是,她把爱丽丝作为阿尼玛并不令人信服。他的分析结论包括:第一,爱丽丝可能是卡罗尔本人的一个阿尼玛形象,也许在一个非常基本的层次上也是维多利亚时代的阿尼玛形象,但更重要的是,爱丽丝代表了荣格所说的儿童原型。第二,卡罗尔是荣格所说的"永恒男孩"(puer aeternus),或者说他患有彼得·潘症候。第三,卡罗尔的胡话作品弥补了维多利亚时代的超理性。

荣格认为,儿童母题代表了集体心理前意识的童年方面,而儿童是把对立事物统一起来的一个象征,是一个调解者,是能够带来治愈力量(也就是说,使人完整)的人。《爱丽丝》故事中无疑有很多对立的东西,比如强势和怯懦的红白王后的对立,当爱丽丝成为王后时,她们一左一右地把头放在爱丽丝的腿上睡着了,这时候的爱丽丝象征性地把她们团结起来

---

[1] Judith Bloomingdale, "Alice as Anima", in Robert Phillips ed., *Aspects of Alice*, 1972, p.388.

《意义的逻辑》与卡罗尔的胡话文学

了,成为她们的调和者。从治愈力量方面来说,胡话文学带来的笑声本身就是治愈性的,卡罗尔好像在告诉成人读者,如果他们变得像孩子一样,就会得到更多。而且,爱丽丝实际上比大多数人物更成熟,她能运用思考功能,这也表明了她象征着健全或者至少是可能的健全,这种健全被荣格称为自我。

荣格在《原型》一书中写道:"神话强调……'儿童'被赋予了更优越的力量,所以尽管有各种各样的危险,他都会出人意料地渡过难关。儿童是我们有限的意识头脑范围之外的生命力的一种人格化。"[①] 斯耐德认为荣格的评论也可以用在《奇境》上。爱丽丝的任务是建构她的自我,扩展她的意识,实现她的自性、她的个人神话。荣格说,"儿童代表着每个人心中那种最强烈、最不可逃避的冲动——实现自己。"斯耐德总结了奇境中的爱丽丝所形成和运用的各种"意识功能":比如她的哭泣表明她已经形成了感觉功能,在西方文化中这是一种传统上被视为具有"女性特质"的功能;她对感知功能的运用和一般的七岁小女孩一样多;她也会运用直觉功能(传统上被视为女性的功能),在杰克的审判上,当她被国王和王后以及他们的法庭的"胡说八道"激怒的时候,她意识到他们"只不过是一副扑克牌";她也正在形成传统上被视为"男性特质"的思考功能:在坠落兔子洞的过程中,她想"我这次掉下去多少英里呢?……我肯定是快到地球中心了。"然后她开始计算到地球中心得有多少英里;当她发现女伯爵和她的女厨子脾气暴躁的时候,她想"也许胡椒总是会让人们脾气暴躁",而且她很高兴自己发现了一个新规则。爱丽丝意识功能的发展证明了她的意识自我的成长和她雌雄同体的完整性的发展。斯耐德说,爱丽丝是女性这一点倒很重要,她因此能够弥补西方传统中无数的男孩主人公。儿童英雄或者儿童神灵从原型上说是雌雄同体的,但是,西方神话和文学以女性特质为代价片面强调男性特质,而爱丽丝有助于弥补父权制社会的这种片面性。因此,斯耐德认为,只有在最宽泛的(或者悖谬地说,是最

---

① Clifton Snider, "Everything is Queer Today: Lewis Carroll's Alice Through the Jungian Glass", http://web.csulb.edu/~csnider/Lewis.Carroll.html, 2006.

狭窄的）意义上说——从集体意识的角度说——我们才有充分的理由说爱丽丝是一个阿尼玛，因为她体现了爱洛斯（Eros）原则。在故事中她的作用不是任何人的阿尼玛。

爱丽丝的逻辑本质进一步说明了她的完整性。她把荣格所称的"女性的"爱洛斯原则与"男性的"逻各斯原则结合在了一起。在论及阿尼玛和阿尼姆斯时，荣格解释说："我只是把爱洛斯和逻各斯用作概念助手来描述这个事实：女性的意识更多地以爱洛斯的连接特性为特点，而不是以与逻各斯联系在一起的辨别和认知为特点。在男人身上，爱洛斯，亦即男女关系之作用，通常没有逻各斯那么发达。而在女性身上，爱洛斯是她们的真正本质的表达，而她们的逻各斯经常只是一种令人遗憾的偶然。"① 斯耐德认为，如果爱丽丝的逻各斯原则比大多数维多利亚时代的女孩更为发达的话，这也许是反映了卡罗尔自己与其主人公的认同。作为一个原型象征（与一个血肉之躯的孩子相反），她能够在血肉儿童不可能的程度上成为完整的，实现荣格所称的个体化，肯定她的自我身份，发展意识功能。而故事中那些荒谬的人物都促进了爱丽丝的个体化进程，他们给全社会提供了治愈性的笑声。在卡罗尔的地下世界里，父权制价值观被逆转，最强大的人物是女性，爱丽丝像异装的印第安人那样学会了同时发展男性和女性两种功能。爱丽丝从奇境和镜中世界中出来时拥有了比她过去更明智、更完整的人格，难怪她能成为王后，拥有一个地位高的人格，这象征了她的维多利亚时代读者的完整性。

在爱丽丝获得心理成长的过程中，她遇到的那些人物，毛虫、柴郡猫、矮胖蛋、白骑士、红白王后等都是指导者、帮助者或者引导者，他们代表聪明男人和聪明女人。爱丽丝通过对逻各斯原则的挪用而形成了更完整的心理。比如，爱丽丝接触过双胞胎兄弟的逻辑，还和他们一起跳了一场圆圈舞。他们的逻辑是："事情不是那样的，绝不是那样。反过来，如果确实是那样，那它可能就是那样；如果它可能是那样，那它就

---

① Clifton Snider, "Everything is Queer Today: Lewis Carroll's Alice Through the Jungian Glass", http://web.csulb.edu/~csnider/Lewis.Carroll.html, 2006.

会是那样；但是，因为它不是那样，所以它就不是那样。这就是逻辑。"（2001：155）他们一起跳的圆圈舞呈圆形的祭坛形状，这是完整性的至高象征，因此这种参与也标志着她的心理成长。奇境中的花园也代表着完整性，它把野性的自然与人类有意识的控制之手统一了起来。它代表着文明有序的世界，但爱丽丝必须经过一场英雄之旅才能到达那里。另一方面，对一个人的成长的衡量是看他能否毫不畏惧地适应普遍的变化，而爱丽丝的任务之一就是适应剧烈的变化。虽然她有过身份危机，但她还是适应了那些变化。

爱丽丝遇到的诸多人物都是她成长之路上的帮助者，在这一方面斯耐德与斯托尔的看法一致，只不过斯耐德强调那些人物的逻各斯功能，而斯托尔强调他们的情感功能，比如她说，爱丽丝从毛虫那里学到不要发脾气，要耐心等待他的帮助；从压根不会照顾孩子的女伯爵那里认识到了某些妈妈缺乏爱心、排斥孩子的育儿方式；她从柴郡猫那里了解到每个人都是无理性的，都能产生疯狂的情感和思想，因为作为一个"精神领袖"，他提供给爱丽丝的最重要的信息就是"我们这儿的人都是疯子，我是疯子，你也是疯子"；即使比她之前遇到的任何人都更粗暴地对待她、甚至似乎是公然欺负她的疯子三人组（疯帽匠、三月兔和睡鼠）对她的心理成长而言也有积极作用：她想和他们进行对话、与他们发生联系的企图完全被挫败，他们的做法迫使她"站起来保卫自己，抵抗她对人际关系的欲望。她意识到他们对她的判断是主观的，而且因为他们是疯子（受无意识的支配），所以这些判断是歪曲的、不公正的。她（通过她的离开）表达了合理的愤怒，证明了她已经足够成熟，敢于排斥那些对她不好的人。现在她为进入花园做好准备了。重要的是，她现在能够很好地应付身体大小和形势问题了——她有掌控力了"[①]。经过与形形色色的奇境人物的接触，当对红桃杰克的审判场面出现时，爱丽丝拒绝忍受审判的荒诞，她敢于说陪审团成员都是些"蠢货"，敢于指出国王所谓的证据"一点点意思也没

---

① Phyllis Stowell, "We're All Mad Here", in *Children's Literature Quarterly*, Vol. 8, No. 2, 1983, p. 7.

有",敢于直接驳斥王后的"先判刑,再裁决"是"一派胡言"。此时的她不仅身体长大了,而且在心理上也"长大"了,"她的独立,她对自己的判断、思想和感觉做出充分回应的能力,她不被无理性或权力吓住的无畏,都在'你们只不过是一副扑克牌'中达到了顶点"[1]。

斯耐德认为卡罗尔代表了荣格所称的"永恒男孩"原型,而原型是人类心理原始的、结构性的元素之一。根据维基百科的介绍,永恒男孩在神话中指的是永葆青春的儿童神灵,在心理学上指的是感情生活停留在青春期层次上的大人。永恒儿童具有双极性——积极和消极,前者表现为神圣儿童,象征着新鲜、成长之潜能和未来之希望;后者表现为拒绝长大、拒绝迎接生活挑战的小孩男人。

斯耐德认为,根据传记资料的记录,卡罗尔确实喜欢小女孩,因此,认为卡罗尔对小女孩的偏爱没有一定的性意味这种看法是极其天真的,是在假装。但是,卡罗尔的性取向为他的创造性作品提供了一个强大的动机,而且他作为成年人却保持孩童样也给了他进入儿童心灵的入口。他在本质上类似于像女人一样穿戴和生活的印第安男人(也就是兼具男性和女性特征的双性人,人类学家称为"berdache")。作为戏剧爱好者,卡罗尔不赞同戏剧里的异装,但是他接受男扮女装。他的长相、性格和心理都具有女性气质:他像母亲或姐姐般地照顾弟妹们,逗他们开心,给他们编写家庭杂志,排演木偶剧;他对小东西感兴趣;像保护弟妹们那样保护小动物,反对活体解剖;他对小朋友们极其体贴和耐心,等等。斯耐德认为,若非卡罗尔具有这种独特的女性心理,若非他与学院院长利德尔的四个孩子成为朋友,若非他没有喜欢上爱丽丝,若非爱丽丝没有敦促他把他讲的故事写下来,世界上就不会有《奇境》这本书。这说明了荣格的观点,幻想作家都有使他们能够写出这种作品的特定情结,《爱丽丝》之所以在文学史上拥有如此独特的地位,正是因为它们是一个天才——一个既是数学家和逻辑学家、也是幽默家和诗人的天才——的作品。他认为荣格派精神

---

[1] Phyllis Stowell, "We're All Mad Here", in *Children's Literature Quarterly*, Vol. 8, No. 2, 1983, p. 8.

《意义的逻辑》与卡罗尔的胡话文学

分析的主旨在于试图说明一部像《爱丽丝》这样的经典作品的集体魅力，它问的问题是：它们含有什么原型形象？这些形象补偿了当代集体心理中所缺失的什么东西？或者换种说法，它们补偿了什么集体性的不平衡？

斯耐德引用了荣格在《现代人的精神问题》一文中的观点："如果我们的意识生活中任何重要的东西受到贬抑并且消亡了——法则就是这样——那么在无意识中就会产生一种补偿。"① 荣格理论认为，对这种吸引力或补偿的解释不可能完全由对作者生活的研究所提供，不论那种生活多么刺激、多么有趣，所有创造了幻想作品——来源于集体无意识的作品——的艺术家都有一种使他们能够创作出这部作品的特殊的心理构成或情结。艺术作品独立于、且大于其创造者，它可能会告诉我们很多关于作者的东西，但最终，如果它要持久留存，它的吸引力就必须是集体性的——用荣格的术语说就是"梦幻的"（visionary）。那么，卡罗尔这位天才作家弥补了什么呢？斯耐德认为，作为胡话作家，卡罗尔（以及胡话文学）弥补了维多利亚时代的超理性主义，但是，他对于这种超理性是什么以及卡罗尔的作品究竟如何弥补了它并未提供具体的解释。他引用了芭芭拉·汉纳（Barbara Hannah）的传记性回忆录《荣格：他的生活和作品》中的一些内容，涉及荣格指出的西方宗教和文化中的四个缺陷——对自然的排斥、对动物的排斥、对卑贱之人的排斥和对创造性幻想的排斥，他认为《奇境》弥补了这四个缺陷。首先，在《爱丽丝》中动植物被人格化（《镜中奇遇》"活花花园"一章中的花朵都会说话），被给予了和人类同样的价值。爱丽丝想进入奇境花园的目标本身就是对大自然的一种尊敬。第二，荣格认为教会越来越排斥动物，"甚于其他一切的是，教会的这种态度使人类疏远了他自己的本能和更大的非个人本能，从此产生了全世界的一种可悲可叹的事态。"② 他认为如果教会不排斥自然和动物的话，那么基督教世界里对动物的利用和滥杀就不会发生。斯耐德指出，《奇境》里有很多动物，爱丽丝

---

① Clifton Snider, "Everything is Queer To-day: Lewis Carroll's Alice Through the Jungian Glass", http://web.csulb.edu/~csnider/Lewis.Carroll.html, 2006.
② Ibid.

尊敬它们，赋予了它们与人类相同的意识。她与动物们和大自然的互动表现是很多有自我意识的成年人已经丧失了的一种品质。

"第三种排斥从心理角度来看也许是最糟的，因为它妨碍人类认识到自己的阴影。这就是对卑贱之人的排斥。"[1] 荣格说，性欲有两个方面：一个方面是生殖，也就是肉体的性欲；另一个是爱洛斯、也就是情感关系。而"被教会谴责为有罪"的正是"爱洛斯"[2]。斯耐德认为爱丽丝代表了爱洛斯，他同意布鲁明戴尔的这一说法，"使爱丽丝王后与众不同的是她的同情能力……爱是使爱丽丝成为真正的红桃（红心）王后的那顶金王冠"[3]。斯耐德指出，《镜中奇遇》里对对儿兄弟背给爱丽丝听的那首诗《海象与木匠》表现出来的虐待狂般的残忍揭示了西方文明需要调和的阴影原型。诗中描述了海象和木匠哄骗小海蛎子们去沙滩上散步，然后把它们都吃掉了。而且可恨的是，海象一边流着眼泪和鼻涕，假装为小海蛎子们难过，一边把大个儿的海蛎子往嘴里放。听完诗歌后，爱丽丝陷入了对这两个骗子的道德评判困境中：她先是觉得海象比木匠好，因为他为那些小海蛎子难过。但是对对儿弟指出，他吃的海蛎子比木匠多，他用手帕遮住脸就是为了不让木匠看出他吃了多少。爱丽丝于是气愤地说，"他太坏了！这样说来，我还是更喜欢木匠一点——如果他吃的海蛎子没有海象那么多的话。"然而，事实无疑是木匠"抓到多少就吃了多少"。爱丽丝终于不得不承认"他们两个都不是什么好东西"（2001：164）。显然，斯耐德把处于食物链顶端的海象和木匠视为西方世界优越之人（比如白人）的象征，把处于食物链底部的海蛎子视为卑贱之人（比如黑人）的象征，海象和木匠残忍的行为象征了西方世界爱欲和心理关系的缺失。而爱丽丝是爱的象征，她同情被吃掉的小海蛎子，谴责海象和木匠的虚伪和冷酷，作为

---

[1] Clifton Snider, "Everything is Queer To-day: Lewis Carroll's Alice Through the Jungian Glass", http://web.csulb.edu/~csnider/Lewis.Carroll.html, 2006.

[2] 在荣格的分析心理学中，"爱洛斯"（Eros）原则是女性原则，与之对应的是男性原则"逻各斯"（Logos），即逻辑原则。他认为女人的心理建立在爱洛斯原则上，用现代的术语来说，爱洛斯概念可以被表达为心理上的关联性。参见维基百科"爱洛斯"词条。

[3] Judith Bloomingdale, "Alice as Anima", in Robert Phillips ed., *Aspects of Alice*, 1972, p.390.

爱洛斯原型的一个形象，她弥补了西方人在这一方面的缺陷。

汉纳引用的最后一个排斥或者"压制"与"创造性的幻想"相关。"如果幻想被给予了充分的自由，它也许会让个人发现自己身上的神圣火花，用更新的表述方式来说，就是他自己的第二人格。"[1] 因为这种个人象征的产生会暗中破坏教会的权威，所以教会不惜一切地试图避免它的产生，结果就导致了几个世纪以来非个人态度的可悲的贫乏，导致了许多富有创造精神的人被压制、被埋没。虽然如今的教会看起来几乎没有什么影响力了，但是这种旷日持久的压制已经被刻写在了人类的血液中，并继续不断地在很多方面发挥作用。《爱丽丝》被公认为充满想象的"奇幻"文学作品和充满幽默的"胡话"文学作品，它们弥补了西方文化中数个世纪以来的创造性幻想的缺乏，这一点斯耐德说得对。他借用了荣格在提及"转变象征"时所描述的两种思维：知识性（或指向性）的思维与幻想性思维，而这正是进入《爱丽丝》写作的两种思维方式。这两者之间的快乐平衡使《爱丽丝》成为一部持久吸引西方文化之集体需求的经典，我们甚至可以说《爱丽丝》是神圣的。

除了弗洛伊德式或者类—弗洛伊德式的分析和荣格派的分析之外，另一个重要的精神分析派别，即拉康派，也没有忽略对卡罗尔及其作品的分析。20世纪声名显赫的法国精神分析学家拉康在五六十年代的数个不同场合论及卡罗尔，在各种不同的研讨会上强调爱丽丝故事与其他研究领域的联系，尤其是与语言学、拓扑学和实验心理学的联系。他曾把两本《爱丽丝》称为"科学时代的史诗"[2]。在《研讨会六：欲望及其阐释》（1958—1959 年）中，拉康明确地把卡罗尔的故事与皮亚杰（Jean Piaget）的作品进行了比较，并且认为卡罗尔对人类认知和语言的探讨比皮亚杰的贡献更具启示、更有开创性："我必须说，如果我不得不向某个将要成为儿童精神病医生或者儿童分析家的人推荐一本入门书的话，那么，我推荐

---

[1] Clifton Snider, "Everything is Queer To-day: Lewis Carroll's Alice Through the Jungian Glass", http://web.csulb.edu/~csnider/Lewis.Carroll.html, 2006.

[2] Hub Zwart, "Laboratory Alice", in *American Imago*, Vol. 73, No. 3, 2016, p. 275.

的不是皮亚杰的任何书，而是建议他从读《奇境》开始，因为他会有效地抓住我有最佳理由（鉴于我们所知道的关于卡罗尔的一切）相信以儿童笑话的深刻体验为基础的某种东西，这种东西富有成效地向我们展示了无意义本身的价值、发生方式以及它的运作维度。"[1] 拉康说皮亚杰只是把语言视为一种知识手段或工具以及以一种类似生物学的方式渐渐成熟的属性，而卡罗尔的故事揭示了语言、逻辑和智能是多么密切地联系在一起，即使婴儿的世界也那么深刻地为语言所构造。因此，爱丽丝的文学实验能够比皮亚杰的实验作品在更大程度上让我们研究语言（或拉康所说的能指）在主体化过程中的至关重要的作用。研究者胡布·兹瓦特（Hub Zwart）认为，卡罗尔的艺术不仅领先于实验心理学方面的发展，在一定程度上也同样领先于心理学的发展。"爱丽丝的故事不仅预示了精神分析（好像在弗洛伊德真正表达出这些东西之前，卡罗尔就通过他的艺术探索了基本的精神分析洞见），而且可能也充当了一种用来挑战主宰着拉康时代的那些自我—心理学观点的批判工具。"[2]

兹瓦特指出了弗洛伊德派和拉康派精神分析的不同之处。他说，根据弗洛伊德的看法，梦、白日梦和梦故事都可以充当进入无意识的窗口；统治无意识领域的是一种不同寻常的逻辑，这种逻辑以联系、凝缩和置换为基础，而时间本身似乎是可更改、可缺席的。因此经典弗洛伊德派阐释或者关于"自我"的阐释往往采取精神病理学的视角，把爱丽丝故事视为以梦的方式进入作者的无意识冲突中。而拉康派的视角是另一个方向的。他们认为从故事中浮现出来的不是作家的无意识，而是这种无意识之结构，是一种特殊话语的氛围。卡罗尔的故事预示了拉康的宣言：无意识被构造为一种语言。拉康派视角会首先聚焦于故事的语言和象征方面：无数的词语游戏和数字游戏（混成词、双关语、头韵等），也会注意其拓扑维度，即时间和空间的组织方式。拉康像德勒兹一样，认为与《爱丽丝》等文学

---

[1] Jacques Lacan, *Seminar of Lacan Book VI: Desire and Interpretation*, http://www.docin.com/p-597178225.html, 116.

[2] Hub Zwart, "Laboratory Alice", in *American Imago*, Vol. 73, No. 3, 2016, p. 276.

《意义的逻辑》与卡罗尔的胡话文学

作品的革命性内容相比,卡罗尔的学术著作对语言、逻辑和数学的研究仍是相当传统的,甚至是"亚里士多德式的"(作为数学家的卡罗尔是古典欧几里得学派的支持者)。"只有在文学作品中,卡罗尔才预示了影响 1900 年以来逻辑、数学和语言学等领域的那种认识论剧变。只有当他允许他的语言—逻辑—数学兴趣与他的文学天赋汇聚起来时,才形成了杰出的作品、艺术崇高的范式以及跃入思考逻辑、空间、时间和语言的全新风格的过程。"[1]

1966 年,拉康在其名望的巅峰时期在法国国家广播电台上向卡罗尔做了一个简短的致敬,描述了他和超现实主义者为什么拥护这个古怪的维多利亚人。他说,激发他们敬佩之情的是卡罗尔对"所有类型的真理——一些即使不是不证自明、但也确定无疑的真理"[2] 的兴趣。拉康认为卡罗尔的作品中所捕获的真理就是:如果看得太仔细,或者阐释得太字面,我们的文化似乎是采用了荒诞、甚至可笑的规则。卡罗尔加入了偶像破坏者(像乔纳森·斯威夫特那样)的行列来颠覆这些规则,用歪曲的方式说明了这些规则有时候甚为荒唐可笑的基础。拉康的致敬表达了随之产生的关于意义和无意义的悖论,评价了这种悖论会教给爱丽丝什么,会教给那些思索奇境的读者们什么。拉康指出,卡罗尔推进了对主体性的探讨,这与精神分析有很多共同之处,他对意义的本体论和局限的兴趣与精神分析是一致的。拉康宣称,爱丽丝的故事对读者有如此大的影响是因为它们触及了"我们的存在状态的最纯粹网络:符号、想象和真实"。[3] 鉴于精神分析致力于这三个领域的分析探索,它是解释说明这类作品对读者的影响的最好位置,包括解释爱丽丝鲁莽的历险如何以及为何"赢得了全世界"。拉康也对文化中最无意义的方面感兴趣,因此他提到了超现实主义者布勒东在《黑色幽默选集》中对卡罗尔的评价:卡罗尔把无意义用作"解决接受信仰和运行理性之间的深刻矛盾的关键方法"。布勒东把卡罗尔作为超现

---

[1] Hub Zwart, "Laboratory Alice", in *American Imago*, Vol. 73, No. 3, 2016, p. 279.
[2] Christopher Lane, "Lewis Carroll and Psychoanalysis: Why Nothing Adds up in Wonderland", in *International Journal of Psychoanalysis*, 2011, p. 1029.
[3] Ibid., p. 1030.

实主义者的第一位"逃学艺术"老师，因为他用理性之疯狂甚至暴政抵消了"诗性秩序"。拉康的目的是展示卡罗尔对人类如何被迫适应更广大的文化需求的洞见。他指出，通过揭示个体如何挣扎着遵守他们并不特别适应的文化体系，奇境产生的是"不安"（unease），甚至是一种"不适"（malaise），这种理解几乎使他与只从《爱丽丝》故事中寻求纯真乐趣的数代读者们对立起来。与布勒东对卡罗尔胡话作品轻松随便的赞美相比，拉康暗示了卡罗尔作品的黑暗一面，它在作品的主人公和读者身上既产生了快乐，也产生了痛苦。

拉康也把《爱丽丝》与《物种起源》进行了比较，说"《爱丽丝》与《物种起源》出现于同一时间并非微不足道的事情，你可以说她是它的对立面"①。《物种起源》出版于1859年，第一本《爱丽丝》出版于1865年，它们其实相差六年，但这不影响拉康整体观点的整体合理性，莱恩对这个评价的解释是："达尔文用血统和谱系来应对物种的演变和返祖现象，而卡罗尔则将这个类比推向相反的方向，颠倒了结束和开始，以便于重新调整心理时间，同时阐明了我们了解个体发生的顺序是延迟的，是在事实之后。"② 从达尔文的"适应"角度来看，奇境中的爱丽丝在适应环境方面总是很困难，也付出了一些代价，她要么太大，要么太小；她没有为奇境的状况和自己的变化做好准备，她不得不在奇境的规则早已确立之后被动而痛苦地遵守它们。这种情况直到她能通过吃蘑菇来控制自己的身体大小似乎才有所好转。

卡罗尔在《爱丽丝》和《西尔维和布鲁诺》中所采取的本体论模式也被拉康视为典范。"这种模式把无意识呈现为外在的、非个人的和无实体的，把符号秩序呈现为脆弱易碎、岌岌可危、任意武断到令人不安的程度。""卡罗尔的小说在很大程度上推翻了主体性的深度模式，经常聚焦于跨越语义和本体论的意义游戏和意义局限。"③ 两个爱丽丝故事都是梦境；

---

① Christopher Lane, "Lewis Carroll and Psychoanalysis: Why Nothing Adds up in Wonderland", in *International Journal of Psychoanalysis*, 2011, p. 1040.
② Ibid.
③ Ibid., p. 1035.

《意义的逻辑》与卡罗尔的胡话文学

卡罗尔在《镜中奇遇》的尾诗中慨叹,"一直沿着河流飘荡——/流连在金色的光辉中——/生活若非一场梦,又是什么?"《西尔维与布鲁诺》的叙述者说:"我对自己说,'要么我一直在梦见西尔维,而这是现实;要么我真的跟西尔维在一起,而这是一场梦!我想,生活本身就是一场梦吧?'"拉康也把生活描述为一场梦,无意识被建构成梦的语言,符号秩序充满了与梦相关的神话、幻想和信仰。卡罗尔杜撰的"Boojum""Snark""jabberwock"等没有所指对象的能指就是梦语言的表达。研究者克里斯托弗·莱恩指出,这种发明创造所产生的"眩晕"戏剧化地表现了爱丽丝及读者在适应特殊的语言和符号世界方面的一种困难。他说,这是因为支配爱丽丝世界的那些规则和仪式似乎既是异想天开的、又是任意实施的,它们充当了对奇境的偶然性和自由性的一种遏制。这一点令人无法苟同。虽然奇境是真实世界的扭曲、变形和夸大,但是主宰着梦世界和真实世界的规则在儿童看来都是任意且不可理喻的;奇境和镜子国其实就是儿童眼中的成人世界和符号世界,这个世界充满独裁的暴力、任意的权威和难以捕捉的意义。爱丽丝遇到的人物几乎都是成年人,他们都是以高高在上的"权威"身份对待爱丽丝的,即使温和的柴郡猫和白骑士也是。卡罗尔似乎在教爱丽丝,暗示她符号秩序没有道理,也不可能有道理。就像德勒兹所说的那样,爱丽丝(儿童)渴望进入符号秩序,但是无意义的深渊就在这层脆弱的表面之下。

拉康在致敬中还指出,如果我们更多地聚焦于卡罗尔视角的精神分析内涵,虚构作品所推开的门就暴露出"个性的不一致之处"。他认为卡罗尔想让爱丽丝为这个教训做好准备:"一个人只能通过他自己身体那么大的门。"拉康像之前的大多数精神分析论者一样,认为从卡罗尔坚持把他的文学作家身份与数学教师身份区分开来看,他"确实是分裂的,但是这两者对于实现其作品来说是必要的"。[①] 拉康显然更重视卡罗尔的作家身份,虽然他承认卡罗尔让自己做了那个小女孩(即真实生活中的爱丽丝·

---

① Christopher Lane, "Lewis Carroll and Psychoanalysis: Why Nothing Adds up in Wonderland", in *International Journal of Psychoanalysis*, 2011, p. 1031.

利德尔）的仆人。莱恩在提到这一点的时候强调，"如果不注意卡罗尔在他的两个名字及其各自身份之间所制造的那个空间、甚至可以说是鸿沟的话，对《爱丽丝》故事的真正研究就不可继续下去。"[1] 因为《爱丽丝》故事中混杂了关于作者的东西，比如这两部小说都是献给爱丽丝·利德尔的，卡罗尔还拐弯抹角地把自己写进了《镜中奇遇》里，也就是那个笨拙而慈爱的白骑士。莱恩还指出，卡罗尔的文本是在爱丽丝的父母禁止两人见面之后出版的，因而它在部分程度上是"逾越这一禁令的一种企图，是试图在回忆中记录他曾经历过的那种幸福"[2]。他认为《镜中奇遇》开头的序诗中所用的字眼"寒霜""弥漫的大雪"等就暗示了他和爱丽丝的宿命（两人之间二十岁的差距、爱丽丝父母的禁令等）以及他当时的心境。莱恩说，维多利亚人无疑比今人更容易接受儿童新娘，但爱丽丝的父母与他彻底划清界限，这暗示了即使依照维多利亚时期的习俗来看卡罗尔也走得太远了。但是批评家们给予卡罗尔作品的称赞似乎与其艺术性、冒险性和语义智慧完全相称。他们赞叹卡罗尔的奇思怪想，赞叹他能够想象出疯茶会（它几乎就是一个意见不统一的微型社会），甚至于他的昆虫都像古雅典人那样富有哲学头脑；还有充满神奇变化的各种人物，比如柴郡猫悬置在空中的超现实主义的咧嘴笑，白方王后先是变成了绵羊婆婆，后来又变成了小白猫，等等。而《镜中奇遇》结尾的那个问题"究竟是谁做了这个梦"确实是"一个令人着迷的本体论问题，其隐含之意让我们纠结是卡罗尔还是道奇森要最终为这样令人眩晕的幻想负责，我们纳闷这些幻想是来源于一个糊涂的牛津大学教授，显现于一个具有非凡原创力的作家的头脑中，喜剧性地传播在一只猫的大脑中，还是产生于一个爱刨根问底却又早熟且独断的小女孩的想象"[3]。

莱恩用卡罗尔在《西尔维与布鲁诺》序言中说到的人类的三种精神状

---

[1] Christopher Lane, "Lewis Carroll and Psychoanalysis: Why Nothing Adds up in Wonderland", in *International Journal of Psychoanalysis*, 2011, p.1031.

[2] Ibid.

[3] Ibid., p.1032.

态（我们前文提到过）——"怪异""恍惚"和"正常"——来说明卡罗尔对心理和意识的着迷，他认为这表明了卡罗尔多么严肃认真地试图维持这样的本体论区分。他在小说中试图解决这类问题，但在生活中他却试图把数学呈现为"精神问题"的一种缓和剂（这应该指的是他在失眠的夜晚借助思考数学问题来抵制自己种种不应该有的念头），他还把写给卡罗尔的信都退回去。莱恩认为："我们可以把退信这一举动阐释为他应对不想要的恶名的一种策略；阐释为他对被埋葬得越来越深的一个生活篇章感到极度痛苦的标志；或者甚至于像拉康暗示的那样，把它阐释为他的两种身份的一种分离，两个身份都能因此分离而享有盛名，因为道奇森那么严格地把它们分开了。"[①]

莱恩借用了矮胖蛋所说的"不可穿透性"这个词来暗指卡罗尔的作品含义，他想说明卡罗尔把无意义用作掩盖其意图的屏障，但是如弗洛伊德在其1899年的论文《屏障记忆》中所描述的那样，这道屏障最终代表了自我努力要隐藏的一个愿望。爱丽丝刚进入镜子国之后，看见红方国王拿出一个硕大无比的记事本和长过其肩头的大铅笔写备忘录，就调皮地抓过铅笔的一头，帮他写起来。困惑不已的国王先是和那支不听话的铅笔搏斗着，后来不得不放弃（那时候他就是棋子那么大），只能喘着气和王后说："这支铅笔我简直写不动；它写出来的那些莫名其妙的东西根本不是我打算写的。"（2001：127）莱恩说，卡罗尔表明了无意识正是通过语言来说话的，他揭示了符号秩序努力想要掩藏的真相，包括其实经常并没什么可隐藏这一事实。

莱恩认为，尽管与爱丽丝故事相关的卡罗尔和道奇森之间有明显的距离，但拉康在两部作品中确认的那种"不适"突显了一套描述和掩盖丧失的卓越策略。我们可以说，爱丽丝故事既是道奇森因爱丽丝·利德尔而经历的那种痛苦的绝妙解决，也是当个人适应了一种其法则和习俗在意义和荒诞之间频繁摇摆的社会秩序时，对那种丧失的更广后果的一种强烈思

---

① Christopher Lane, "Lewis Carroll and Psychoanalysis: Why Nothing Adds up in Wonderland", in *International Journal of Psychoanalysis*, 2011, p. 1032.

第五章 卡罗尔与精神分析

索。这也概括了拉康对卡罗尔的兴趣：对表面之复杂性的着迷，思维的敏捷和对象征化的意识。拉康的看法与德勒兹一致的地方是，卡罗尔的"胡话"有其内在逻辑，是有其自身的意义，而这种意义是与日常的意义相对立的。

莱恩显然是想用道奇森与卡罗尔之间的不一致来说明他提出的那个论点：要深入研究《爱丽丝》，就必须注意这两个身份之间的断裂。道奇森因为与小女孩的关系而被社会规范所不容（至少就他与生活中的爱丽丝的关系而言是这样），而卡罗尔是广受赞誉的作家。只是，和许多评论者或分析者的做法一样，莱恩的这种结论依据的是虽然流传甚广但并未得到证实的"推测"，尽管他承认某些形式的心理性传记材料，包括对道奇森生活中的细节和事件的分析在应用到他的文学作品上时不足以解释其各种各样的出色效果。莱恩试图在传记分析和精神分析（尤其是弗洛伊德派精神分析）之间寻找一条中间道路。他认为拉康之前的希尔德和格里纳克等人的弗洛伊德派精神分析与小说本身不能完美一致，其中一个原因就是卡罗尔的小说把关于成人世界和儿童世界之间的明确划分的概念复杂化了，他的这种认识先于弗洛伊德。爱丽丝试图看透符号秩序是否隐藏着一个谜团，或者实际上在掩盖它并没有什么谜团，就此而言，适应自始至终都是爱丽丝和小读者必须面对、但又无法轻易克服的一个问题。因此，适不适应符号秩序在某种程度上与个人情况无关，"这个问题是结构性的、本体论的，与一个经常不遵守意义和理性的世界中的意义和理性之限制有关。如果我们像拉康所鼓励的那样，把卡罗尔小说中'不适'和'快乐'之间的关系视为一个由存在和意义之间的张力所支配的结构性困境，那么我们更有可能把这部小说看作准确描述了符号秩序最悖谬的东西——这种东西产生于虚无，并且最终无法逃避虚无。"[①]

近年来关于卡罗尔和《爱丽丝》的一个很好的拉康式解读来自凯伦·科茨。在《镜子与永无岛》（2004）中，科茨将拉康的精神分析理论（主

[①] Christopher Lane, "Lewis Carroll and Psychoanalysis: Why Nothing Adds up in Wonderland", in *International Journal of Psychoanalysis*, 2011, p. 1040.

要是主体与欲望理论）引入儿童文学批评中，对《镜中奇遇》《彼得·潘》《夏洛特的网》等西方经典儿童文学作品进行了分析解读。她在导论中表明，故事不仅建构了世界，也建构了存在于世界中的我们，然后我们在讲述自己的故事时又塑造了一个自我。尤其是儿童文学中的故事，它们"提供了能指，亦即传统的词语和形象，它们把自己附着在无意识过程上，并对儿童发展中的主体性产生了实质性的影响，因此我们可以说，我们童年时读过或听过的故事像我们最初的生存关系一样塑造着我们的主体性。拉康在其欲望和主体性理论中对于为什么会这样给出了最令人信服的系统阐述，根据他的说法，主体是语言的结果，这暗示了没有语言就没有主体性。"①

科茨指出，拉康主体理论的焦点在于主体以何种方式确立自己与语言中的他者以及作为语言的他者相关的位置。鉴于很多的"他者"语言是以故事的形式来到主体身边的，所以可以说"我们童年时期所接触的文学应该被视为塑造主体的关键"②。科茨用《镜中奇遇》和《彼得·潘》来说明儿童进入符号领域后留下的持久残余。她把爱丽丝确立为不可能的非镜像客体，这个客体导致了我们的欲求，也确保了这种欲望的永恒性，恰恰因为这种欲望不是被禁止的，而是不可能达成的。在关于《爱丽丝》和《彼得·潘》的这一章中，科茨首先表明，卡罗尔对儿童（主要是青春期之前的小女孩）的极度喜爱令评论者几乎不可能抛开作者来谈论作品。他渴望得到儿童的友谊，也小心地培养了与她们的友谊，成功地创造了对童年的非凡持久的能指。但是，如果我们像传统精神分析倾向于做的那样照搬挪用弗洛伊德的"性符号学"是不行的；卡罗尔写出了如此吸引儿童的作品，把他的技巧解读为在某种层次上是一种诱惑不完全合适，因为"几乎每个人心中都有他或她自己的爱丽丝"③，因此，单纯从个体病理学、个

---

① Karen Coats, *Looking-Glasses and Neverlands: Lacan, Desire and Subjectivity in Children's Literature*, 2004, p. 2.
② Ibid., p. 4.
③ Ibid., p. 77.

人运用语言的天分或技能的角度来论述是不够的。卡罗尔一定是在"欲望和语言之间的某个地方，在欲望遇到语言或者语言遇到欲望本身的地方"①创造了爱丽丝，使其作为现代人试图保存纯真童年之概念的欲望能指而永久占据了一席之地。

科茨认为，卡罗尔经历了一种越界的或者反常的无意识欲望（其实根据弗洛伊德的说法，每个人都有这种欲望），他对爱丽丝·利德尔的欲望是回响在文本中的个人琐事的碎片，爱丽丝的故事无疑是"欲望的故事"；但卡罗尔必须把他的欲望变成读者的欲望，必须有力地压制故事中反常欲望的迹象，这样才能让作品产生持久的吸引力并获得成人的认可。因此，要弄明白读者如何被隐含在作者的欲望中，我们就必须运用一种"聚焦于对性的符号使用而非字面使用的批评性的欲望话语"②，也就是说，我们可以运用拉康的欲望理论。他的理论所探讨的欲望更多的是隐含在语言而非身体中，这种理论"假定欲望是现代主体的组织特征——欲望不是身体的、性的欲望本身，而是他者之表面上的一个开口，这道开口允许（实际上是强迫）穿越自我与他人、自我与他性之间的距离。而卡罗尔和巴里所做的就是穿越了书页与作为他者的无意识之间的距离，他们创造的人物就像架构在真实和符号之间的桥梁那样在想象（而非症状）层次上起作用。这两位作家正是将欲望本身的条件定位在虚构的儿童身上。"③ 这与德勒兹所说的伟大的作家不应该被视为病人、而是应该被视为诊治者在观念上是一致的。

科茨用拉康的"小客体"（objet petit a）概念对爱丽丝进行了分析。简单地说，"小客体"或者"客体小 a"指的是儿童一直欲求但永远得不到的东西。科茨指出，卡罗尔在读者心中重现了爱丽丝本人的欲望："想知道的欲望，理解的欲望，最重要的是，了解自己、做自己的欲望。"④ 根

---

① Karen Coats, *Looking-Glasses and Neverlands: Lacan, Desire and Subjectivity in Children's Literature*, 2004, p. 78.
② Ibid.
③ Ibid., pp. 78–79.
④ Ibid., p. 79.

据拉康的理论，欲望开始于主体的缺乏假定，而这缺乏是意指（含义）所固有的，因为词语不是事物本身，当我们用词语来谈论客体时，两者之间总是有一个差距，我们必须要通过语言的中介才能指称客体。无法说出我们想说的话，无法得到我们想得到的东西（即使得到了也觉得欠缺），此类通常的体验就是植于我们对现实的符号建构中的这种内在缺乏性。拉康的主体就是作为一系列必然之失的结果而形成的，作为欲望的中介，语言的干预既是必要的，又是离间的。

科茨指出，研究儿童的人都知道，儿童最强的能量被指向了对其世界中的话语关系的控制和用这些关系来操控存在关系。儿童甚至还没学会说话就知道言语行为能赋予他们权力，而进入语言世界被视为最大的好处。一旦进入了符号秩序，他们就获得了一种对客体的掌控感，能指与所指之间的距离能够让说话人对感知事物的方式实施某种控制，它把真实界的原始材料变成对现实的符号建构。文学创造了一个与丧失和意外事件的现象世界完全隔绝的世界：语言把它们建构为什么样，它们就是什么样。就这个意义而言，拉康所说的"欲望是他者的欲望"这句话意思就是：儿童渴望进入"大他者"的话语（即符号秩序），就像符号秩序想让他进去一样，他也想要符号秩序，他想拥有一个"我"。然而，一旦获得了这个"我"，"主体又根本性地怀旧了。他假定并追求一种已经失去、但必须重获的完整感。"[1] 这句话无疑要根据拉康"分裂的主体"概念来理解。他认为儿童在进入想象界的镜像阶段和符号秩序之后都要分别经历一次分裂。符号秩序中的主体分裂与能指链有关：拉康认为能指不是符号，能指指涉的不是客体，而是其他能指，是语言链。主体把构成能指链的无尽差异过程体验为一种根本的错位，他必须承受语言意义的不稳定性。主体建构于能指和所指之间的断裂处，同样陷入了能指链的无限差异中。因此，科茨说，"主体开始追求而非躲避真实（亦即逃避符号化的东西），因为主体已经凭经验意识到了那些代替其欲望的能指具有不可避免的缺陷。由于这种'真

---

[1] Karen Coats, *Looking-Glasses and Neverlands: Lacan, Desire and Subjectivity in Children's Literature*, 2004, p. 80.

实'在主体的形成过程中被感知为丧失,所以,主体通过内投某些代表这种完整性的客体而执迷地寻求重获它的方法。"① 这种客体就是拉康所称的"小客体",其字面意思就是具有少许他性的客体,这种客体代表个体出生时就已经失去的部分自我。

科茨从"小客体"的角度分析了卡罗尔的欲望:

> 我们可以看出,卡罗尔在爱丽丝身上看到了被拉康称为"小客体"的这些客体之一,她代表着卡罗尔认为自己缺乏的某种元素。她就像是卡罗尔理想的镜像,作为一个自我异化的残余物(提醒物)而存在,作为对缺乏的一种提醒而存在,但是,也作为缺乏之改善的可能性、以小客体的方式而存在。在她那里,缺乏超越了身体,作为一种想要保持与他者不可能的二元关系的巨大痛苦而被深深地铭刻在他的心理中。在真实中,在符号秩序中,查尔斯·道奇森和爱丽丝·利德尔是分离的,他们在不对称的语法关系和主体/客体、自我/他者、男性/女性、成人/儿童的非关系中摇摆。但是,在镜子空间中,在他的想象中,道奇森把自己和爱丽丝都创造为虚构物,创造为同一条话语链的能指,他们在这个链条中能够互相定义对方。他把自己做成了她的回声,他的笔名的结构怪异地回应了她自己的姓氏。以这种方式,在这个邻近的话语空间,他能让爱丽丝作为一个对卡罗尔来说只具有"一点他性"的客体而发挥作用,其结果就是他拒绝自己完全的主体性,就像他否认她完全的客体性一样。……
>
> 卡罗尔试图在爱丽丝身上保留住那个他在自己身上必定无法留住的未异化的、无差异的自我。他想颠覆大他者的意志;他想阻止她的分裂。在意识到了他自己的符号阉割的隐含之意以后,他试图把爱丽丝从她的符号阉割中拯救出来。卡罗尔人生中最大的悲伤(在此我说的是作者功能,而不是历史上的道奇森)是爱丽丝会不可避免地形成

---

① Karen Coats, *Looking-Glasses and Neverlands: Lacan, Desire and Subjectivity in Children's Literature*, 2004, p. 80.

自我，她的身体会不可避免地与他分离而形成疆域化，因为那将意味着她把性差异（分裂的主体的隐喻标志）纳入自己的身体中。那么，《镜中奇遇》的作用确实是关于她在成为一个主体/客体时发生在她身上的事情的一个复杂隐喻，但是这个隐喻被卡罗尔逆转这一过程的越来越绝望的企图给粉饰了。这个文本的运作就像欲望的脉动——爱丽丝逃避、向前走的欲望，和卡罗尔想要阻止她的欲望。他从二元一体的范式运作，把他自己和爱丽丝设置成他的椭圆形想象的两个焦点，把允许我们成为言说主体的那种自我异化表达为难以言喻的悲伤。①

科茨认为爱丽丝要向前走、卡罗尔却试图留住他心中的缪斯，这一点是许多批评者共同的看法。矮胖蛋说一个人（爱丽丝自己）无法做到"停留在七岁"，但是两个人（在卡罗尔的帮助下）就可以做到；卡罗尔也确实做到了，在他的文本中，爱丽丝被永久地固定在了七岁，固定在了那个即将进入符号界的年龄。评论者们公认《镜中奇遇》里那个年老而温和的白方骑士就是卡罗尔自己的化身：他像卡罗尔一样爱搞奇怪的发明，只是他的发明颇为荒诞或无用，而卡罗尔的发明却能给小朋友们带去乐趣或者增长他们的智力。他把爱丽丝从红方骑士手里救下来，要护送她穿过棋盘的一格，之后，爱丽丝就能成为王后了。他不停地从挂满奇怪物件的马上摔下来，甚至摔到水沟里。他给唱了一首忧郁的歌（爱丽丝不知道歌名该叫"鳕鱼眼"，还是"很老很老的人"，还是"方法和手段"，还是"坐在大门上"），他说这首歌要么会让爱丽丝流泪，要么就不会；我们可以猜到，爱丽丝没有流泪。但是，这个场景永久地保留在她的脑海里：

……他用一只手慢慢地打着节拍，开始唱了起来。他温和而愚蠢的脸上显出微微的笑容，好像正在欣赏自己的音乐似的。
在爱丽丝游历镜中世界的旅程中所见过的所有奇怪事情中，白骑

---

① Karen Coats, *Looking-Glasses and Neverlands: Lacan, Desire and Subjectivity in Children's Literature*, 2004, pp. 83 – 84.

士为她唱歌这件事她永远都记得最清楚。许多年以后，她还能回忆起当时的情景，就好像是昨天才发生的一样——她记得白骑士温和的蓝眼睛和和善的微笑，西下的夕阳在他的头发里熠熠发光，照在他的盔甲上，刺目的反光令她头晕。他的马平静地来回走动着，脖子上松松地挂着缰绳，在她脚边啃着青草；背后是树林里的阴影——这一切像图画一样留在她记忆里，她靠在一棵树上，一只手遮着阳光，看着骑士和马这奇怪的一对儿，在半梦半醒中听着这首歌忧郁的旋律。

"但是，这曲调并不是他自己的创作，"她心中暗想，"而是《我给了你全部，无法再给你更多》。"她站着，非常用心地听着，但是并没有流泪。(2001：222)

如果我们把白骑士看作卡罗尔的象征，那么这个场景中的温情、伤感和期待是很容易理解的：他幻想爱丽丝会永远记住这次的短暂相遇，会明白他已经给了她全部。但是如果我们接着读一下小说中对白骑士和爱丽丝的分别场景的描述，就会清楚地看到卡罗尔是多么清醒理智，他多么真实而含蓄地表现了两个人的不同反应：

"你只有很短的路要走了。下了山，跨过那条小溪，你就会成为王后了——但是你会待在这儿，看着我先走对吗？"当爱丽丝急切地朝他指的方向看去的时候，他又补充了一句说，"我用不了很长时间的，你等着，当我走到那条路的拐弯处的时候，你向我挥挥手绢，这样会给我一点鼓励，你明白吗？"

"我当然会等着，"爱丽丝说道，"我非常感谢你走这么远的路来到这儿——还有那首歌——我非常喜欢。"

"我希望如此，"白骑士怀疑地说，"但是你哭得没有我想的那么厉害。"

于是，他们握了握手，然后骑士骑着马慢慢进了森林。爱丽丝站在那里看着他，自言自语道，"我希望不用花很长时间看着他走。哎呀，他又摔下来了！像往常一样，一个倒栽葱！不过，他倒是很快就爬起来了——那是因为马身上挂了那么多东西——"爱丽丝就这样一边看着马儿悠闲地沿着大路走下去，一边自顾自地说着。骑士又摔下来了，先是摔在这一边，然后又摔在另一边。在摔了四五次之后，他到达了转弯路口，然后爱丽丝冲他挥了挥手绢，一直等到他从视线中消失。

"我希望这对他是个鼓励，"她说着，转身跑下小山："现在就剩下一条小溪了！我就要当王后了！听起来多棒啊！"她只走了几步就来到小溪边上。"终于到第八格了！"爱丽丝叫了一声，然后纵身一跳。（2001：226—227）

加德纳说："这个场景是英语文学中了不起的痛彻片段之一，卡罗尔在其中很清楚地意在描绘他希望爱丽丝长大、道别之后会有何感觉。"他还引用了唐纳德·拉金（Donald Rackin）对此段文字的评价："这个场景中低语着的飞逝的爱是复杂而悖谬的：它是一个有着所有潜能、自由、波动和成长的孩子和一个有着所有无能、禁锢、停滞和坠落的男人之间的爱。"① 如科茨所言，爱丽丝在游戏中将自己符号化为女人和王后，从而进入符号关系网。而卡罗尔希望她在想象界多待一会儿，他想把爱丽丝从符号的死亡——它代表有机的整体消解成为语言的碎裂——中拯救出来。"进入符号界——这就是死亡进入故事的地方——是我们的集体死亡。卡罗尔不允许这件事发生在他的爱丽丝身上，他以一种因为不可能而令人痛苦的方式将爱丽丝理想化；在借助于自我认知而毫无发现之后，她从镜子的另一面回来了，这就是卡罗尔控制她、保持她的非自我意识的欲望之结果。""（在文本中）爱丽丝似乎能够描画自己的位置，但是她只被允许在几个框架内这么做。其中一个框架就是梦境或幻象的框架，非现实之框架，它是故事的结构。所有的行动都发生在梦中；'真实的'爱丽丝手拿

---

① Martin Gardner and Lewis Carroll, *The Annotated Alice: The Definitive Edition*, 2000, p. 248.

毛线球坐在扶手椅里。还有令人沮丧的颠倒框架,在那里因先于果,只有离开某个东西她才能得到它。"① 而且,在这两个框架中爱丽丝还要受制于象棋游戏的规则。而最令人窒息的框架就是卡罗尔以自己和爱丽丝为焦点画出的椭圆。如果爱丽丝不想继续做一个客体,那么卡罗尔希望她和自己糅合在一起而成为他者。爱丽丝想超越这种关系,而卡罗尔却想将她留在这种关系中,既是为了自己的欲望,也是想保护她。他知道,当小女孩屈从于大他者时,她们就会像花一样枯萎,变成客体,然后死去。科茨说,卡罗尔似乎在努力压抑爱丽丝的自知(而爱丽丝则努力地想记起她的自知)。他用扭曲的、令人困惑的诗歌(这当然指的是那首反写的《捷波沃奇》)让爱丽丝忘记她在镜子这一边建立起来的符号关系,因为那些关系最终必定会把他视为不符合社交规范的玩伴而排除他。爱丽丝显然非常熟悉镜子这一边的那些说教诗,它们的作用是引导她、教育她进入一个为"大他者"的乐趣服务的主体立场。

科茨的这种说法显然依据的是很多传记材料中披露的历史事实:爱丽丝·利德尔的母亲在1863年(也就是卡罗尔给利德尔家的三个孩子讲了爱丽丝的故事之后第二年)阻止卡罗尔到访,并烧毁了他写给爱丽丝的信件。但是具体原因不明。还有人说他在31岁的时候曾向11岁的爱丽丝求婚(那个时候的法定结婚年龄是12岁),但这种说法也没有实据。无论如何,看来科茨认为是卡罗尔对爱丽丝的喜爱导致了利德尔夫人的误解和给他下的禁令。她据此分析说,在他与爱丽丝的关系方面,卡罗尔对文化允许他有的主体立场感到不满,他怀念"二元一体"的想象,希望爱丽丝丢弃镜子这边那些说教性的东西,进入并留在想象界。因此他用文本的想象关系质疑进入符号界的必要性和可取性,他更喜欢非意义、无意义,用各种各样的声音把这些东西给爱丽丝(《奇境》和《镜中奇遇》几乎所有的人物都是胡话连篇),而爱丽丝对此颇不耐烦,我们可以从小说中看到,她要么默默抵触、要么直接反驳这些"胡说八道",她从未心甘情愿地接受或认可

---

① Karen Coats, *Looking-Glasses and Neverlands*: *Lacan, Desire and Subjectivity in Children's Literature*, 2004, p. 77.

《意义的逻辑》与卡罗尔的胡话文学

这些东西,因此,科茨这句话说得很对:"(爱丽丝)欲望的脉动为了意义而捶打着卡罗尔控制并颠覆能指、阻止满足或意义发生的欲望脉动。"①

科茨也像很多精神分析批评者所做的那样分析了爱丽丝在镜中世界的身份,只是她的结论仍与卡罗尔阻止爱丽丝进入符号界有关。她指出:"爱丽丝在镜子中保留的唯一身份痕迹就是她知道自己的名字。但是命名——整体化和控制的另一种语言企图——在镜子中也成了问题。"② 矮胖蛋嘲笑爱丽丝的名字没有"意义",不像他的名字那样是有意思的——表示他的身体形状。之前遇到的蚊蚋和爱丽丝就名字进行过专门的讨论,特别是名字有什么用的问题。蚊蚋质疑,如果有人喊动物的名字而它们并不会回应,那么要名字有什么用呢?爱丽丝解释说,名字只对给动物取名字的人有用。科茨认为这只蚊蚋是卡罗尔的代言人,是它告诉爱丽丝那边有一片树林,里面的东西都没有名字,它试图引诱爱丽丝思考没有名字的好处,试图引诱她留在符号界之外,而爱丽丝不想这样。科茨说,卡罗尔对爱丽丝最深切的召唤就是她进入没有名字的树林时。当爱丽丝和她遇到的那只小鹿都不知道自己的名字时,他们亲密无间,享受着彼此的陪伴;一旦走出树林,小鹿就害怕地逃离了爱丽丝,"爱丽丝因为失去他而想哭,整个场景都回响着卡罗尔和他的爱丽丝的体验"③。也就是说,卡罗尔用爱丽丝失去小鹿的陪伴来暗示他失去爱丽丝的痛苦体验,他希望爱丽丝和他一起待在想象界,永远亲密无间。

但是,他意识到爱丽丝不想这样,也不可能这样。所以,他用各种手段警告并试图挽回爱丽丝。比如,他策划了爱丽丝的历险,因而爱丽丝从来无法掌控自己是谁、自己要干什么。作为一个小卒,她只能朝某些方向运动,只能看见紧挨着她的方格里的东西。科茨认为,卡罗尔的这种安排是在向爱丽丝展现符号和"阳物"的作用,而阳物就是支配游戏的规则:

---

① Karen Coats, *Looking-Glasses and Neverlands*: *Lacan*, *Desire and Subjectivity in Children's Literature*, 2004, p. 87.
② Ibid., p. 88.
③ Ibid.

第五章　卡罗尔与精神分析

"在符号中，有必须要遵守的规则，有关于成长的规则，有关于产生意义的规则，关于什么恰当和什么不当的规则，你的行动都要受这些规则的限制。"① 镜子这边的人们经常有一种错觉，认为语言是透明的，只要你直接盯着看，就能看见绵羊商店里的货品。但卡罗尔展现给我们的不是这样：爱丽丝明明看见货架上满是东西，但是当她盯着其中一个东西看，想搞清楚它究竟是什么的时候，那个东西就会飘到旁边的货架上，甚至穿过天花板消失掉。这就是卡罗尔想让我们看到的"能指的滑动"，他也想通过这个告诉爱丽丝，即使进入了符号界也是得不到意义的，它在能指链上不断地滑动，无法盯住它、抓住它。即使当她以王后之尊（进入符号界）坐到了宴席的首位上，勇敢地下达了她的第一个命令（"把布丁端回来！"②），卡罗尔也还是用一片令人害怕的混乱和挫败破坏了她的加冕宴，并且"把她毫无变化地带出了镜子——她仍是那个试图让她的小猫而不是她自己象征王后的七岁的小女孩。她有故事要讲，但她不是一个言说主体。因为他无法说服她和自己一起留在镜子里，所以他把她带回整个梦境可以重新开始的地方。但是她甚至消除了她作为自己的梦的做梦者的身份，从而成功地将她限制为他的椭圆空间的一部分"。科茨的结论是："只要卡罗尔不停止对爱丽丝的梦想，只要他把她隐藏在他的想象中，她就不会得到他性和主体性，她就将永远是'小客体'，即他的欲望之因。"③

　　文学的精神分析本身意在探索作家的心理构成在何种程度上产生了作品的意义，了解作者的生活和心灵会如何影响读者阅读作品并从作品中获得意义，其出发点并没有什么问题。综合关于《爱丽丝》和卡罗尔的各种流派的精神分析来看，弗洛伊德派精神分析阐释者往往对自己的理论和方

---

　　① Karen Coats, *Looking-Glasses and Neverlands: Lacan, Desire and Subjectivity in Children's Literature*, 2004, p. 87.
　　② 在宴席上，红方王后总要把食物介绍给爱丽丝，而被介绍了的食物是不可以吃的，那样不合礼仪。爱丽丝意识到这样介绍下去的话她就什么东西也吃不到了，就请王后不要把布丁介绍给她，可是王后还是生气地作了介绍，并立即命令侍者"把布丁端走！"爱丽丝不明白为什么只有红方王后一个人发号施令，于是就试着发布了她的命令，果然布丁就被端回来了。
　　③ Karen Coats, *Looking-Glasses and Neverlands: Lacan, Desire and Subjectivity in Children's Literature*, 2004, p. 89.

《意义的逻辑》与卡罗尔的胡话文学

法比较自信和固执，比如约翰·斯金纳声称"除非使用精神分析方法，否则不可能获得对卡罗尔的生活或者其幻想作品的意义的有意识理解"①。弗洛伊德派精神分析阐释基本上都在试图挖掘卡罗尔与其作品的关系，要么根据作品分析卡罗尔的人格和心理，要么通过分析卡罗尔的人格和心理去推测他的写作动机以及其作品的隐含意义。这些批评的共同问题是，它们试图把卡罗尔与其作品捆绑到一起，而它们的很多论断都是以猜测为基础，并无实据；它们的分析大多也仍然聚焦于性象征上。比如，很多批评特别重视通过卡罗尔与他的缪斯，也就是真实生活中的爱丽丝·利德尔的一种可能的不正常关系来定义卡罗尔，尤其是早期的弗洛伊德派分析，它们往往除了性压抑、性变态和恋童癖等名词之外没有更深入的精神分析理论，这就是德勒兹所谓的自欺欺人的"坏的精神分析"。从一般读者的角度来说，他们之所以难以接受希尔德那样的卡罗尔和《爱丽丝》分析，是因为这种分析把卡罗尔描绘成一个在性格和心理上不同于公众期待的人，它们把与梦中世界联系在一起的幽默和戏谑气氛处理成一个充满敌意和攻击的空间，从而威胁到了读者心目中的经典形象。比较而言，荣格的原型理论和拉康的主客体理论对卡罗尔及其作品的解读要更合理一些，它们有助于解释卡罗尔的作品为何对几代读者具有那么巨大而持久的吸引力，这两类精神分析既更加令人信服，也能更好地解释卡罗尔作品的多面性和多重性。诚如加拿大作家兼评论家曼谷埃尔所说："卡罗尔的故事更深地植根于人类精神，比它在育儿室里的名望所表明的还要深。……奇境似乎总是以这样或那样的方式存在于我们头脑的幽深之处。……奇境是我们梦生活重现的风景地，因为它就是我们的世界。"②

从德勒兹对《爱丽丝》和卡罗尔的精神分析解读来看，他承认卡罗尔的作品中有一种"深刻的精神分析内容"（1990：xii），像某些研究者一样认同卡罗尔对他的"爱丽丝"的欲望，但他显然并不认同对其作品进行与

---

① John Skinner, "Lewis Carroll's Adventures in Wonderland" (1947), in Robert Phillips ed., *Aspects of Alice*, 1972, p. 293.

② Alberto Manguel, "Return to Wonderland", Introduction to *Alice in Wonderland*, 2011, p. 9.

性有关的分析，比如，他也论及爱丽丝对食物的沉迷，但他的意图不是像希尔德那样揭示人物的口头攻击性，而是把爱丽丝作为理解人们如何制造和使用意义的一个形象。他与拉康的理论更为亲近，因为他关注用精神分析理论来探索语言的形成和意义的发生。虽然 20 世纪 70 年代以后（特别是与加塔里合作以后）的德勒兹越来越反对精神分析，但是在 60 年代，在撰写《意义的逻辑》时，德勒兹受克莱因和拉康的影响很大。他借用克莱因的精神分析理论的目的在于表明语言（或者他所说的意义）之表面如何产生于部分客体和驱动力的一种混乱无序的混合中，也就是说，他表明了一种从身体体验的流动中发生的动态的意义生成。但是他并不是简单地遵循或挪用了克莱因的精神分析表述，而是用比较显著的弗洛伊德和拉康腔调对它做了修改，也做了他自己的一些创新。他运用了弗洛伊德的性驱力、力比多、俄狄浦斯情结等概念，但他更多地借鉴了拉康。拉康把弗洛伊德的无意识观点和索绪尔的语言学结合在了一起，他认为语言以一种社会的、符号的方式构造了无意识，因而无意识的结构就像一种语言，梦的语言，符号秩序中充满了相关的神话、幻想和信念。

德勒兹把"吃"与"说"或者"身体"与"语言"对立起来："吃"是深处的，是身体的运作模式；"说"是表面的，是语言的行为。表面是意义产生的地方，而深处是词语有可能被吞噬掉的地方。在德勒兹看来，爱丽丝在奇境的历险其实就是她从"吃"到"说"、从深处的噪音到表面的意义的过程，也就是语言的发生过程，这个过程开始于深处，升到高处，然后在表面形成几个类型的系列，但最终表面崩塌。像很多精神分析阐释者所做的那样，德勒兹也对爱丽丝的身份变化和身份丧失进行了分析，但他主要把这些视为意义的悖谬性和不稳定性的象征。他称卡罗尔"是表面……的主人和勘测员，整个的意义逻辑都坐落于这些表面上"，但是他也表明，卡罗尔在揭示了符号秩序的生成可能性的同时，也展现了这种秩序可笑的歪曲和自负。

《意义的逻辑》中的精神分析部分占据了全书的近四分之一，德勒兹也明确表示"这本书是写成一本逻辑和精神分析小说的一种尝试"（1990：

xiii），因此，这个方面应该是德勒兹研究者们绕不过去的一个重要部分。对他在此书中的精神分析的分析研究有助于我们了解他对精神分析的态度和他对重要理论流派的跟进和借鉴，这一点对研究其理论连续性具有很重要的意义。他指出，我们不能把"儿童对表面的征服，精神分裂症患者身上表面的崩溃，以及被称为（比如说）'反常'的人对表面的掌握"（1990：92）混为一谈，而这种混淆正是某些精神分析评论者所犯的错误，他们的做法就是德勒兹所说的坏的精神分析：他们"相信自己发现了人们能够不可避免在各处重新发现的相同材料，或者相信自己发现了造成虚假差异的类比形式。因此，诊疗的精神病学方面和文学的批评方面就同时被搞坏了"（1990：92）。德勒兹认为精神分析应该是意义的精神分析；儿童（爱丽丝）、精神分裂者（阿尔托）和社会的反常者（卡罗尔）三者所涉及的意义领域是不同的，对他们的分析方法也应该是不同的。他对聚焦于"性"因素的精神分析提出了明确的批判："精神分析与艺术作品（或者文学性—思索性的作品）之间的遭遇不可能通过这种方式实现，通过作品把作家当作可能的或真实的病人来对待无疑不能实现这种遭遇……因为作家，如果他们伟大的话，更像医生而非病人，我们的意思是他们本身是令人吃惊的诊断专家或症状学家。"（1990：237）这些话表明，即使在对精神分析持基本肯定和借鉴态度的理论早期，德勒兹也已经认识到了精神分析的不足之处，他已经在对它进行改造性的利用了，这为他后来批评和攻击精神分析埋下了伏笔。

结语　意义与无意义的共存

《意义的逻辑》是两个在不同领域被尊为大师的人物的相遇所产生的奇异成果。道奇森/卡罗尔是一位终生对绘画和戏剧感兴趣的数学家和逻辑学家，他是维多利亚时代最著名的儿童摄影师之一，他还是众多智力游戏和谜题的发明者；但是，让他名垂史册的身份是英国胡话文学大师和经典儿童文学作家的身份。德勒兹是一位对文学、艺术、科学等众多学科感兴趣的哲学大家。在细读《意义的逻辑》之后我们会发现，这位法国哲学家似乎认真地读过卡罗尔的全部作品，著名的《爱丽丝》和《蜗鲨之猎》自不必说，20世纪的读者很少关注的《西尔维和布鲁诺》被他视为杰作，他认为《爱丽丝》中所引入的技巧在卡罗尔晚年的这两部小说中得到了成功的延续（几乎没有哪位卡罗尔研究者持类似看法）；20世纪的读者几乎不会去读的诗歌和数学故事在德勒兹这里也都有独特的价值。

也许因为德勒兹对卡罗尔的钟爱和了解如此之深的缘故，《意义的逻辑》在写作手法上具有明显的实验性和游戏性，颇像卡罗尔胡话作品的风格特点；它的某些概念和理论阐述给读者的隐晦难解的感觉很像《蜗鲨之猎》。难怪有人将《意义的逻辑》称为深受卡罗尔作品影响的一个综合全面的哲学文本。首先，它的构成部分不是章节，而是"系列"，这显然是德勒兹有意而为的。德勒兹研究者威廉姆斯认为"系列"这个标签极为重要，它与大多数书中抵制跳读的章节不同。"系列"的设计目的是以不同的顺序、作为独立的组块或相连的链条而起作用；尽管这些系列在某些重要方面是彼此接续的，在某种意义上都是联系在一起的，但是它们之间的关联并不依赖于它们的顺序，它们的运作独立于它们的顺序。因为德勒兹所描述的系列不是固定的，而是流动的、变化的。威廉姆斯建议在阅读这部著作时，读者可以采取"卡住了，就跳过去"的策略，这种策略"可能比'连续击打直至受挫的眼泪流出来'收获更好的回报。继续读、继续跳，直到抓住什么东西……要注意如果抓到的这个东西是全书中重复出现的一个疑问或问题，那么这次阅读将会发现意义逻辑的关键教训：系列是被一个穿过它们的问题元素（'一个移动的空位'）调动起来的"①。这种"系列"性质的结构和《奇境》很相似。爱丽丝先遇到谁后遇到谁、她的身体先变大还是后变大不重要，她梦中的事情虽然有始有终，但在开头和结尾之间，这些事情并没有多大的逻辑关联。这部小说的构成本身几乎就像一副扑克牌，你可以随便洗牌，然后甩出一张或一套你需要的牌。

《意义的逻辑》不仅具有这种不同于一般哲学著作的独特的文本结构，还容纳了丰富多样的题材——从古典哲学到现代哲学，从文学到科学，从语言学到精神分析学——这使它呈现出现代派乃至后现代派小说的杂糅、拼贴、开放、颠覆等特点，这些又与卡罗尔作品的现代性特点很像。不少评论者视卡罗尔为超前于其时代的作家，认为他是超现实主义、荒诞戏剧等现代派和后现代派文学的先驱。《意义的逻辑》整本书的结构就像迂回的迷宫，既让人着迷，也让人困惑，以至于威廉姆斯说："这本书的设计目的是既解释和分析，又迷惑和搅乱。"② 他解释了自己坚持研究《意义的逻辑》这本著作的原因：第一，这本书起着连接德勒兹最具哲学重要性的著作《差异与重复》和他后来对一系列广泛领域（电影、文学、哲学、政治、政治科学、文化批评、社会学、审美和艺术等）的研究著作的作用。第二，他认为《意义的逻辑》是我们理解德勒兹在三个中心领域的哲学研究的主要书籍之一，这三个领域是道德哲学、语言哲学和思想与无意识哲学（有时候被称为心灵哲学），德勒兹的哲学在这些领域中既是创新性的

---

① James Williams, *Gilles Deleuze's Logic of Sense: A Critical Introduction and Guide*, 2008, p. 15.
② Ibid., p. 7.

又是极其重要的。但是,解读这本书还有一个不太重要、但是也许更有意义的原因:这本书充满艺术性和幽默。他说,对一部复杂的哲学作品做出这样一种断言似乎很奇怪,但是"如果我们阅读这本书时不考虑幽默和审美创新在其写作和声明中所起的作用,那么我们就会错过其内容的重要方面和其风格的有益方面。……这本书的风格和幽默是其哲学信息中所固有的,或者说,这本书声称只有用幽默和创造性的实验才能传达它最深的洞见。这是一本需要蹦蹦跳跳或跌跌撞撞地穿过的书,而非有条有理埋头苦读或研磨的书"[1]。他的意思是说,对《意义的逻辑》的解读一定不能忽略其戏谑性、幽默性和艺术性。这种特点应该是德勒兹受卡罗尔作品影响的一种直接体现,是他从卡罗尔那里学来的东西:作为一部以卡罗尔作品为主要建构材料的著作,《意义的逻辑》需要幽默的无意义和令人困惑地彼此联结在一起的系列来打破严肃期待所建立的障碍。

从他们两人的研究者身份来看,德勒兹和卡罗尔也有很像的地方:他们首先是严肃认真的读者。就像卡罗尔严肃认真地研读并探究欧几里得几何学那样,德勒兹深入透彻地阅读了西方的哲学史,从古希腊哲学和中世纪哲学到康德、尼采、莱布尼茨、胡塞尔等众多名家的哲学,他也阅读了从弗雷格到索绪尔、叶姆斯列夫和列维—斯特劳斯的语言学(符号学)历史,他还阅读了从弗洛伊德到克莱因和拉康的精神分析发展史。当然,他也认真阅读了很多作家的文学作品。另一方面,他们又都是无与伦比的创新者。卡罗尔开创了英国儿童文学的非说教或者反说教传统,和爱德华·李尔一起创立了(非民间文学的)胡话文学这一体裁;而德勒兹尝试把一部哲学著作写成"逻辑和精神分析小说"。

卡罗尔的数学逻辑学作品和文学作品是德勒兹的工具箱和材料室,他十分了解这些工具和材料的特点与性质,他知道它们在什么地方用得上;他从中挑选了对自己的理论阐述有用的东西,或严肃,或戏谑,或直接,或比喻,或(很多情况下)断章取义地对它们进行分析探讨,"利用"或

---

[1] James Williams, *Gilles Deleuze's Logic of Sense: A Critical Introduction and Guide*, 2008, p. 14.

"挪用"它们来阐述和建构他的命题、意义、无意义、悖论、生成等诸多概念。《意义的逻辑》这部著作的题目中有"意义"和"逻辑"两个关键词。什么是"意义"？德勒兹意义理论所涉及的"意义"超越了人们通常理解的"意思"或"含义"，它包含了意义的产生方式和运作方式；或者像有的研究者所言，他的"意义"类似于"元意义"，也就是意义如何具有意义、如何具有重要性的那种方式。《意义的逻辑》提供了很多对于意义的定义，诸如："意义是命题的被表达之物，是一个非物质的、复杂的、不可还原的实体，处于事物的表面，是一个固有于或存续于命题中的一个纯粹事件"（1990：10）；"意义就是蜗鲨。……我们也许甚至无法说意义存在于事物或头脑中；它既没有物理的，也没有精神的存在"（1990：20）；"事件本身就是意义"（1990：22）；"意义是事物和命题、名词和动词、指示和表达……之间的边界、刀刃或者差异之接合，……它必须在内部的悖论中形成"（1990：28）；"意义来——事物和词语界限上的那层薄薄的膜"（1990：31）；等等。这种定义之多样性本身就有重大意义，因为意义是使语言规避有限的最终定义的东西。而"逻辑"一词并不是我们熟悉的那个意思，它不是指形式语言中的一个演绎体系，其含义更多地指涉意义发生的结构性条件，因为一个意义事件的发生是与某个不可预测的东西、某种混乱或者某个悖谬的东西有关的，它不是凭借可靠的演绎就能得到的结果；相反，意义抵制逻辑的演绎。因此，德勒兹不断地强调悖论的重要性，也不断地借用和称赞斯多葛派哲学家和卡罗尔的悖论。他试图表明矛盾和悖论虽然在逻辑上有问题，但是它们能够"制造"或"生产"意义。所以悖论对德勒兹来说很重要，它们揭示了体系内的局限，要求有超越正确性和一致性等内部规则的通道。就像威廉姆斯指出的那样，《意义的逻辑》是一部通过悖论而非推论来推进的著作，其重点在于阐述意义的运作方式，而非直接表述一个必要的逻辑结构。

除了卡罗尔特别擅长制造的悖论之外，德勒兹也很欣赏并推崇卡罗尔的幽默和游戏。他说，"幽默是表面之艺术"，而卡罗尔是"表面的主人和勘测员"；"幽默是意义和无意义的共延。幽默是表面和替身的艺术，是游牧奇点和总是移位的偶然点的艺术；它是静态发生的艺术，是纯粹事件的救世主，是'第四人称单数'——每一个意指、指示和表现都被悬置了，所有的高处和深处都被废除了。"（1990：9，93，141）。卡罗尔的幽默产生于"胡话"，而那些胡话产生于他对日常语言的含混性的利用。德勒兹和卡罗尔一样意识到了这一点：有些东西只能用幽默才会学到，因为这些东西抵制理性的证明，抵制命题性理解的各种形式。幽默帮助我们认识到理性是有局限的，某些交流形式的要点不在于"意思"（含义），有一种意义是与非一意义和悖论联系在一起的。德勒兹之所以那么详细地研究和解读卡罗尔的作品，就是因为他要表明幽默和悖论在将意义从其最普通的语境和意思中解放出来这一方面具有多么大的重要性。

当然，卡罗尔的幽默和悖论与语言有关，与他对语言，尤其是语言的缺陷和漏洞的高度敏感和深刻洞见有关。同样关注无意义、同样对无意义持有肯定看法的法国哲学家勒塞克勒说，卡罗尔的"胡话浸泡在语言中，甚至可以说主要是由关于语言运作的直觉构成的"[1]。他认为《意义的逻辑》是德勒兹唯一可被称为"关于语言"的著作，其中关于语言和悖论的那两章（第二十六系列和第十二系列）给我们提供了一个关于语言起源或发生的成熟理论。勒塞克勒把胡话文学描述为文学和哲学之间的交叉处，这一点无比正确。同样正确的还有评论家曼谷埃尔的观点："爱丽丝的旅程只配备有一件武器：语言。词语向爱丽丝、也向我们展示了这个令人困惑的世界的唯一无可争辩的事实，这就是：在表面的理性之下，我们都是疯狂的。"[2] 爱丽丝用她自认为正确的、有意义的语言来对抗梦世界疯狂荒谬的"无意义"语言，但实际上，这两种语言都无法胜任准确交流的重任。

德勒兹推崇卡罗尔的"胡话"，《意义的逻辑》的一个重要内容就是分析探讨这些"胡话"的哲学意义和哲学价值。他向我们表明，卡罗尔作品表面上的混乱和胡话（无意义）其实存在着一种意义的组织原则，意义的本质最为清楚地产生于对无意义、荒诞和悖论的探究中，因为正是在那些

---

[1] Jean-Jaques Lecercle, *Deleuze and Language*, 2002, p. 99.
[2] Alberto Manguel, "Return to Wonderland", Introduction to *Alice in Wonderland*, 2011, p. 11.

《意义的逻辑》与卡罗尔的胡话文学

东西中,语言从其普通的表意功能中被解放出来。这也是德勒兹(借用瓦雷里)所说的"最深的东西是皮肤"(亦即最深刻的东西是表面)这句话的内在含义:卡罗尔作品表面的无意义蕴含着最深刻的意义,蕴含着语言最大的潜能。他强调,对于"无意义"我们必须要理解的东西是:"无意义是没有意义的东西,是与意义之缺席相反的东西——就其本身而言,且因为它展现了意义的捐赠。"(1990:71)换言之,无意义是意义得以产生的生产性元素,它把意义"捐赠"给了它的语言情境,积极促进了意义的产生。德勒兹根据与意义相关的东西——理智和常识,以及无意义和荒诞——来界定意义,他纠正了我们的错误认识:我们通常将理智和常识错当成意义,将无意义视为意义之缺乏。他告诉我们,无意义不是意义的反面,它说了它自己的意义;无意义没有消解意义之可能性,而是这种可能性的产生条件。概括地说,德勒兹"意义的逻辑"的基本要义就是无意义与意义有一种共存关系,而非对立关系。

这种观点与许多胡话文学理论家的观点是一致的。德勒兹不是文学评论家,但《意义的逻辑》无疑对胡话文学评论做出了很大的贡献,因为在将卡罗尔的作品为己所用的同时,他提炼出了这种文学的一些本质特点。我们可以罗列出若干文论者的类似论断。比如,胡话文学理论家维姆·提格斯认为,"胡话文学最本质的特性是它呈现了一个未解决的张力,我把这种张力定义为意义的存在和缺乏之间的一种平衡。"[1] 再如,他引用了另一位胡话文学研究者弗朗西斯·赫胥黎的观点:"卡罗尔通过夸大意义——一种太有逻辑的逻辑——来写胡话作品。"[2] 也就是说,他认为卡罗尔的作品不是真正无意义的胡说八道,而是"有逻辑地"、巧妙地利用了逻辑。著名文学理论家马丁·埃斯林在他关于荒诞派戏剧的著作中专门把"荒诞派的传统"这一章的一部分投入到对胡话文学的论述中。他提到了"从逻辑桎梏中的贪婪的释放",强调"词语性的胡话文学表达的不仅仅是纯粹的游戏性……而且在其最真实的意义上是一种形而上的努力,

---

[1] Wim Tigges, *An Anatomy of Literary Nonsense*, 1988, p. 51.
[2] Ibid., p. 12.

结语　意义与无意义的共存

是扩大并超越物质世界及其局限性的奋斗。"① 胡话文学研究者苏珊·斯图尔特认为，胡话文学中的"无意义"占据的其实是"意义领地"，这个领域的话语不是"真实世界"，而是"无物"（nothing），它们是对"常识世界的更改或转变"②。她还指出，"在胡话中暗喻'猖獗'，直到全是暗喻，因而也全是字面性……一旦触及那个不可能的语境，阐释的可能性就开放了，胡话像暗喻一样以意义的多重性为特点。"③ 她列举了胡话文学从常识中创造出"无意义"所应用的五个"程序"或操作，其中的"倒退和内翻"（从中我们看到了胡话作品的"颠倒"方面）、"玩弄边界"、"玩弄无穷"和"同时性"与德勒兹所述的意义及无意义特点何其相似！总的来说，胡话文学研究者的共识是：卡罗尔的胡话文学作品是意义的典范，他用符号逻辑来探察无意义，用奇境来暴露无意义，他展示了无意义之下潜藏着无穷的意义，并由此确立了自己"逻辑小说大师"和"胡话文学大师"的地位。

"无意义"能把人们的注意力引向许多个现实的存在，而法则、符号和占主导地位的话语含义无法容纳这些现实。卡罗尔和德勒兹在他们各自颇为激进的文学和哲学探索中都发现并利用了多元现实的多元方向、维度、世界和身份。就像卡罗尔著名的杜撰词和乌有生物"蜗鲨"以及由之引发的捕猎那样，它们在秩序词语之下运作，在意义和意义缺失之间维持了一种完美的平衡，向我们暗示了另类世界和另类可能性的存在，展示了语言的颠覆性和创造性潜能。它们是荒诞的，但是它们展现了思维和想象的疯狂，具有激发人们不同解读和领会的巨大潜能。它们规避单一的终极阐释，因为它们表面的无意义之下存在着一种意义过度，其意义不断地动摇着只是表面看来稳定的现实组织。正如休·霍顿所言："阅读《爱丽丝》就是扎入叙事歪曲和无意义解释所构成的世界，读者永远被困于爱丽丝和红桃国王所采取的两种矛盾立场中：一个从中找不到任何意义，另一个试

---

① Martin Esslin, *The Theatre of the Absurd*, 1980, pp. 330, 331 – 332.
② Susan Stewart, *Nonsense: Aspects of Intertextuality in Folklore and Literature*, 1979, pp. 15 – 16.
③ Ibid., pp. 35 – 36.

《意义的逻辑》与卡罗尔的胡话文学

图从中解出'一些意义'。"① 无疑,对于《蜗鲨之猎》你也可以这么说。无意义和意义的这种同时存在正是卡罗尔胡话作品的特点。早在德勒兹肯定卡罗尔的无意义、悖论和荒诞之前,英国文学家和文学评论家切斯特顿就高度评价了卡罗尔的胡话文学,他因此被提格斯称为胡话文学第一个坚定的辩护者。在1901年的一篇文章,切斯特顿把卡罗尔与伟大作家们并置,"世界上最伟大的一些作家——阿利斯托芬、拉伯雷、斯特恩——都写过胡话作品"②。虽然他承认胡话文学在其最宽泛的意义上是一种永恒的现象,但是他把李尔和卡罗尔创立的这种文学称为"新文学",并且指出,这种文学不仅仅是"一种单纯的美学想象",因为它还提供了自己的宇宙观:世界不仅仅是悲剧的、浪漫的、宗教的,而且也是无意义的,因为造物本身就是无意义的,而不是有逻辑的。这种看法与60多年以后唐纳德·拉金的论点一致,他认为《奇境》将一种无法实现的意义追寻寓言化了。

切斯特顿的评论无疑把卡罗尔的作品从单纯的娱乐性、幽默性作品提升到了可与世界经典文学比肩的地位。在切斯特顿之后,越来越多的读者和论者肯定并赞叹卡罗尔作品超越娱乐之外的深刻意义,不论是关于语言和心理的,还是关于人生和成长的,抑或是关于社会和政治的。诸多的现当代作家推崇卡罗尔,从伍尔夫和乔伊斯到博尔赫斯和拜厄特等,他们认为这两个看似简单的故事也是成人文学的杰作。他们欣赏卡罗尔的想象和洞见,效仿他的写作手法和风格,借用或戏仿他作品中的人物和意象。对于这些读着《爱丽丝》长大的作家和艺术家来说,那些简单的语言、梦幻的气氛、奇妙的人物等已经融入了他们的血液中,它们的巨大影响至今仍在。文论家们认为卡罗尔的作品是超越其时代数十年的、不同寻常的现代主义和超现实主义实验,他们称卡罗尔是"无意识流大师","是20世纪充满幻想生命力的浪漫故事的预言家,是未来心理学、

---

① Lewis Carroll, *Alice's Adventures in Wonderland and Through the Looking-Glass*, introduction and notes by Hugh Haughton, 2003, p. x.

② Wim Tigges, *An Anatomy of Literay Nonsense*, 1988, p. 7.

艺术和文学之父"①；是超现实主义运动的先驱之一，等等。《爱丽丝》也从单纯的童话故事变成了心理小说、超现实主义小说和黑色幽默小说，成了现代主义乃至后现代主义小说的前辈，或者预示了结构主义和后结构主义理论。

法国理论家埃莱娜·西苏曾用充满诗意的语言这样评价卡罗尔的作品："一种像鸟儿或数学运算一样不肯安居在一个地方，而是'上气不接下气地'跳跃、飞舞、移动的文字。它不试图维持意义或抓住意义，而是受它对自身之存在的好奇（在这个词的认识论意义上）所驱动：它询问自己它将可能说什么、它要做什么、它要走多远。"②《意义的逻辑》无疑为我们理解卡罗尔作品的这种意义现象提供了理论解释。在一般的阅读层面上来看，卡罗尔胡话作品中的无意义元素只是文本趣味的添加剂，但是从德勒兹的意义理论视角来看，卡罗尔作品的"无意义"或曰"胡说八道"其实是将日常语言朝含混性、不确定和多义性开放了，不考虑无意义就无法理解意义的产生。我们可以说卡罗尔的世界是由无意义主宰的，但是无意义提供了意义的过量生产。他的"无意义"向我们表明了意义可能会多么无意义，而无意义又可能多么有意义。

意义和无意义的这种共存和平衡既使卡罗尔的作品展现出一种适合所有读者的阅读趣味，也产生了一种阐释的无限性和异质性，这些作品自出版以来所经历的无数"异质的"解读和分析评论就证明了这一点，而且这些解读和诠释之间的分歧和差异令人吃惊。人们不仅试图从明显极为荒诞的《蜗鲨之猎》中发掘意义，也同样努力地在《爱丽丝》中寻找童话故事以外的意义。比如，弗洛伊德派阐释者认为其中充斥着种种性象征，反映了恋童癖卡罗尔被压抑的潜在欲望和黑暗的内心；有人说在卡罗尔虔诚教授的外表之下是一颗既反叛又怀疑的头脑，他对科学的了解和达尔文的进

---

① Robert Polhemuls, "Lewis Carroll and Victorian Child", 《哥伦比亚英国小说史》, 2005, pp. 579, 580.

② Hélène Cixous, "Introduction to Lewis Carroll's *Through the Looking-Glass* and *The Hunting of the Snark*", *New Literary Theory*, 13.2, 1982, p. 234.

《意义的逻辑》与卡罗尔的胡话文学

化理论使他对自己所信奉的宗教产生了质疑,因此《爱丽丝》隐含着他对宗教的反叛,可以很容易地被解读对各种加尔文主义教旨的批判;有人认为《爱丽丝》是英国19世纪30年代宗教运动的秘史,其中的人物都是某些宗教人士的化身。还有几种被评论者们公认为匪夷所思的解密性阐释,比如,说《镜中奇遇》是犹太教经典《塔木德》的加密版本;说《爱丽丝》的真正作者是马克·吐温,等等。

对《蜗鲨之猎》的阐释同样多样而充满分歧。这首胡话长诗虽然并不是以儿童读者为对象的,但是它也是献给一个小朋友的,书中的序诗是一首藏头诗,每一行的第一个字母连接起来就是这个女孩的名字:格特鲁德·查特威(Gertrude Chataway)(就像《镜中奇遇》结尾之后的藏头诗是爱丽丝·利德尔的名字一样),他们俩是在一次海滨度假中认识的,有些研究者称她是卡罗尔第二喜欢的小女孩朋友。卡罗尔自己提到过这首诗的创作过程,他说有一天他出去散步,突然有一句诗就进入了他的脑海,就是孤孤单单的一行"因为你知道,那只蜗鲨是一个怖侏"。他说当时他不知道这句诗是什么意思,只是把它写下来了。过后,他想出了这一节的其他几行,再然后,他在一两年的零碎时间里慢慢拼凑了这首诗的其他部分,那句莫名进入脑海的诗就成了全诗的最后一句。这些解释要表达的无非是他构思《蜗鲨之猎》时头脑中没有更深的含义,但是即使在卡罗尔在世的时候,也不断地有人问他这首诗到底什么意思。根据加德纳在注解版《蜗鲨》中给我们的信息,虽然这首诗明明白白地"以无穷的幽默描述了一帮不可能的船员为了寻找一只不可想象的生物而进行的不可能发生的航海历程"[①],但是人们总想问,这是它所描述的全部东西吗?他告诉我们,根据记录,卡罗尔自己五次回答了这个问题:"我不时地收到陌生人写来的一些彬彬有礼的信,请求知道《蜗鲨》是不是一个寓言,或者是否含有隐秘的寓意,或者它是不是一则政治讽刺,对于这个问题我只有一个回答:我不知道。""……你知道一只蜗鲨是什么吗?如果你知道的话请告诉

---

① Lewis Carroll, *The Hunting of the Snark* (with an introduction and notes by Martin Gardner), 1995, p.21.

结语　意义与无意义的共存

我：因为我不知道它是什么样子……""……你问我'你为什么不解释蜗鲨?'这个问题好久以前我就该回答了。现在让我来回答吧——'因为我不能。'你能对你自己都不明白的东西作解释吗?""至于蜗鲨的意思?我恐怕我除了胡说之外没别的意思。""我的意思就是那只蜗鲨是一只怖侏……根据我的记忆,我写这首诗的时候我头脑中没有其他意思;但是此后人们总是试图在它里面找到意思。我最喜欢的含义……就是它可以被理解为对幸福的追求。"①

在这首诗发表之后的一百多年时间里,人们仍继续试图从中发掘严肃而深刻的含义,包括把蜗鲨视为物质财富、运气、社会进步、商业冒险、命运、无物等。也有人认为,每个人都有自己的蜗鲨,对蜗鲨的这种追寻不是个人的而是公众的;对卡罗尔来说蜗鲨就是"那个"小女孩朋友,以及最终他自己的童年。对这首诗最常见的阐释是把怖侏(Boojum)——蜗鲨中最可怕的一种,一种难以捕捉却又无法逃避的怪物——视为往往被人们压抑着的对死亡的恐惧,因此这首诗散发着一种存在危机的感觉。这些阐释都在试图解码这首诗的隐喻和象征意义。如果我们按照年代顺序来罗列人们对《蜗鲨之猎》较为著名的阐释,那么内容大致如下:1901年,美国实用主义哲学家席勒(F. C. S. Schiller)化名Snarkophilus Snobbs,在《心智》杂志上发表了一篇关于《蜗鲨》的戏仿性的评论(其实那一期杂志就是专门的戏仿版)。他说即使最无趣的成年人也能多多少少地、模糊地察觉到卡罗尔文学作品的重要性,但是《蜗鲨》这首诗确实令人迷惑不解。他断言"蜗鲨""就是哲学家们钟爱的'绝对',捕猎蜗鲨就是对绝对的追求"②,而"绝对"在哲学中的作用就如同"无穷"在数学中的作用一样。这首诗的目的是描述追寻绝对的过程中的人性,并展现了这种追寻的徒劳,除了与蜗鲨遭遇而消失无踪的面包师以外,没有人获得"绝对"。1952年,亚历山大·泰勒(Alexander Taylor)在关于卡罗尔的研究中提到

---

[1] Lewis Carroll, *The Hunting of the Snark* (with an introduction and notes by Martin Gardner), 1995, pp. 21 – 22.
[2] Ibid., p. 105.

247

《意义的逻辑》与卡罗尔的胡话文学

《蜗鲨》这首诗是对 1870 年代的教育的一种讽刺，更具体地说是反对活体解剖的小册子。加德纳是存在主义解读方法的代表，他认为，主宰着这首诗的那个字母"B"就是表示存在的那个"be"；这个字母像连续不断的鼓点一样响彻整首诗，直到在最后的霹雳声中变成了"怖侏"。他说《蜗鲨之猎》是"一首关于存在和非存在的诗，是一首存在主义诗歌，一首关于存在之痛苦的诗"[①]。那帮捕猎者的海图象征着人类的路程，它是空白的，因为我们没有关于在哪里或者要飘向何处的信息。这首诗的追寻母题被淹没在一个更大的母题之下："对终极失败的恐惧，令人极为痛苦的恐惧。那只怖侏不仅仅是死亡，它是所有搜寻的终结，它是最后的、绝对的灭绝。它是虚空，是那片伟大的空白虚无，我们奇迹般地从中出现，最终也将被它吞噬；荒诞的星系盘旋着穿过它，无尽地飘移在它们从无处到无处的无意义航程中。"[②] 这首诗充满了存在的焦虑和对死亡的恐惧，而我们这个时代赋予它的新维度就是原子弹或者其他大规模杀伤性武器带给人类的焦虑和恐惧，他告诉我们，美国空军有一种导弹就叫"Snark"。他提醒我们注意"bomb"这个词中的两个"b"字母：它开头的 b 代表"birth"，结尾的 b 代表无物，它是无声的，是最后的沉寂。中间的"om"在印度教中是婆罗门的本质（也就是"绝对"）的象征。面包师则象征着人类，他站在悬崖上，"笔直而崇高"，因发现猎物而大笑着，突然他发出大吃一惊的、噎住的叫喊："它是一只怖……"然后是沉寂。当然，他希望最终炸弹不是怖侏，而只是一种无害的蜗鲨。

文学研究者迈克尔·霍尔奎斯特在其文章《什么是怖侏？胡话文学与现代主义》（1969 年）中把《蜗鲨之猎》视为一个现代主义文本，说卡罗尔试图创造一部完美无瑕的虚构作品，想让这部作品抵制读者，尤其是那些写评论的读者把它变成一个寓言的企图，因为寓言等同于非虚构世界中已经存在的体系。也就是说，它是一个抵制结构，抵制人们可能会带给它

[①] Lewis Carroll, *The Hunting of the Snark* (with an introduction and notes by Martin Gardner), 1995, p. 28.

[②] Ibid., pp. 27–28.

的其他意义结构。霍尔奎斯特认为，作为解读者，我们要认可一个文本本身的样子，如果在文学批评中我们不这样做，那么所有的文本就都成寓言了。他把卡罗尔视为现代作家的先驱，他在用实验性的新方法来确保其作品的体系不受侵犯，简单点说，他在这首胡话诗所运用的无意义之逻辑确保了他的艺术的虚构性："《蜗鲨》的寓意就是它没有寓意。它是一个虚构，一个不试图'真实'或'正确'的东西。"① 这首诗就是它自己，它具有一种对抗诠释冲动的密封本质（也许我们可以借用矮胖蛋的"不可穿透性"来描述它）；"《蜗鲨》中的一切都是根据它自己的体系而意味着它们所意味的意思。"② 由此可见，霍尔奎斯特似乎认同卡罗尔自称的这首诗只是"胡话"，并无其他意义这一说法。他认为卡罗尔的整个生涯都可以被理解为对秩序的追寻，他对秩序的强迫症正是在胡话文学中找到了最完美的表达，而他创作的最无意义的胡话作品就是《蜗鲨》：这是他"创造的最完美的胡话作品，因为它最好地例证了他所有的职业生涯和所有的书都试图做到的事情：实现纯粹的秩序。"③ 关于《蜗鲨》的语言，霍尔奎斯特的评论是：卡罗尔的作品不是由无意义的胡言乱语构成的，它有自己的符号体系，它不断地将这些符号与别的体系中的符号的差别戏剧化，从而获得符号的意义。胡话文学的无意义价值在于它让我们注意到语言，让我们意识到语言不是我们所了解的东西，而是某种活生生的、进行中的东西，需要我们去发现。他说这种文学是这样对待语言的：它"天真地"描述我们熟悉的行动或话语，使之变得不熟悉，就好像我们是第一次认识到它那样。他的结论是："胡话作品中的语言是一件无缝的衣服，一个纯粹的幌子，绝对的表面。"④

维姆·提格斯在《文学胡话剖析》中指出，这首诗维持了意义和无意

---

① Micheal Holquist, "What is a Boojum? Nonsense and Modernism", *Yale French Studies: A Commemorative Anthology*, Vol. 96, 1999, p. 116.
② Ibid., p. 117.
③ Ibid., p. 104.
④ Ibid., p. 116.

义之间的完美平衡，它"在象征方面是自足的"①。他认为除了这一只蜗鲨是怖侏以外，我们永远也不会知道"蜗鲨"真正是什么东西，但我们知道"被蜗鲨"是什么意思：就是发生了完全的倒置，就好比你的船首桅杆与船舵混在一起时那样，或者当你凭着一张空白地图去旅行、忘记了自己的名字，也许最终拿你的生命与死亡做了交换时那样。他认为"蜗鲨"只是一个空虚的声音和狂怒，不指涉任何东西，但对它的追寻是真的。卡罗尔让我们意识到了这场捕猎的本质，那就是：没有猎物的捕猎、一个没有目的的追寻什么也不是。美国诗人兼文学评论者约翰·霍兰德也认为在《蜗鲨之猎》的无意义背后是它严肃的追寻故事，但是与其他评论者不同的是，他把"蜗鲨"阐释为"女人的性"，"对于一种仍被性欲所阻碍的精神来说，这是浮士德'永恒女性'的一种歪曲形式"。② 在面包师遭遇怖侏的那最后一瞥中，对于被女性特质之深渊"轻轻地、突然地"吞噬的恐惧得到了具体的展现。公告员告诉船员们的那五个用来辨认蜗鲨的"准确无误的标志"也明显与女性有关：蜗鲨吃起来"又瘦又空，但是脆：/就像一件腰部过紧的外套，/带有鬼火的滋味"；它们起床很晚，经常在下午五点吃早饭，第二天才吃正餐；它们不理解笑话不能忍受双关语；喜欢游泳更衣车；富有野心。而捕获它们的手段和工具是顶针和小心、叉子和希望、微笑和希望，还有铁路股份。无疑，在有些评论者看来，这些东西也都是"捕猎"女人的手段和工具。在维多利亚时代，顶针经常是用银子或金子做成的精致物件，可以被用作献殷勤的礼物；它们是针线活的象征，因而也是家庭妇女的身份象征；如果用弗洛伊德的精神分析理论来说它们还是性的象征物。微笑和小心翼翼也是向女人献殷勤时所必需的，肥皂表示干净，这是向女人献殷勤的又一种适当品质。希望与得到一个合适的妻子时的幸福相关，叉子象征着社交机会，而铁路股份代表财富。

霍兰德对蜗鲨的象征含义的理解与评论者艾伦·威廉姆斯（Allan P. Williams）相似，只不过后者的解释更为直接明了：他在插图版的《蜗

---

① Wim Tigges, *An Anatomy of Literay Nonsense*, 1988, p. 164.
② John Hollander, *The Work of Poetry*, 1997, p. 207.

鲨》中说，这首诗讲的是十个处男寻找蜗鲨——他们的第一次性经历——的故事。这十个人物都以字母 B 开头，因为这个字母代表着"Bachelorhood"（独身）。指引他们的是一张空白地图，这意味着上面连性感应区的概念都没有；还有真相、谣言和夸大其词的一种混合，以及他们自己不同的性想象。他的解读是：这首诗从一开始就引入了挫败的主题，展现了半数船员的困难。面包师只会烤婚礼蛋糕，但船上没有"任何原料"；屠夫只会杀海狸，但船上的这只是受保护的，它已经被船长（也就是公告员）驯服了；记分员"赢的钱比他的份子多"，但所有的钱都在银行家手里；女帽制作者根本没有顾客；擦鞋工也无活可干，因为船上的人都不穿鞋子。在这个性挫败的国度里，海狸象征着通过自慰而获得的安慰。诗的第二部分描述了搜寻蜗鲨这件事，详述了半数船员如何在不同程度上找到了某个东西，但都没有找到他们追求的东西。而后银行遭遇了一次暴力的性攻击，而最后一章"消失"则预言性地警告了这样的搜寻不仅以疯狂、而且以死亡告终。

与这些阐释相比，作为哲学家的德勒兹和稍晚一些的勒塞克勒都表明了胡话文学主要以语言为对象，他们都聚焦于卡罗尔对语言的关注和他对符号的任意性本质的直觉性洞悉，倾向于认为《蜗鲨之猎》用无意义质疑了意义，但在此过程中也使意义增殖。德勒兹的分析把卡罗尔的作品阐释为一种以"蜗鲨"之类的悖谬元素和语言与事物系列为基础的意义理论的大纲。"蜗鲨"和"怖侏"这两个没有所指的能指（亦即空能指）支配着这首诗，当第二个能指（怖侏）成为第一个能指（蜗鲨）的所指时，或者说当第一个杜撰词最终获得了一个指称时，对它的追寻实现了，因为面包师看到了隐藏在名字后面的那个生物。但读者无法得到满足，"因为你知道，那只蜗鲨是一个怖侏"，而实际上读者什么都不知道。恰恰是这种谜一般的特性构成了吸引人们"追寻"其含义的主要源泉，恰恰是作品的无意义特质造成了诠释的丰富性乃是过度性；因为作为读者和阐释者，我们总是不相信一个作家写给我们看的东西意在被我们当作"无意义的"东西，我们倾向于认为他的作品总要试图表达一些东西或者隐含着一些东西。如果我们说卡罗尔的"胡话"是无意义，那正是因为我们是在一种意义背景下看待它的。尤其是在阅读这些用逻辑和理性（甚至是超理性）创造出来的胡话作品时，我们并不相信其无意义真的是无意义，而是像德勒兹那样认为无意义是意义的产生机制，从而认为在作品的表面游戏和玩笑之下意义是无处不在的。卡罗尔越是说他的文本无意义，我们就越是认为这个文本需要好好进行诠释。这就像霍尔奎斯特说的那样，我们是马克思和弗洛伊德以及许多其他预言家的后代，我们像他们一样，试图解释一切，试图根据这个或那个体系弄明白一切。我们觉得卡罗尔玩弄无意义的目的恰恰是在含蓄地表达或者故意地掩盖某些深刻的意义，是在提醒我们在哪儿能发现意义。特别是，他在坚持说《蜗鲨之猎》是"胡说八道"的同时，又狡猾地表示"我们在使用词语时，它们的意思比我们想要表达的多：所以一整本书的意思应该比作者的意思多很多。所以，不论这本书有什么好的意义，我都很高兴把它们接受为这本书的意义。"[1] 这些话是在他去世的前两年、即1896年的一封信中说的，这似乎暗示了他并不排斥人们对其作品的意义发掘，他允许读者自由地创造他们自己的意义。作为读者，当我们对他的作品进行阐释和解读时，我们其实是在揣度、寻找他的写作，等同于一种涉及交流行为的强烈的"意图假定"。我们把"蜗鲨"以及其他诸如此类的无意义词语、把《蜗鲨之猎》等胡话文本的含义视为一个可以填充的空白，一个变量，一个作者给予的邀请——他邀请我们以共同的文本信息为基础来复原他的意图，来确定他使用某个词或者说某句话的意思。

霍尔奎斯特坚持认为卡罗尔旨在让他的作品抵制阐释、保持其所是，卡罗尔的传记作者之一德里克·哈德森（Derek Hudson）则认为胡话作品是无法解释的，就像你无法分解一个肥皂泡那样。但事实是，人们总是能够对卡罗尔的胡话作品提出新的不同解释，而且其中的许多都令人吃惊地合理，有理有据，甚至说《镜中奇遇》是加密的《塔木德》的那个人在解

---

[1] Lewis Carroll, *The Hunting of the Snark* (with an introduction and notes by Martin Gardner), 1995, p. 22.

读方法上似乎也无可诟病。然而，另一个事实是，人们总是觉得其他人的不同阐释和理解是不合理的或者错误的，解读者们很少能达成一致。也许，《爱丽丝面面观》的编纂者菲利普斯说得对，两本《爱丽丝》里有"给每个人的一点东西"①，因而每个读者都觉得他理解的爱丽丝是什么，她似乎就是什么。或者如邓肯·法洛威尔所言："《爱丽丝》超乎大多数天才之作的是，它们使解释落空，因为它们从童年起就和我们一起旅行，随着我们的变化而变化，令人宽慰，令人不安，每一个面都充当了另一个面的陪衬，而我们在这种张力方面都被施了魔咒。它们是非常纯粹的短篇作品，永恒而具体……它们是新鲜的——每一次阅读都会有一道新景色从其风光中跳出来……"② 再或者，也许最好的说法就是提格斯直接而肯定的论断："胡话文学要想成功，就必须既邀请读者来阐释，又避免暗示它有一种可以通过思考内涵或联想而获得的深层意义。"③ 从作为评论者和阐释者的意图假定来说，我们可以认为卡罗尔的目的正是如此，而且他的目的也达到了；他的作品就是这个样子：读者从未停止对其意义的追寻，尽管这些意义就像镜中世界绵羊婆婆商店里的商品一样——爱丽丝不看它们的时候，它们都好好地、满满地待在货架上；但是只要她把眼神转向它们，货架上就变得空空如也。德勒兹说意义是柴郡猫暂时逗留的微笑，难以捕捉，但是我们可以说，就在《意义的逻辑》中，他短暂地抓住了这个微笑，并展示给我们看；他的眼神之一瞥在瞬间看见了绵羊婆婆商店里那些飘向屋顶、即刻就要消失的物品——意义，而且，他也把这神奇一瞥的方法传授给了我们。

---

① Robert Phillips, ed., *Aspects of Alice*, 1972, p. xxi.
② Duncan Fallowell, "Lewis Carroll", in Wintle Justin ed., *New Makers of Modern Culture* (Volum 1), 2007, p. 262.
③ Wim Tigges, *An Anatomy of Literary Nonsense*, 1988, p. 27.

参考文献

Badiou, Alan, "The Event in Deleuze", *Parrhesia*, 2007.

Bloomingdale, Judith "Alice as Anima", in Robert Phillips ed., *Aspects of Alice*, London: Victor Gollancz Ltd, 1972.

Bogue, Ronald, *Deleuze on Literature*, New York: Routledge, 2003.

Boundas, Constantin V., *Gilles Deleuze: The Intensive Reduction*, New York: A & C Black, 2011.

Bowden, Sean, *The Priority of Events: Deleuze's Logic of Sense*, Edinburgh: Edinburgh University Press Ltd, 2011.

Butler, J. Eric, "The Stoic Metaphysics and *The Logic of Sense*", *Philosophy Today*, 2005, 5.

Carroll, Lewis, *Alice in Wonderland* (A Norton Critical Edition), Donald J. Gray ed., New York: W. W. Norton & Company, 1992.

Carroll, Lewis, *The Hunting of the Snark*, Introduction and notes by Martin Gardner, London: Penguin Books Ltd, 1995.

Carroll, Lewis, *Alice's Adventures in Wonderland and Through the Looking-Glass*, introduction and notes by Hugh Haughton, London: Penguin Books Ltd, 2003.

Carroll, Lewis, *Sylvie and Bruno*, Gutenburg. org.

Carroll, Lewis, *Sylvie and Bruno Concluded*, Gutenburg. org.

Carroll, Lewis, "The Dynamics of a Parti-cle", https: //en. wikisource, org/ wiki/The_ Dynamics_ of_ a_ Particle.

Cixous, H. , "Introduction to Lewis Carroll's *Through the Looking-Glass* and *The Hunting of the Snark*", Trans. Marie Maclean, *New Literary Theory*, 1982.

Coats, Karen, *Looking-Glasses and Neverlands: Lacan, Desire and Subjectivity in Children's Literature*, Iowa City: University of Iowa Press, 2004.

Deleuze, Gilles, *The Logic of Sense*, Trans. Mark Lester, New York: Columbia University Press, 1990.

Deleuze, Gilles, *Expressionism in Philosophy*, Trans. Martin Joughin, New York: Urzone Inc, 1990.

Deleuze, Gilles, *Difference and Repetition*, Trans. Paul Patton, New York: Columbia University Press, 1994.

Deleuze, Gilles, *Negotiations, 1972—1990*, Trans. M. Joughin, New York: Columbia University Press, 1995.

Deleuze, Gilles and David Lapoujade, *Desert Islands and Other Texts: 1953—1974*, Paris: Semiotext (e), 2004.

Empson, William, "Alice in Wonderland: The Child as Swain", in Robert Phillips ed. , *Aspects of Alice*, London: Victor Gollancz Ltd, 1972.

Esslin, Martin, *The Theatre of the Absurd*, London: Vintage Books, 1980.

Fallowell, Duncan, "Lewis Carroll", in Wintle Justin ed. , *New Makers of Modern Culture* (Volum 1), New York: Routledge, 2007.

Gardner, Martin and Lewis Carroll, *The Annotated Alice: The Definitive Edition*, New York: W. W. Norton & Company, 2000.

Goldschmidt, A. M. E. , "Alice in Wonderland Psychoanalyzed", in Robert Phillips ed. , *Aspects of Alice*, London: Victor Gollancz Ltd, 1972.

Greenacre, Phyllis, "Dodgson's Character Revealed in the Writings of Carroll", in Robert Phillips ed. , *Aspects of Alice*, London: Victor Gollancz Ltd, 1972.

Heath, Peter, *Philosopher's Alice*, New York: St. Martin's Press, 1974.

Hollander, John, *The Work of Poetry*, New York: Columbia University Press, 1997.

Holquist, Micheal, "What is a Boojum? Nonsense and Modernism", *Yale French Studies: A Commemorative Anthology*, Vol. 96, 1999.

Huxley, Francis, *The Raven and the Writing Desk*, New York and London: Harper Collins Publishers, 1976.

Lacan, Jacques, *Seminar of Lacan Book VI: Desire and Interpretation*, http://www.docin.com/p-597178225.html.

Lane, Christopher, "Lewis Carroll and Psychoanalysis: Why Nothing Adds up in Wonderland", *International Journal of Psychoanalysis*, 2011.

Lecercle, Jean-Jacques, *Philosophy of Nonsense*, London and New York: Routledge, 1994.

Lecercle, Jean-Jacques, *Deleuze and Language*, New York: Palgrave Macmillan, 2002.

Malabou, Catherine, "Polymorphism Never Will Pervert Childhood", in Gabriele Schwab ed., *Derrida, Deleuze and Psychoanalysis*, New York: Columbia University Press, 2007.

Manguel, Alberto, "Return to Wonderland", Introduction to *Alice in Wonderland*, Ontario: The Porcupine's Quill, 2011.

Millikan, Lauren, "Psychoanalyzing Alice", https://www.carleton.edu/departments/ENGL/Alice/CritPsychol.html.

Olkowski, Dorothy, *Gilles Deleuze and the Ruin of Representation*, Berkeley, Los Angeles, Oxford: Univeristy of California Press, 1999.

Parr, Adrain, ed., *The Deleuze Dictionary (Revised Edition)*, Edinburgh: Edinburgh University Press Ltd, 2010.

Patton, Paul and John Protevi, eds., *Between Deleuze and Derrida*, London and New York: Continnum, 2003.

Phillips, Robert, ed., *Aspects of Alice*, London: Victor Gollancz Ltd, 1972.

Robert, Polhemuls "Lewis Carroll and the Child in Victorian Fiction", 里凯蒂主编:《哥伦比亚英国小说史》, 外语教学与研究出版社 2005 年版。

Reed, Gail S. and Howard B. Levine, eds., *On Freud's "Screen Memory"*, London: Karnac Books Ltd, 2014.

Schilder, Paul, "Psychoanalytic Remarks on Alice in Wonderland and Lewis Carroll", in Robert Phillips ed., *Aspects of Alice*, London: Victor Gollancz Ltd, 1972.

Snider, Clifton, "Everything is Queer To-day: Lewis Carroll's Alice Through the Jungian Glass", https://web.csulb.edu/~csnider/Lewis.Carroll.html, 2006.

Stanford Encyclopedia of Philosophy, http://plato.stanford.edu/entries/deleuze/.

Stewart, Susan, *Nonsense: Aspects of Intertextuality in Folklore and Literature*, Baltimore: Johns Hopkins University Press, 1978.

Stowell, Phyllis, *We're All Mad Here*, Children's Literature Quarterly, Vol. 8, No. 2, 1983.

Tigges, Wim, ed., *Exploration in the Field of Nonsense*, Amsterdam: Rodopi, 1987.

Tigges, Wim, *An Anatomy of Literary Nonsense*, Amsterdam: Rodopi, 1988.

Venturinha, Nuro, *A Note on Deleuze and Language*, Philosophy Today, Winter, 2012.

Williams, James, *Gilles Deleuze's Logic of Sense: A Critical Introduction and Guide*, Edinburgh: Edinburgh University Press Ltd, 2008.

Wilson, Edmund, "C. L. Dodgson: The Poet Logician", in Robert Phillips ed., *Aspects of Alice*, London: Victor Gollancz Ltd, 1972.

Zwart, Hub, *Laboratory Alice*, American Imago, Vol. 73, No. 3, 2016.

刘易斯·卡罗尔:《爱丽丝漫游奇境; 镜中世界》, 何文安、李尚武译, 译林出版社2001年版。

霍夫斯塔特:《哥德尔、艾舍尔、巴赫》,郭维德等译,商务印书馆1996年版。

德勒兹:《批评与临床》,刘云虹、曹丹红译,南京大学出版社2012年版。

伯纳德·派顿:《是逻辑,还是鬼扯》,黄煜文译,(台北)商周出版社2008年版。